Martin Krüger, Jahrgang 1986, studierte Rechtswissenschaften in Frankfurt am Main. Seine Thrillerserie um Hauptkommissarin Winter und BKA-Kommissar Parkov steigt regelmäßig in die Top 10 der Kindle- und der BILD-Bestseller-Liste. Er lebt mit seiner Familie in Rheinland-Pfalz.

MARTIN KRÜGER **WER ANGST SÄT**

**Thriller**

Rowohlt Taschenbuch Verlag

Originalausgabe
Veröffentlicht im Rowohlt Taschenbuch Verlag,
Hamburg, August 2024

Redaktion Tobias Schumacher-Hernández

Covergestaltung Hafen Werbeagentur, Hamburg
Coverabbildung David Keochkerian / Trevillion Images
Gestaltung Katrin Ibrom
Satz aus der Karmina
bei Dörlemann Satz, Lemförde
Druck und Bindung GGP Media GmbH, Pößneck
ISBN 978-3-499-01245-7

# PROLOG Damals

«Es war einmal vor langer Zeit, da gab es ein Dorf und eine Mühle, und im Korn, im hohen Korn, da lebte ein Monster.» Der Junge lauschte der Stimme seiner Mutter, die so sanft klang wie das Wispern, das der Wind den Roggenfeldern entlockte. Auf seine halb geschlossenen Lider fiel der buttergelbe Schein der Nachttischlampe. Er mochte es, wenn sie ihm vorlas – noch vor einigen Monaten hatte es niemanden gegeben, der sich so um ihn sorgte, wie sie es nun tat.

«In dem Dorf», fuhr die Mutter fort, «lebte ein kleiner Junge. Wie jeden Tag ging er mit seinem Vater auf die Felder, um Äpfel zu pflücken. Das große Feld mit den höchsten Bäumen sollte es sein, wo die Früchte nach dem langen Sommer saftig, rot und rund wuchsen. Doch der Junge, klug und gewitzt, wie er war, entdeckte einen kleinen Fuchs zwischen den Apfelbäumen, der aufs Nachbarfeld lief, wo der Roggen dicht aufragte.

‹Geh nicht in den Roggen›, hatte der Vater ihn oft ermahnt, aber heute ließ der Junge sich nicht davon abhalten, denn der Roggen roch nach Abenteuer. Immer tiefer folgte er dem Tier hinein. Plötzlich war der Fuchs verschwunden. Der Junge spürte einen Blick auf sich, und er bekam es mit der Angst zu tun, so tief im Roggen. Da! Die Halme teilten sich, und hervor trat der alte Müller.

‹Junge›, sagte er, ‹du hast dich verirrt und siehst hungrig aus. Komm, koste von all den feinen Dingen, die man im Dorf aus meinem Mehl gemacht hat.› Und hinter ihm war eine gedeckte Tafel mit den feinsten Backwaren, die der Junge jemals gesehen hatte, Zuckerwerk und Kuchen. ‹Iss dich satt.›

Am Kopfende saß der Bürgermeister, gleich neben ihm der Pfarrer, und beide trugen ein dunkles Gewand und lächelten ihm zu. ‹Komm, Junge, iss mit uns ...›

Zögerlich kam der Junge näher, doch erkannte er nun, dass die Backwaren verdorben waren, und Maden krabbelten über den Tisch. Also lief er davon, noch tiefer ins Roggenfeld hinein. Bald begann es zu regnen, als aus dem Dickicht der hohen Pflanzen eine weitere Gestalt hervortrat. Es war der Landstreicher, der, von allen ausgestoßen, am Dorfrand lebte. Er zog seinen Mantel aus und reichte ihn dem Jungen. ‹Hier›, meinte er» – und der Junge mochte es, wie seine Mutter dabei die Stimme verstellte –, «‹nimm den, er wird dich vor dem Regen schützen.›

Der Junge, wohlerzogen, wie er war, bedankte sich. Der Mantel hielt ihn warm. Nach einer Weile begegnete er im Feld einem Mädchen. Ihre Füße waren nackt, sie weinte im Regen, mutterseelenallein. Ihr reichte er den Mantel, damit sie geschützt war, dann ging er weiter.

Aus der Ferne, ganz leise nur, hörte er Stimmen über den Regen: Der Dorfgendarm rief nach ihm. Der Junge wusste, dass sie sich Sorgen um ihn machten, doch spürte er auch, dass er nicht mehr umkehren konnte.

Dafür war er schon zu weit ins Feld gegangen.

Irgendwann ließ der Regen nach. Weiter und weiter

trugen ihn seine Füße, und bald wurde es Nacht. Über den Fluss, der das Feld zerschnitt, setzte er hinweg und bemerkte in der Ferne ein Licht, das auf und ab tanzte. Als er näher kam, sah der Junge Fackeln. Kinder tanzten um ein Feuer, ein stiller, ernster Reigen. Zweige steckten in ihren Haaren.

Dem Jungen wurde angst und bange. Jetzt erinnerte er sich nämlich, wer hier draußen lebte. Geh nicht zu tief ins Feld, hörte er die Stimme seines Vaters. Denn sie lebt da draußen, und wer sie sieht, wird für immer mit ihr tanzen. Die Hexe. Die *Frau*. Die Roggen–»

«Vera?», sagte sein Vater leise. «Ich glaube, er schläft. Du kannst mit dem Lesen aufhören.» Oh, sie glaubten wirklich, er wäre eingeschlafen. Ganz still und leise lag er da und lauschte. «Ist er nicht etwas zu alt für diese Märchengeschichten?»

«Aber diese mag er so gern. Und denk dran: Er hatte früher niemanden, der ihm vorgelesen hat. Er ist doch erst zehn.»

«Ich weiß.» Eine Diele knarrte leise. «‹Alte Dorfsagen im Wandel der Zeiten›», las sein Vater den Titel des Buches. «Faszinierend.»

«Ein Mann aus dem Dorf hat es mir gegeben.» Sie lachte leise. «Ich glaube, er hat es sogar selbst geschrieben.» Stille. «Ich … weißt du, ich bin glücklich. Das ist, was ich immer wollte. Mit *dir*.»

«Ich weiß, Vera. Ich weiß.»

Der Junge spürte, wie seine Mutter seine Stirn küsste. «Schlaf gut, Nathan.» Dann gingen sie beide hinaus.

Die Tür schloss sich leise.

Auch er fühlte etwas, das er seit dem Tod seiner leiblichen Eltern vor vielen Jahren kaum mehr gespürt hatte: Glück. Das Gefühl, ein Zuhause zu haben. Und einen neuen, schönen Namen.

Er hoffte, es würde immer so bleiben – und doch nagte der Zweifel an ihm. Nach all den Jahren in den Waisenhäusern wusste er eines sicher:

Nichts war für immer.

## 1 Custrow. Heute.
## Maximilian Jurek kehrt zurück.

Der junge Mann trat aus dem Dickicht des Roggenfelds, eine dürre Silhouette im Licht der untergehenden Sonne.

Ein heißer Wind folgte ihm aus dem Osten, zerzauste sein schmutzig-blondes Haar, strich durch den Roggen, ließ die Halme wispern und knistern, trieb Staub die lange Landstraße herab, wo Vermisstenplakate mit seinem Foto hingen, rüttelte an der Tür eines alten Schuppens, dessen Fenster vernagelt waren, entlockte einem Hund, der in der Abendhitze döste, nur ein müdes Blinzeln, ehe er weiterzog, über die weiten goldenen, trägen Felder bis nach Custrow.

Einen bitteren Geruch trug dieser Wind mit sich, durchdrang seine schmeichelnde Wärme – metallisch, verdorben.

Später würde der Fahrer des Lieferwagens aussagen, dass er Max Jurek am Straßenrand gesehen hatte, wie er sich kraftlos in Richtung Dorf schleppte. Der eine Fuß schmutzig und nackt, während am anderen die Schnürsenkel des Sportschuhs herabbaumelten. Und er würde sich auch noch an ein anderes Detail erinnern: wie er starr in eine Richtung geblickt hatte. Und daran, wie er sich bewegte.

Ganz besonders daran.

Mit Max Jureks Rückkehr begann nicht der Schrecken, der Custrow heimsuchte, und ebenso wenig begann er mit dem heißen Ostwind – und doch waren sie beide für alles, was kommen sollte, mehr als nur Vorboten.

## 2 Zehn Tage zuvor.
## Maximilian Jurek verschwindet.

Der Turmfalke musterte Ella mit seinen Bernsteinaugen. «Er sieht aus, als wüsste er ganz genau, was mit ihm los ist. Und dass man ihm hier helfen will.» Sie blickte zu ihrem Vater hinüber, der den Vogel mit geübten Handgriffen untersuchte. «Schlaues Tier.»

«Das sind sie», sagte Friedrich. «Hervorragende Jäger. Dieses Exemplar ist ein Weibchen.» Er trat einen Schritt zurück, und das Falkenweibchen drehte den Kopf. Die Augen reflektierten das Licht der Sonne, die durch das Fenster der Auffangstation hereinfiel. Hier, hinter dicken Sandsteinmauern, war es kühl, so würde es auch für den Rest des Sommers bleiben. Dennoch lag seit heute Morgen etwas in der Luft, das den Wechsel der Jahreszeiten ankündigte, ein Geruch, ein Knistern im trockenen Korn, wenn der Wind hindurchstrich, das jene seltsame Zeit zwischen Sommer und Herbst einläutete.

Wieder blickte Ella zu ihrem Vater, der den verletzten

Greifvogel mit fachkundigem Blick musterte. War da ein schwaches Zittern in seinen Fingern? Vielleicht. Wie lange würde er hier noch mithelfen können? Er fuhr noch sein kleines Auto, er war noch immer ein kompetenter Tierarzt, und dennoch ... Die Zeit blieb nicht stehen.

Dr. Bosch, sein Hausarzt in Custrow, der seit Jahrzehnten seine Praxis in der Hauptstraße führte, hatte erklärt, dass Demenz ein schleichender Feind war. Ella mochte das Wort nicht, nicht in diesem Zusammenhang. Sie hatte mit genügend Feinden zu tun, aus allen Schichten der Gesellschaft. Vor einem Jahr war sie ihrem Vater zuliebe nach Custrow gezogen, hatte nach acht Jahren die Ermittlungsgruppe für Tötungs- und Entführungsdelikte in Berlin verlassen, nachdem ihre Versetzung zu einer kleinen Polizeiwache in Makow, fünfzehn Kilometer von Custrow und über einhundert von Berlin entfernt, genehmigt worden war. Es war eine ganz andere Welt, das Dorfleben und die kleine Wache mit nur zwei Kollegen – und manchmal, dies musste sie sich eingestehen, vermisste sie die Großstadt mit einer unbändigen Sehnsucht. Immerhin war sie erst fünfunddreißig.

Kriminalhauptkommissarin Ella Berger. Die Eisprinzessin, so hatte ein guter Freund und Kollege bei der Berliner Polizei sie genannt, wegen ihres hellblonden, fast weißen Haars, das sie einer Pigmentstörung zu verdanken hatte. Er war einer der wenigen, die sie so nennen durften. Mit ihrer Fähigkeit, sich in den Kopf von Tätern hineinversetzen zu können, in ihre Haut zu schlüpfen, hatte sie damals schnell einen Platz bei einer Ermittlungsgruppe gefunden – und ein Team, das sie willkommen hieß.

Wie seltsam, dass sie sich jetzt an all das Vergangene zurückerinnerte. Wir sind eine Familie von Ermittlern, hatte ihr Vater ihr oft gesagt, ich hab es immer gewusst, das ist Familientradition.

Ihr Vater, früher einer der wenigen forensischen Veterinärmediziner der Hauptstadt, hätte es verstanden, wenn sie nicht gekommen wäre. Du musst dich nicht um einen alten Mann sorgen, hatte er gesagt. Es geht mir gut. Hier bin ich zu Hause. Und ich habe etwas gefunden, das mir die Zeit vertreibt, wo ich helfen kann.

Und doch war sie hier. Vielleicht lag es auch daran, dass sie außer ihm niemanden mehr hatte.

Das Klingeln ihres Smartphones unterbrach die Stille und riss sie aus ihren Gedanken. Das Falkenweibchen drehte den Kopf, als wunderte sie sich über das Geräusch. «Das ist dienstlich.»

Ihr Vater nickte knapp. «Das ist es meistens, nicht wahr? Na, geh schon.»

Sie ging vor die Tür und nahm den Anruf entgegen. Ein Kollege informierte sie, dass Maximilian Jurek, ein Dreizehnjähriger aus Custrow, von seinen Eltern vermisst wurde. Der Junge hatte ab dem Mittag mit seinem Freund Tom Falkmann im Wald an einem Baumhaus gebaut. Als Falkmann gegen siebzehn Uhr zurück nach Custrow ging, blieb Jurek noch vor Ort. Sein Handy hatte er nicht dabei – das lag zu Hause auf seinem Schreibtisch in seinem Zimmer.

Ella bedankte sich und beschloss, Tom Falkmann aufzusuchen.

«Ich hab nichts bemerkt», erzählte er Ella. «Gar nichts, ehrlich! Keine Ahnung, er muss noch in unserem Versteck draußen sein.»

Aber Max kam nicht zurück und war nicht im Versteck, wie die Beamten schnell überprüften. Seine Eltern warteten, es wurde acht, neun Uhr abends – und Max blieb fort. Das war noch nie vorgekommen. Eine Überprüfung bekannter Sexualstraftäter in der Datenbank des LKA ergab keine Treffer in der Region.

Am nächsten Morgen fand ein Beamter der zur Unterstützung angeforderten Bereitschaftspolizei Maximilians linken Schuh mitten in einem Roggenfeld.

«Wir finden ihn», beruhigte Nils Martenitz die aufgelöste Mutter. Der Hauptkommissar vom Landeskriminalamt leitete die Suche. «Wir *werden* ihn finden.» Dann warf er Ella einen finsteren Blick zu, der genau das andeutete, was auch sie befürchtete: dass es schon zu spät war.

Obwohl das LKA in solchen Vermisstenfällen automatisch die Ermittlung übernahm, hatte sie ihm erklärt, dass sie bei der Ermittlung dabei sein wollte. Mein Revier, hatte Ella zu Martenitz gesagt. Und Sie wissen, was ich früher getan habe. Fragen Sie Berlin.

Martenitz hatte sofort zugestimmt.

«Und wo ist sein Rucksack?» Claire Jurek weinte verzweifelt. «Wieso findet ihr meinen Jungen denn nicht?»

Später verriet Tom ihnen, dass Max und er draußen in ihrem Versteck Gras geraucht hätten. «Es gibt einen Landstreicher, der in einem alten Wohnwagen ein Stück außerhalb von Custrow lebt. Der hat es uns verkauft.» Ella sah Tom an, dass er erleichtert war, das losgeworden zu sein. Sie berichtete Martenitz davon.

«Gut, Berger, sehr gut. Wir haben mittlerweile ein paar

Tütchen mit Marihuana, etwa zehn Gramm, in dem Unterschlupf gefunden. Und es gibt einen Zeugen, der Max mit jemandem gesehen haben will.»

«Hat er konkrete Angaben gemacht?»

«Und ob. Er ist sich nicht hundertprozentig sicher, aber er glaubt, es war ein gewisser Beno Wicáz.»

«Das *ist* unser Landstreicher. Er ...», Ella zögerte, «er ist harmlos. Ein paar Kleinigkeiten wegen Trunkenheit, aber ... verflucht. Holen wir ihn uns?»

Der Ausdruck auf Martenitz' gebräuntem Gesicht war stahlhart. «Wir holen ihn uns.»

# 3

In dem kleinen Vernehmungsraum in der Polizeiwache Makow war die Luft heiß und stickig. Die Klimaanlage funktionierte seit einem Monat nicht, und Ella spürte, wie ihr die Schweißtropfen über das Gesicht liefen und zwischen ihren Schulterblättern über den Rücken herabbrannten. Beno Wicáz saß ihr gegenüber, während Martenitz mit verschränkten Armen an der Wand lehnte. Ein saurer Körpergeruch strömte ihr von dem Mann entgegen, er trug ein schmutziges, verschwitztes Hemd.

«Sie stecken ganz schön in der Scheiße.» Martenitz' Stimme ließ Wicáz zusammenzucken. «Wir haben Maximilian Jureks Rucksack in Ihrem Wohnwagen gefunden. Und da sind Ihre Fingerabdrücke dran.»

Der Mann wich Ellas Blick aus. Er hatte etwas zu verbergen.

«Sein Rucksack!», sagte Martenitz erneut. «Erleuchten Sie mich, wie ist der dorthin gelangt?»

«Ich weiß es nicht. Also ...» Wicáz schüttelte den Kopf, wippte nervös mit dem Knie auf und ab, während sein Blick zwischen ihnen hin und her huschte. Dann verbarg er sein Gesicht in den Händen. «Ich ... das Ding hab ich einfach gefunden. Bin über ein Feld gelaufen. Da lag er. Also hab ich ihn mitgenommen. Das ist alles.»

«Sie haben den Kindern Gras verkauft.» Martenitz schnaubte. «Oder ist das auch nie geschehen? Hm? Haben die Jungs das Zeug auch nur so gefunden? Reden Sie, Mann.»

Wicáz räusperte sich. Er hat Angst, dachte Ella. Aber nicht unbedingt vor Martenitz oder vor einer Strafe. Es musste etwas anderes sein. Was war hier los?

«Würden Sie uns kurz allein lassen?», sagte sie zu ihrem Kollegen.

Martenitz warf ihr einen durchdringenden Blick zu. *Verbock das hier nicht,* konnte sie darin lesen, ehe er knapp nickte und hinausging. Ella hatte keinesfalls vor, es zu verbocken, ganz im Gegenteil, sie wusste, wie man mit Wicáz umgehen musste. Manchmal war es doch von Vorteil, augenscheinlich nur die Dorfpolizistin zu sein – jedoch mit der Erfahrung einer Großstadtermittlerin.

«Hören Sie, Beno. Bitte, sehen Sie mich einen Moment an.»

Als er seinen Vornamen hörte, hielt sein wippendes Bein inne. Wicáz blickte zu ihr auf. Er kannte sie, brachte sein Hang zum Alkohol und seine Vorliebe für nächtliche, laute Spaziergänge ihn doch immer wieder in Konflikt mit den Custrowern und damit auch mit ihr.

«Irgendwo da draußen ist ein Junge in Gefahr. Er ist verschwunden, Beno. Er war unterwegs, aber dann ist er nicht wieder nach Hause gekommen. Und Sie wissen davon.»

Wicáz nickte vorsichtig. Etwas war anders an ihm, er war schweigsamer als üblich, verunsichert. Wicáz war kein gefährlicher Mann, im Gegenteil, Ella würde ihn als harmlos einschätzen. Ihr berufsbedingter Argwohn riet ihr dennoch, vorsichtig zu bleiben. Aus dem Ordner, den Martenitz auf dem Tisch zwischen ihnen hatte liegen lassen, nahm sie eine Reihe von Fotos, um Wicáz' Reaktion zu testen. «Sehen Sie sich die in aller Ruhe an. Erkennen Sie einen der Jugendlichen?»

Wicáz beugte sich vor, sein Stuhl knarrte leise. Dann hielt er inne und tippte mit dem schmutzigen Zeigefinger auf das Bild von Max.

«Ihn. Klar, ihn hab ich gesehen. Die anderen kenn ich nicht.»

*Was du nicht sagst.* «Wann war das?»

«Ist 'ne Weile her», erwiderte Wicáz. Seine Stimme klang rau. «Es stimmt. Ich hab den Jungs was verkauft. Nur ein bisschen. Sie wollten es probieren. Ich meine, was ist da schon dabei?»

«Ich frage Sie noch mal: Wann haben Sie den Jungen zuletzt gesehen?»

Er überlegte. Seine Augen waren blutunterlaufen, auf seiner Nase zeichneten sich feine rote Adern ab. Ella bemerkte, wie seine Finger auf seinem Knie trommelten. Ein Zeichen von Nervosität? Möglich. Vielleicht vermisste er aber auch nur seinen abendlichen Schnaps. «Zwei Wochen ist das her. Montag vor zwei Wochen. Manchmal erledige ich Sachen im

Haus für die Leute hier, flick ein Rohr oder mach Unkraut weg. Die Jungs kommen dann vorbei.»

«Und der Rucksack?»

«Auf dem Feld!», rief Wicáz. «Ich hab doch gesagt, welches. Sie müssen mir glauben!»

«Was haben Sie da gemacht?» Ella sah ihn sehr ernst an.

«Ich bin gelaufen, einfach nur gelaufen, was soll ich denn ...? Es ist ein guter Rucksack, ich dachte, den hätte wer weggeworfen.»

«Wussten Sie, wem er gehört?»

«Nein.» Er schüttelte den Kopf, dann sah er hinüber zum Fenster, als überlegte er, ob er sich hinausstürzen wollte. Die Festnahme des Landstreichers war nicht unbemerkt geblieben. Ella ahnte, dass sich die Neuigkeiten wie ein Lauffeuer in Custrow verbreiten würden. Viele im Dorf mochten Wicáz nicht besonders, und er wusste es.

«Meine Kollegen durchsuchen in diesem Moment den Wohnwagen. Ich warne Sie, Wicáz. Wenn Sie meine Zeit verschwenden, wenn wir etwas finden, das darauf hindeutet, dass Max bei Ihnen war ...»

«War er nicht. Wirklich!» Seine Hände zitterten, und seine Augen füllten sich mit Tränen. «Ich schwöre es. Frau Kommissarin ... bitte ... Was soll ich denn machen? Was soll ich noch tun, damit Sie mir glauben ...?»

«Sie bleiben heute Nacht hier.» Ella erhob sich, ging zur Tür. Es war ein langer Tag, und sie fragte sich, ob sie für alles bereit war, was im schlimmsten Fall noch kommen mochte.

Eine Gruppe uniformierter Polizisten der Bereitschaft, die sie unterstützten, blickte ihr entgegen, als sie das Büro betrat. Es roch nach Kaffee, Müdigkeit und der alles überlagernden Hitze. Martenitz kam auf sie zugeeilt. Ella trat einen Schritt zurück; zum Stressabbau kettenrauchende Kollegen hatte sie früher unzählige Male erlebt, und der Geruch eilte ihm voraus.

«Irgendetwas Brauchbares?»

«Er streitet alles ab», sagte Ella betont gelassen. «Warten wir auf den Wohnwagen.»

«Warten?», wiederholte der Hauptkommissar. «Nein. Sicher nicht. Wir kriegen es aus ihm raus. Gehen Sie nur, Berger. Wir knacken ihn. Machen Sie eine Pause.»

Ella hielt seinen Arm fest, ehe er die Tür zum Vernehmungszimmer öffnen konnte. «Ich denke nicht, dass wir den Richtigen haben», flüsterte sie. «Er *war* es nicht.»

Martenitz schnaubte, schob sich an ihr vorbei und ging in das Vernehmungszimmer, gefolgt von einem zweiten LKA-Beamten, der ihr knapp zunickte.

Gehen Sie, Berger. Ella spürte, wie es in ihr kochte. Sollte sie sich ihm widersetzen? Nein. Eine Konfrontation wäre falsch zu diesem Zeitpunkt.

Sie ging hinaus. Vor der Polizeiwache, einem zweistöckigen Klinkerbau mit dunklem Blechdach, hatte sich eine kleine Menschenmenge versammelt: vom Sommer gebräunte Gesichter mit dunklen Augenringen, die Müdigkeit und Sorge in die Haut gegraben hatten. Ella blickte ihnen von der Eingangstreppe entgegen. Der Entführer war vielleicht jemand aus Custrow selbst, jemand, der gerne zusah, was die Polizei unternahm. Blitzlicht flammte auf – ein Fotograf und ein Reporter rannten ihr entgegen.

«Haben Sie ihn? Haben Sie Maximilian Jureks Entführer festgenommen? Wo ist der Junge?»

Ella winkte ab, während sie auf den alten BMW M3 zusteuerte, den sie seit vielen Jahren fuhr. «Kein Kommentar.»

«Die Bürger von Custrow verlangen eine Erklärung!»

«Und die bekommen sie. Sobald wir wissen, wo Max ist.»

«Also gehen Sie davon aus, dass er nicht einfach von zu Hause weggelaufen ist?»

«Tut mir leid, *kein* Kommentar.» Das war Martenitz' Aufgabe, und sie durfte sie ihm nicht abnehmen.

Ein Raunen ging durch die Menge, jäh abgeschnitten, als sie die Autotür schloss und losfuhr. Bald hatte sie Makow hinter sich gelassen. Das Abendrot tauchte die weiten Felder, die die Landstraße einschlossen, in glutrote Farbe.

Es war Ende August, und die Sonne spiegelte sich für einen Moment glitzernd auf dem Wasser des Güritzer Sees, während sie in zügigem Tempo dahinfuhr. Die Straße führte durch ein dunkles Waldstück mit schlanken Kiefern, dann wieder durch scheinbar endlose Felder, auf denen Roggen, Weizen und Mais wuchsen. Inmitten der Felder lag Custrow mit seinen etwa achthundert Einwohnern.

Die Sonne stand tief, und so sah sie es erst im letzten Moment. Dicht am Maisfeld, dürr und hochgewachsen, stand etwas in der hereinbrechenden Dunkelheit, das in einen zerschlissenen Umhang gehüllt war. Ella blinzelte: Wo der Kopf hätte sein sollen, war grobes, zerschlitztes Sackleinen.

Ella trat auf die Bremse.

Das Ding huschte zur Seite, hinein in den hochgewachsenen Roggen, mit einer Bewegung wie ein jähes Zucken – von einem Moment auf den nächsten war es fort.

Was zur Hölle war das?

Mit wild klopfendem Herzen wendete sie den Wagen, fuhr zurück, spähte durch das offene Fenster in den Roggen hinein, der fast zwei Meter hoch stand. Nichts. Die Pflanzen raschelten, als der Wind hindurchstrich.

In Ellas Ohren klang es wie ein lautes Atmen.

Da ist nichts, wollte ihr Verstand sie überzeugen, und doch spürte sie, dass etwas aus dem Dickicht heraus sie beobachtete.

Etwas *war* dort.

Wartete auf sie.

Sie stieg aus und ging, mit der Hand an ihrer Dienstwaffe, einige Schritte ins Feld. Sie schob die Roggenhalme zur Seite und versuchte, etwas zu erkennen. Doch nichts rührte sich, und der dunkle Erdboden war viel zu trocken, um Schuhabdrücke auszumachen.

Am Abend gelang es Ella abzuschalten, doch gegen Mitternacht, als sie einschlafen wollte, kam ihr das Ding wieder in den Sinn und sie wälzte sich voller unruhiger Gedanken hin und her. Sie hatte es sich nicht eingebildet. Es war eine Art Vogelscheuche gewesen. Eine lebendige Vogelscheuche.

Sie griff nach den Schlaftabletten, die auf dem Nachttisch lagen, und spülte eine mit einem Glas Wasser hinunter. Durch das gekippte Fenster strich eine schwere, feuchtwarme Brise. Keine Abkühlung. Noch nicht.

In ihren Träumen wisperten die Kornfelder. Etwas schritt hindurch, bahnte sich seinen Weg mit großen, schwarzen Händen, die in sichelförmigen Klauen endeten. Und dahinter folgte ein Kind dem seltsamen Ding.

Als Ella am nächsten Morgen aufwachte, verdrängte sie den seltsamen Traum. Ein Polizist steht im Hier und Jetzt, hatte ihr Vater immer gesagt, sonst kann man sich nicht auf ihn verlassen.

Gegen Mittag ließen sie Beno Wicáz gehen. In seinem Wohnwagen gab es keine verwertbaren Spuren, und der Zeuge, der angegeben hatte, ihn mit Max gesehen zu haben, musste eingestehen, dass es auch jemand anders gewesen sein könnte.

Maximilian Jurek blieb verschwunden.

## 4 Custrow. Heute.
## Maximilian kehrt zurück.

Claire Jurek trat mit einer eiskalten Dose Orangenlimonade auf die kleine Veranda hinter dem Haus, von der man auf die Roggenfelder am Dorfrand blickte. Nur eine kurze Pause gönnte sie sich, dann würde sie wieder mit dem Auto über die Landstraßen fahren, immer auf der fieberhaften, rastlosen Suche nach ihrem Sohn. Jetzt hielten sich ihre Augen am Grün des Birnbaums fest. Sie hatten einen kleinen verwilderten Garten, doch dahinter kam nichts mehr, nur die weiten Felder, die sich mit Buchenwäldern abwechselten, Felder, Wälder, Dörfer, Straßen. Die große Leere, scherzte Andrzej gern. So weit weg von allem, wie man in Deutschland nur sein konnte. Nun machte diese Abgeschiedenheit ihr Angst.

Und es gibt wieder Wölfe, erzählten sie sich im Ort.

Wölfe, die sich an die Häuser heranwagen. Aber das waren nur Geschichten. Wölfe lebten in Rudeln, sie blieben unter sich. Ja, sie rissen Schafe, ein paar Bauern hatten sich beschwert, aber ...

*Aber.*

Natürlich musste sie immer wieder daran denken. Wenn Max einem Wolf begegnet war, wenn er angegriffen worden war ... Aber sie und das halbe Dorf hatten die Wälder abgesucht, die Felder ... Hätte man ihn nicht schon längst finden müssen?

Claire zwang sich, diesen Gedanken zu verdrängen. *Max lebt.* Sie wusste es, wie nur eine Mutter es wissen konnte. Ihr Sohn war noch irgendwo dort draußen. Mit geschlossenen Augen spürte sie, wie der heiße Ostwind durch ihre Haare fuhr. Und sie spürte die Kälte der Getränkedose, fühlte, wie das Kondenswasser zwischen ihren Fingern hindurchrann.

Ein Rascheln, ein Knacken im Roggen ließ sie aufblicken.

Jemand stand dort auf der anderen Seite des Jägerzauns, der ihr Grundstück begrenzte. Eine Silhouette, kaum auszumachen vor der glutroten Sonne, die bald hinter dem Roggen versank.

«Max?» Die Worte verließen ihren Mund, noch ehe sie sich bewusst war, dass sie sie aussprach. «Max? Was machst du da?»

Die Stimme ihres dreizehnjährigen Sohnes klang heiser. «Mama», sagte er kehlig. «Ich ... bin wieder zu Hause.»

Sein T-Shirt war schmutzig, und er trug keine Schuhe. In seinen Haaren hatten sich kleine Zweige verfangen. Als sie auf ihn zueilte, ihm den Schmutz aus dem Gesicht strich, während sich ihre Tränen mit seinen vermischten, wirbelte nur ein Gedanke durch ihren Kopf: Er ist nicht tot. Er lebt, und er ist wieder da. Gott sei Dank, er lebt.

Erst später, als sie versuchte, nach diesem verrückten, aufregenden Tag ein wenig Schlaf zu finden, trat ein zweiter Gedanke aus dem Unterbewusstsein hervor, und sie begriff, dass dieser zweite, seltsame Gedanke sie begleitet hatte, seit sie Max dort am Roggenfeld gesehen und ihn berührt hatte:

Es war heiß an diesem Abend, doch Max' Haut war ganz kalt gewesen.

Mitten auf dem Feld stand eine menschengroße Puppe, komplett aus Zweigen geflochten. Schmutzige Stofffetzen schmückten die Gestalt, doch dort, wo sich der Kopf des Gebildes hätte befinden müssen, war etwas anderes.

Ella blickte in ein menschliches Gesicht, das ihrem eigenen ähnelte, das blonde Haar voller Zweige und Blattwerk: Sieh mich an, schien es zu sagen. *Ich bin, was du sein wirst.*

Auch in ihren Augen steckten Zweige, mit Gewalt hineingetrieben, die Augenflüssigkeit war über ihre Wangen gelaufen und getrocknet. Eine Krähe hockte auf einem dickeren Ast der Puppe und pickte am Fleisch ihrer Wange.

Ella hörte ihren eigenen Schrei – und dann wachte sie auf. Es war warm und stickig im Schlafzimmer der Wohnung, die ihr nach einem Jahr noch immer nicht vertraut war. Als wäre der eigentliche Besitzer, ein Fremder, gerade eben zur Tür hinausgegangen.

Ihr Smartphone läutete.

«Berger?», fragte sie verschlafen, als hätte der Albtraum ihre Hirnwindungen gelähmt. Nur eine Stunde Ruhe, mehr hatte sie doch gar nicht gewollt. Zehn Tage lang intensive

Suche nach dem Vermissten. Sie alle brauchten etwas Ruhe.

«Ich bin wach», sagte sie.

   «Gut. Sie sollten herkommen. Sofort.»

   «Was ist denn passiert?»

   «Max ist zurück.»

TEIL EINS **Das Flüstern
im Korn**

# 5

Ella roch die Getreidefelder, die Custrow umschlossen, als sie zum Haus der Jureks fuhr. Der Ort sah aus, wie sie einem Fremden ein abgelegenes Dorf in der Weite Brandenburgs beschreiben würde: eine Ansammlung von alten Fachwerk-Bauernhäusern mit spitzen Giebeln entlang der Hauptstraße, ein Kirchturm in der Ferne, das neuere Backstein-Rathaus gleich neben dem einzigen kleinen Metzger, dazu eine Bäckerei, deren Besitzer sich resolut weigerte, aufzugeben, während andere einstige Geschäfte verrammelt waren. Ein paar Jugendliche hingen vor dem alten, winzigen Dorfkino herum, das man in einen leidlich besuchten Jugendtreff umgewandelt hatte. Ella kannte die meisten von ihnen, einige auch von gewissen nächtlichen, verbotenen Auto- und Motorroller-Rennen. Die leere Straße führte weiter an der Grundschule vorbei, das rote Backsteingebäude lag in diesen letzten Wochen der Sommerferien dunkel und brütend fernab der Straßenlampen. Ein paar Ecken weiter sah sie die kleine Praxis von Dr. Bosch und nicht unweit davon das wohl prächtigste Gebäude des Ortes, die Klinkerfassade saniert, die Sprossenfenster frisch gestrichen und ein Schild darüber, das es als das Dorfmuseum auswies.

Ella parkte vor dem Haus der Jureks und sammelte sich einen Moment, ehe sie der Familie gegenübertrat. Entführungsopfer konnten unvorhersehbar reagieren. Manchmal war das Erlebte so erschreckend, dass sie sich in den ersten Tagen an kaum etwas erinnerten, andere dagegen wurden von ihren Dämonen ihr ganzes Leben lang verfolgt. Große Nachtfalter flatterten um die Straßenlaterne. Der Vollmond schimmerte durch das Blattwerk, ein kühler, fahler Lichtschein. Bis auf einen kleinen Golf 7, den Ella als den Wagen des Custrower Hausarztes erkannte, und einen Streifenwagen, mit dem Martenitz hergekommen sein musste, war niemand hier – noch hatte die Neuigkeit nicht die Runde gemacht.

Paul Ullrich, der uniformierte Kollege, der bei der Eingangstür wartete, hatte die Hände in den Taschen vergraben. Er nickte ihr zu. «Der Junge ist drin. Sein Hausarzt, die Eltern, sie alle sind froh, dass er wieder da ist.»

Ella runzelte die Stirn. «Wer hat Dr. Bosch gerufen?»

«Die Mutter.»

Sie trat ein. In den letzten Tagen war sie mehrmals hier gewesen, und sie konnte förmlich spüren, wie sich die Atmosphäre im Haus verändert hatte. Ihr Blick fiel auf die Bilder, die über der Kommode im Flur hingen. Claire, Andrzej und Max. Eine kleine Familie. Kurzzeitig auseinandergerissen, nun wieder vereint. Es war, als schwebte Erleichterung durch alle Räume.

Hinter einer breiten Fensterfront im Wohnzimmer lag eine kleine Veranda und der Garten. Dahinter erstreckten sich die Kornfelder, so weit das Auge reichte. Im Licht des Vollmonds schimmerten die Roggen- und Gerstenhalme seltsam fremdartig.

Martenitz stand allein auf der Veranda. «Guten Abend»,

sagte er, als Ella hinaustrat, und kramte in der Hosentasche seiner ausgeblichenen Jeans nach seinen Zigaretten. Für einige Momente blieb das Ratschen seines Feuerzeugs das einzige Geräusch hier draußen, abgesehen von dem Zirpen der Grillen. Leicht ungeduldig fragte Ella: «Wann ist Max zurückgekommen?»

«Halb sieben, sagt seine Mutter. Er stand da drüben.» Martenitz deutete zum Roggenfeld.» Der Junge hat geweint, irgendwelche Sachen gestammelt. Dann hat sie ihren Mann angerufen. Der kam, dann haben sie den Hausarzt und uns informiert.»

«Irgendwelche Sachen?», fragte Ella.

«Unklar. Zusammenhanglos.»

«Das beunruhigt mich. Denkst du, wir können ihn befragen?»

Martenitz wollte antworten, verstummte jedoch, als sich die Glastür wieder öffnete. Dr. Bosch kam zu ihnen heraus, sein für gewöhnlich so offenes, freundliches Gesicht war angespannt und gezeichnet von Müdigkeit. Auch er hatte an der umfangreichen Suchaktion teilgenommen. Der Dorfarzt war groß und schlank, Ende sechzig, lebte allein und arbeitete gefühlt ohne Unterlass.

«Ah, Frau Berger. Guten Abend. Wie geht es Ihrem –»

«Alles in Ordnung heute mit meinem Vater», erwiderte sie. «Ist wirklich ein *guter* Abend, soweit ich das sehe. Max ist zurück.» Sie bemerkte, dass Bosch nicht besonders froh wirkte.

«Der Junge ist ganz schön mitgenommen. Ich habe ihn untersucht, ihm geht es so weit gut. Er wollte unbedingt duschen, sagte er. Verständlich. Er ist dehydriert, durcheinander, erschöpft. Was bemerkenswert ist: Er erinnert sich an nichts.»

«An gar nichts?»

Bosch schüttelte den Kopf. «Max hat Schürfwunden an den Händen. Gut, er könnte einfach hingefallen sein. Was interessanter ist, sind diese Flecken an den Beinen ...»

«Flecken?»

«Ich habe die Stellen fotografiert und eine Probe genommen, ehe er sie abgewaschen hat.»

«Worum handelt es sich?»

«Es ist eine schwarze, klebrige Substanz.» Bosch zögerte einen Moment lang. «Erinnert an Teer, aber ...»

«Teer? An seinen Beinen?»

«Er war zum Teil wie beschmiert mit diesem Zeug. Noch mehr davon unter seinen Fingernägeln.»

Jemand pochte an die Glastür. Max' Vater gestikulierte hektisch in Richtung des Arztes.

Bosch riss die Tür auf, während Andrzej Jurek schon zurück in den Flur eilte. «Er kriegt plötzlich so schlecht Luft!», rief er, Panik in der Stimme.

«Wir rufen die Rettung, ja?»

«Tun Sie das», sagte Bosch, dann eilte er Jurek hinterher, schneller als Ella es einem Mann in seinem Alter zugetraut hätte. Sie rief bei der Leitstelle an; der Rettungswagen brachte Max nur einige Minuten später ins Krankenhaus in Makow. Seine Eltern begleiteten ihn, sodass Ella und Martenitz allein im Haus zurückblieben. Das Bett im Zimmer des Jungen war zerwühlt, und am Laken klebte eine dunkle, ölige Substanz. Martenitz' Handy klingelte, und er wechselte einige knappe Sätze.

«Bosch hat aus dem Krankenhaus angerufen und Entwarnung gegeben. Sie werden Max über Nacht dort behalten, nur zur Vorsicht», sagte er zu Ella. «Er hatte vermutlich nur eine Panikattacke, nichts Ernsteres.»

Ella nickte knapp. «Wir sollten das mitnehmen. Analysieren lassen. Das Laken mit dem Zeug.»

Martenitz stimmte zu und kam mit einem Beutel der Spurensicherung zurück, in den sie das verschmierte Bettzeug packten. Dann verließen sie das Haus. Die Luft war still, warm und träge, als hätte man einen schweren Wollmantel über ganz Custrow ausgebreitet.

Martenitz verabschiedete sich und stieg in seinen Wagen. Ella blieb auf der obersten Treppenstufe stehen und lauschte der Stille, während sich die Rücklichter des Wagens des Hauptkommissars entfernten. Etwas beunruhigte sie, etwas, das sie dazu brachte, die Tür hinter sich noch nicht ganz zu schließen.

Teerflecken? Ausgerechnet Teer? Wo war Max damit in Kontakt gekommen? Wofür wurde Teer benutzt? Beim Straßenbau? Sie googelte kurzerhand und rief dann Martenitz an.

«Berger? Vermissen Sie mich schon nach fünf Minuten?»

Sie überging die Bemerkung. «Hören Sie, offenbar benutzt man für den Straßenbau schon lange keinen Teer mehr», sagte sie sachlich. «Dafür gibt es heute Bitumenmischungen. Teer wird höchstens noch verwendet, um Eisenbahnschwellen wetterfest zu machen. Das könnte die Suche eingrenzen.»

«Die Suche ist vorerst beendet, Berger. Gehen Sie heim. Der Junge ist wieder da. Er wurde offenbar nicht misshandelt, also ist die Sache, sagen wir, ein bisschen weniger dringlich geworden, ja? Es hat Zeit bis morgen.»

«Wollen Sie etwa nicht wissen, wo er die zehn Tage war?» Martenitz' scheinbares Desinteresse machte sie wütend.

«Natürlich will ich das. Okay, lassen Sie mich nachdenken ... Eisenbahn, sagen Sie? Es gab da mal ein Werk, die haben Bahnschwellen aller Art hergestellt. Ich war da, als es schließen musste. Das ist aber Jahrzehnte her. Gab da eine unschöne Sache mit einem Arbeiter. Das können wir uns mal anschauen. Aber eins nach dem anderen. Warten wir erst mal, was das Labor zu diesen Spuren sagt. Und jetzt: Gute Nacht.»

Später würde sie nicht mehr genau sagen können, was sie dazu brachte, noch einmal zurück ins Haus zu gehen. Sie ging hinauf in das Obergeschoss, wo sich neben Max' Zimmer ein kleines Badezimmer befand. Die Tür war nur angelehnt. Der Raum war winzig, ein Waschbecken, eine Toilette, eine Duschkabine.

Der Spiegel über dem Waschbecken war mit einem großen weißen Handtuch verhängt.

Wieso hatte Max sein Spiegelbild nicht sehen wollen? Was hatte er erlebt, dass er sein eigenes Gesicht nicht mehr sehen wollte?

Sie zog das Tuch herunter und öffnete das kleine Badezimmerfenster, von dem man über die Kornfelder blicken konnte. Sie konnte den Wind im Roggen rascheln hören. War jemand da draußen, der Max in seiner Gewalt gehabt hatte? Wie sonst ließe sich sein langes Verschwinden erklären? Aber welchen Zweck hat der Entführer verfolgt?

Sie hatte mit genügend Bestien in Menschengestalt zu

tun gehabt, hatte mitansehen müssen, wie Entführungsopfer nach ihrer Befreiung wie Blumen verwelkt waren, weil nichts mehr den Schleier des Schreckens, den sie erlebt hatten und der sich für immer auf ihre Seele gelegt hatte, durchdringen konnte.

Ella hoffte, dass es bei Max anders sein würde.

Die nächsten Tage würden es zeigen.

Ella war es, als bewegte sich etwas im Spiegel gleich hinter ihr. Sie fuhr herum, erblickte aber nur ihr eigenes Spiegelbild. *Gott, ich sehe schon Gespenster.* Aber sie war kurz überzeugt, nicht allein gewesen zu sein.

Jemand hatte hinter ihr gestanden. Jemand, der aussah wie Max, über und über mit Teer beschmiert.


# 6


Das Korn sprach zu ihm, als wäre es die lang vergessene Stimme seiner Mutter, die ihm Märchen vorlas.

Manchmal war es ihm, als käme die Stimme direkt aus einer der Ähren, dann wieder von einem fernen, kaum zu bestimmenden Ort tief im Roggenfeld. In letzter Zeit sprach sie immer häufiger zu ihm – und was sie sagte, war Weisheit.

In dieser Nacht streifte er durch das Feld, die Arme zu beiden Seiten ausgestreckt, und er genoss das Gefühl der Halme, des vollen Korns unter seiner Haut. Er strich darüber, sanft wie eine Liebkosung, und er lauschte.

Die Stimme sprach zu ihm, mal leiser, mal lauter, und drängend, manchmal sanft wie eine Mutter zum Kind.

Und er drang tiefer in das Meer aus Korn vor, spürte, wie es ihn umfing, ihn bestärkte, ihn sanft umschloss wie ein wärmender Mantel.

Ja, dachte er. Ja, das ist richtig. So soll es sein. Niemand sollte etwas dagegen tun, niemand etwas dagegen sagen. Niemand spürt sie, diese innigste aller Verbindungen. Sie begreifen es nicht. Niemand ist wie ich.

Ich bin einzigartig.

Schon früh hatte er begriffen, dass etwas anders war an der Art, wie er die Dinge betrachtete. Nur er verstand sie wirklich. Wie er vom Flirren der trockenen Luft über dem Asphalt angezogen wurde wie eine Motte vom Licht. Er hatte begriffen, dass eine geheime Wahrheit in den kleinsten Dingen versteckt war. Wie ignorant die anderen waren, es nicht zu sehen, einfach darüber hinweggingen, während sie mit ihrem belanglosen Tagwerk beschäftigt waren.

Er ging durch das Roggenfeld, entfernte sich weiter von allem.

Der Boden unter seinen nackten Füßen wurde dunkel, bis er von einer schwarzen, zähflüssigen Substanz überzogen war, die aus der Erde quoll. Dort, wo der Roggen entsprang, drang auch die Flüssigkeit hervor – tief im Herzen des Feldes.

Er hatte den Mittelpunkt erreicht. Ein Felsblock stand dort, grau und uralt. Er streckte die Hand aus, berührte ihn. Das Gestein war kalt und warm zugleich unter seinen tastenden Fingern, und er schmeckte Blut in seinem Mund.

Zu seiner Rechten drang ein schweres Rascheln durch das Roggenfeld, und als er hinübersah, kam die hochgewachsene, dürre Gestalt auf ihn zu.

Unaufhaltsam ihr Schritt. Zielstrebig. Voller Wut und Fokus. Der Geruch, den sie herantrug, war trocken, heiß und erdig. Er hörte das Knistern ihres Umhangs, der durch das Korn schleifte.

Dann blieb sie stehen.

«Wieder kommst du her.» Ihre Stimme klang wie glühende Kohlen, wie Mahlsteine. «Sieh mich an.»

Er blickte auf. In der Dunkelheit konnte er nur ihre Umrisse ausmachen – nichts, was ein Mensch gebären konnte, würde so aussehen. Sie wirkte, als wäre sie aus einem Garbengebinde entstanden, die Arme lang, der Körper dürr, verborgen unter einem zerschlissenen Umhang, die Augen dunkelrot glühend.

«Hast du Angst?», fragte sie ihn.

«Nein», erwiderte er.

«Natürlich hast du Angst. Lüg mich nicht an.» Ein wenig Glut flog durch die Luft, kleine Funken aus ihrem Mund, als sie leise boshaft lachte. «Aber Angst ist gut. Angst ist ein Lehrmeister.»

«Ich ... ich verstehe nicht. Was geschieht ...? Bin ich wach? Träume ich? Wir sind schon so oft hier gewesen, oder nicht? Ich kann mich nicht erinnern.»

«Sieh mich an. Du kannst dich erinnern. Streng dich an.»

Er tat es. Auch wenn es ihn erschreckte, was er sah, es ihn anekelte und faszinierte.

«Hör mir zu, dann wirst du es begreifen», sagte das Ding. «Der Morgen bricht bald an, und wir haben nur wenig Zeit.»

«Zeit? Wofür?»

«Stell keine Fragen, dummer Junge.» Sie zischte, und ihm war es, als käme das Zischen von jedem einzelnen der Roggenhalme, die ihn wie ein endloses Meer umgaben. «Wenn die Sonne aufgeht, gibt es Arbeit zu tun. Also hör zu.»

Sie kam noch näher, und entsetzt und erregt zugleich sah er, wie sie eine Hand ausstreckte – schwarz war die Haut, alt, aufgeplatzt und rissig von vielen Schrunden, die Finger von Blasen übersät. «Du weißt es, mein Lieber. Du weißt es.» Ihre Stimme klang mit einem Mal einschmeichelnd, ja, liebkosend. Er genoss den Klang und war ebenso abgestoßen davon.

«Ja. Ich weiß es.»

«Ich würde nie ...»

«... *nie* ...», wiederholte er.

«... lügen.»

«Nein.»

Sie war ihm nun ganz nah, und er spürte das innere Feuer, die Hitze, die von ihr abstrahlte. Nein, sie würde ihn niemals belügen.

Die Roggenmuhme log nie.

# 7

Nach einer viel zu kurzen Nacht und einem Traum, in dem sie das Gefühl nicht loswurde, jemand stünde direkt an ihrem Bett, fuhr Ella ins Krankenhaus, wo Claire Jurek und Martenitz sie erwarteten.

«Wie geht es ihm?», fragte Ella die übernächtigte Mutter.

«Er isst und trinkt, aber er ist auch noch, wie soll ich es

sagen, verstört? Gefangen? So kommt er mir vor. Er spricht wenig. Sieht mich kaum an. Heute Nacht hatte er Albträume.»

Etwas Ähnliches hatte Ella erwartet. «Vielleicht sollten Sie einen Psychologen mit ihm reden lassen. Wir können uns darum kümmern.»

Claire Jurek schürzte vorwurfsvoll die Lippen. «Und vielleicht sollten *Sie* herausfinden, wo er die ganze Zeit über war.»

«Das werden wir. Wir würden jetzt gern mit ihm reden, wenn es Ihnen recht ist», sagte Ella behutsam. «Begleiten Sie uns bitte? Wir sind rechtlich verpflichtet, Minderjährige nur in Anwesenheit der Erziehungsberechtigten zu befragen.»

«Oh ... ja. Klar. Er ist wach.»

Ella öffnete die Tür zum Krankenzimmer, Martenitz und Claire folgten ihr. Maximilian lag im Bett und sah von einem Comicheft auf. Er war recht groß für sein Alter, doch wirkte alles an ihm, als wäre es ein wenig zu lang geraten, als müsste er noch hineinwachsen, und sein Gesicht war noch immer das eines unschuldigen Jungen. Seine Haare waren sehr dunkel und standen von seinem Kopf ab. Da ist Argwohn in seinem Blick, dachte Ella, aber auch Angst. Seiner Mutter warf er nur einen kurzen Blick zu, und sie hielt sich im Hintergrund.

«Max, wir sind von der Polizei. Das ist mein Kollege Nils Martenitz vom Landeskriminalamt, mein Name ist Ella Berger, ich lebe auch in Custrow. Wir sind sehr erleichtert, dass du wieder da bist.» Ella verlieh ihrer Stimme einen betont freundlichen Tonfall.

«Erleichtert, aber auch wieder nicht», sagte Max. Seine Stimme klang rau, als hätte er sie eine ganze Zeit lang nicht benutzt. «Weil ihr wissen wollt, was los war.»

«Das wollen wir sehr gerne wissen, das stimmt.»

«Wo warst du, Junge?», fragte Martenitz. Ella warf ihm einen warnenden Blick zu und hoffte, er würde das Vertrauensverhältnis, das sie zu Max aufbauen wollte, nicht von vorneherein vermiesen.

«Ganz ehrlich, ich muss sagen, dass ich mich nicht mehr richtig erinnern kann.» Max klappte das Comicheft zu und legte es beiseite. «Ich bin noch ein bisschen in unserem Versteck geblieben, nachdem Tom schon nach Hause gegangen war. Wir haben ein Baumhaus gebaut.»

Ella sah, wie Martenitz die Brauen hob.

«Dann ... Es war so irgendwann nach sieben, glaub ich. Hab die Kirchenglocken aus dem Dorf gehört. Ich bin also los, raus aus dem Wald und über die Felder.»

«Wieso über die Felder?», fragte Ella und war ein wenig überrascht, dass er so klar und relativ strukturiert berichtete.

«Ist der kürzeste Weg. Ich bin nicht der Einzige, der da lang geht. Die Bauern hassen es, aber es gibt da mittlerweile einen richtigen Trampelpfad.»

«Den haben wir gefunden», brummte Martenitz. «Deinen Schuh übrigens auch.»

«Irgendwas war da», erwiderte Max. Er sah zur Decke hinauf, musste sich erinnern, während sich ein gequälter Ausdruck auf sein Gesicht schlich. Hinter den halb zugezogenen Vorhängen surrte eine dicke Fliege sinnlos wieder und wieder gegen das Glas. «Ich weiß nicht mehr. Es ist mehr so ein Gefühl, an das ich mich erinnere. Ich bin gerannt und hab dabei den Schuh verloren. Dann ... Dunkelheit.»

Seine linke Hand, die auf der Bettdecke lag, hatte sich in den Stoff gekrallt. «Danach kann ich mich irgendwie an noch viel weniger erinnern. Stimmen ... irgendwelche komischen Stimmen im Dunkeln. Ich war eingesperrt. Es gab eine Tür, da wurde immer was durchgeschoben ... Wasser ... bisschen was zu essen.»

Ella hatte nicht erwartet, so viel von Max zu erfahren. «Hat jemand dort mit dir gesprochen?», hakte sie behutsam nach.

Eine Träne floss über Max' Wange. Ella legte mitfühlend ihre Hand auf seine. Er hatte den Punkt erreicht, an den fast alle Entführungsopfer kamen. «Ganz ruhig, Max. Du machst das super. Wenn es nicht geht, dann können wir auch ...»

«Geht schon.» Er schüttelte den Kopf. «Kann sein, dass jemand was zu mir gesagt hat. Erinner mich nicht wirklich. Das ist alles in so einem komischen Nebel, als wär es da, aber ich kann einfach nicht mehr drauf zugreifen. Vielleicht bild ich mir das auch nur ein. Aber wieso sollte jemand das überhaupt tun? Wieso ...?»

«Ist okay, Max. Alles okay. Du bist jetzt in Sicherheit.»

«Ich weiß nicht. Bin ich das? Wer sagt, dass mir das nicht noch mal passiert?»

«Dir wird nichts mehr geschehen. Erinnerst du dich, wie du dort rausgelangt bist?»

Max starrte über ihre Schulter hinweg, irgendwo ins Leere. «Ich war einfach wieder unter der Sonne. Das Getreide hat sich unter meinen Fingern angefühlt, als würde es brennen ... Ich bin nach Hause gegangen.»

Martenitz räusperte sich. «Berger, auf ein Wort, bitte.»

Sie gingen hinaus.

«Ich habe nicht das Gefühl, dass das viel bringt», sagte Martenitz.

«Das sehe ich anders. Ich habe das Gefühl, wenn wir ihm etwas Zeit geben, dann wird ihm noch mehr einfallen.»

«Meinen Sie? Dann nur zu, reden Sie mit ihm. Auch an den kommenden Tagen ...» Martenitz seufzte. «Er ist unsere einzige Spur, das weiß ich. Aber Berger, sehen Sie ihn sich an. Er erinnert sich nicht. Ich kenne das. Das gab es schon früher, er braucht Betreuung, viel Zeit, um sich zu erholen, Zeit, die *wir* nicht haben, wenn wirklich jemand da draußen ist, der Kinder entführt.»

Eine Krankenschwester lief den Korridor entlang, warf ihnen einen Blick zu, sagte aber nichts.

«Es gibt auch noch andere Dinge, die wir in Erfahrung bringen müssen», erwiderte Ella leise. «Die Erde an seinem Schuh. Der Teer. Dann brauchen wir schnell eine Untersuchung seines Bluts, vielleicht gibt es irgendwelche Auffälligkeiten.»

Martenitz brummte zustimmend, was, wie Ella ihn einschätzte, einem Lob gleichkam. «Klingt vernünftig. Dann mache ich dem Labor Druck. Irgendwo werden wir einen Punkt finden, an dem wir ansetzen können.»

«Ich fürchte, wir brauchen Unterstützung», sagte Ella. «Ich spekuliere jetzt, aber wenn Max dem Entführer entkommen konnte, wird ihn das wütend machen. Er könnte Kompensation suchen, Triebabfuhr, ein neues Opfer, falls er es nicht gezielt auf Max abgesehen hatte. Daher würde ich vorschlagen, wir ziehen einen Fallanalytiker hinzu.

Jemanden, der sich intensiv mit Max auseinandersetzen kann, damit wir Rückschlüsse auf den Täter ziehen können. Der Junge erinnert sich ganz eindeutig daran, irgendwo eingesperrt gewesen zu sein. Das ist zu ernst, um es zu ignorieren.»

«Sicher, Berger. Aber manchmal kann es Jahre dauern, bis ein Entführungsopfer sich erinnert, selbst mit professioneller Hilfe. Aber ja, was den Analytiker angeht, haben wir Glück: Eine Kollegin vom LKA hat sich schon bereit erklärt vorbeizuschauen. Sie werden sie später kennenlernen.»

Claire Jurek war zurück, hatte zwei Flaschen Wasser in den Händen und blickte den beiden Ermittlern entgegen. «Hat Max irgendetwas Brauchbares gesagt?»

«Durchaus», antwortete Ella. «Ich würde in den kommenden Tagen gern noch häufiger mit ihm sprechen, wenn Ihnen das recht ist.»

«Es belastet ihn doch nicht, oder?»

«Ich will ehrlich sein: Doch, ich denke, das tut es. Aber jemand hat ihn tagelang gefangen gehalten. Das ist ernst, sehr ernst. Daher möchte ich mit ihm sprechen, solange ich den Eindruck habe, er könnte uns etwas mitteilen, was zur Aufklärung beiträgt. Und erfahrungsgemäß hilft es den Opfern bei der Verarbeitung, wenn sie darüber reden.»

«Aber er hat ihm nichts getan!», erwiderte Claire. «Oder? Das ... das würde doch auffallen!»

«Wir wissen nicht mal, ob wir von einem *er* sprechen können», warf Martenitz ein.

«Der Arzt sagt, er ist körperlich unversehrt», erklärte Ella in bemüht beruhigendem Ton. «Ich möchte aber gerne ein großes Blutbild veranlassen. Max könnte betäubt worden sein, das würde seine Erinnerungslücken erklären. Sind Sie damit einverstanden?»

Claire nickte, aber sie wurde noch blasser als zuvor.

«Wenn Max jetzt gleich wieder nach Hause kommt, tun Sie mir einen Gefallen: Hören Sie ihm zu. Sehen Sie nach ihm. So liebevoll wie immer. Wenn irgendetwas auffällig ist, wenn er etwas sagt, wenn er etwas zeichnet, wenn er versucht, das Erlebte zu verarbeiten ... sagen Sie es uns. Sie haben meine Handynummer, und ich bin immer erreichbar, jederzeit.»

«Danke. Wirklich. Vielen Dank.»

«Aber natürlich.»

«Gut, also ...» Sie wirkte unsicher, was sie nun noch sagen sollte. «Dann seh ich mal wieder nach ihm.» Claire Jurek trat ins Krankenzimmer, und Ella konnte einen kurzen Blick auf Max erhaschen. Täuschte sie sich, oder war da für den Bruchteil einer Sekunde ein seltsames Grinsen auf seinen Lippen?

«Berger?»

Ella wandte sich Martenitz zu. «Ja?»

«Sie wirken abgelenkt», sagte er. «Denken Sie, er versucht es wieder? Der Entführer?»

«Ziemlich sicher. Es ist nur ein Bauchgefühl, aber es ist da.»

Martenitz warf ihr einen nachdenklichen Blick zu. In dem Licht wirkten seine Augen fast grau. «Ich verstehe es nicht. Was bezweckte er mit der Entführung?»

Ella versicherte sich mit einem Blick, dass die Tür des Krankenzimmers geschlossen war. «Max hat sich vielleicht selbst befreit, aber daran müsste er sich erinnern. Nein.

*Dass* er überhaupt zurückkehren konnte, ist ziemlich ungewöhnlich. Und es beunruhigt mich.»

«Geht mir auch so. Gut, Berger, Sie haben sich nicht schlecht geschlagen mit dem Jungen, würde ich sagen. Bleiben Sie dran.»

«Danke. Das werde ich.» Sie nickte Martenitz zu, der sich auf den Weg machte. Etwas, das Max ihr gesagt hatte, kam ihr in den Sinn. Was um alles in der Welt hatte er damit gemeint? *Das Getreide hat sich unter meinen Fingern angefühlt, als würde es brennen.*

# 8

«Die Ergebnisse vom Labor in Berlin sind gekommen», sagte Martenitz und blickte auf die Ermittlungsgruppe. «Die chemische Zusammensetzung der öligen Spuren, die Max an seinen Beinen und unter seinen Fingernägeln mitgebracht hat, stimmt mit der von reinem Teer überein.»

Die Polizeiwache in Makow war noch nie so voll gewesen. Anwesend waren neben Ella heute sieben Beamte: eine Spezialistin für Vermisstenfälle vom Landeskriminalamt, Hauptkommissar Martenitz und zwei weitere LKA-Beamte. Zudem waren der Einsatzleiter einer Einsatzgruppe der Bereitschaftspolizei anwesend, deren Hundertschaft an der Suche beteiligt gewesen war – und Ellas uniformierte Kollegen von der Wache in Makow, Kai Jorgens und Paul Ullrich.

«Teer», sagte eine der Neuen, die von Martenitz als Aya Nakamura vorgestellt wurde und forensische Fallanalytikerin war. Das schräg hereinfallende Sonnenlicht ließ Nakamuras tiefschwarzes Haar schimmern, sodass es selbst wie frisch aufgebrachter Teer aussah. «Der Entführer könnte damit etwas Spezielles bezweckt haben.»

«Fragt sich nur, was.» Ella wusste, dass ihre Anwesenheit bei manchen LKAlern nicht unbedingt gern gesehen war, sie las es in den Blicken, die sie ihr zuwarfen. Für sie war sie wohl nur die Dorfpolizistin einer kleinen Wache, kaum kompetent genug für eine komplexe Vermisstenangelegenheit wie diese. Sie saß gewissermaßen zwischen den Stühlen, aber das machte ihr nichts aus. Sie wusste, was sie konnte, und bevorzugte es, durch gute Leistung statt durch große Worte oder Gesten zu überzeugen. «Und wie ist es zu erklären, dass ihm nach so langer Zeit die Flucht gelang?»

«Wer weiß. Fehler passieren auch diesen Arschlöchern», sagte Nakamura. «Für den Täter hat der Teer jedenfalls eine Bedeutung. Der Junge hat sich nicht rein zufällig damit besudelt.»

Martenitz, der sich, wie Ella bemerkte, seit dem Krankenhausbesuch umgezogen hatte und nun in einem dunkelblauen, aber ungebügelten Hemd steckte, stand auf. «Berger, kurze Zusammenfassung für alle?»

«Nun, heute Morgen wurde Max aus dem Krankenhaus entlassen. Die Ergebnisse der Blutuntersuchung liegen uns erst morgen oder übermorgen vor. Der behandelnde Arzt hält es durchaus für möglich, dass Max ruhiggestellt oder betäubt wurde.»

«Also ist Max nicht freiwillig geblieben?» Das troff nur so von Sarkasmus, und der neu hinzugekommene LKA-Beamte in Zivil, den Ella nicht kannte, lachte halblaut.

«Das ist *nicht* hilfreich», sagte Ella trocken.

«Nein», pflichtete Martenitz ihr bei, «das ist es nicht. Wir stehen alle unter Anspannung.»

«Dann übernehme ich mal», sagte der Beamte in Zivil. «Es gibt keine Hinweise darauf, dass jemand, auf den Max' Beschreibung passt, sich in den vergangenen Tagen in der lokalen Szene herumgetrieben hat.»

«Wer hat das denn angestoßen?», fragte Ella irritiert. Das war nicht abgesprochen, zumindest hatte Martenitz nichts erwähnt.

Es wurde still. «Ich war das», erwiderte Martenitz. «Haben Sie ein Problem damit, Berger?»

«Die Jungs haben Gras geraucht. Mehr nicht.»

«Ja? Vielleicht hat Max ja auch beschlossen, mal aus dem Kaff rauszukommen», sagte der Zivilbeamte, «und ein bisschen was Spannenderes zu testen. Und vielleicht hat er sich dafür eine nette, kleine Geschichte ausgedacht. Der Junge ist dreizehn, keine fünf.»

«Unwahrscheinlich», erwiderte Ella. «Er lügt nicht, was seine Erinnerungslücken angeht. Ich sehe, dass er –»

«Ich stimme ihr zu, Kramer», hörte sie Nakamuras Stimme von links.

Der neue LKA-Beamte warf Nakamura einen Blick zu, wandte sich aber an Ella. Da lag etwas äußerst Angriffslustiges in seinem Blick. «Denken Sie, Sie haben einen guten Zugang zu dem Jugendlichen, Berger?»

«Das kann ich jetzt noch nicht beurteilen, aber ich habe ein gutes Gefühl.»

Martenitz räusperte sich. «Ganz ruhig, Kramer. Berger, wenn Sie weiter mit dem Jungen sprechen wollen, tun Sie es, aber ich erwarte, dass Sie die Kollegin Nakamura hinzuziehen – sie besitzt die Expertise, nach der Sie verlangt haben.»

«Selbstverständlich», erwiderte Ella und sah, wie Nakamura knapp nickte. Die Frau war ihr tausendmal lieber als dieser Kramer.

Martenitz brummte leise. «Was haben wir noch?»

«Ich habe mal wegen dieser Fabrik nachgeforscht, die Sie gestern erwähnt haben», sagte Ella. «Sie liegt vierzig Kilometer von Custrow entfernt. Man hat dort Eisenbahnschwellen hergestellt. Sie ist seit neunzehn Jahren geschlossen und steht leer.»

«Gute Arbeit, Berger. Vielleicht fahren Sie da mal hin.»

«Natürlich.»

«Wir wissen auch, von wem Wicáz seine Drogen bezieht», erklärte Kramer. Ella betrachtete ihn von der Seite. Er sah eigentümlich gut aus, wäre da nicht der fast schon grausame Zug gewesen, der permanent seinen schmalen Mund umspielte – und seine eigenartig unsauber nach hinten gegelten Haare, die ihn schmierig wirken ließen. «Ein lokaler Zwischenhändler, ein Marokkaner, der Kontakt zu einem Clan in Berlin-Wedding hat. Wicáz konsumiert selbst und verteilt weiter im kleinen Stil.»

«Das muss aufhören.»

«Einer der Clan-Männer, die den Zwischenhändler kontrollieren, wurde vor acht Monaten wegen Menschenhandels angeklagt und zu neun Jahren verurteilt», fuhr Kramer fort. «Minderjährige, auch Jungen.»

Martenitz wirkte überrascht. «Denken Sie ...»

«Möglich. Vielleicht war der Junge nicht der Richtige. Sie haben ihn gehen lassen.» Ein harter Zug umspielte Kramers

Mund. «So gesehen hatte er vielleicht Glück. Eins ist klar: Jemand führt die Geschäfte auch nach der Verurteilung fort.»

«Diese Arschlöcher», sagte Aya Nakamura laut, und Ella war sie sofort um einiges sympathischer. Zu Ellas Genugtuung stimmte nun auch Cristina Riccoli zu, die dritte Frau im Ermittlungsteam, die auf Vermisstenfälle spezialisiert war: «Ich würde ebenfalls vorschlagen, Wicáz weiter zu beobachten und ihn nicht weiter aufzuscheuchen. Wir haben nur wenige Spuren, und keiner der vorbestraften Sexualstraftäter im Umkreis von hundert Kilometern kommt derzeit als Verdächtiger in Betracht – aber wenn Kramer recht hat, dürfen wir nichts ausschließen.»

«Nur die Teerspuren», meinte Nakamura, «die passen eher nicht zu einer sexuell motivierten Tat. Ganz davon abgesehen, dass er unverletzt war.»

Für einige Sekunden war alles still im Raum – vor der Wache brummte dumpf ein Rasenmäher.

«Also gut», sagte Martenitz dann. «Kramer, das ist Ihr Fachgebiet. Stimmen Sie sich mit Berger und Nakamura ab. Und vielleicht sollten wir Wicáz tatsächlich noch mal auf den Zahn fühlen. Er kennt Max. Vielleicht war das kein Zufall.»

«Er ist ein Landstreicher», erwiderte Ella, «aber das macht ihn noch nicht automatisch zum Verdächtigen oder Helfershelfer eines Schwerkriminellen. Ich hatte schon mit ihm zu tun. Er trinkt, verkauft hier und da Marihuana, das ja, aber … nein, mehr nicht.»

«Die Anmerkung ist notiert», sagte Martenitz und sah dabei zuerst zu Kramer, dann zu ihr, und seine Augen schimmerten kalt. Ich dulde keine Streitigkeiten, schien dieser Blick zu sagen.

Fünfzehn Minuten später wurde die Besprechung beendet. «Begleiten Sie mich zu dieser alten Fabrik?», fragte Ella Nakamura.

«Gern Ich muss noch kurz etwas mit dem Chef besprechen, dann bin ich gleich unten.»

«Gut, bis gleich.»

Am Haupteingang traf sie dann wieder auf Kramer. «Ella Berger», sagte er. «Aus Berlin.»

«Ah, warten Sie auf mich?», fragte sie ihn. «Ich hatte das Gefühl, Sie wären nicht ganz einverstanden mit einigen Dingen, die ich zu sagen hatte.»

«Ich habe ein paar Erkundigungen eingeholt, als ich von Martenitz hörte, wen er bei dieser Sache mitarbeiten lässt. Sie sind gar nicht so unbekannt, wie Sie vielleicht denken. Man redet über Sie.»

«Ich hoffe doch, nur Gutes.»

Ein schmales, kaltes Lächeln erschien auf seinem Gesicht. «Sie sind effektiv. Erfolgreich. Unnahbar. Ganz die *Eisprinzessin*.» Er musterte sie von oben bis unten. Ella wusste durchaus, wie sie auf die meisten Männer wirkte: eins siebzig, mit kühler, nordischer Attraktivität und schulterlangen weißblonden Haaren, die sie alle paar Monate aufgrund einer seltenen Pigmentstörung, die weiße Strähnen in ihr sonst kornblondes Haar wachsen ließ, nachfärben musste. Kramer schien zu gefallen, was er sah; Ella kannte diesen Blick.

«Haben Sie mir was zu sagen oder wollen Sie nur meine Zeit verschwenden?»

«Frank Zajac. Sagt Ihnen das was?»

Tatsächlich jagte ihr der Name, den sie ewig nicht mehr gehört hatte, einen Schauer über den Rücken. «Was soll das denn jetzt? Wieso erwähnen Sie diesen Namen?»

«Er war ein Freund.»

Nakamura kam aus der Tür der Polizeiwache, ehe Ella etwas erwidern konnte, und taxierte Kramer. «Gibt es hier ein Problem?»

«Nein. Und ich muss wieder los. Tag auch», sagte Kramer und marschierte davon, während er sich ein Kaugummi in den Mund schob.

«Das war komisch. Ich würde sagen, nehmen Sie sich in Acht vor ihm», sagte Nakamura und blickte ihm hinterher, wie er in einen silbergrauen Mercedes einstieg, «aber ich denke nicht, dass ich Sie warnen muss.»

«Hat er ein Problem mit mir?»

«Ich bin nicht sicher. Wie ich hörte, hat Kramer einige Probleme. Aber die meisten behält er für sich. Er ist gut, sicher, aber es gibt auch Gerüchte. Soweit ich weiß, wandelt er manchmal an den Rändern der Legalität.» Nakamura schüttelte den Kopf, fast schon entschuldigend, wie Ella fand. «Also. Fahren wir?»

# 9

«Max? Bist du da?»

Claire Jurek streckte den Kopf in das Zimmer ihres Sohnes. Alles wirkte wie immer, wie früher, bevor er verschwunden war: Ein paar seiner Schulbücher lagen auf dem Schreibtisch neben dem Fenster; aufgeschlagene Comichefte auf dem Boden, eine Nintendo Switch in ihrer Docking-Station neben dem kleinen Fernseher. Der Messingpokal, den Max vor einem Jahr beim Schwimmen gewonnen hatte, schimmerte matt im schräg einfallenden Sonnenlicht, das durch die vorgezogenen Vorhänge hereinfiel. Für Claire war es für einen Augenblick, als blickte sie auf ein verblichenes Foto.

Wo steckte er denn?

Sie musste an die Worte der Polizistin denken: *Hören Sie ihm zu. Sehen Sie nach ihm. So liebevoll wie immer. Wenn irgendetwas auffällig ist, wenn er etwas sagt, wenn er etwas zeichnet ...*

Ja, was dann? Wollte sie ihn dann wirklich neuen Befragungen durch die Polizei aussetzen? Irgendetwas in ihr – so etwas wie ein ureigenes Muttergefühl, von dem sie vor seiner Geburt noch nicht einmal gedacht hätte, dass es so etwas geben könnte – sagte ihr, dass sie Max alldem nicht aussetzen wollte.

Was immer ihm zugestoßen war – er lebte. Das war das Wichtigste. Und die Narben, die zurückblieben, würden mit jedem Tag blasser werden, auch die auf seiner Seele.

*Solange ich ihm zeige, dass ich ihn liebe. Denn das braucht er gerade am allermeisten.*

Claire ging wieder nach unten, die oberen beiden Treppenstufen der Buchenholztreppe knarrten leise unter ihren Schritten. Sie hatte Andrzej schon gefühlt hundert Mal gebeten, sie zu reparieren, doch mittlerweile empfand sie das Geräusch beinah als heimelig. Schnell sah sie im Erdgeschoss nach, doch auch hier fand sie Max nicht. Schließlich ging sie auf die kleine Veranda hinter dem Haus.

Da war er. Am Zaun, den Rücken ihr zugewandt, seinen Blick auf die Roggenfelder gerichtet, stand er da – starr und unbeweglich.

«Max?»

Sie ging über den Rasen zu ihm. Er drehte sich nicht um, also stellte sie sich neben ihren Sohn und legte den Arm um ihn. Endlich blickte er zu ihr auf, als habe die Berührung den Bann gebrochen.

«Was machst du?», fragte sie leise.

«Ich ...» Sein Blick ging zum Roggenfeld, dann wieder zu ihr. Max war groß für sein Alter, er würde sie bald überragen. Schweißtropfen standen auf seiner Stirn, die den Staub der Felder zu dunklen Flecken verschmiert hatten. Von ihm ging ein erdiger, zugleich trockener Geruch aus, den sie schon einmal wahrgenommen hatte – an jenem Abend, als er zurückgekehrt war.

«Ich schau mir nur die Felder an», sagte Max mit ruhiger Stimme. «Sieh mal.» Wieder blickte er hinaus auf den sanft im Wind wogenden Roggen. «Das hat doch etwas Magisches, findest du nicht?»

«Magisch?»

«Hypnotisch», erwiderte Max. «Wenn man nur lange genug hinausblickt ...»

«Ja?»

«Dann kann man es sehen.» Seine Stimme klang dunkler, dumpfer als zuvor, und Claire war es, als striche etwas über ihren Nacken. Unwillkürlich zuckte sie zusammen.

«Was kann man dann sehen?»

«Alles, Mama», sagte Max. «Alles, was geschehen wird, alles, was schon geschehen ist. Es ist, als hätte man einen scharfen Schnitt gemacht ... und aus der Wunde der Realität quillt Wahrheit.»

«Wie ...» Sie musste kurz Luft holen. «Wie bitte?»

«Die Wahrheit ist», sagte Max, und nun lächelte er sie an, «dass unsere Welt wie der Roggen ist. Eines Tages wird alles in ihr faulen und vergehen.»

«Du ... Max, was redest du da?»

Ihr Sohn blinzelte. Dann wischte er sich über die schweiß-nasse Stirn, wobei er den Staub noch weiter verschmierte. «Ich weiß nicht. Bin nur müde, glaub ich. Denk dir nichts dabei. War nur so eine Idee.»

«Max!»

Er winkte müde ab, wie ein alter Mann, dann ging er zurück und verschwand im Haus. Claire blieb, wo sie war. Blickte zurück zum Roggenfeld. Und dann, so schien es ihr, hörte sie etwas: eine Stimme, tief im Feld. Und obwohl sie die Worte nicht verstehen konnte, wusste sie, dass sie böse und grausam war.

# 10

Der Weg zur alten Fabrik war nicht besonders lang, doch mussten sie langsam fahren, weil die Straße voller Schlaglöcher war. Ella sah die Kornfelder vorüberziehen, ein gewaltiger Ozean aus Gold und Gelb, auf den die Sonne hinunterbrannte.

*Frank Zajac*, hatte Kramer gesagt, und der Name ging ihr nicht aus dem Kopf. Sie wusste, sie hätte sich nichts anmerken lassen sollen, aber so ganz war es ihr nicht gelungen.

«Irgendetwas hat Kramer doch zu Ihnen gesagt. Sie sind so still geworden», meinte Aya Nakamura.

«Kennen Sie Kramer gut?»

«Überhaupt nicht.»

«Verstehe. Nun, nein. Es ist nichts.»

Nakamura war anzusehen, dass sie ihr nicht glaubte, sie fragte aber nicht weiter.

Frank Zajac hatte als Kronzeuge in einem Prozess gegen einen Mörder aus dem Milieu aussagen sollen. Er wurde in einem sicheren Haus in Berlin in einem gezielten Racheakt ermordet, bevor der Prozess beginnen konnte – und der Mann, der für seinen Schutz abgestellt war, mit ihm. Es war ein schwarzer Tag für die Berliner Polizei gewesen, und für Ella persönlich, denn der tote Polizist war ein Kollege und Freund gewesen.

Gab sie sich selbst die Schuld, weil sie es gewesen war, die kurz zuvor mit ihm eine Schicht getauscht hatte? Das war eine Frage, die sie bis heute in manchen Nächten wachhielt. Nach wie vor die Überlegung, was gewesen wäre, wenn in jener Nacht das Schicksal auch nur ein wenig anders entschieden hätte.

Und nun erwähnte Kramer, dass er Zajac gekannt hatte. Er hatte ihn *Freund* genannt. Suchte er nach einem Verantwortlichen für seinen Tod? Nach all den Jahren?

«Dieser ganze Ort, ach was, der ganze Landstrich hier … irgendetwas daran ist seltsam», sagte Nakamura nachdenklich und riss Ella aus ihren Gedanken. «Etwas, bei dem sich meine Nackenhaare aufstellen.» Sie lachte kurz auf, ein helles Lachen. «Ach, hören Sie nicht auf mich, ich bin wahrscheinlich so viel Landluft einfach nicht mehr gewöhnt. Wir machen meistens trockene Bürosachen. Sie wissen schon, trocken meine ich da ganz wortwörtlich. Keine nassen Füße, nicht für die Profiler.»

«LKA Berlin», meinte Ella, «und dann auch noch bei den Profilern. Ganz schön steile Karriere.»

«Finden Sie? Ich hab aber auch von *Ihnen* gehört, Berger.»

Was genau sie gehört hatte, wollte sie offenbar nicht preisgeben, stattdessen stellte Nakamura das Radio an: leise Jazzmusik. Ella dachte an Kramer und Zajac, die Vergangenheit, und sie dachte an ihren Vater.

«Es muss nicht leicht gewesen sein, Berlin einfach so zurückzulassen.»

Ella sah zu Nakamura hinüber, die sie interessiert musterte. War das jetzt ein Versuch, sie zu analysieren? «War es wirklich nicht. Natürlich bin ich oft froh, diese Ruhe zu haben. Den ganzen Dreck und Lärm vermisse ich überhaupt nicht. Aber dann ... dann will ich wieder mittendrin sein, ganz vorne dabei.»

«Türen eintreten?»

«Wenn es denn sein muss.»

«Sie schlafen zu wenig, Berger, wenn ich das anmerken darf.»

«Das tun die anderen auch nicht», erwiderte Ella. «Und Sie? Ist es nicht umso schlafraubender, tagein, tagaus in Täterpsychen einzutauchen?»

«Ich meditiere», meinte Nakamura nur. «Sollten Sie auch mal versuchen.»

Die Fabrik erhob sich vor dem blauen Spätsommerhimmel als klar umrissener Schatten, davor hohe Tannen, die das Gelände umgaben. Das Zufahrtstor gab es nicht mehr, stattdessen versperrte ein Bauzaun mit einem «Betreten verboten»-Schild den Weg, doch Nakamura räumte den Zaun einfach beiseite.

Als sie näher heranfuhren, konnten sie mehr erkennen: dunkelroter Klinker, Schornsteine, die wie fremdartige Fortsätze in den Himmel wuchsen, ein großes Tor, hinter dem die Betriebshallen lagen und auf dem weitere «Betreten verboten»-Schilder angebracht waren, auf denen der Rost blühte wie das Unkraut, das überall auf dem Gelände zwischen den Pflastersteinen sprießte. Graffiti überzogen den Klinkerstein, viele davon bereits verblasst. Manche Fenster waren eingeworfen worden, andere waren mit Brettern vernagelt. *RUNGE Feld- und Eisenbahnmaterial GmbH* stand auf einem Schild an der größten Halle.

«Nett hier», sagte Ella.

«Ja, eine wahre Perle der Natur», meinte Nakamura. Manchmal, bemerkte Ella, schlich sich der Hauch eines Akzents in ihre Stimme. «Gehen wir uns mal umschauen.» Nakamura parkte den Wagen unweit des großen Tors. Sie ging schnurstracks darauf zu und rüttelte vergeblich an den eisernen Griffen.

Ella deutete auf einen Personaleingang. Die Tür fehlte, stattdessen hatte jemand aus krummen Latten eine provisorische Blockade gebaut, die vermutlich allzu Neugierige abhalten sollte. «Sieht so aus, als könnten wir da drüben rein.» Sie reichte Nakamura eine Taschenlampe. «Hier, nehmen Sie die. Drinnen wird es dunkel sein.»

«Sie riechen das auch, oder?», sagte Nakamura, als sie vor der Tür standen. «Stinkt nach Crystal Meth. Wir sollten uns auf Bewohner einstellen.» Sie rückte die Waffe an ihrer Hüfte zurecht. Ella erwiderte nichts – und ebenso wenig roch sie irgendwelche Drogen.

Nakamura trat gegen die oberste Latte, und die ganze Barrikade aus Holz gab nach und kippte mit einem morschen Rumpeln nach innen.

«Ich bin mir nicht sicher, ob es laut genug war», sagte Ella mit einem belustigten Seitenblick.

«Haha.» Und doch glaubte Ella, in Nakamuras Stimme eine gewisse Nervosität ausmachen zu können. Gut. Wer unvorsichtig war, erlaubte sich leicht Fehler, ganz gleich, wie lange man schon im Job war.

In der Halle herrschte ein düsteres, muffiges Halbdunkel. Nur durch die Lücken der Bretterschalungen fiel etwas Licht auf den schmutzig-staubigen Boden. Der Rest war Dunkelheit, die sie mit den Lichtkegeln der Lampen verdrängten.

Große Maschinen rosteten in aller Stille vor sich hin. Es war kühl hier drinnen, als wäre die Zeit stehen geblieben, als wäre alles innerhalb dieser hohen Mauern unbeeindruckt von allem, was draußen geschah. Nakamura trat beinahe auf ein Brett mit hervorstehenden, rostigen Nägeln. «Vorsichtig hier drin», sagte Ella leise.

«Suchen wir den Teer. Am besten gleich auch nach einem Versteck, wo man Max festgehalten haben könnte.»

Nach zwanzig Minuten in der Fabrikhalle und den darüberliegenden Büros hatten sie nur einen Bruchteil der gewaltigen Anlage erkundet. Einmal glaubte Ella, Schritte zu hören, doch als sie zurückblickte, war niemand da. Dennoch fühlte sie sich seltsam, in ihrem Nacken prickelte es, als würde man sie beobachten. Ihre Taschenlampe flackerte und fiel kurz darauf ganz aus.

«Das war von Anfang an ohnehin Unsinn», meinte Nakamura nach einer Weile. «Wie wir sehen, gibt es ...» Sie hielt inne. «Na so was. Sieh mal einer an.» Sie deutete auf ein rostiges Schild, dessen Aufschrift Ella mit einiger Mühe als «Restelager» identifizieren konnte. Ein Pfeil wies auf eine Metalltreppe, die ins Untergeschoss führte.

«Vielleicht haben wir doch noch Glück», sagte Ella.

«Gehen Sie vor, Berger. Ich trete sonst wieder nur in rostige Nägel.» Nakamura gab ihr ihre Taschenlampe.

Die rostigen Treppenstufen knarrten leise, als sie nach unten stiegen. Ella ließ den Lichtkegel der Taschenlampe über feuchtes Mauerwerk wandern. Spinnweben hingen dicht an dicht in den Ecken, dicke, schwarze Winkelspinnen flohen vor dem Licht.

«Urgh», machte Ella. «Ich hasse diese Dinger.»

Leere Kartons standen überall im Weg herum, dazwischen Regale voller Flaschen und Eimer, die mit stinkenden Flüssigkeiten gefüllt waren.

«Was bringt jemanden dazu, einen Dreizehnjährigen mit Teer zu beschmieren?» Nakamuras Stimme klang leise in der Dunkelheit, als wagte sie es nicht, lauter zu sprechen. In den Ecken und Nischen knisterte es, im fahlen Licht sah Ella, wie Ratten umherhuschten und zwischen all dem Müll Schutz vor den Eindringlingen suchten.

«Da fällt mir so einiges ein. Aber nichts davon würde ich gerne an einem Ort wie diesem hier erklären.»

«Hm.» Nakamura ließ ein leises Lachen hören. «Auch wieder wahr. Leuchten Sie mal da rüber.»

Sie schwenkte den Strahl. Einige Paletten standen dort hochkant, wie Ella bemerkte, doch sie lehnten nicht direkt an der Wand.

«Sieht für mich ein bisschen so aus, als wollte da jemand etwas verstecken.»

Nakamura ging darauf zu, doch Ella hielt sie abermals zurück.

«Sehen Sie mal, da, am Boden.»

Der Lichtstrahl entlockte der Finsternis jede Menge Staub, der sich auf dem Betonboden gesammelt hatte – und in diesem Staub Schuhabdrücke.

«Jemand war hier», sagte Nakamura.

«Vor gar nicht allzu langer Zeit.» Ella drehte sich um. Das Gefühl, beobachtet zu werden, wurde immer stärker. «Ich versuche mal, die Paletten zur Seite zu räumen.»

Doch das alte, feuchte Holz war zu schwer, und Ella musste ihre Lampe in ein nahes Regal stellen, damit sie gemeinsam die mannshohen Paletten zur Seite schaffen konnten. Dahinter stand ein großes Metallfass.

«Der Deckel ist nicht verschlossen.»

«Wir sollten es nicht anfassen», sagte Nakamura. «Sie riechen das auch, oder?»

Ella nickte. «Teer. Sehr eindeutig, würde ich sagen.»

«Genau.» Nakamura stieß einen japanischen Fluch aus. «Dieser Bastard war also wahrscheinlich wirklich hier.»

«Er war hier, aber –» Ella hielt inne. Da war es wieder, das Geräusch. Schritte, definitiv.

«Hören Sie das?»

Nakamura nickte. Ihre Hand lag auf ihrer Dienstwaffe, und Ella tat es ihr gleich. Sie hielten die Luft an. Schritte, nein, mehr ein Schlurfen, das sich näherte.

Oder wurde es leiser? Die Akustik hier unten war trügerisch.

Ella zog ihre Dienstwaffe aus dem Holster. Sie deutete den Korridor hinab, Nakamura nickte. Ganz vorsichtig, ermahnte sie sich. Ein Schritt nach dem anderen. Kein Laut.

Die Schritte verstummten.

Ella spürte, wie heiß ihr mit einem Mal war, wie das Blut in ihren Ohren pochte.

Wer auch immer dort vorn stand, ging es ihr durch den Kopf, er würde sich sicherlich nicht freiwillig ergeben.

Langsam, ganz vorsichtig, machte sie einen weiteren Schritt nach vorn. Papier raschelte unter ihren Schuhen.

Dann geschah es: Etwas stürmte mit aller Kraft los, stieß einige der Kartonagen um, dann eine Palette, die laut krachend auf den Boden polterte.

«Er flieht!»

Ella schnappte sich die Taschenlampe und sprintete der Silhouette hinterher – der Typ trug so etwas wie einen Verband am Kopf. Behände wich er den Hindernissen aus, doch sie holte auf. «Bleib stehen!» Doch der Unbekannte sprang über einen Eimer, stürmte weiter voran, wandte sich um eine Ecke und verschwand. Spinnweben schlugen Ella ins Gesicht, wie ein klebriger Vorhang, der quer durch den Gang gespannt war. Angewidert wischte sie sich über die Wangen. Dort! Sie konnte ihn hören! Schritte auf der Metalltreppe. Ella folgte ihm, die Waffe im Anschlag, hinauf über die Treppe, zurück in die Maschinenhalle.

«Nakamura! Rufen Sie Unterstützung!», rief sie über ihre Schulter. «Schnell!»

Nakamura war noch unten am Fuß der Treppe. Sie telefonierte schnell, dann schloss sie zu ihr auf.

Die Silhouetten der Maschinen, gedrungene Schatten, ragten neben Ella auf. Einander absichernd gingen sie vorsichtig zwischen den Maschinen entlang, doch war in der Fabrikhalle keine Bewegung auszumachen.

«Vielleicht hat er sich versteckt», sagte Ella leise. Konzentriert versuchten sie, alles zugleich im Blick zu behalten. «Wir müssen ihn überrascht haben.»

Nakamura warf ihr einen besorgten Blick zu, während sie weiter die große Halle durchsuchten. All der Müll, die zahllosen Abdrücke am Boden im Staub: Es würde die Hölle für die Spurensicherung werden, hier etwas Nützliches zu finden. Ella verstaute die Dienstwaffe im Holster. «Verflucht, wir hatten ihn fast!»

«Wir hatten keine Chance. Er kannte sich aus, und er wusste, dass wir da waren.»

«Wir hätten ihn fassen können.»

«Hören Sie, Berger, das hier war nicht *Ihr* Fehler», sagte Nakamura. «Das war nur Pech. Mehr nicht.»

In der Ferne hörten sie Sirenen. Die Kollegen waren schnell und doch zu spät. Er war hier, dachte Ella bitter. Er war hier, und wir haben ihn entwischen lassen.

# 11

Die untergehende Sonne malte blutrote Streifen auf den Eichenholzboden. Ella betrachtete das Gesicht ihres schlafenden Vaters, die Furchen, die die Zeit gegraben hatte. Über ihr ließ die Wärme des Tages die Dachbalken leise knacken. Behutsam und leise verabschiedete sie sich, ohne ihn zu wecken, dann ging sie hinaus, stieg in ihren Wagen, fuhr die lange Hauptstraße hinab, bis sie das weiße, schlichte Mietshaus am Ortsrand erreicht hatte.

Die Wohnung war kühl und still. Ella warf eine Kopfschmerztablette in ein Glas Wasser, das sie mit einem Zug austrank. Dann ließ sie sich mit einem Seufzen in den Sessel beim Fenster fallen und legte die Beine hoch. Das aufgeschlagene Buch fiel von der Lehne zu Boden.

Es war ein langer Tag gewesen. Das kriminaltechnische Labor in Berlin hatte die Zusammensetzung der Erde an Max' Schuhen analysiert, doch der Befund war unauffällig. Dann hatte die Spurensicherung die alte Fabrik durchsucht, die Fingerabdrücke am Fass gesichert und das Gelände weiter durchkämmt. Es gab eine Menge Fußspuren, weggeworfene Wodka- und Kornflaschen, Kondome, Süßigkeitenverpackungen, Zigarettenkippen. Die Jugend aus Custrow und den anderen Dörfern wusste offenbar von diesem Ort und kam häufig hierher. Und so war die Suche nach einer Spur, die Max' Entführer womöglich hinterlassen hatte, ein beinahe unlösbares Unterfangen. Einige Teams waren die Straßen um die Fabrik herum abgefahren, hatten nach einem Motorrad oder einem Quad Ausschau gehalten. Frische Reifenspuren gab es auf dem Gelände nur wenige, wie sich herausstellte, und die wenigen, die nicht zu dem Wagen gehörten, mit dem Nakamura und sie gekommen waren, stammten eindeutig von Zweirädern oder einem kleinen, geländegängigen Fahrzeug.

Riccoli überprüfte derzeit alle Quadhalter, aber ihnen allen war klar, dass etliche Personen mit diesen Maschinen durch die Gegend fuhren. Doch wenn der Verdächtige nicht zu Fuß verschwunden war, hatte er ein solches Fahrzeug benutzt.

Du warst ziemlich dicht hinter ihm, dachte Ella. Er hätte niemals dermaßen schnell verschwinden können. Niemand kann sich in Luft auflösen.

*Niemand.*

Später am Tag hatte Ella Max besucht. Der Dreizehnjährige baute an einem großen Lego-Set in seinem Zimmer. Er hatte direkt gefragt: «Erinnern Sie sich, wie Sie in meinem Alter drauf waren? Manchmal komm ich mir vor wie ein Alien.»

Ella hatte ihm die Wahrheit gesagt: dass sie ihm gar nicht so unähnlich gewesen war, zurückgezogen, gerne für sich allein. Ihre Haare hatten sich komisch verfärbt, als sie im ersten Jahr auf dem Gymnasium war, hatte sie ihm erzählt, ganz weiß wurden sie. Eine Pigmentstörung. Seitdem färb ich sie, siehst du? Das fand er spannend, und er hatte sich daraufhin ein wenig mehr geöffnet. Die Tür, das Essen, das ihm gereicht wurde, daran erinnerte er sich gut, doch er lieferte keine neuen Details. Vielleicht log er. Ella wurde zumindest das Gefühl nicht los, dass es mehr gab. Doch was, wenn sie sich täuschte? Wenn sie hier ihre Zeit verschwendete?

Der Klingelton ihres iPhones zerriss die Stille. Es war Martenitz. Mit einem unguten Gefühl in der Magengegend nahm sie den Anruf entgegen. Wollte er ihr persönlich sagen, dass sie heute versagt hatte?

«Sie sollten herkommen», sagte er knapp. Da war kein Vorwurf in seiner Stimme, stattdessen große Sorge. «Es ist wieder jemand verschwunden. Ein Mädchen, Rebecca Kranitz. Sie geht mit Max auf die Schule, in die Parallelklasse.»

Ella gestand sich ein, dass sie insgeheim auf eine Nachricht wie diese gewartet hatte. «Seit wann ist sie verschwunden?»

«Sie hätte vor sechs Stunden zu Hause sein sollen, bei Freunden ist sie nicht. Und sie hat gerne den Weg über die Felder genommen. Den Pfad, den auch Max erwähnte. Das können wir nicht ignorieren.»

«Durch den Roggen?»

«Ja.»

«Verdammt. Ich bin unterwegs.»

Die Roggenfelder, dachte Ella. Wieder die Roggenfelder.

Das Treppenhaus lag im Dunkeln, als sie die Wohnung verließ. Sie war die einzige Partei im Haus, denn die kleine Parterrewohnung unter ihrer stand schon seit einigen Jahren leer, wie der Hausverwalter ihr erklärt hatte. Die Rollläden waren herabgelassen, und offenbar hatte man es aufgegeben, nach einem Mieter zu suchen. Schnell eilte sie die Stufen hinab.

In der Luft hing ein schwacher Geruch: Moschus und etwas Apfel. Vielleicht hatte es der Paketzusteller, der ihr früher am Tag eine Lieferung vor die Tür gestellt hatte, etwas mit seinem Parfüm übertrieben.

Nakamura lehnte an ihrem Wagen: onyxschwarzes, kinnlanges Haar, das sie bis auf eine Strähne, die ihr in die Stirn fiel, zurückgekämmt hatte, eine marineblaue Windjacke, helle Jeans, die Augen sehr blau. Ein wenig zu bewusst *cool* für Ellas Geschmack, aber ihr kam noch ein anderer Gedanke: Sie *wollte* so wirken. Nakamura hielt eine Mappe in der Hand, als wäre sie gekommen, um den Strom abzulesen.

Und dann die Jacke. Wieso trug sie bei diesen Temperaturen eine Jacke? «Nakamura? Wissen Sie davon? Er hat es wieder getan.»

Nakamura nickte. Da war Bedauern in ihrem Gesicht, aber auch noch etwas anderes – etwas Seltsames. Begeisterung? Eine Art dunkle Vorfreude oder Jagdfieber? «Ich hab's schon gehört.»

Der Himmel hatte sich verdunkelt, zum ersten Mal seit Wochen hatten sich dichte Wolken zusammengeschoben, die die unheilvolle blau-grüne Farbe eines Blutergusses angenommen hatten. Dann fiel Ellas Blick auf die Stromleitungen, die die Häuser kreuz und quer überspannten: Hunderte von Vögeln saßen dort dicht an dicht. Große und kleine, Krähen, Spatzen, Amseln. Mit ihren dunklen Knopfaugen wachsam auf sie herabblickend, schallte ein lautes Flattern und Krächzen durch die Luft.

«Sehen Sie das?» Nakamura trat neben sie. «Die Bauern werden sich beeilen müssen, die letzte Ernte einzufahren ... und unser Roggenentführer verliert vielleicht bald sein Versteck.» Sie deutete auf Ellas Wagen am Straßenrand. Da war etwas wie ein Lächeln auf ihren Lippen, doch war es so schnell verschwunden wie jener ferne Blitz, der zugleich am Himmel zuckte. «Wir sollten Martenitz nicht warten lassen», sagte sie. «Es wird Zeit.»

# 12

Flutlichtscheinwerfer, die die Spurensicherung mit Unterstützung der Dorffeuerwehr eilig aufgestellt hatte, erhellten das Roggenfeld. Kalt, bläulich und grell war das Licht, und Ella kam es vor, als würde sie ein Filmset betreten. Dunst stieg vom Waldrand auf, es sah aus, als läge ein Schleier über allem, wie eine Kuppel, die man über das ganze Dorf und die Felder gestülpt hatte.

In der Nähe brummte ein Dieselgenerator, der die Scheinwerfer mit Strom versorgte. Ella sah, wie etwa zwei Dutzend Bereitschaftspolizisten mit Taschenlampen ausgestattet systematisch das Roggenfeld durchkämmten. Martenitz stand in der Nähe, die Arme verschränkt, eine dunkle Silhouette vor den Feldern.

«Ah, Berger, Nakamura», sagte er, als er sie bemerkte. «Kommen Sie, kommen Sie. Ich nehme an, Sie wissen über Familie Kranitz Bescheid?»

«Nicht mehr als die meisten», sagte Ella. Aus der Distanz konnte sie am Feldrand einige Custrower ausmachen, die zu ihnen herübersahen. Dass eine zweite Jugendliche vermisst wurde, und das so kurz nach Max' Verschwinden, würde für große Unruhe im Dorf sorgen. «Rebecca ist die Tochter des Bürgermeisters, Bernd Kranitz.»

«Er hat das halbe Dorf zusammengetrommelt. Er hat

gewissen Einfluss, und die sind alle auf den Beinen, mehr Leute als die Kollegen von der Bereitschaft, die ich angefordert habe.»

«Wo wurde Rebecca zuletzt gesehen?», fragte Ella.

«Sie war bei einer Freundin, Sylvie Bajetzky. Sie hat Rebecca zum Bus begleitet, der zurück Richtung Custrow fährt, und sie einsteigen sehen. Das war um kurz nach drei heute Nachmittag. Sie ist aber nicht bei sich zu Hause ausgestiegen, sondern schon hier draußen in der Nähe des Aussiedlerhofes.»

«Wer sagt das? Wer hat sie im Bus gesehen?»

«Kowalk, einer der Dörfler. Er ist vorbeigefahren, hielt an, fragte sie, ob sie mitfahren will, aber sie lehnte ab.» Martenitz deutete auf einen Mann, der bei zwei Uniformierten stand, die sich mit ihm unterhielten. «Er kam wieder her, als er bemerkt hat, dass wir nach ihr suchen. Hat bereitwillig erzählt, dass er sie gesehen hat.»

«Wir sollten auch noch mit dem Busfahrer sprechen.»

«Schon passiert. Er bestätigt Kowalks Angaben.»

Ella runzelte die Stirn. «Wieso hat sie das gemacht? Wieso dieses Feld, wieso derselbe Pfad, den auch Max genommen hat?»

«Gute Frage, Berger. Ich wünschte, ich könnte sie beantworten.»

«Und Rebeccas Handy?»

«Sackgasse. Laut ihrer Mutter hatte sie es bei sich. Aber dann stellte sich raus, sie hat es bei der Freundin liegen lassen. Die kennt die PIN nicht, also müssen wir es zur IT geben. Und das kann dauern.»

Eine kurze Stille trat ein, in der nur fernes Grummeln zu

hören war, Donner und Wetterleuchten, das den Himmel erhellte.

«Wir werden Erklärungen finden», sagte Aya Nakamura nun mit ihrer leisen, in diesem Moment fast sphärisch klingenden Stimme, «aber ich denke, dass uns nicht alle davon erfreuen werden. Oder gar zufriedenstellen.»

«Wie meinen Sie das?» Martenitz' Tonfall klang ein wenig herausfordernd, wie Ella glaubte herauszuhören.

«Es ist ein abgelegenes, verschlossenes Dorf, voller verschlossener Menschen. Manche Geheimnisse bleiben vielleicht für immer gewahrt und vor fremden Ohren verborgen.»

«Das ist keine Einstellung, der ich mich anschließen werde, Nakamura.» Martenitz runzelte die Stirn, blickte von ihr zu Ella, doch ehe er etwas hinzufügen konnte, wurden sie von einer Frau unterbrochen, blond, die Haare wild und ungekämmt, die auf sie zurannte, Tränen im Gesicht.

«Wo ist sie?», schrie sie. «Wo ist meine Tochter? Wieso stehen Sie hier rum anstatt … anstatt …» Sie wollte sich auf Martenitz stürzen, doch Nakamura stellte sich ihr in den Weg, fing ihre Hand ab, mit der sie ihn schlagen wollte. Die Frau war vollkommen außer sich. Nakamura beugte sich zu ihr und flüsterte ihr leise etwas ins Ohr, was sie offenbar ein wenig beruhigte.

«Holen Sie tief Luft», sagte Ella. «Versuchen Sie es. Martenitz, lassen Sie uns kurz mit ihr allein sprechen?»

Er schnaubte, machte aber kehrt und entfernte sich.

«Frau Kranitz», sagte Ella, «es tut mir sehr leid. Wir unternehmen alles, um Ihre Tochter so schnell wie möglich –»

«Reden Sie doch keinen Scheiß», fuhr Maria Kranitz sie an. «Wir wissen doch beide, was los ist!»

Ella begegnete ihrem panisch-angsterfüllten Blick mit gehobenen Augenbrauen. «Was ist denn Ihrer Meinung nach los?»

«Na, das Gleiche wie mit Max. Irgendwer hat es auf die Kinder abgesehen, das ist ja wohl eindeutig. Da läuft irgendein Pädophiler frei herum, irgendein Kindermörder. Anstatt hier zu stehen, sollten Sie lieber ... Sie sollten ...» Sie starrte auf das Roggenfeld hinaus und brach wieder in Tränen aus. Ihr ganzer Körper wurde geschüttelt, dann versuchte sie, mit zitternden Händen ein Taschentuch aus ihrer Jeans zu ziehen, von dem aber nur noch Fetzen übrig blieben.

«Nehmen Sie die hier», sagte Nakamura und bot ihr eine Packung Taschentücher an. «Auf ein Verbrechen», sie zögerte, «deutet im Augenblick noch nichts hin.»

Maria Kranitz wischte sich über die Wangen, dann schnäuzte sie äußerst geräuschvoll. «Ach nein? Also ist Becca wohl einfach so nicht nach Hause gekommen?»

«Sie hat den Weg über die Felder gewählt», fuhr Nakamura mit ruhiger Stimme fort. «Wieso hat sie das getan?»

«Weil ... die Jugendlichen da gerne langgehen. Das ist, keine Ahnung, so eine Abkürzung. Querfeldein zurück zum Dorf.»

«Und wieso ist sie nicht einfach später aus dem Bus ausgestiegen?», fragte Ella, und Maria Kranitz wandte sich ihr zu. «Dann wäre sie doch schneller zu Hause gewesen.»

Ella bemerkte, dass Kranitz' Blick irgendetwas hinter ihr fixierte. Als sie sich umdrehte, waren da nur einige Männer und Jugendliche aus dem Ort.

«Ist etwas?»

Ein Traktor mit angehängter Walze kam dröhnend über das Feld gefahren, offenbar, um den Zugang zu erleichtern. «Bin mir nicht sicher. Dachte, da war jemand aus dem Hei...»

Ella wartete, bis der Lärm verklungen war. «Wen meinen Sie?»

«Vergessen Sie's», winkte sie ab. «Aber eins ist ja wohl klar: Meine Tochter ist vierzehn. Ich kann kaum mehr auf jeden ihrer Schritte aufpassen. Sylvie und sie hängen seit Jahren zusammen rum, und nie ist was passiert. Sie war die Nacht bei ihr, wir hatten vereinbart, dass sie mittags wieder zurückkommt.«

«Ich verstehe. Und was ist mit Jungs? Hatte sie da jemanden, bei dem sie womöglich sein könnte?», fragte Ella weiter und bemerkte, dass Nakamura ihnen beiden den Rücken zugewandt hatte und auf das Roggenfeld hinausblickte.

«Die gibt es natürlich. Die haben so eine kleine Clique, aber ich wüsste nicht, dass einer von denen Interesse an ihr hat. Vielleicht hat sie es mir auch nicht erzählt, aber ...»

«Würde sie das denn tun?»

«Nein. Vermutlich nicht.»

«Hätten Sie Namen und Adressen für mich?» Ella hörte genau zu und speicherte sich die Namen und Adressen von Rebecca Kranitz' Freunden. «Allesamt aus Custrow, mit Ausnahme von Sylvie Bajetzky, die im Nachbarort wohnt. Interessant.»

«Ja. Es ist eine enge Gemeinschaft hier.» Maria Kranitz musterte Ella, als wäre ihr gerade etwas eingefallen. «Ich kenne Sie doch, Frau Berger. Sie kümmern sich um Ihren Vater, nicht wahr?»

Ella nickte.

«Wie schön», sagte Kranitz und wirkte, als meinte sie es auch so. «Wir haben meine Mutter damals auch bei uns aufgenommen. Die Kinder sollten doch ihre Eltern pflegen, anstatt sie in ein Heim zu stecken.»

Ellas Gedanken waren bei Rebeccas Freunden. Drei Mädchen, zwei Jungs, allesamt in ihrem Alter. Max stand nicht auf der Liste. «Sagen Sie, kannten sich Max und Rebecca? Hatten sie engeren Kontakt?»

«Nur von der Schule», erwiderte Kranitz sofort. «Max ist ... na ja, ich denke, man könnte ihn wohl einen Außenseiter nennen. Er ist immer gerne für sich. Schlimm, was da passiert ist, oder?»

«Sehr schlimm», sagte Ella.

«Aber er ist zurück ...» Kranitz blickte abwesend auf das Roggenfeld hinaus. «Ich frag mich, wie das möglich ist.»

«Wie meinen Sie das?»

«Sie bemerken es doch auch, nicht wahr? Etwas stimmt hier nicht.» In der Ferne liefen einige Dorfbewohner den Feldweg entlang, Taschenlampen in den Händen. «Ich glaube, mein Mann ist gekommen. Ich sollte jetzt wirklich los.»

«Sie schließen sich der Suche an?»

In Kranitz' Augen trat ein harter Glanz. «Aber *natürlich* werde ich das. Und ich bin die ganze verfluchte Nacht auf den Beinen und werd an jede Tür klopfen, bis mir jemand sagt, dass er meine Tochter irgendwo gesehen hat! Und selbst wenn ich dabei umkippe, ich werd sie weitersuchen.» Sie eilte davon, um sich der Gruppe anzuschließen.

Nakamura kam herüber und wischte sich eine Strähne

aus der Stirn. Ella war überzeugt, dass sie kein Wort verpasst hatte. «Seltsam, nicht wahr?», sagte Ella.

«Was meinen Sie?»

«Es ist so fürchterlich trocken. Aber diese Roggenfelder ... das Korn wächst und wächst.»

«Ist das so? Von industrieller Landwirtschaft verstehe ich nicht besonders viel. Wir sollten jedenfalls herausfinden, wem diese Felder gehören», meinte Nakamura. «Ich denke, das könnte recht interessant werden.»

«Das hab ich schon getan. Sie gehören einem Großkonzern namens BioSyns, der hier einiges an Land aufgekauft hat», sagte Ella. «Viele Custrower sind nicht besonders gut auf den Konzern zu sprechen. Profitiert haben nur einige wenige Landwirte, das war jedenfalls das, was ich so mitbekommen habe.» Ella deutete in Richtung des Mannes, der bei den beiden uniformierten Kollegen von der Wache stand. Martenitz war schon wieder verschwunden. «Ich unterhalte mich mal mit dem Zeugen, ja?»

«Natürlich. Ich sehe mich hier noch ein wenig um.»

Der Zeuge war klein, vielleicht eins fünfundsechzig groß, und hatte langes, graues Haar, das ihm bis zu den Schultern reichte. Er wirkte wie ein gealterter Hippie. Seine Augen wirkten irgendwie zu blass, als hätte jemand den Blauton mit viel zu viel Wasser vermischt. Er roch nach Schweiß und hatte ganz eindeutig vor Kurzem getrunken. Sie hatte ihn manchmal im Dorf gesehen, aber noch nie mit ihm gesprochen.

«Ella Berger. Kriminalhauptkommissarin. Sie wohnen auf dem Aussiedlerhof, nicht wahr?»

«Vollkommen richtig. Karl Kowalk. War heute mit dem

Auto auf dem Weg ins Dorf, weil ich in Sandys Kneipe noch meinem guten Freund Hallo sagen wollte.»

«Hat der auch einen Namen?»

«Klar», sagte Kowalk. «Jim Beam.»

Ella musste schmunzeln. «Verstehe. Kann sonst jemand bezeugen, dass Sie da waren?»

«Sandy kann das. Ich müsste so gegen ...» Er überlegte kurz. «Bin mir nicht ganz sicher, aber es müsste so gegen zwanzig nach drei heute Nachmittag gewesen sein, als ich losgefahren bin.»

«Ich verstehe. Und wo haben Sie Rebecca Kranitz gesehen?»

«Sie stand bei der Bushaltestelle da drüben.»

«Und weiter?»

«Ich hab angehalten und sie gefragt, ob ich sie ins Dorf mitnehmen soll. Sie hat abgelehnt, höflich wie immer.»

«Wie immer?», wiederholte Ella verdutzt.

«Ah ... ja, wie immer. Wenn man sie eben mal im Dorf gesehen hat, hat sie immer höflich gegrüßt.»

«Aha. Was ist dann geschehen?»

«Sie ist über die Felder losgelaufen, das hab ich noch gesehen. Richtung Dorf, so müsste das gewesen sein, mein ich. Ich selbst bin weitergefahren. Zu Sandy, wie gesagt.»

«Wie lange waren Sie und Ihr guter Freund dort?»

«Paar Stunden. Müsste so halb sieben gewesen sein, da bin ich ...»

«Ja?»

«Äh ...»

«Sie sind dann wieder mit dem Auto zurückgefahren, richtig?»

Er nickte.

«Ich muss Sie nicht ermahnen, dass Sie das nicht hätten tun sollen, oder?»

«Nein, Frau ...», er brauchte einen Moment, «Hauptkommissarin. Tut mir ja auch leid un' alles. Aber es ist alles gut gegangen. Hab den Wagen abgestellt und bin noch mal in die Werkstatt, weil da Licht brannte. Später hab ich dann die Polizei gesehen, da bin ich dann wieder raus.»

«Wieso das?»

Er kratzte sich am Kopf und zuckte mit den Schultern. «Nur so 'n Gefühl. Ich dachte, hoffentlich kommt die gut heim. Als ich sie da gesehen hab, mein ich.»

«Als Sie Rebecca an der Haltestelle gesehen haben? Wieso?»

«Wegen dem anderen Jungen, so mein ich das. Ich weiß, der ist wieder da, aber trotzdem ... Er war ja weg, verstehen Sie?» Er deutete unbestimmt in Richtung der Felder. «Ist seltsam da draußen», sagte er düster.

«Seltsam?», wiederholte Ella. «Inwiefern?»

«Fragen Sie mal die Bauern. Fragen Sie die mal. Und, na ja, dadurch, dass ich ein Stück außerhalb leb ...» Er räusperte sich, dann spuckte Kowalk in hohem Bogen ins Gras. «Verzeihung», nuschelte er. «Dadurch krieg ich manches mit. Geräusche in der Nacht ...»

«Was denn zum Beispiel?» Ella fragte sich, ob es noch viel Sinn ergab, diese Unterhaltung fortzuführen. Die Alkoholfahne, die ihr entgegenwehte, sprach eindeutig dagegen. «Und sagen Sie mal, wie häufig treffen Sie denn Ihren guten Freund so?»

«Schon ein paar Mal die Woche.» Seine Augen verengten

sich. «Sie glauben mir wohl nicht? Aber das is' mir egal. Ich kann es schließlich hör'n. Nachts. Ganz deutlich. Das Ding, das nachts in den Feldern rumschleicht. Ich kann es hör'n.» Er schüttelte den Kopf und schwankte ein wenig.

«Sie arbeiten auf Ihrem Hof als Tischler, richtig?»

Er nickte. «Kommen Sie ruhig mal vorbei.»

«Ich werde darauf zurückkommen. Jetzt gehen Sie bitte nach Hause, ja? Keine Autofahrten mehr. Schlafen Sie sich aus. Alles klar? Sie finden den Weg?»

«Sicher. Den würd ich im Schlaf finden.» Er ging ein paar Schritte, dann drehte er sich noch mal um. «Die Tiere hier», sagte er laut und klang auf einmal nicht mehr so betrunken wie zuvor, «wenn die reden könnten, die wüssten, was los is', das ist sicher.» Er hob die Hand, dann schwankte er den Weg hinab, seine Gestalt wie die dürre Silhouette einer Vogelscheuche, die mit einem Mal lebendig geworden war.

# 13

Ella war mit den Gedanken noch bei Kowalk, als Martenitz sie anrief. «Einer der Kollegen hat einen Rucksack gefunden. Kommen Sie her ins Feld, Berger», sagte er, «und bringen Sie Nakamura mit.»

Ella spürte, wie die Halme über ihre Jeans strichen. Der Roggen war ungewöhnlich hochgewachsen, und schon nach wenigen Metern, die sie auf dem Trampelpfad ins Feld zurückgelegt hatten, überragten die Ähren Nakamura und

sie – ein wahrer Dschungel aus Halmen auf einem knochen-
trockenen Boden. «Ich wusste nicht, dass der so weit in die
Höhe wachsen kann», sagte Nakamura. Ihre Stimme klang
seltsam schwach und erstickt hier im Feld, als hätte sie un-
beabsichtigt geflüstert. «Das sind fast zwei Meter.»

Auf dem Boden, stets dem Trampelpfad durch das Roggenfeld folgend, lag das Stromkabel, das den Generator mit
den Scheinwerfern verband, deren Schein durch das Pflan-
zendickicht nur noch schwach auszumachen war.

«Stimmen», sagte Nakamura leise. «Hören Sie. Wir sind
gleich da.»

Sie hatte recht: Etwa zehn Meter weiter stießen sie auf
eine Lichtung mitten im Roggen, wo auf dem Boden Markie-
rungen der Spurensicherung steckten. Scheinwerfer tauchten die Szenerie in kaltes blaues Licht. Die zusätzliche Hitze,
die sie erzeugten, war unangenehm.

Neben Martenitz stand ein Beamter der Spurensicherung
im weißen Tyvek-Overall, mit dem er sich leise unterhielt.
Ella mochte sich nicht ausmalen, wie sehr er darunter
schwitzen musste.

Der Rucksack war klein und olivgrün, einer der Trageriemen war abgerissen.

Martenitz winkte sie zu sich. «Nicht weiter als hier»,
sagte er mit ernster Stimme. «Wir sind noch nicht fertig.
Das ist Rebeccas Rucksack. Namensschild hängt dran. Also,
sehen wir mal rein?» Martenitz nickte dem Spurensicherer
zu, und der hob den Rucksack mit seinen Handschuhen
auf. Vorsichtig zog er den Reißverschluss zurück und leerte
den Inhalt behutsam auf eine auf dem Boden ausgebreitete
Plane.

Viel war es nicht: ein Notizbüchlein im A5-Format, ein Bleistift, eine Sonnenbrille, eine Wasserflasche, die bis auf einen winzigen Rest ausgetrunken war, und ein Lippenpflegestift.

«Hm», machte Martenitz, und Ella konnte seine Enttäuschung heraushören – ganz klar, er hatte mehr erwartet.

«Was denken Sie, fehlt da was?», fragte er.

«Durchaus möglich.» Nakamura warf dem Spurensicherer einen eindringlichen Blick zu. «Sowohl Rucksack als auch der Inhalt müssen dringend auf Fingerabdrücke untersucht werden. Packen Sie das alles bitte wieder vorsichtig ein.» Dann, an Martenitz gerichtet: «Es war ein Fehler, den Rucksack hier draußen zu öffnen.»

«Wie, interessiert es Sie etwa nicht, was in dem Notizbuch stehen könnte?» Er zog Latexhandschuhe über, dann griff er nach dem kleinen Büchlein.

«Martenitz!», sagte Nakamura scharf.

«Sie kennen die Regel für Vermisstenfälle, Frau Kollegin: Die ersten paar Stunden sind entscheidend. Ich muss Ihnen das hier nicht erklären, oder, Nakamura?»

Die Profilerin und der Hauptkommissar wechselten einen erbosten Blick. Hier, so tief im Roggen, schien alles stillzustehen, fand Ella, die Luft war dick und so träge, dass man sie mit einem Messer hätte schneiden können. Selbst das Atmen fiel schwer, und die Gerüche waren kaum auszuhalten – eine Mischung aus Fäulnis, Kohlestaub und noch etwas anderem, fern und doch ekelerregend, als hätte ein totes Tier zu lange in der Sonne gelegen.

Martenitz öffnete das Notizbuch. «Meine Güte, es ist nur ein Skizzenbuch», sagte er, nachdem er einige Seiten umgeblättert hatte. «Sehen Sie sich das an. Es ist vollkommen nutzlos.»

Ella ließ sich Handschuhe geben und nahm das Notizbuch. Es waren Bleistift-Skizzen, etwa zehn Seiten voll, der Rest des Buchs leer. Die Motive ähnelten sich, Waldlandschaften, Dörfer, Skizzen von Gebäuden. Rebecca hatte Talent, das war unübersehbar.

«Wie ich sagte: nutzlos», wiederholte ihr Vorgesetzter. «Verflucht.»

Ella sah das etwas anders, entschied sich aber, Martenitz nicht zu widersprechen, so gereizt, wie er war.

«Immerhin: Fingerabdrücke», sagte Nakamura. Sie hatte ihr Smartphone in der anderen Hand und machte Fotos von allen Skizzen, während Ella die Seiten umblätterte. Dann steckten sie das Notizbuch zurück in den Beutel der Spurensicherung. «Sehen Sie, der Trageriemen des Rucksacks ist gerissen. Vielleicht hat sie mit ihrem Entführer gerungen.» Ella sah sich auf der kleinen Lichtung um.

«Nakamura», meinte Martenitz. «Sie sind die Expertin. Zwei entführte Jugendliche, einer kommt zurück ... Was denken Sie über den Täter? Wieso der Teer? Warum das Roggenfeld?»

«Roggen, Teer ... Sie kennen die alte Geschichte doch, oder? Diese Sage, wie heißt sie noch gleich?» Nakamura runzelte die Stirn.

«Wir haben Blut gefunden», unterbrach sie einer der Tatortfotografen mit lauter Stimme, der Aufnahmen vom Boden machte. «Hier wurde sie offenbar attackiert, womöglich direkt niedergeschlagen, oder sie ist gestürzt. Dann ...» Er deutete tiefer in das Feld hinein, wo Halme umgeknickt waren und ein schmaler Streifen aus zertrampeltem Roggen weiter nördlich führte. «Dann hat er sie dort entlanggeschleift.»

«Geschleift?», fragte Ella.

«Ja.»

«Können wir uns das mal ansehen?»

«Gehen Sie am besten ganz am Rand entlang, dort, und dann Richtung Norden. Wir sind den Pfad schon abgegangen, dort ist nichts. Irgendwann kommt man an einen Feldweg, dort endet die Spur.»

«Also wurde sie in ein Auto verfrachtet», dachte Ella laut.

Martenitz räusperte sich. «Nein, Berger, sie hat sich in Luft aufgelöst.»

Jemand lachte.

«Der Boden ist knochentrocken», sagte der Spurensicherer. «Keine Reifenspuren.»

«Es ist dunkel», wandte Nakamura ein. «Vielleicht sollten wir mit der endgültigen Beurteilung, was das Nichtvorhandensein von Spuren angeht, bis zum Morgen abwarten.» Sie winkte Ella. «Kommen Sie. Sehen wir uns das hier mal an und ...» Ein belustigter Ausdruck trat auf ihr Gesicht. «Lassen wir die Herren weiterarbeiten.»

Ella schloss sich ihr an. Mit den beiden Taschenlampen folgten sie den Schleifspuren Richtung Norden.

«‹Sie hat sich in Luft aufgelöst›», sagte Nakamura leise, als man sie nicht mehr hören konnte. «Was er doch für ein lustiger Kerl ist.»

«Wahnsinnig lustig.»

«Sehen Sie mal.» Nakamura ging in die Hocke. «Hier endet die Schleifspur. Die Halme sind zwar noch geknickt, aber das sieht für mich eher so aus, als hätte sich hier jemand alle Mühe gegeben, es so aussehen zu lassen ...»

Ella begriff, worauf sie hinauswollte. «Das würde bedeuten, dass Rebecca ab hier getragen wurde. Oder wieder gehen konnte.»

Nakamura raschelte zwischen den Roggenpflanzen herum. «Sehen Sie, ein Abdruck, partiell wenigstens. Ich denke nicht, dass wir damit etwas anfangen können, aber es ist auffällig, wie tief die Erde hier eingedrückt ist, und das trotz der Trockenheit.»

«Was darauf hinweisen würde, dass man sie getragen hat. Zusätzliches Gewicht – tiefere Schuhabdrücke.»

«Genau. Und was sagt uns das noch?»

«Genügend Kraft, um eine Vierzehnjährige zu tragen ... für wie lange, das ist die Frage. Lassen Sie uns schauen, wo das Feld endet.»

«Gute Idee.» Nakamura ging schweigend hinter ihr. In der Ferne blitzte das Wetterleuchten auf, doch wollte der Donner kein bisschen näher kommen. Alles schien die Luft anzuhalten, selbst die zirpenden Grillen, die Ella in mancher Frühsommernacht den Nerv geraubt hatten, waren still. Mehr als einmal hatte Ella das Gefühl, dass sich tiefer im Korn, irgendwo zu ihrer Linken, etwas durch den Roggen bewegte. Doch wann immer sie kurz stehen blieb, vermochte sie nichts weiter zu hören oder gar eine Bewegung in der Dunkelheit auszumachen.

Und dennoch: Das seltsame Gefühl, dass sie beobachtet wurden, wich nicht von ihr. Etwas, das all ihre Instinkte weckte, ihre Muskeln anspannte und sie überzeugte, dass es nun sinnvoll wäre, die Hand auf die Dienstwaffe zu legen.

«Merken Sie das?»

Nakamura nickte nur. «Irgendwas ist da.»

«Was haben Sie eigentlich da vorhin gemeint? Welche alte Geschichte?»

«Die Roggenmuhme, Berger», erwiderte Nakamura leise. «Sie entführt Kinder, beschmiert sie mit Teer ... Sie tötet, aber manchmal kommen sie auch wieder zurück.»

«Was? Aber das ist nur ein Märchen», meinte Ella.

«Natürlich. Das bedeutet aber nicht, dass sich irgendjemand da draußen nicht davon inspirieren lässt.»

Schließlich hatten sie das Ende des Roggenfeldes erreicht und stießen auf den asphaltierten Feldweg. Ella sah Nakamura an, dass auch sie erleichtert war, als sie den hohen Roggen hinter sich ließen.

Ella richtete den Lichtkegel der Taschenlampe mal hierhin, mal dorthin. Zu beiden Seiten des Feldwegs wuchs Gras, das schon fast vollständig vertrocknet war, und dahinter erstreckte sich ein weiteres Roggenfeld.

«Sieht für mich nicht so aus, als wäre jemand durch das nächste Feld gegangen», meinte Ella, nachdem sie den Feldrand abgeleuchtet hatte.

«Es gibt kein Netz», sagte Nakamura und steckte ihr Smartphone weg. «Ja, ich denke, sie wurde ab hier in einem Fahrzeug weitertransportiert. Wohin führt dieser Weg?»

Ella deutete nach Westen. «In die Richtung kommen nur Felder, in der anderen irgendwann die Landstraße.»

«Die Landstraße, die nach Custrow führt.»

«Unter anderem. Es gibt noch zig andere Abzweigungen.»

Nakamura nickte. «Natürlich. Ich sollte uns eine Karte besorgen. Berger?»

Ella kniete auf dem Boden. «Da. Hier liegt etwas. Ein ...»

Es war ein kleiner silberner Schlüssel.

«Kein einfacher Zimmertürschlüssel», sagte Nakamura. «Das ist eher etwas für eine Haustür ... oder vielleicht ein großes Vorhängeschloss.»

Ella holte ein Taschentuch aus ihrer Jeans und wickelte den Schlüssel sorgfältig darin ein. «Ich gebe ihn an die Spusi.»

Nakamura nickte. «Rebecca stieg also aus dem Bus. Die Haltestelle ...»

«Liegt gut vierhundert Meter östlich von hier.»

«Sie steigt aus, dann kommt sie her. Nimmt den Pfad über die Felder, statt noch eine Station weiter zu fahren. Verstehen Sie das, Berger?»

In der Ferne blitzte wieder grelles Wetterleuchten auf. Ella sah am Waldrand, der hinter dem nördlich liegenden Feld aufragte, wie die Pappeln, Eschen und Fichten rauschten und sich im Wind bogen. Sie deutete hinüber.

«Dort drüben liegt das Waldstück, in dem Max und sein Kumpel ihr Baumhaus gebaut haben. Die beiden haben doch gerne Gras geraucht. Was ist, wenn Rebecca ...»

«Ah. Ich verstehe. Sie denken, sie wollte sich dort mit ... wie hieß der Freund noch gleich?»

«Tom», erwiderte Ella. «Tom Falkmann. Ich habe mit ihm gesprochen, nachdem Max verschwunden war ... Nakamura?»

Die Profilerin war etwa zehn Meter den Weg hinab gegangen und hatte ihre Taschenlampe wieder auf das nördliche Roggenfeld gerichtet. «Hier geht ein Pfad weiter», sagte sie. «Leicht zu übersehen. Ein Trampelpfad. Sagen Sie, Rebeccas Mutter hat diesen Tom nicht erwähnt, oder?»

«Nein, das hat sie nicht.»

«Interessant.» Nakamura lächelte ihr geheimnisvolles Lächeln. «Kommen Sie?»

Sie durchquerten das Roggenfeld und erreichten auf der anderen Seite eine wild wuchernde Grasfläche, die zum Waldrand hin leicht anstieg.

Dort stand ein alter Wohnwagen, einst weiß, jetzt vergilbt und fleckig, ein schmales Vorzelt war davor aufgespannt. An einer Wäscheleine schwangen einige Hemden im Wind.

Und hinter den Fenstern flackerte Kerzenlicht.

# 14

«Das ist er», sagte Ella. «Beno Wicáz. Er lebt hier draußen ganz allein. «

«Na, dann lassen Sie uns doch mal anklopfen.» Nakamura steuerte schnurstracks auf den Wohnwagen zu und klopfte an.

Nichts geschah. Die Eschen am Waldrand rauschten, und ein jäher, starker Windstoß riss eines der karierten Holzfällerhemden von der Wäscheleine und trug es über das Gras hinfort.

«Er scheint nicht –»

Im selben Moment wurde die Tür aufgerissen. Wicáz war fast nackt, er trug lediglich eine schmutzige weiße Unterhose. Seine Beine waren dürr und blass.

«Was soll das denn?» Er starrte zuerst Nakamura an, dann bemerkte er Ella. «Oh, verflucht. Sie.»

«Guten Abend, Herr Wicáz.» Nakamura klang belustigt, war aber einige Schritte zurückgetreten. Ihre Hand lag wie zufällig an ihrer Hüfte, aber Ella wusste, dass sie ihre Dienstwaffe griffbereit haben wollte.

«Um diese Uhrzeit?», meinte Wicáz.

«Wir möchten Ihnen nur ein paar Fragen stellen.» Ella stellte sich ein Stück links von Nakamura auf, sodass Wicáz sie nicht beide zugleich im Blick haben konnte.

«Ach ja?» Er blieb in der Tür des Wohnwagens stehen, die Hände im Dunkeln verborgen, während die Kerzen, die er angezündet hatte, ihr flackerndes Licht ein Stück weit auf das vertrocknete Gras warfen. «Um was geht's denn?» Er klang nüchtern und vorsichtig, als erwartete er, dass man ihn sofort mit neuen Beschuldigungen konfrontierte. «Zu dem Jungen haben Sie mich doch schon lang und breit befragt, oder etwa nicht?»

«Haben Sie uns denn auch alles gesagt?», wollte Nakamura wissen, und Wicáz' Kopf schwang zu ihr herum.

«Natürlich hab ich das.»

«Schon mal Gras an eine Vierzehnjährige verkauft?», fuhr Nakamura fort. «In letzter Zeit zufällig?»

«Sicher nicht. Das war nur das eine Mal, als ich ... Was erzähle ich das überhaupt noch mal, Sie wissen doch alles.» Er blickte zu Ella, dann starrte er Nakamura an. «Wer sind Sie überhaupt?»

«Die Kollegin ist aus Berlin. Das eine Mal?», wiederholte Ella.

«Als ich diesem Tom ein bisschen was verkauft habe. Das hab ich euch auch erzählt. Mehr war da nicht.»

Ellas Instinkt sagte ihr, dass er log. «Ein Mädchen ist verschwunden. Rebecca Kranitz. Also, erzählen Sie von heute. Was haben Sie gemacht, was haben Sie gesehen?»

Wicáz deutete mit dem Finger auf das Wohnwagenfenster neben sich. «Da. Das hab ich repariert. Irgendwer hielt es für lustig, einen fetten Stein draufzuwerfen. War den ganzen Tag hier.»

Ella betrachtete das beschädigte Kunststofffenster, das mit einigen breiten Streifen Klebeband geflickt war. «Sie können das anzeigen, wenn Sie möchten. Aber jetzt, ähm, würden Sie sich bitte anziehen?»

«Muss ich das?»

Ella seufzte. «Wir sehen uns kurz im Wohnwagen um. Sie treten solange nach draußen.»

«Das können Sie nicht machen. Nicht einfach so.»

«Sie können uns den Zutritt verweigern. Haben Sie denn etwas zu verbergen?» Ella bemerkte, wie sich ihr Smartphone in der Hosentasche meldete. «Einen Augenblick, ja?» Sie nahm den Anruf entgegen.

«Wir haben eine Substanz gefunden», sagte Martenitz ohne Begrüßung, «mitten im Roggen. Schön verpackt in einem kleinen Tütchen. Sie wissen schon, Gras.»

«Wo genau lag es?»

«In der Nähe des Rucksacks. Bestimmt ist es rausgefallen.»

«Verstehe. Wie es das Schicksal so will, stehen wir gerade vor Wicáz' Wohnwagen.»

«Dann nehmen Sie ihn in die Mangel. Und, Berger?»

«Ja?»

«Vielleicht hatte ich doch recht, was ihn angeht.»

Ella steckte das Handy weg und warf Wicáz, der das Telefonat argwöhnisch mitverfolgt hatte, einen finsteren Blick zu. «Folgendes», sagte Ella mit kühler Stimme. «Wir wissen, dass Sie uns belogen haben.»

«Ich lüge nie.»

«Na klar», meinte Nakamura trocken.

«Ich bin ein ehrlicher Mensch. Und ich mag es, wenn man mich in Ruhe lässt.»

«Herr Wicáz», sagte Ella mit erhobener Stimme. Sie hatte allmählich genug von diesen Spielchen. «Sie haben heute schon wieder Marihuana verkauft, und wieder an Minderjährige.»

Er starrte sie an, Sorge stand in sein Gesicht geschrieben. «Das ... ist nicht wahr.»

«Nein? Es gibt zwei Wege, wie wir das regeln können.» Sie trat einen Schritt näher. «Wir stellen den ganzen Wohnwagen auf den Kopf, lassen keinen Stein auf dem anderen, wie man so schön sagt. Und in einem kleinen Dorf wie Custrow, nun, ich gehe davon aus, dass sich schnell rumspricht, was wir gefunden haben.»

Nakamura warf ihr einen Blick zu, sagte jedoch nichts.

«Die Alternative ist, Sie sagen uns sofort die Wahrheit. Und rücken das Gras, das Sie noch da haben, sofort raus. Keine Verkäufe mehr an Kinder.»

«Ich ...» Ein Schweißtropfen rollte über seine Stirn, über die Wange.

«Hören Sie», setzte Ella nach, «es kann gut sein, dass Sie der Letzte waren, der die Vermisste gesehen hat – von ihrem Entführer natürlich abgesehen. Es sei denn, Sie selbst sind für ihr Verschwinden verantwortlich.»

«Ihr ... ihr Verschwinden? Wieso ... das bin ich nicht! Spinnst du?»

«Helfen Sie uns, dann helfen wir Ihnen», schaltete sich Nakamura ein. «Was ist wirklich geschehen?»

Mit einem Mal wirkte Wicáz erschöpft, er sank in sich zusammen. Dann stieg er aus dem Wohnwagen und hockte sich auf einen Plastikstuhl unter das Vorzelt.

«Sie war hier», sagte er mit leiser, müde klingender Stimme. «Dieses Mädchen. Hat bisschen was gekauft. Für sich selbst und für so 'nen Freund. Und dann ist sie wieder gegangen.»

«Ein Freund? Wie hieß dieser Freund?» Ella war überzeugt, dass er den Namen kannte, ihn bloß nicht verraten wollte.

«Hat sie mir nicht gesagt. Hat ohnehin kaum was gesagt. War ziemlich schüchtern.»

«War sie das erste Mal hier?»

«Ja.»

«Ich sagte, keine Lügen mehr.»

«Das ist die Wahrheit. Ich hab sie noch nie zuvor hier gesehen.»

«Und dann?»

Wicáz deutete in die Richtung, aus der Nakamura und sie gekommen waren. «Na dann wieder runter. Wahrscheinlich über die Felder.»

«Also kennen Sie diesen Pfad?»

«Jeder kennt den.» Wicáz lachte.

«Und was haben Sie noch gesehen?»

«Gesehen?» Er schüttelte den Kopf. «Gesehen hab ich nichts. Aber gehört, das wohl.» Er fluchte leise. «Einen Schrei. Klang wie sie. Kam aus den Feldern. Was denn jetzt? Wollt ihr mich deswegen einsperren?»

«Ein Schrei? Nur einer? Reden Sie, Mann.»

«Ja. Klang ... hm.» Wieder kratzte er sich am Kinn. «Irgendwie abgeschnitten. So, als wollte sie schreien, aber dann wurde sie daran gehindert.»

«Und wieso sind Sie nicht mal nachsehen gegangen?», fragte Ella und konnte ihre aufsteigende Wut kaum im Zaum halten. Sie mochte ihn nicht, noch weniger als bei der ersten Befragung, aber sie war ziemlich sicher, dass er gerade die Wahrheit sagte. Sein Blick wich ihr nicht aus.

«Wieso sollte ich? Ich dachte, es wär' nur ... sie wär' nur erschrocken.»

«Jetzt lügen Sie wieder», sagte Nakamura.

«Es ist nur so: Ich selbst geh da nicht gerne rein. Nur ein Gefühl, aber ich halte mich fern vom Roggen. Ist besser.»

«Und wieso?»

Er schüttelte den Kopf. «Ist nicht so wichtig.» Wieder huschte ein Schatten über sein Gesicht, doch war noch mehr in seinem Blick: Ella nahm Trauer wahr, Schmerz und verdrängte Erinnerungen.

«Erzählen Sie es uns. Alles könnte wichtig sein», sagte sie behutsam.

«Und es bleibt unter uns», fügte Nakamura hinzu, doch Ella merkte im gleichen Moment, dass es die falschen Worte waren.

«Unter uns!», rief er aus. «Wann bleibt denn schon was *unter uns*! Ihr Bullen sucht doch nur nach einem Weg, mich dranzukriegen.»

«Ich meinte –»

«Nakamura, wollten Sie nicht noch einen dringenden Anruf erledigen?»

Nakamura verstand den Wink und entfernte sich einige Meter in Richtung Waldrand. Wicáz starrte ihr nach, schien sich aber wieder zu beruhigen.

«Sie sind anders», meinte er dann. «Fair, mein ich. Es war *fair*, was Sie mir da vorhin angeboten haben, ich versteh das.»

«Wollen Sie mir jetzt erzählen, warum Sie sich von den Feldern fernhalten?»

«Hm», machte er. «Ich hatte einen Kater, schon seit er klein war. Hab ihn großgezogen. Der und ich, keine Ahnung, ob's wirklich so war, aber ich glaub, er hat mich verstanden. Ehrlich gesagt, mehr als sonst jemand.» Er hielt kurz inne, und Ella nickte ihm ermutigend zu. «Ich hab für einen der Höfe hier gearbeitet, hab nachts auf die Pferdekoppeln aufgepasst. Irgendwem hat das nicht gefallen, schätze ich. Eines Morgens hab ich meinen Kater nämlich gefunden – und er war tot.»

«Tot? Wie?»

«Kehle durchgeschnitten. Vom einen Ende bis zum anderen.» Er fuhr sich mit dem Daumennagel über den Hals. «Er hat sich mit Sicherheit gewehrt. War ein tapferes, hartes Bürschchen. Ich frag mich, wer macht so was, aber es gab schon 'nen Grund, wieso die mich überhaupt eingestellt haben, für die Koppeln, mein ich. Und das war nicht gut. Dass ich es gemacht hab. Ich hätt's nicht tun sollen. Wär besser für meinen Kater gewesen. Besser für mich.»

«Sie meinen ...»

«Irgendwer hat Sachen mit den Pferden gemacht, deshalb brauchten die einen Aufpasser. Und das hat irgendwem nicht gefallen. Oder *irgendetwas*.» Er lachte wieder, doch klang es unecht, als wollte er damit seine eigene Beunruhigung überdecken.

«Jemand hat Pferde verletzt?»

«Immer mal wieder. Ich weiß nicht, ob das heute noch vorkommt, aber ich halt mich da raus. Die Botschaft war eindeutig.»

«Und sind Sie selbst auch direkt bedroht worden?»

«Nein.»

«Und die Sache mit der Katze, die haben Sie auch nie gemeldet?»

«Nein. Das ist jetzt schon fast zwei Jahre her.»

«Ich verstehe.»

«Nein, Sie *verstehen* es nicht. Sie sind nicht von hier. Haben Sie Kinder? Oder Haustiere?» Er klang ehrlich besorgt.

«Weder noch», erwiderte Ella kurz angebunden.

«Irgendwas ist da draußen», sagte er und spähte in die Dunkelheit, wo die Windböen durch die Baumkronen fegten. «Immer noch. Und wer sich damit beschäftigt, ist in Gefahr. Ich wär an Ihrer Stelle lieber vorsichtig.» Dann lachte er fast verlegen und schüttelte den Kopf. «Die andere, die wird es noch weniger verstehen.»

«Was verstehen?»

«Was immer hier vor sich geht. Ich glaub, es ist wie eine Krankheit. Irgendwas, was den Roggen in der Tiefe vergiftet hat. Man müsste ihn rausreißen, anders wird man sie nicht los.»

Und als Ella sich umdrehte und über die weiten Felder blickte, war es ihr, als könnte sie noch etwas anderes wahrnehmen: einen Geruch, fern und doch deutlich, wie eine Pflanze, die an der Wurzel verdorben war.

# 15

In dieser Nacht war das Korn unruhig. Er spürte es.

Er fand keinen Schlaf, wälzte sich hin und her, bis er es nicht mehr ertragen konnte und aufstand, sich das durchgeschwitzte Bettlaken vom Körper schälte und auf nackten Füßen durch das Zimmer schritt.

Vor dem offenen Fenster blieb er stehen. Holte tief Luft, saugte die Gerüche ein, lauschte dem fernen Donnergrollen.

Er konnte alles spüren, jedes Detail dort draußen, von der Feuchtigkeit, die sich tief in die unteren Erdschichten zurückgezogen hatte, den nach Wasser dürstenden Wurzeln des Roggens, bis hin zu den feinen Staubkörnchen an seinen Fußsohlen. Etwas geschah in der Nacht, etwas, das er noch nicht wahrgenommen, noch nicht bemerkt hatte – doch das Korn, das ihm zuflüsterte, wusste es immer.

Durch die Dunkelheit schritt er umher und tastete nach dem Kühlschrank, fand die Tür und öffnete sie. Die Kälte der Wasserflasche, er hieß sie willkommen, genoss sie, als er sich das beschlagene Glas an die Stirn drückte, genoss, wie die Kälte durch seinen Schädelknochen hineinkroch, wie sie ihn biss, ihm sogar ein wenig wehtat. Seine Kopfschmerzen, die, kaum dass er aufgestanden war, wie scharfe Bohrer in seine Schädeldecke eindrangen, ließen nach.

Er zwang sich, langsam und gleichmäßig zu atmen.

Irgendwo in der Nähe bellte ein Hund – ein Geräusch wie Folter, das in seinen des Nachts so empfindlichen Sinnen hervorstach.

Seine Hände umfassten die Glasflasche stärker, verkrampften sich.

Andere Geräusche drangen herein. Menschen, nicht sehr weit entfernt. Fahrzeuge, Stimmen, die durcheinanderredeten. Irgendetwas geschah dort draußen.

«Sie trampeln es nieder», hörte er ihre Stimme dicht hinter sich – so nah, dass er glaubte, ihren heißen Atem in seinem Nacken zu spüren. «Sie trampeln all die Pflanzen nieder. Wie widerwärtig sie doch sind.»

Er drehte sich um und erblickte sich selbst im großen Spiegel, der an der Wand lehnte – wie er dort stand, mit nichts als einer Unterhose bekleidet, sein blasser Körper von feinem Schweiß benetzt. Und neben ihm, wie ein Schatten im dunklen Raum, stand *sie*.

Die Muhme.

Seine ... Es gelang ihm nicht, selbst in Gedanken nicht, das Wort zu formen. Er wusste nicht, was sie für ihn war.

«Was willst du hier?», fragte er mit rauer Stimme. Wasser, ging ihm durch den Kopf, er brauchte Wasser. Doch als er aus der Glasflasche trank, schmeckte es bitter, ja, verdorben. Er hielt die Flasche schräg ins Mondlicht und sah, dass winzige dunkle Partikel darin herumschwammen – nein, sie bewegten sich.

«Ich wollte nach dir sehen», sagte die Muhme. «Sieh mich an.»

Er drehte sich um. Schwärze inmitten von Schwärze, Augen wie zwei Kohlestücke, die im Feuer erhitzt worden waren. Die Haare lang und struppig, die Arme viel zu lang, sodass sie beinahe über den Boden schleiften.

Sie widerte ihn an, und sie faszinierte ihn.

«Du spürst es», erklang die schnarrende Stimme. «Du spürst, wie sie den Roggen zertrampeln. Wie sie ihm wehtun, wie sie ihn verletzen. Du hörst seine Schreie.»

«Ich ... ich bin mir nicht sicher.»

«Du bist dir nicht sicher», wiederholte sie seine Worte mit höhnischer Stimme. «Was bist du, so ein kleiner Schwächling? Ooooh neiiin, ich weiß es nicht, ich bin mir nicht sicher ... *Dann hör hin!*» Die letzten Worte hatte sie mit einem heiseren Fauchen ausgestoßen, das ihm einen Schauer über den ganzen Körper jagte. Unwillkürlich taumelte er einige Schritte zurück, und die Glasflasche fiel zu Boden. Mit einem lauten Knall zersprang sie in viele Scherben.

«Du Schwächling», hörte er sie und dann, wie sie leise vor sich hin gackerte, belustigt, wahnsinnig, böse. «Sammel alles ein. Los, mach schon!»

Er kniete sich hin, tastete im Dunkel nach den Glassplittern, dann spürte er einen scharfen Schmerz am Zeigefinger. Blut tropfte auf den Boden.

Das Gelächter der Muhme dröhnte in seinen Ohren. «Blut», zischte sie. «Blut tränkt den Boden, Blut nährt ihn. Es nährt uns *alle*.»

Er hörte, wie sein Blut auf den Boden tropfte. Wieder tastete er nach den Scherben, verschmierte das Blut, tastete weiter, spürte, wie etwas tief in ihm zu kochen begann.

«Gut», hörte er sie sagen. «Du fühlst es. Den Zorn. Er schwärt. Er glüht. Er wird wachsen.»

«Ich will, dass du mich in Ruhe lässt!», schrie er mit einem Mal. Er packte eine der Scherben – und nun kümmerte es ihn nicht mehr, dass das scharfkantige Glas auch noch seine andere Hand zerschnitt – und warf sie nach der Muhme.

Doch sie kümmerte es nicht. «Du kannst mich nicht verletzen.»

Erschöpft sank er zu Boden und lehnte seinen Kopf gegen die rau verputzte Wand. Im Spiegel sah er, wie er das Blut auf seinem Oberkörper verschmiert hatte.

«Es ist mir egal», sagte er leise. Etwas Warmes lief seine Wangen hinab, vermischte sich mit dem Blut. «Es ist mir egal, wie du mich nennst. Geh einfach weg.»

«Aber ich werde nicht weggehen», erwiderte die Muhme, und nun bemerkte er, dass sie näher gekommen war, dass die Dunkelheit wie ein dichtes Tuch sich vor alles andere gelegt hatte, selbst das Mondlicht verdeckte. «Du hast Arbeit zu erledigen. Du weißt, was du tun musst. Also heul nicht. Steh auf. Du weißt, dass du mich brauchst.»

Und sie streckte ihm die Hand entgegen – die Finger, dünn wie Zweige, furchtbar lang und tastend.

Er blickte auf, starrte in ihr Gesicht. Was er dort sah, ließ ihn verzweifeln. Bildete er sich das alles nur ein oder war sie real?

«Ich bin nicht dein Feind.»

Und ohne zu zögern, ergriff er ihre Hand.

# 16

Claire schrak auf. Ein Schrei hatte sie geweckt. Andrzej, neben ihr im Bett, murmelte leise im Schlaf, bewegte sich unruhig.

Eine schwüle Brise kam durch das offen stehende Fenster

herein. Auf dem Wecker auf ihrem Nachttisch zeigten rote Ziffern 4:58 Uhr.

Hatte sie nur geträumt?

Auf Zehenspitzen verließ sie das Schlafzimmer im ersten Stock und schloss die Tür hinter sich. Auch im Flur stand das Fenster offen, das nach vorne zur Straße ging. Irgendwo in der Nähe fauchten zwei Katzen, und noch weiter entfernt erklang das Motorengeräusch eines Autos – mehr war nicht zu hören. Die Luft war feucht und schwer, roch seltsam erdig und süß.

«Max?» Behutsam öffnete sie die Tür zu seinem Zimmer, die nur angelehnt war. «Schläfst du?»

Doch ihr Sohn war nicht in seinem Zimmer.

Claire kamen die Worte in den Sinn, die er zu ihr gesagt hatte: *Es ist, als hätte man einen scharfen Schnitt gemacht ... und aus der Wunde der Realität quillt Wahrheit.*

Und dann hatte er noch mehr gesagt, etwas über den Roggen.

Leise öffnete sie die Tür zu dem kleinen Badezimmer am Ende des Flurs, das ihr Sohn benutzte – doch auch hier war er nicht. Nun ergriff sie Panik. Claire eilte die Treppe hinab. Das Erdgeschoss lag in ein stilles Halbdunkel getaucht. Der Mond schien kalt weiß durch die vorgezogenen Gardinen und dünnen Vorhänge und ließ die weißen Wohnzimmerteppiche schimmern, als wären sie mit frisch gefallenem Schnee besprenkelt.

Irgendwo draußen raschelte es. Claire ging auf das Fenster zu, das auf kipp gestellt war.

Wieder dieses Rascheln, dann hörte sie etwas, ein leises Geräusch, etwas wie ein ... ein Schnüffeln?

Wie seltsam.

Als eine schwache Windböe ihren Nacken streifte, und sie sich umblickte, bemerkte sie, dass die Haustür offen stand.

Claire trat hinaus, vorsichtig, ganz langsam. Der volle Mond schien auf sie herab. Der Geruch in der Luft, süßlich wie Verwesung, hier war er noch stärker.

Vielleicht ist es nicht besonders schlau, was du gerade tust, ging ihr durch den Kopf. Geh hoch und weck Andrzej.

Und doch ging sie weiter.

Irgendwas war da in den Büschen. Das Laub wackelte, zitterte, und dieses seltsame Schnüffeln wurde lauter.

Claire streckte die Hand aus. «Max, bist du –?»

Mit einem lauten Quieken schoss etwas pfeilschnell aus dem Grün hervor, kam direkt auf sie zu, und während Claire mit einem Aufschrei zur Seite sprang, sah sie noch, wie ein Frischling in Richtung der Felder rannte.

Claire holte tief Luft. Sie musste über sich selbst lachen, über ihre Anspannung und die Verunsicherung, die sie ergriffen hatte. «Nur ein Wildschwein», sagte sie leise zu sich selbst. «Meine Güte, du erschreckst dich über ein Schwein.»

Aber die Tür, dachte sie dann. Warum geht Max mitten in der Nacht vor die Tür?

Sie wandte sich um, plötzlich mit einem Gefühl der Kälte so dicht hinter ihr, dass sie es körperlich spüren konnte.

Max. Das blonde Haar stand in allen Richtungen von seinem Kopf ab, nass vom Schweiß, und ...

An Max' Mund hing Erde. Als ihr Blick weiter nach unten wanderte, bemerkte sie, dass auch seine Hände und seine Füße dreckig waren – und da war Blut an der linken Hand. Der Blick, mit dem er sie ansah, war beunruhigend –

starrend, abschätzend. Und doch war eine Leere in diesen Augen, die Claire daran zweifeln ließ, ob er sie überhaupt wahrnahm. Schlafwandelte er?

«Max?», fragte sie. «Was ... was machst du denn?»

Ihre Stimme schien ihn aus seiner Starre zu reißen. Er blickte an sich herab, dann sah er sie an. «M-Mama», sagte er leise. «Was ist los?»

Claire spürte, wie ihr Tränen über das Gesicht liefen. Sie schloss Max in die Arme. «Ich weiß es nicht», sagte sie mit zitternder Stimme. «Ich weiß es einfach nicht.»

Eine Viertelstunde später kam Max frisch geduscht wieder nach unten. Sie hatten nicht viele Worte gewechselt, Max hatte verwirrt gewirkt und auch etwas peinlich berührt, und Claire hatte ihm gesagt, dass er nach oben gehen und sich waschen sollte. Dann hatte sie Andrzej geweckt, und auch wenn er versucht hatte, sie zu beruhigen, bemerkte sie, dass jener seltsame Ausdruck in Max' Augen sie noch immer verfolgte. Nun stand morgendlicher Kaffee auf dem Tisch, und ihr Mann betrachtete Max mit sorgenvollem Blick. «Alles klar bei dir? «

Max wirkte noch immer, als schämte er sich. «Ich hab keine Ahnung, was eben mit mir los war», sagte er. Er setzte sich zu ihnen an den Küchentisch und starrte den Teller an, der vor ihm stand.

«Brötchen?»

«Ich hab keinen Hunger», erwiderte Max. «Tut mir leid, Mama, falls ich dich erschreckt hab. Das wollt ich nicht.»

«Du ...» Claire suchte nach den richtigen Worten. Sie wollte ihn nicht unfair behandeln, nicht nach all dem, was er hatte durchmachen müssen. «Das hast du nicht. Hör mal, wir wissen doch, was los war. Und das sind eben noch die Nachwirkungen. Das wird alles schon wieder. Da bin ich mir sicher. Mach dir keine Sorgen. Und du weißt, du kannst mit uns reden. Uns alles erzählen.»

«Ich kann mich an nichts mehr erinnern», antwortete er leise. «Nicht an die Tage, als ich weg war, und auch nicht an eben. Und das macht mir Angst. Ich weiß nicht …» Er blickte ins Leere, und Claire versetzten seine Worte einen Stich ins Herz. «Ich weiß nicht, was mit mir los ist. Wenn ich's erzählen könnte, glaub mir, ich würd es ja tun. Tut mir leid, Mama. Es ist so scheiße.»

«Nein, das muss es nicht.» Sie wuschelte ihm durchs Haar. «Wirklich.»

«Und …» Es war das zweite Mal an diesem Morgen, dass ihr Mann Max ansprach. «Und du bist dir sicher, dass ihr da im Wald wirklich nur ein bisschen Gras geraucht habt?»

«*Andrzej!*»

«Was denn? Ich darf ja wohl mal nachhaken.»

«Er erinnert sich nicht, schon vergessen?»

«Äh», machte Max, «*daran* schon. Und ja, Papa, es war nur das. Und nur wenig. Wirklich. Und es war auch nur ein einziges Mal. Und ich hab euch ja versprochen, ich mach's nie wieder.»

Andrzej nickte und nahm einen großen Schluck Kaffee. «Wollte nur sichergehen», meinte er dann. «Und ich stimme dir zu, Max. Es ist schon ein bisschen beängstigend, findest du nicht?»

«Das reicht», entgegnete Claire scharf, weil sie sah, wie Max ein ganzes Stück blasser wurde. Sie wollte ihm noch mal durch die Haare streichen, doch er zog den Kopf zur Seite. «Er verarbeitet nur, was auch immer er zu verarbeiten hat. Wir kriegen das hin. *Zusammen.*»

«Ich hatte eben überall Erde», sagte Max und blickte auf seine Hände, als fürchtete er, dass ihm noch immer Spuren anhafteten. «Ich frag mich, was ich gemacht hab.»

«Bisschen gebuddelt, oder?», sagte ihr Mann betont beiläufig. «Nichts dabei, würde ich meinen. Vielleicht bist du mittlerweile nur ein wenig zu alt dafür, oder?»

«Schatz, kommst du mal mit raus, ganz kurz?»

«Klar», erwiderte er gedehnt.

Im Nebenzimmer bohrte Claire ihm einen Finger in die Brust. «Das ist nicht hilfreich, ihm solche dummen Fragen zu stellen, ja?»

«Hör mal ...»

«Er braucht Hilfe, merkst du das nicht? Wir müssen zusehen, ihm einen Psychotherapeuten zu besorgen. Was ihm aber *nicht* hilft, ist, ihm seltsame Vorwürfe zu machen.»

Andrzej verzog das Gesicht, als hätte er auf etwas besonders Bitteres gebissen. «Einen Therapeuten? Ist das wirklich nötig?»

«Er ist verwirrt. Wir wissen nicht, was passiert ist. Ich würde sagen, ja, er braucht wirklich jemanden, der sich mit solchen Dingen auskennt.»

«Das mit der Erde und dem Dreck und so weiter ...» Andrzej musterte sie aufmerksam, und sie ahnte, was er wissen wollte. «Das war doch das erste Mal, oder? Seit er zurückgekommen ist, hat er doch nicht noch irgendwas anderes Seltsames gemacht, oder?»

Claire dachte an Max' Worte. *Die Wahrheit ist, dass unsere*

*Welt wie der Roggen ist. Eines Tages wird alles in ihr faulen und vergehen.* Sie hätte es ihm erzählen können.

«Nein», erwiderte sie stattdessen. «Nichts.»

# 17

Am nächsten Vormittag trafen die Freunde von Rebecca Kranitz mitsamt ihren Eltern in der Polizeiwache in Makow ein, wo sie getrennt voneinander befragt wurden. Wie sich herausstellte, hatten alle nur Positives über Rebecca zu berichten.

«Also, ich verbitte mir das», sagte einer der Väter – sein Name war Ramesh Singh, ein Architekt, der in Berlin sehr erfolgreich war, wie Ella herausgefunden hatte, nachdem sie ihn am Morgen gegoogelt hatte. Seine Tochter Esha, hochgewachsen und dunkelhaarig, saß mit verschränkten Armen neben ihm. «Niemand hier hat Kontakt mit irgendwelchen Drogen. Und niemand von den Kids weiß, was mit Rebecca los ist. Also, wieso suchen Sie nicht lieber nach einem anderen Ermittlungsansatz?»

«Danke», meinte Ella und ließ den Kugelschreiber laut klicken. Entweder ihr verbergt etwas, dachte sie, aber dann wärt ihr wirklich ganz fantastisch darin, oder ihr wisst tatsächlich nichts weiter.

Sie entließ Vater und Tochter und recherchierte über die Roggenmuhme, die Nakamura erwähnt hatte. Sie war noch in eine der Webseiten versunken, als Martenitz an ihre Tür klopfte.

«Berger. Anruf aus dem Krankenhaus. Wie es aussieht, hat sich das Labor beeilt. Max' Blut weist deutliche Konzentrationen von verschiedenen Betäubungsmitteln auf. Hauptsächlich wurde ihm Schlafmittel ins Essen gemischt, um ihn in einem Dämmerzustand zu halten. Der Rest ist frei verkäuflich. Es gibt aber auch noch andere Substanzen, die sich die Fachleute dort noch nicht erklären können. Gewisse psychoaktive Verbindungen, die sehr, sehr ungewöhnlich wirken.»

«Das gefällt mir gar nicht.»

«Nein, mir auch nicht. Was sagen die fünf Freunde?»

«Es sind vier, und es war eine reine Zeitverschwendung. Wir haben keine neuen Hinweise erhalten. Was Max angeht: Ich war heute Morgen noch mal bei ihm», erwiderte Ella. «Der Junge ... wie soll ich es sagen? Er erinnert sich immer noch nicht, und dennoch ist da etwas, das ihn beschäftigt. Es geht ihm schlechter, das sehe ich. Die Eltern sehen es auch, aber sind dennoch nicht vollends überzeugt, dass er Hilfe braucht.»

«Hey, Leute.» Cristina Riccoli, die LKA-Vermisstenspezialistin, tauchte neben Martenitz auf. «Was hör ich da? Eine unbekannte chemische Substanz in Max' Blut? Was fangen wir damit an?»

«Wir machen dem Labor Druck, würde ich sagen», erwiderte Ella. «Zudem möchte ich weiter versuchen, zu Max durchzudringen.»

«Aber Max ist nicht auffällig geworden, oder?»

«Nein.»

«Vielleicht sind wir bei ihm in einer Sackgasse angekommen», meinte Riccoli. «Aber gut. Ich bohre mal im Labor nach. Bis später.»

Riccoli ging, Ella bat Martenitz noch kurz zu bleiben. Die Ringe unter seinen Augen waren dunkler geworden, er musste furchtbar schlecht schlafen. Ella bemerkte, wie fahrig er an seinem Hemdkragen herumhantierte.

«Ich denke nicht, dass wir bei Max an einem toten Punkt sind. Er wird sich erinnern, und ich werde ihm dabei helfen. Und ich würde gerne darum bitten, dass wir mit Wicáz nicht allzu hart umspringen.»

«Er wird heute Nachmittag zur erneuten Vernehmung abgeholt. Ich lasse mir nicht auf der Nase herumtanzen. Und er wird eins auf den Deckel kriegen, was die BTM angeht.»

Ella wollte Martenitz sagen, dass sie Wicáz' Dealerei im Augenblick wenig interessierte, behielt es jedoch für sich. «Ich denke, er könnte uns noch von Nutzen sein.»

«Ach ja?»

«Er ist eine Gelegenheit, Dinge zu belauschen, die wir so ganz offiziell eher nicht mitbekommen würden. Er könnte unsere Ohren sein.»

«Im Dorf? Die können ihn doch auch nicht ausstehen.»

«Aber er arbeitet. Mal hier, mal dort. Er schnappt vieles auf. Teer, verschwundene Kinder. Hören Sie, es gibt eine alte Sage, eine Schauergeschichte, in der die Roggenmuhme Kinder entführt. Die Kinder werden getötet, weil sie ungehorsam waren, kehren manchmal aber auch zurück. Wie Max. Und dann sind sie manchmal mit Teer verschmiert. Teer *und* Roggen, muss ich mehr sagen?»

Martenitz wirkte weder abgeneigt noch besonders elektrisiert. «Was bedeutet das?»

«Nakamura denkt, jemand könnte diese Sage als Blaupause für seine Taten benutzen. Vielleicht hat Wicáz in der Richtung mal irgendwas gehört, oder –»

«Berger, Sie trauen ihm zu viel zu. Nein, er taugt nicht zum V-Mann, und er ist selbst ziemlich verdächtig.» Martenitz schüttelte den Kopf. «Nein, das lehne ich ab.»

«Und was ist mit der Sage? Ich möchte das weiterverfolgen.»

«Tun Sie das. Wenn wir so erfahren, was als Nächstes geschehen könnte, lesen Sie meinetwegen jedes Fitzelchen, das Sie finden können.»

«Schön.» Es fühlte sich gut an, Martenitz in dieser Sache auf ihrer Seite zu wissen. «Und dann werde ich später noch mit Sylvie Bajetzky und Tom Falkmann sprechen. Ich denke, bei ihm gibt es noch mehr zu holen. Vielleicht gibt es eine Verbindung zwischen Wicáz, Rebecca und den beiden, vom Graskonsum mal abgesehen und –»

Ella unterbrach sich, weil ihr Handy läutete. «Augenblick bitte. Nakamura, wo stecken Sie?»

«Berger.» Die Profilerin sagte kurz etwas zu jemandem im Hintergrund. «Wir haben eine Leiche. Kommen Sie her. Die Tatortermittler und die Spurensicherung sind in Kürze vor Ort.»

Ella schloss kurz die Augen. «Rebecca Kranitz ist also tot?»

«Nein», erwiderte Nakamura mit ernster Stimme. «Die Tote ist Rebeccas Mutter.»

# 18

Nakamura stand am Rand des Roggenfeldes. Sie trug eine große Sonnenbrille, das tiefschwarze Haar schimmerte im Sonnenlicht. «Nur zur Vorwarnung: Es ist ein Anblick, wie man ihn nicht alle Tage zu Gesicht bekommt.»

Ella spähte Richtung Osten. «Wir sind etwa achthundert Meter von der Stelle entfernt, wo wir Rebeccas Rucksack gefunden haben.»

«Das ist korrekt. Wo ist Nils?»

«Martenitz ist mit dem eigenen Wagen gefahren», sagte Ella. «Keine Ahnung. Und seit wann ... *Nils*?»

«Seit heute.» Nakamura lächelte ein wenig. «Ich dachte mir, es macht Sinn, ihn etwas gnädig zu stimmen. Kommen Sie, Berger. Hier entlang.»

Ein älterer Golf stoppte ganz in der Nähe des Roggenfeldes und jagte eine Staubwolke zu ihnen. Dr. Bosch stieg aus und tupfte sich den Schweiß von der Stirn. «Ich hab aus der Distanz gesehen, dass die Polizei hier ist. Brauchen Sie meine Hilfe?»

Nakamura schüttelte sofort den Kopf. «Einen Tatort kann ich Sie nicht betreten lassen.»

«Ich dachte nur, dass Sie einen Arzt gebrauchen könnten», entgegnete er. «Aber natürlich. Das ist keine Sache, in die ich mich einmischen sollte. Ich weiß nicht, wie es sich hier draußen mit der Unterstützung durch rechtsmedizinisch ausgebildete Kollegen verhält, also sollten Sie meine Hilfe dennoch brauchen können ...»

«Danke», sagte Ella knapp. «Wir melden uns.»

Einige Minuten folgten sie einer breiten Schneise im Roggen, während die Krähen über ihnen am Himmel kreisten.

«Dieser Dorfarzt», meinte Nakamura. «Dr. Bosch. Was wissen wir über ihn?»

«Er praktiziert seit Ewigkeiten in Custrow. Mein Vater hat mir einige Dinge über ihn erzählt, er ist auch bei ihm in Behandlung. Er lebt schon lange allein, was ihm offenbar nichts ausmacht. Er wurde vor etlichen Jahren von seiner Frau Vera verlassen, die den Sohn mitgenommen hat. Nathan heißt der, soweit ich weiß. Das sorgte natürlich für Gerede im Dorf.»

«Natürlich», erwiderte Nakamura.

«Eheprobleme und all das. Aber vermutlich auch kein Wunder, der Mann arbeitet tatsächlich ohne Unterlass. Die Custrower schätzen seine Zuverlässigkeit, weil er eigentlich rund um die Uhr für sie da ist.»

«Das tun sie mit Sicherheit», meinte Nakamura.

Wieder drang das Krähengekrächze laut herab; schwarze Punkte vor der Sonne, die unbarmherzig auf sie herabbrannte, die Vogelstimmen klangen seltsam höhnisch. Einige der Krähen flogen so tief, dass Ella die dunklen Augen glänzen sehen konnte. Einmal blieb Nakamura stehen und blickte hinauf, der Ausdruck ihrer Augen unlesbar hinter der Sonnenbrille. Ella bedauerte es, ihre eigene zu Hause gelassen zu haben.

«Dem Landwirt, dem das Feld gehört, sind die vielen Vögel aufgefallen. Er ist reingegangen, dann wieder raus und hat sich erst mal am Feldrand übergeben. Dann hat er, leider nicht so geistesgegenwärtig, mit dem Traktor diese breite Schneise ins Feld gefahren.»

«Wieso das?»

«Um der Polizei den Zugang zu erleichtern, sagte er.» Nakamura blieb stehen und blickte wieder zu den Vögeln hinauf. «Seltsam», sagte sie. «Als würden die irgendwelche Formationen fliegen.»

Sie hatte recht – es waren Formationen, seltsame Kreise und Kurven. «Das ist ziemlich ungewöhnlich für Krähen, würde ich sagen.»

«Genau.» Nakamura ging langsam weiter. «Ganz genau. Wir sind gleich da.»


Das Korn rings um Kranitz' Leiche war niedergetrampelt worden. Auf dem Boden, auf ihrem Unterleib und den Beinen schimmerte eine dunkle Substanz. Kranitz' Oberkörper hatte man mit einer weißen Plane abgedeckt.

«Teer.»

«Ja, das würde ich doch annehmen», erwiderte Nakamura. «Bitte, zeigen Sie uns kurz auch den Schulterbereich.»

Einer der Spurensicherer zog die Plane beiseite. Die Leiche war nackt, aber nicht nur das.

Maria Kranitz war enthauptet worden. Ella wusste, wie viel Kraft man dafür aufwenden musste. Die Hautlappen und Sehnen ihres Halses hingen wie Würmer aus dem Stumpf hervor. «Ihr Kopf ... ist er ...»

«Er wurde noch nicht gefunden.»

Auch der Oberkörper der Toten war mit Teer befleckt. Aus dem Hals waren Unmengen Blut ausgetreten, das sich zu einer Lache auf dem steinharten Feldboden gesammelt hatte. Überall waren Insekten, und Ella hatte das Gefühl, auf ihrer Haut kribbelte es.

«Das ist wirklich übel.»

«Ja. Der Kopf muss gefunden werden, das hat Priorität.»

Irgendwo am Rand des Feldes erklangen laute, zornige Rufe. Ella erkannte die Stimme. «Das ist Marias Mann. Oh verdammt, wir *müssen* ihn stoppen.»

«Gehen Sie, Berger. Ich komme gleich nach. Niemand darf mehr auf das Feld, ja? *Gehen Sie!*»

«Schon klar!» Ella spurtete die Schneise wieder zurück und stieß nach zwanzig Metern auf Bernd Kranitz, der ihr mit schnellen Schritten entgegenkam. Er wirkte übermüdet, seine Haare waren verstrubbelt.

«Halt!»

«Lassen Sie mich durch!»

«Sie können da nicht hin, okay? Ich verbiete es Ihnen.»

«Sie … Sie verbieten …» Er blieb stehen, die Fäuste geballt. «Ist … ist es meine Frau? Ich kann sie nicht erreichen. Die Leute in Custrow reden schon, von wegen auf dem Feld liegt eine Leiche und …»

Ella legte Kranitz die Hand auf den Arm. Vielleicht war es diese Geste, vielleicht las er es in ihrem Gesichtsausdruck. Er sackte in sich zusammen.

«Ihre Frau wurde ermordet», sagte Ella und bemühte sich, so viel Trost in ihre Stimme zu legen, wie es ihr möglich war. «Es tut mir sehr leid, Ihnen das sagen zu müssen. Bitte begleiten Sie mich zur Straße.»

Er ging neben ihr her, als hätte ihn jede Kraft verlassen. Er weinte nicht, dafür war es viel zu früh, er starrte geradeaus, dann wieder in ihre Richtung. «Sie kann nicht tot sein.»

«Mein aufrichtiges Beileid, Herr Kranitz.»

Eine Weile gingen sie still nebeneinanderher. Als sie am

Rand des Feldes angekommen waren, bemerkte sie, wie ein Zittern durch seinen Körper ging. Er starrte sie an. Da war eine jähe Leere in seinem Blick, der durch sie hindurchging, als nähme er sie überhaupt nicht wahr. «Sie *kann* nicht tot sein», sagte er noch einmal mit Nachdruck.

«Herr Kranitz, ich weiß, dass es unendlich schwer ist. Aber würden Sie mir sagen, wann Sie Maria zuletzt gesehen haben?»

«Ich ... also ...» Er holte tief Luft. Seine Hände zitterten, als er sich durch die Haare strich. «Wir waren beinahe die ganze Nacht hindurch auf den Beinen und haben das Dorf und die Umgebung abgesucht. Maria hat sich keine Minute Pause gegönnt. Ich ...» Wieder ein tiefes Luftholen. Ella sah, dass er sich Mühe gab, Tränen zu unterdrücken. «Ich hab ihr noch gesagt, sie soll sich mal kurz ausruhen, aber das wollte sie nicht. Sie hat einfach weitergemacht. Zuletzt hab ich sie im Dorf gesehen, unten bei der Feuerwache, und sie sagte mir, sie wollte sich weiter umhören.»

«Wann war das?»

«Halb ...» Er überlegte kurz. «Halb neun, denke ich. Heute Morgen. Ich hab sie angerufen. Lassen Sie mich kurz nachsehen.» Bernd Kranitz hielt Ella sein Smartphone hin, auf dem die Anruferliste zu sehen war. «Da, sehen Sie? Zwanzig nach elf. Da hab ich sie angerufen, aber sie ist nicht rangegangen.»

Und jetzt sind wieder fünfzig Minuten vergangen, dachte Ella, notierte sich diese Information und bat ihn, ihr einen Screenshot von der Anruferliste zu senden, was er dann auch tat, wenngleich seine Finger so sehr zitterten, dass es ihn einige Versuche kostete.

«Also ...» Das Handy fiel ihm aus der Hand, und er bückte sich, um es aufzuheben, doch anstatt wieder aufzustehen, hockte er sich ins Gras. «Also ist es wahr? Ist Maria tot?»

«Sie ist tot, Herr Kranitz. Es tut mir unendlich leid.» Ella setzte sich neben ihn, während er sein Gesicht in den Händen verbarg.

«Das ... fuck. Das kann doch nicht ...»

«Haben Sie eine Idee, wer das getan haben könnte?»

Er berührte seine Uhr am Handgelenk. «Sie war beliebt. Alle hatten sie gern. Nein, verflucht, ich hab keine Idee.»

Er sah auf und warf Ella einen Blick zu, der traurig, aber auch wütend war. «Ich weiß nicht, was ich jetzt machen soll. Was wird aus mir und Rebecca? Wissen *Sie*, was es bedeutet ... einen Menschen zu verlieren? Einen geliebten Menschen.»

«Ja», erwiderte sie leise. «Das weiß ich. Es ist unendlich schwer. Aber es geht weiter, auch wenn man es sich jetzt nicht vorstellen kann.»

Der Wind strich durch den Roggen, und die Sonnen schien heiß auf sie beide herab, doch in diesem Moment war es Ella, als verspürte sie kaum mehr die Hitze des Tages, nur eine ferne, innere Kälte. «Ich habe lange gebraucht, um darüber hinwegzukommen.»

Bernd Kranitz musterte sie lange.

«Ein Kollege. Er wurde im Dienst getötet. Es war nicht leicht, für niemanden, der ihn gut kannte. Die Art, wie er starb ...»

«Wieso erzählen Sie mir das?», fragte Kranitz, klang jedoch nicht unfreundlich.

«Weil ...» Ella spürte, wie sich eine seltsame Trocken-

heit in ihre Kehle geschlichen hatte, als hätte sie Staub ein-
geatmet. «Weil er nicht nur mein Kollege war. Er war mein
Freund. Mehr als das. Wir waren ein Paar.»

Kranitz nickte und sah kurz auf seine Armbanduhr. «Das
tut mir leid für Sie. Wissen Sie, Maria und ich waren zusammen seit der Oberstufe.» Wieder lief eine Träne über seine
Wange. «Wir sind immer umeinander herumgeschwirrt,
als kämen wir einfach nicht voneinander los ... verlobt, ge-
heiratet. Dann bekamen wir Rebecca. Ich ...» Er holte ein
Taschentuch hervor und schnäuzte sich. «Ich kann mir gar
kein Leben ohne sie vorstellen.»

«Es mag vielleicht abgedroschen klingen, aber es ist wohl
meistens wirklich so: Die Zeit heilt diese Wunden besser als
alles andere.»

«Ach ja?»

«Bei mir war es so.»

«Versprechen Sie mir, dass Sie herausfinden, wer für Ihren Tod verantwortlich ist?» Bernd Kranitz wirkte plötzlich
entschlossen.

«Ich werde mein Bestes geben.»

«Nein», erwiderte er scharf. «Das genügt nicht. *Versprechen* Sie mir es.»

«Ich bin hier, um Ihre Tochter zu finden – und um den
Mord an Ihrer Frau aufzuklären. Ihre Frau ist tot, aber Ihre
Tochter, Herr Kranitz, die lebt noch. Rebecca ist noch da
draußen.»

Ella bemerkte, wie eine Reihe von Einsatzfahrzeugen
vorfuhr und uniformierte Unterstützungskräfte der Bereitschaftspolizei ausstiegen. Wo auch immer er sie so schnell
aufgetrieben hatte, vielleicht von einer Übung in der Nähe,

Martenitz hatte schnell reagiert, und mit diesen Kräften würden sie die Felder schnell durchsuchen können. Sie entdeckte den Hauptkommissar dann auch ein ganzes Stück entfernt, wie er mit dem Einsatzleiter der Bereitschaftskräfte sprach. «Herr Kranitz, wir werden uns nachher noch einmal ausführlich unterhalten. Ich muss jetzt wieder an die Arbeit.»

«Wann kann ich zu ihr?»

«Das kann ich nicht sagen. Gehen Sie erst mal nach Hause. Oder zu Freunden, Verwandten. Unternehmen Sie bitte nichts Überstürztes, ja? Passen Sie auf sich auf.»

Bernd Kranitz starrte vor sich hin. «Vielleicht bleibe ich auch einfach hier sitzen und warte auf den Regen. Heute kommt er, das habe ich im Gefühl. Das wäre ein guter Tag für Regen, meinen Sie nicht?» Er wirkte einen Augenblick lang so verloren und verwirrt, als wäre er ein Junge.

Ella bemerkte, wie Nakamura über die Schneise aus dem Roggenfeld kam, sie folgte ihr zu Martenitz hinüber, der inzwischen seinen kurzen Austausch mit dem Einsatzleiter beendet hatte.

«Nakamura, Berger», sagte er. «Was für ein furchtbarer Tag.»

«In der Tat», meinte Nakamura, «es wäre ein Fest für die Krähen dort oben geworden, wenn ihre Leiche nicht rechtzeitig entdeckt worden wäre.»

«Wie bildhaft, Nakamura. Wir halten heute Abend eine Einsatzbesprechung ab. Die Zeugen haben jetzt Priorität. Also, Berger? Was hat Bernd Kranitz zu Ihnen gesagt?»

Ella beschattete ihre Augen, während sie zum Rand des Roggenfelds zurückblickte. Kranitz war aufgestanden und schlurfte langsam und gebeugt in Richtung seines Autos.

«Vielleicht sollte man ihn nicht allein fahren lassen», meinte Nakamura.

«Er schafft das», sagte Martenitz, was in Ellas Ohren recht kalt und teilnahmslos klang. Aber das war offenbar seine Art, sein Weg, mit den Dingen fertigzuwerden. «Berger, was hat er gesagt?»

«Er hat seine Frau zuletzt heute früh um halb neun gesehen. Sie war allein in den Feldern unterwegs. Angeblich hat sie niemand mehr gesehen. Ich habe versucht, ihn auf einer gewissen persönlichen Ebene zu erreichen.»

«Ist es gelungen?»

Ella sah zu, wie Kranitz endlich in seinen Mercedes C-Klasse einstieg und langsam davonfuhr. Als er sie passierte, sah er nicht herüber. «Er wollte, dass wir den Mörder seiner Frau finden. Dass seine Tochter verschwunden ist, schien ihn weniger zu beschäftigen.»

«Nun, das ist der Schock. Der Mann muss erst mal verarbeiten, was er gerade erfahren hat.»

«Ich bin mir nicht sicher, ob ich diese Ansicht teile. Wenn Sie mich fragen, was ich denke …» Ella blickte dem Mercedes hinterher, der eine kleine Staubwolke aufwirbelte. «Ich denke, er ist nicht ganz ehrlich.»

«Wie bitte?» Martenitz war verblüfft, doch Nakamura wirkte höchst interessiert.

«Für mich war es so, als wollte er keinesfalls, dass ich bemerke, dass ihn nicht nur das Verschwinden seiner Tochter relativ kaltlässt, sondern auch der Mord an seiner Frau. Oder dass es einen Grund gibt, weshalb er irgendwie damit gerechnet hat.»

«Wie kommen Sie darauf?», fragte Nakamura.

«Er hat immer wieder auf seine Uhr gesehen», erwiderte Ella. «Das macht doch niemand, der gerade ganz frisch vom Tod seiner so geliebten Frau erfahren hat, oder?»

«Was denken Sie, Berger?», wollte Martenitz wissen.

«Er hat etwas vor. Wir müssen ihn im Auge behalten.»

«Sie haben einen guten Instinkt», sagte Nakamura, und Ella glaubte, Anerkennung aus ihrer Stimme heraus- zuhören. «Sie haben ihn dazu gebracht, Zeit mit Ihnen zu verbringen, nicht wahr? Aber er wollte eigentlich aufbre- chen.»

Ella sah von Nakamura zu Martenitz. «Ich werde kurz mit Bajetzky und Falkmann sprechen, wenn es euch recht ist. Und dieses Unwetter macht mir Sorgen. Wenn die Tatorter- mittler im Regen stehen, alle Spuren weggespült werden …»

«Dann werden sich eben alle doppelt so sehr reinhängen und beeilen müssen», erwiderte Martenitz ernst. «Zudem brauchen wir einen fähigen Rechtsmediziner hier.»

«Ich kümmere mich drum.» Nakamura sah zum Himmel hinauf und ihre Miene verdüsterte sich. «Die Zeit wird wirk- lich knapp. Ich denke, ich muss da ein paar alte Gefallen ein- fordern.»

# 19

Ella fuhr die Landstraße nach Custrow zurück und betrach- tete den Himmel, der sich im Osten mit jeder Minute weiter verdunkelte. Sie war um drei mit Sylvie Bajetzky, Rebeccas Freundin, bei der Dorfkirche verabredet. Ein großer BMW mit Berliner Kennzeichen kam ihr entgegen, den sie noch nie hier gesehen hatte. Die Scheiben waren getönt.

Die Hauptstraße führte sie an der einzigen Dorfbäckerei – seit einhundertzwanzig Jahren am selben Platz – vorbei, vor der eine Gruppe von Einheimischen stand und eine große Landkarte studierte. All die Freiwilligen, die zielstrebig Flurstück um Flurstück nach Rebecca durchkämmten – die Custrower zeigten großen Einsatz. Kurz darauf erreichte sie die Kirche, die etwas zurückgesetzt von der Hauptstraße lag. Ganz kurz schaute sie zu dem roten Backsteinbau hinüber, dann wieder auf die Straße.

Ein Mann stand vor ihr.

Ella musste die Bremse mit aller Kraft durchdrücken, als er dicht vor ihrem Wagen zu ihr herumwirbelte, einen Ausdruck des Erstaunens auf dem Gesicht, während der BMW nur einen Meter vor ihm zum Stehen kam.

«Verflucht, was soll das?»

Sie bemerkte zuerst das weiße Kollar am Hemdkragen des Mannes. Es war der Dorfpfarrer, Adam Bogusz. Er kam mit einem entschuldigenden Lächeln an die Fahrertür, und Ella ließ die Scheibe herunter.

«Ich hätte Sie fast auf der Motorhaube mitgenommen.»

«Ich hätte wohl auf die Straße schauen sollen», sagte er mit kräftiger, tiefer Stimme. «Da war ich mit meinen Gedanken wohl woanders, verzeihen Sie mir.»

Ella zeigte ihm ihren Ausweis. «Berger. Kriminalpolizei.»

«Wollen Sie zu mir? Sie ermitteln sicherlich in dieser fürchterlichen Sache mit dem verschwundenen Mädchen.»

«Vielleicht später. Ich bin hier mit jemandem verabredet.»

Er deutete zur Rechten der Kirche. «Nun, dann finden Sie einen Parkplatz gleich dort drüben.»

«Ich weiß», sagte Ella und lächelte. Gut, ich war nicht ein einziges Mal in der Kirche, seit ich hergezogen bin, und habe ihn nur manchmal aus der Ferne gesehen. Und er scheint mich wirklich nicht zu erkennen.

«Sagen Sie, kennen wir uns?», fragte Bogusz, als hätte er ihre Gedanken gelesen, und nickte wissend, ehe er seine Frage selbst beantwortete. «Ah, natürlich. Sie sind die Tochter von Friedrich Berger. Er hat mir von Ihnen erzählt. Polizei Berlin, nicht wahr? Wie schön, dass wir uns begegnen.»

Klang das ironisch? Ella konnte es nicht genau deuten. «Genau. Ella Berger. Derzeit finden Sie mich aber in der Polizeiwache Makow.»

«Natürlich», entgegnete er. «Ich bin froh, eine derart kompetente Polizistin hier auf dem Land zu haben.»

Sie bemerkte, wie er ihr nachblickte, während sie den BMW auf dem Parkplatz abstellte und die Stufen zur Kirche hinaufging. Auf dem Platz davor, der mit feinem Kies ausgelegt war, wuchsen eine große Linde und schiefe Pappeln, neben der Kirche und dem Pfarrhaus dahinter ragten einige Zypressen in die Höhe, ebenso altehrwürdig wie der Sakralbau selbst. Aus der Distanz war ein Zeichen auf der Fassade erkennbar, halb verborgen: Vielleicht hatten irgendwelche Jugendliche es für sehr witzig befunden, das Pfarrhaus zu besprayen. Für Ella sah es aus wie eine Schneckenlinie, von einem Dreieck umgeben.

Sylvie war noch nicht da, und das Kirchenportal stand offen, sodass sie einen Blick in die Kirche werfen konnte, die sie noch nie von innen gesehen hatte. Das Kirchengestühl war aus dunklem Holz und das Hauptschiff schlicht ausgestaltet. Ein Stapel Gesangbücher lag beim Eingang, in der Luft der Geruch von Kerzen. Auf einem Aushang suchte die Gemeinde nach einem neuen Kirchendiener, und auf einem zweiten darunter war Bogusz' Handynummer notiert, mit dem Angebot, ihn in Notfällen jederzeit kontaktieren zu dürfen. Das Sonnenlicht malte bunte Flecken auf den Steinboden, die Buntglasfenster schimmerten, und trotz der Temperatur draußen war es in der Kirche kühl und still.

Ella ging den Mittelgang hinab und blickte auf den Altar, wo eine große Bibel aufgeschlagen lag. Nun bemerkte sie auch, dass sie doch nicht allein war. Ganz vorn, in der allerersten Reihe saß jemand. Als sie näher kam, erkannte Ella einen Mann in einem hellen Leinenanzug. Der Anzug erschien ihr ungewöhnlich elegant für Custrow. Ob er ein Tourist war?

Als er aufsah, fielen Ella als Erstes die erstaunlich blauen, durchdringenden Augen auf. Der Mann hatte hellbraunes Haar, ein ernstes Gesicht und gepflegte Hände, wie sie bemerkte. An den Füßen trug er leicht staubige Lederschuhe, unter dem weißen Anzug ein ebenso weißes Hemd, aus Seide, wie es schien. Er wirkte seltsam aus der Zeit gefallen, ein wenig wie ein Missionar aus dem 19. Jahrhundert.

«Guten Tag», sagte Ella.

«Einen guten Tag», erwiderte der Fremde. Er erhob sich und streckte ihr die Hand entgegen. Kein Ring. Der Händedruck war kühl und fest.

«Sie tragen eine Waffe», sagte er dann. «Aber Sie scheinen nicht vom LKA zu sein.»

Ella zögerte. «Wie kommen Sie darauf?»

«Ich denke, Sie sind die Polizistin aus der Dienststelle in Makow. Ich war vorhin dort und wollte Sie sprechen.» Er lächelte ein schmales, wissendes Lächeln. «Mein Name ist Atticus Byrd.»

Dieser unbestreitbar kuriose Name sagte Ella irgendetwas. «Bird? Wie der Vogel?»

«Ein Y statt des I, und fragen Sie lieber meine entfernten Vorfahren, wie es dort hineingelangt ist.» Etwas an seinem eigenen Satz schien ihn zu belustigen.

«Ich bin Ella Berger. Kriminalhauptkommissarin, von der Dienststelle in Makow, wie Sie schon richtig erkannt haben. Was wollten Sie denn von mir?»

«Oh, das hat Zeit. Nur eine gewisse Erkundigung bezüglich der Historie einer Immobilie, unweit von hier gelegen.» Er blickte über ihre Schulter hinweg. «Ah, da ist er ja schon.»

Ella wandte sich um und sah Bogusz, der mit einem dicken Buch in beiden Händen auf sie zueilte. «Mr. Byrd, ich habe das Werk tatsächlich auf die Schnelle finden können. Sieh an, Frau Hauptkommissarin. Wie schön, dass Sie unserer lieben Kirche einen Besuch abstatten.»

«Ich lasse Sie beide dann mal allein.» Ella konnte einen kurzen Blick auf den Wälzer erhaschen. *Eine umfassende geschichtliche Betrachtung des Dorfes Custrow und seiner Bewohner im Wandel der Zeit.*

Als sie die Kirche verließ, wurde sie das Gefühl nicht los, dass Byrd ihr nicht die Wahrheit gesagt hatte. Sie war eine erfahrene Ermittlerin und traute sich durchaus zu, schlechte Lügner aufgrund ihres Verhaltens zu ertappen, ihrer Blicke, des Gesagten, der Gesten. Bei Byrd hatte sie nichts Auffälliges bemerkt, er war abgeklärt wie ein Pokerspieler, und dennoch ...

Ein Tourist, dachte sie. Mit Interesse an Dorfgeschichte. Und wieso kommt mir sein Name so bekannt vor?

## 20

Sylvie und ihre Mutter erwarteten sie draußen vor der Kirche, wobei Angelika Bajetzky ungeduldig auf ihr Handy blickte. «Sie wissen schon, dass wir uns der Suche nach Rebecca anschließen wollen?»

«Natürlich. Es wird auch nicht lange dauern.» Ella fragte sich, ob sie ausschließlich wegen der Suchaktion so nervös war. Hatten die beiden etwa schon vom Tod von Rebeccas Mutter erfahren?

Sie wandte sich an die Tochter. «Rebecca ist deine beste Freundin?»

Sylvie, dunkelhaarig und klein, nickte, was kaum mehr als eine Andeutung war. Sie trug ein helles T-Shirt und einen knielangen Rock und wirkte ganz und gar brav. «Stimmt», erwiderte sie leise. «Das sind wir. Und das schon 'ne ziemlich lange Zeit. Wir verstehen uns echt super.»

«Sie war also die Nacht vor ihrem Verschwinden bei dir.»

Sylvie nickte erneut knapp. Ella ahnte, dass es eine schwierige Befragung werden würde.

«Was habt ihr denn so gemacht?»

«Och, dies und das.» Sylvie blickte zu ihrer Mutter hinüber, die die Arme verschränkt hatte. «Wir haben was gegessen ... Pizza. Die haben wir bestellt.» Das kam wie aus der Pistole geschossen. «Also Becky hatte Pizza, ich hatte Pasta. Danach ...» Sie überlegte kurz. «Fernsehen. Bisschen Youtube, bisschen Netflix. Dann haben wir uns auf Twitch ein paar Streams angesehen. Natürlich haben wir auch jede Menge gequatscht. Die Zeit ist halt einfach so verflogen. Gegen halb eins oder so sind wir schlafen gegangen.»

«Das kann ich bestätigen», sagte Angelika Bajetzky, «ich hab euch im Zimmer reden hören.»

«Am nächsten Morgen sind wir dann früh raus. Bisschen spazieren.» Sylvie lachte kurz, doch fand Ella, dass es traurig klang. «Becky hab ich zum Bus begleitet. Seitdem hab ich sie nicht mehr gesehen.»

«Wie war Rebecca so an diesem Tag?»

«Wie meinen Sie das?»

«Wie kam sie dir vor? Fröhlich? Oder hat sie irgendwas bedrückt?»

Wieder huschte Sylvies Blick zu ihrer Mutter. Hatte sie ihrer Tochter etwa verboten, über gewisse Dinge zu sprechen? «Sie war wie immer eigentlich. Unbeschwert, würd ich sagen.»

*Unbeschwert.* War das wirklich ein Wort, das eine Vierzehnjährige von sich aus in den Mund nehmen würde? «Sie hat nicht erwähnt, dass sie noch jemanden besuchen wollte?»

«Nein. Wen denn? Wer sollte das denn sein?»

So kamen sie nicht weiter. Ella musste offener sprechen, auch wenn die Mutter dabei war.

«Hast du mal Gras geraucht?»

Sylvie errötete, und ihre Mutter gab ein Schnauben von sich. «Was soll denn diese Frage, Frau Kommissarin?»

«Hauptkommissarin. Ihre Tochter ist durchaus alt genug, um selbstständig zu antworten, denken Sie nicht?»

Die Mutter verschränkte die Arme vor der Brust, sagte aber nichts.

«Das ... nee, hab ich nicht. Aber es stimmt, Becky hat mal gemeint, sie wüsste, wo sie was herbekommen kann. Sie hat mir aber nicht gesagt, woher.»

Ella glaubte, dass sie die Wahrheit sagte.

«Weißt du wenigstens, woher sie das wusste?»

«Von Tom. Tom», nun schlich sich ein schüchternes Lächeln auf ihre Lippen, «kennt sich mit diesen Sachen aus.»

«Falkmann?»

«Genau.»

«Kennst du Tom?»

«Nur vom Sehen. Wir sind nicht befreundet.»

«Und Rebecca?»

«Die auch nicht. Tom ist ein ziemlicher Einzelgänger. Er geht in die Parallelklasse.»

«Zusammen mit Max Jurek.»

Sylvie nickte. «Ja, aber den kennen wir eigentlich auch nicht so gut. Aber ich glaub, er hängt mit Tom rum. Den könnten Sie fragen, wenn Sie mehr über ihn wissen wollen.»

«Danke für deinen Hinweis», erwiderte Ella freundlich. «Sag mal, ihr Handy hatte Rebecca bei sich, als sie in den Bus gestiegen ist?»

«Ja.»

«Noch was anderes: Was hältst du so von Custrow und Makow? Magst du die Gegend?»

«Puh», machte Sylvie. «Geht so. Es sind eben Dörfer. Irgendwann will man halt mal weg, oder? So ist das eben.»

«Das kannst du dir überlegen, wenn du achtzehn geworden bist», sagte ihre Mutter streng. «Nicht vorher.»

Sylvie beachtete sie gar nicht. «Davon abgesehen», fuhr sie fort, «ja, ist halt ruhig hier. Chillig. Nicht unbedingt schlimm, würd ich sagen. Viel Wald und Felder.»

«Machen dir die Felder manchmal Angst?» Ella fragte ins Blaue hinein, weil sie auf die Reaktion gespannt war.

«Die Felder?» Sylvie schob nachdenklich die Unterlippe vor. «Hm. Ehrlich gesagt, ja. Manchmal. Der Roggen wächst verdammt hoch dieses Jahr, und ...»

«Und?»

«Becky hat gern so Geschichten erzählt. Sie wissen schon, *gruselige* Geschichten. Und die haben oft hier gespielt. Es gibt so ein paar Höhlen in den Wäldern, 'ne alte Windmühle und so ein Waisenhaus da draußen, irgendwie mitten im Nichts. Und das ist schon ein bisschen unheimlich, find ich. Also manchmal jedenfalls. Nachts vor allem. Wenn man dann bei offenem Fenster schläft, und den Roggen rauschen hört ... dann könnte man fast glauben, sie wär' echt.»

«Sie?»

«Die Muhme», sagte Sylvie ernst. «Die Roggenmuhme.»

«Woher hast du dieses Wort?», hakte Ella elektrisiert nach.

«Becky hat es mal erwähnt. Hat davon gelesen, meinte sie.»

«Das genügt jetzt», sagte ihre Mutter. «Wenn Sie sich für Märchen und Schauergeschichten interessieren, ist das Ihre Sache, aber meine Tochter hat Ihnen genug erzählt. Wir wollen uns jetzt der *sinnvollen* Suche nach Rebecca Kranitz anschließen – wie fast alle Custrower.»

«Sie finden sie doch?», fragte Sylvie. «Ich meine, Max ist zurückgekommen, und Becky, sie wird doch auch zurückkommen, oder?»

«Ich hoffe es sehr», sagte Ella. «Ich hoffe es wirklich sehr. Wir werden alles unternehmen, um sie so schnell wie möglich aufzuspüren.»

«Eins ist mir jedenfalls klar», sagte Sylvies Mutter. «Meine Tochter wird sich in nächster Zeit nicht mehr allein draußen herumtreiben.»

«Eine Sache noch», sagte Ella. «Haben Sie Maria Kranitz heute schon gesehen?»

Mutter und Tochter schüttelten die Köpfe. «Ich nehme an», erwiderte Angelika Bajetzky, «dass sie irgendwo nach ihrer Tochter sucht. Und das sollten wir auch tun. War das alles? Dann entschuldigen Sie uns bitte.» Mit diesen Worten ging sie die Treppe hinab. Sylvie warf Ella einen entschuldigenden Blick zu.

«Tut mir leid», sagte sie leise. «Sie ist einfach angespannt wegen dem, was gerade los ist. Seit Papa weg ist, da … da ist sie nicht mehr dieselbe. Also dann, äh, Wiedersehen.»

«Tschüs, Sylvie», sagte Ella und sah den beiden nach. Sie seufzte. Zwei Freundinnen, dachte sie. Die eine wird entführt. Wählte der Entführer seine Opfer zufällig aus oder steckte mehr dahinter?

Sie googelte Atticus Byrd. Jetzt wusste sie, wo sie den Namen schon einmal gelesen hatte: Byrd war Ire und betätigte sich als Privatdetektiv in Hamburg, *Private Consultant*, wie er sich selbst bezeichnete. Die Referenzen auf seiner Homepage waren beeindruckend: einige komplexe Erbangelegenheiten, in denen es um hoch dotierte Kunstwerke und beträchtliche Geldsummen ging, und mehrere Fälle von Verschwundenen, die er aufgespürt hatte.

War er etwa doch aus einem anderen Grund hier?

Die Totenglocke begann hoch oben über ihr zu läuten, dumpf und schwermütig. Nun erfuhr ganz Custrow von Maria Kranitz' Tod.

# 21

«Der Kollege meldet, Kranitz hat sein Grundstück nicht verlassen.» Nakamuras Stimme klang aus dem Handylautsprecher, als wäre sie sehr weit entfernt. «Und der Kopf bleibt verschwunden.»

Das war vor wenigen Minuten gewesen, nun stand Ella Tom Falkmann gegenüber. Der Vierzehnjährige hatte ein blaues Auge, verwegenes blondes Haar und einen trotzigen Gesichtsausdruck aufgesetzt, der ihn ein wenig wie James Dean wirken ließ – auch wenn der Name ihm sicher nichts sagte. Sie traf ihn auf dem Hof seines Großvaters, bei dem er seit dem Tod seiner Eltern lebte, ein alteingesessener Custrower, der zugleich das Dorfmuseum führte.

«Hi», sagte er, dehnte das Wort aber so sehr, als kostete es ihn Mühe, sich überhaupt dazu herabzulassen, den Mund zu öffnen, um mit ihr zu sprechen. Ein Jahr war Ella nun in Custrow, und doch hatte sie die ablehnende Haltung der meisten Einwohner gegenüber der Polizei noch nie so stark wahrgenommen wie in den Tagen seit Max' Verschwinden. Woher kam dieses Misstrauen?

Hinter Tom stand das Scheunentor offen, einige leere Ställe lagen im Halbdunkel, es roch nach altem Stroh und Holzbalken, die in der Dunkelheit vor sich hin moderten.

«Hallo, Tom. Ist alles okay bei dir?» Sie deutete auf sein Auge.

«Das ist nichts. Überhaupt nichts.»

«Sicher? Sieht für mich nämlich eher danach aus, als hätte da jemand einen ziemlich festen Schlag drauf.»

«Pack schlägt sich, Pack verträgt sich.»

«So siehst du dich?»

«Als Pack?» Er grinste. «Ich seh mich als gar niemanden. Die anderen ...» Ein kurzes Schulterzucken. «Die vielleicht schon. Kümmert mich nicht.»

Du Rebell, dachte Ella. Wie jeder andere vor dir denkst du, du beschreitest unbetretene Pfade.

«Mal wieder mit deinem besten Freund gesprochen, seit er zurück ist?»

«Max ... ja, hab ihn besucht. Er kann sich an die Tage nicht erinnern.»

Was nichts Neues war. Ella beschloss, das Thema zu wechseln. «Du kennst Rebecca, oder?»

Er nickte. Wenn ihn die Erwähnung überraschte, zeigte er es nicht. Das Pokerface beherrschte er für sein Alter ganz ausgezeichnet. «Sie geht in die andere Klasse. Hab nicht so viel mit ihr zu tun, davon abgesehen ...» Er grinste. «Davon abgesehen, dass die alle auf mich stehen.»

«Wer genau?»

«Rebecca. Ihre Freundin Sylvie. Esha.»

«Und woran merkst du das?»

«Na ja, wie merkt man das? Es ist die Art, wie die mich ansehen. Aber ganz ehrlich? Die sind alle überhaupt nicht mein Ding.»

«Und dein Ding ist ...?»

«Mein Ding ist, so bald wie möglich von hier zu verschwinden», sagte er. «Das ist doch hier nichts.»

«Wie meinst du das? Nichts für dich?»

«Ich meine, dieser Ort hat keine Zukunft. Mein Opa will es nicht einsehen, aber bald gehen hier die Lichter aus.»

«Ich fürchte, ich kann dir nicht ganz folgen, Tom.»

«Gucken Sie sich mal um. Was sehen Sie?»

Ella mochte seine herrische Art nicht, doch ließ sie es ihm hier durchgehen. «Eine Menge Kornfelder.»

«Genau. Und die gehören bald alle einem einzigen großen Konzern, der Futtermittel herstellt. Die kaufen Land auf, wissen Sie? Mein Großvater könnte gutes Geld verdienen, aber er ist zu stolz. Zu eigensinnig. Er denkt wirklich, seine Bücher würden irgendwen interessieren.»

Ella blickte kurz zum Haus hinüber, wo sich ein Vorhang im zweiten Stock bewegte. Eine Hand verschwand schnell wieder hinter dem dunkelbraunen Stoff. «Hattet ihr Streit?»

«Streit haben wir häufiger.» Tom lachte kurz. «Falls Sie meinen, er hat mir das blaue Auge verpasst, dann kann ich Sie beruhigen. Nein, das würde er nie tun.»

«Wer war es dann?»

«Geht Sie nichts an.»

«Wenn dich jemand angegriffen hat –»

«Nö.»

«Es geht um das Gras, nicht wahr?»

Noch immer gab es keinen Riss in der Fassade seiner Coolness. «Gras?»

«Ja. Max und du. Ich weiß davon.»

«Na und?»

«Eine Frau wurde heute ermordet, Tom. Rebeccas Mutter Maria. Du solltest das hier etwas ernster nehmen.»

Seine Reaktion war kaum vorhanden, ein kurzes Zucken seines Augenlids, mehr nicht.

«In der Nähe von Rebeccas Rucksack haben wir Marihuana gefunden. Du hast von dem Mann im Wohnwagen welches gekauft, auch Rebecca war bei ihm.»

«Kommt da noch eine Frage?»

Seine betonte Lässigkeit ging Ella gehörig auf die Nerven, doch ließ sie nicht locker. «Vielleicht hat euch jemand beobachtet. Vielleicht hat es wer auf Rebecca oder ihre Mutter abgesehen. Hast du etwas bemerkt?»

«Dazu kann ich echt nichts sagen.»

«Red keinen Mist, Tom. Rebecca und Sylvie sagen beide, du bist der Kontakt, was das Zeug angeht.»

Tom zögerte. Dann machte er abrupt kehrt und trat in das schattige Zwielicht der Scheune.

«Tom! Hey!»

Ella folgte ihm ins Dunkel. Dort stand er, hantierte mit einer Pferdetrense herum und strich über die Lederriemen, als erinnerte er sich an etwas.

«Pferde», sagte er leise. «Seltsame Geschöpfe, nicht wahr?»

Ella verharrte und erwiderte nichts, etwas am Ton seiner Stimme klang so gedankenverloren, dass sie ihn nicht unterbrechen wollte.

«Die vielleicht seltsamsten auf diesem seltsamen mit Magma gefüllten Steinbrocken, auf dem wir ein Theaterstück aufführen, das wir Leben nennen.»

Okay, dachte Ella, jetzt kommt eine Story.

«Zerbrechlich gebaut, furchtbar schreckhaft und so empfindsam, dass sie von der kleinsten Krankheit, ja von etwas Simplem wie einem gebrochenen Bein unweigerlich krepieren müssen. Und dennoch – hier sind sie. Sie weigern sich auszusterben. Ein bisschen wie unsere Spezies, oder? Wir weigern uns auch so hartnäckig. Folgen unserer Programmierung, fressen, ficken und sterben.»

«Tom ...»

«Eine Stute. Sally, so hieß sie, ein vollkommen dümmlicher Name, den meine Großmutter ausgesucht hatte. Ich ...» Er zögerte, als fiele es ihm schwer weiterzusprechen. «Ich kann wohl behaupten, dass ich nie mehr einen so guten Freund hatte wie dieses Tier. Sie hat mich geliebt, und ich liebte sie. Wenn es so was wie eine Verbindung, ein Verständnis zwischen Mensch und Tier gibt, dann hatten wir diese Verbindung. Zwei Jahre lang. Ich war neun.»

«Was ist dann geschehen?»

«Was glauben Sie wohl? Sie ist gestürzt, als ich mit ihr über einen Baumstamm gesprungen bin. Glatter Bruch des rechten Vorderbeins. Das Tier wurde ...» Toms Hände, die an der Trense hantiert hatten, hielten plötzlich inne. Ella sah, dass seine Finger zitterten. «Sie wurde nicht eingeschläfert. Der Jäger aus Custrow, dieser dumme, alte Mann, er kam und hat sie erschossen. Aber nicht einfach so, nicht sauber, nicht schnell, er hat sie leiden lassen. Ich bin über die Roggenfelder gerannt, ich, der elfjährige Junge, und ich hab ihre

Schreie gehört nach dem ersten Schuss. Dann der zweite, der dritte ... dann hat sie nicht mehr geschrien.» Tom drehte sich zu Ella um, und es war ihr, als hätten seine Augen etwas von der Dunkelheit des Stalles in sich aufgenommen. «Aber hier oben, in meinem Kopf, da höre ich die Schreie noch immer, und ich weiß, dass sie nach mir geschrien hat, weil sie es einfach nicht verstanden hat, wo ich war, wieso ich nicht dort war. Verstehen Sie jetzt, wieso ich von hier fortgehen will?

Ich bin schuld. Wäre ich nicht mit ihr über den dummen Stamm gesprungen, keine Ahnung, vielleicht würde sie noch leben.»

Mein Gott, dachte Ella. Wann hat dich das letzte Mal jemand in den Arm genommen?

«Tom, ich ... Es tut mir sehr leid, was damals geschehen ist. Aber ich muss herausfinden, wo Rebecca ist.»

«Sicher. Weiß auch nicht, wieso ich das erzählt habe.» Er sah sie überrascht an, als hätte er gerade überhaupt zum ersten Mal verstanden, warum sie ihn aufgesucht hatte. «Maria Kranitz wurde ermordet, sagten Sie?»

«In der Tat.»

«Wenn Sie jemanden suchen, der es liebt, Lebewesen Qualen zu bereiten, und dem es vollkommen egal ist, ob es sich um ein Tier oder um einen Menschen handelt, dann suchen Sie dieses alte Schwein. Alfred Jonski. Berufsjäger. Oder eher: Er war's mal. Keine Ahnung, was er heute so treibt.»

«Na schön. Ich werde das prüfen, das verspreche ich. Und Tom: Halt dich fern vom Gras – und auch von Wicáz.»

«Wicáz ist harmlos. Mein Großvater hatte später noch ein

paar andere Pferde, er hat ihn mal eingestellt, weil er aufpassen sollte.»

«Davon habe ich gehört. Weil jemand die Tiere misshandelte, oder?»

«Genau. Irgendein Spinner aus dem Dorf, würde ich wetten. Schnittwunden, abgetrennte Schweife, einmal ein ausgestochenes Auge.»

«Danke für die Informationen, Tom.»

«Bitte. Vielleicht ...» Er hatte sich wieder abgewandt und war ein paar Schritte tiefer in den Stall gegangen. «Vielleicht ist es auch was anderes. Es gibt Orte, die sind anders. Dunkle Orte. Orte mit schlechten Energien, kosmischen Einstrahlungen, was weiß ich. Ich glaube, Custrow ist so ein Ort. Es ist jedenfalls kein *guter* Ort. Das ist noch ein Grund, wieso ich von hier wegwill.»

«Die Roggenmuhme», sagte Ella aus einem Instinkt heraus. «Sagt dir das was?»

«Ein Geist in den Kornfeldern. Ein böser Geist», erwiderte Tom. «Irgendwer in Custrow kennt diese Story ebenfalls. Er kennt sie sehr, sehr gut.»

# 22

«Dr. Uygur», stellte sich der Rechtsmediziner vor, «von der Charité.» Er nickte in Richtung des Dorfarztes, der an seiner Arzttasche herumhantierte. «Dr. Bosch war so freundlich, mir mit einigen Utensilien auszuhelfen, die ich auf die Schnelle nicht auftreiben konnte.»

«Nichts zu danken», erwiderte er. «Und ich bin dann auch gleich wieder weg. Da braut sich was zusammen. Einen guten Abend, sofern an diesem Abend überhaupt etwas gut sein kann. Auf Wiedersehen.»

Dr. Bosch ging hinaus, und Nakamura schloss die Tür hinter ihm. «Ich kann dir nicht genug danken, dass du so schnell kommen konntest», sagte sie zu Dr. Uygur. Der Rechtsmediziner war etwa fünfzig, trug Hornbrille, das silbergraue Haar war bereits weit zurückgewichen, und in der Brusttasche seines Laborkittels steckte ein Einstecktuch. Er sprach mit leiser Stimme und sorgfältig gewählten Worten.

«Man tut, was man kann.» Er deutete auf die weiße Decke, unter der die Tote lag. Ella blickte zu den kleinen Fenstern des Kellerraums der Polizeiwache in Makow herauf, wo schon früher pathologische Untersuchungen durchgeführt worden waren. Draußen wurde die Dämmerung immer wieder kurz erhellt von Blitzen. Das Gewitter rückte unaufhaltsam näher. Dieses Mal würde der Regen Custrow erreichen, sie spürte es.

«Der Todeszeitpunkt liegt zwischen sieben und zehn Uhr heute Morgen. Die Substanz an ihr ist zweifelsohne Teer, wie er auch bei dem ersten Opfer gefunden wurde. Ihr wurde der Hals oberhalb der vierten Vertebra cervicalis, des Halswirbels, durchtrennt. Die dafür verwendete Waffe besitzt eine zwar geschärfte, jedoch nicht übermäßig breite Schneide, die, und das kann ich mit hoher Wahrscheinlichkeit einschätzen, eine gebogene Klinge aufweist. Sehen Sie hier? Der Wirbel hat deutliche Einkerbungen, wo die Klinge auf den Knochen traf. Das Abtrennen ging keineswegs sauber vonstatten, es hat gedauert, es war mehr ein Hacken als ein präziser Schnitt nötig. Ich würde auf mindestens sechs Hiebe tippen.»

«Also niemand mit Erfahrung, was die Lage der Halswirbel angeht. Und eine gebogene Form? Wie bei einem Säbel?», meinte Nakamura.

«Möglich», erwiderte der Rechtsmediziner. «Jedenfalls ist es höchst ungewöhnlich.»

«Vielleicht eine Sichel? Oder eine Sense?», warf Ella ein.

Dr. Uygur warf ihr einen Blick über den Rand seiner Brillengläser zu. «Ja, möglich. Bei all dem Korn, der ländlichen Gegend ... aber keine Sichel, wie man sie in einem Museum finden würde oder bei einem Bauern, der sie von früher noch herumstehen hat. Sie müsste wirklich gut gepflegt und nachgeschärft worden sein. Und sie müsste schwer sein, um derartige Verletzungen zufügen zu können. Wenn wir den Kopf der Ermordeten hätten, könnte ich exakt feststellen –»

«Leider», mischte sich Nakamura ein, «bleibt der Kopf bislang verschwunden.»

«Nun, wenn das so ist ...» Der Rechtsmediziner deutete auf die Hände der Toten. «Keine Abwehrverletzungen. Unter ihren Fingernägeln ein wenig Erdgemisch, aber keine Hautreste oder Blut, kurz: gar keine Fremd-DNA. Sie wurde überrascht, würde ich sagen.» Wieder blitzte es, und der Wind trieb mit heftigen Böen Regentropfen gegen das Glas.

«Vergewaltigt wurde sie aber nicht?», wollte Ella wissen.

«Keine Spermaspuren, auch kein gewaltsames Eindringen mit irgendwelchen Gegenständen. Aber hören Sie, wer immer das getan hat: Diese arme Frau war vermutlich noch bei Bewusstsein, als die Klinge angesetzt wurde.» Er räusperte sich. «Ich denke, ich muss Ihnen nicht sagen, dass er sofort gestoppt werden muss.»

Nakamura blickte Ella über den Sektionstisch hinweg direkt in die Augen. «Uns läuft die Zeit davon.»

«Nakamura, wenn ich mir diese Anmerkung erlauben darf», meinte Dr. Uygur. «Wir kennen uns nun schon einige Zeit. Sie sind die Expertin für Täterpsychen. Jemand, der so vorgeht ...»

«... wird es wieder tun.» Nakamura nickte. «Ja, da habe ich auch nur wenig Zweifel.»

«Aber wieso nun eine Erwachsene? Zwei Kinder, von denen eines zurückkommt, und jetzt plötzlich eine ermordete Frau?», sagte Ella. «Dieser Wechsel ist ungewöhnlich.»

«Vieles ist möglich», meinte Nakamura. «Wir verstehen noch nicht, was hier wirklich vor sich geht.»

«Danke Ihnen, Doktor», sagte Ella. «Wir werden den Kopf finden, so schnell wie möglich.»

Erneut erhellte ein Blitz die Dunkelheit vor den Kellerfenstern, und der Donner, der kurz darauf heranrollte, ließ die dünnen Glasscheiben bedrohlich zittern.

«Gehen wir», sagte Nakamura, machte schnurstracks kehrt und eilte hinaus. Ella konnte es ihr nicht verübeln, der Anblick der kopflosen Leiche im kalten Licht war schwer auszuhalten. Als hätte Uygur ihre Gedanken gelesen, breitete er das Tuch wieder über der Toten aus.

«Sie kommen hier allein zurecht?»

«Oh ja. Ja, sicher.» Er lächelte. «Gehen Sie nur.»

«Ich meine auch wegen des nahenden Unwetters.»

«Danke, aber ich denke, ich werde die Fahrt nach Berlin wohl wagen.»

Nakamura wartete unter dem Vordach, ihr Smartphone in der Hand. «Das Wetterradar zeigt an, dass das Gewitter direkt auf uns zukommt. Das bedeutet wohl, dass ich über Nacht in Custrow bleiben muss.» Wieder zuckte ein Blitz, grell und blau verästelt, über den tintenschwarzen Himmel, und der Donner ließ sie beide zusammenzucken. «Verflucht, wenn Martenitz sich nicht so viel Zeit bei der Einsatzbesprechung gelassen hätte ...»

Ella dachte an die detaillierten Landkarten oben in der Polizeiwache, auf denen sie die letzten Stunden und Aufenthaltsorte von Maria Kranitz' nachvollzogen hatten. Später hatten Ella, Nakamura und Martenitz sich mit Bernd Kranitz getroffen. Bei der ausführlichen Befragung wich Custrows Bürgermeister nicht von dem ab, was er gesagt hatte – seine Unruhe und Nervosität, die er zuvor gezeigt hatte, waren für Ella jedoch mit Händen greifbar. Auf die Erwähnung der Roggenmuhme hin zeigte er sich ahnungslos. Martenitz hatte zugestimmt, ihn weiter zu observieren.

«Was ist nur mit diesem Ort?», sagte Ella jetzt zu Nakamura. «Schon als Max verschwunden ist, war es, als würde in Custrow niemand etwas sehen, niemand etwas hören.»

«Es besteht in der Tat die Möglichkeit, dass niemand aus Custrow sie getötet hat», erwiderte Nakamura nachdenklich.

«Das denkt Martenitz auch. Ich habe ...»

«Sie haben die Muhme recherchiert, nicht wahr?»

Ella nickte. «Verflucht, was ist hier los? Spielt jemand eine alte Sage nach? Aber wieso?»

«Wenn wir das herausfinden, haben wir ihn», meinte Nakamura.

«Hören Sie», sagte Ella, weil sie in Nakamuras Gesicht die gleiche Erschöpfung ablesen konnte, die sie selbst verspürte, «der Einfachheit halber, schlafen Sie doch bei mir auf dem Gästebett. So wie ich Custrow kennengelernt habe, ist jetzt niemand mehr bereit, Sie aufzunehmen. Es gibt kein Hotel oder so was, nur einige private Unterkünfte. Und nachdem ich Sie ohnehin nach Custrow zurückfahren muss …»

«War eine blöde Idee, das Auto dort stehen zu lassen.» Nakamura ließ sich auf dem Beifahrersitz nieder. Kaum hatte Ella den Motor angelassen, setzte prasselnder Regen ein.

Die Straße zurück nach Custrow war kaum auszumachen, als verschluckte der dichte Regen selbst das Licht der Scheinwerfer.

«Haben Sie das gesehen?», fragte Nakamura jäh in die Stille hinein, so laut, dass Ella zusammenzuckte.

«Was denn?»

Nakamura drehte sich um, spähte durch die Heckscheibe zurück. «Da! Ich hätte schwören können, jemand war da. Bei den Feldern.»

Ella hielt am Straßenrand. «Was haben Sie gesehen?»

«Eine … eine Sense, glaube ich.» Die Anspannung in Nakamuras Stimme war unüberhörbar.

«Eine Sense? Ernsthaft? Soll ich wenden?»

«Ja, sehen wir mal nach.»

Ella fuhr ein Stück zurück. Die Scheinwerfer des BMW strichen über den hohen Roggen am Straßenrand, der im Wind wogte, durch den dichten Regen, der die Straße überschwemmte und die Löcher im Asphalt füllte.

«Da ist nichts.»

«Es war hier», sagte Nakamura. «Jemand stand da mit einer Sense.»

«Wieso sollte ...?» Ella verstummte.

«Keine Ahnung, aber jemand war da.»

«Aber – hey!»

Nakamura hatte die Beifahrertür geöffnet und war ausgestiegen. Im Licht der Scheinwerfer sah Ella, wie sie zum Feldrand hinüberging und sich suchend umblickte.

«Nakamura! Kommen Sie wieder her, verflucht noch mal!»

Doch ihre Kollegin rührte sich nicht, sie stand dort und starrte in das Roggenfeld. Ella stieg ebenfalls aus. Der Regen war eiskalt auf ihrer Haut, er durchdrang in Sekundenschnelle jedes Kleidungsstück, und die Windböen zerrten an ihr wie mit vielen Hundert Fingern. Wieder ein Blitz, dann der Donner, laut wie ein startendes Flugzeug. Ella packte Nakamura bei der Schulter. «Steigen Sie ein!», brüllte sie über den Lärm des rollenden Donners hinweg, «das bringt doch nichts!»

Die Berührung riss Nakamura aus ihrer Starre.

Sie rannten zum Wagen zurück, schlugen die Türen zu.

«Ich hab es gesehen», sagte Nakamura atemlos und wischte sich den Regen vom Gesicht.

«Wissen Sie ...» Ella dachte an jenen Tag, als Max verschwunden war. «Ich dachte auch, ich hätte etwas Derartiges gesehen. Eine Art ... keine Ahnung, was das war.»

Als Ella vor ihrem Haus anhielt, hatte das Gewitter Custrow vollends erreicht. Keine Straßenlampe leuchtete. Das Treppenhaus blieb dunkel, als sie den Schalter drückte, und auch in der Wohnung funktionierte keine einzige Lampe.

Nakamura schaltete ihr Smartphone ein, eine kleine bläuliche Lichtquelle in der Dunkelheit.

«Haben Sie Kerzen?»

«Augenblick.» Ella tastete sich im Licht der grellen, blauen Blitze, die vor den Fenstern wüteten, in die Küche und von dort zu der kleinen Vorratskammer nebenan. Das kleine Fenster in der Kammer stand auf kipp, und der Sturm klang wie ein zorniges Fauchen. Ella schloss es. Auf Zehenspitzen suchte sie auf dem obersten Regalbrett nach der Packung Kerzen, die sie vor einer Weile gekauft hatte – das Stromnetz in Custrow und den umliegenden Dörfern war nicht besonders stabil, wie die Alteingesessenen erzählten.

Ihre tastenden Finger fanden die Kerzen – und dann etwas anderes, gleich daneben, das sich wie mit Widerhaken in ihre Haut bohren wollte.

«Was zum –»

«Berger?»

«Kommen Sie mal.»

Nakamura tastete sich im Licht ihres Handys näher. Ella zeigte ihr, was sie gefunden hatte. Eine Roggenähre, die Grannen lang und spitz, so lag das winzige Ding in ihrer Handfläche. Wie war die hier reingekommen? Mit dem Wind durch das Fenster? War das möglich?

«Zünden Sie ein paar Kerzen an», sagte Ella zu Nakamura und bemühte sich, ihre Stimme ruhig klingen zu lassen. «Während ich das hier entsorge.»

Sie öffnete das Küchenfenster und schleuderte die Roggenähre hinaus.

Dann sah sie Nakamura zu, wie sie die Kerzen aufstellte,

ein schauriges Zwielicht aus Licht und Schatten, das sich mit dem Gleißen der Blitze mischte.

Nur eine Roggenähre, mehr nicht. Nur eine winzige, beschissene Roggenähre.

«Der Wind muss sie hineingeweht haben», sagte sie, um sich selbst zu beruhigen.

«Klingt plausibel», sagte Nakamura, stellte eine letzte Kerze auf und legte das Feuerzeug beiseite.

Ella deutete auf die Tür vom Gästezimmer. «Da drüben steht eine Ausziehcouch. Sie können dort schlafen. Und warten Sie. Ich gebe Ihnen einen Pyjama von mir.»

Nachdem Nakamura die Tür hinter sich geschlossen hatte, tat Ella etwas, das sie noch nie gemacht hatte: Sie prüfte, ob die Wohnungstür abgeschlossen war – und legte dann die Sicherheitskette vor.

# 23

Claire saß im Dunkeln. Sie war beunruhigt, nicht nur wegen des Stromausfalls oder der furchtbaren Neuigkeiten, dass man die Leiche von Maria Kranitz gefunden hatte. Etwas war mit Max da draußen geschehen, er war nicht mehr derselbe.

Ihr Mann schlief, atmete ruhig und gleichmäßig. Wie konnte er das Getose draußen so leicht ausblenden?

Weck ihn, dachte sie. Weck ihn. Irgendwas ist mit Max.

Doch dann dachte sie an Andrzejs Worte. Seit Max zurückgekommen ist, misstraut er ihm, nimmt ihn nicht richtig ernst. Auch wenn er versucht, es sich nicht anmerken zu lassen.

Leise ging sie aus dem Schlafzimmer und schloss die Tür hinter sich. Der Flur lag in völliger Dunkelheit, doch bei jedem Blitz zeichneten sich auf dem langen Teppichläufer die Schatten der Äste des Kirschbaums vor dem Fenster ab.

Max war nicht in seinem Zimmer, aber damit hatte Claire schon gerechnet. Er schlief immer schlechter in den vergangenen Tagen, hatte er ihr erzählt; selbst wenn er sich mittags hinlegen wollte, konnte er oft nur kurz schlafen, unruhig und von seltsamen Albträumen geplagt.

Sie ging hinunter ins Erdgeschoss und blickte sich um. «Max?»

Nur der Donner antwortete und ließ die Scheiben der Wohnzimmerfenster vibrieren. Sie ging zur Haustür. Abgeschlossen.

Aus einer Schublade kramte sie eilig eine Taschenlampe hervor. Der Lichtkegel huschte über den Laminatboden, die Tapeten. Ein paar Bilder und gerahmte Drucke an den Wänden, eine Vase mit Blumen, die allmählich vertrockneten.

«Max? Bist du hier irgendwo?»

Die Verbindungstür zur Garage stand offen.

Claire streckte die Hand aus. Die Türscharniere knarrten leise. Sie wusste, dass sie Max hier finden würde. Sie *wusste* es einfach.

«Max?»

«Hier.» Seine Stimme klang leise und gar nicht wie seine eigene. Sie richtete den Lichtkegel der Taschenlampe in den kleinen Werkraum, der sich an die Garage anschloss.

Max stand mit dem Rücken zu ihr und bewegte sich nicht.

Als sie sah, was er in seiner Hand hielt, fiel es Claire schwer, einen Schrei zu unterdrücken. «Max?»

Langsam drehte er sich zu ihr um. Die Sense, die er in der Hand hielt, schabte quietschend über den Betonboden der Garage. Das Metall schimmerte kalt und scharf im Licht der Taschenlampe.

«Max, was ... was soll die Sense? Wo hast du die her?» Erst jetzt bemerkte sie, dass er in der anderen Hand noch etwas hielt. «Und was hast du *da*?»

Seine Hand zitterte. Er öffnete sie und Claire sah, wie ein großer Stein zu Boden fiel. Dann ließ er auch die Sense los, die mit einem lauten Scheppern auf den Betonboden schlug. Max weinte.

«Max ... oh Mann ...»

Er taumelte auf sie zu, Tränen im Gesicht. Sie umarmte ihn, hielt ihn fest.

«Ich ... ich ...» Er stammelte Worte, die sie nicht verstand. Schließlich schob Claire ihren Sohn auf Armlänge von sich weg und blickte ihm direkt in die Augen.

«Max, woher hast du die Sense?»

«Von dem Hof.»

«Hof?»

«Dieser Aussiedlerhof.»

«Aber was hattest du denn da zu suchen?»

«Ich weiß es nicht. Ich hab sie gesehen und mitgenommen.»

Claire konnte kaum glauben, was sie hörte. Log er sie an?

«Mitgenommen?»

«Hab sie hier versteckt.»

«Und der Stein?»

«Musste sie kaputtmachen. Damit sie niemandem wehtun kann, kapierst du das nicht?» Max machte einige Schritte zurück, und nun konnte sie den Zorn in seinem Blick erkennen. «Einfach zerstören, das Scheißding.»

«Du ...»

«Wenn sie kaputt ist, kann man sie nicht mehr benutzen.» Die Kälte, mit der er dies sagte, war furchterregend. «Wenn sie kaputt ist, kann sie den Roggen nicht niedermähen.»

## 24

«Berger. Berger, wachen Sie auf.»

Es war schon wieder Morgen. Sonnenstrahlen fielen auf die Couch, auf der sie eingeschlafen war.

«Es ist gleich sechs.»

Ella blickte zu Nakamura auf, die frisch und erholt aussah, als wäre sie den vergangenen Tag nicht ununterbrochen auf den Beinen gewesen. «Ihnen auch einen guten Morgen», sagte sie und unterdrückte ein Gähnen.

«Sie haben dahinten ein Leck.»

«Was hab ich?»

«Kommen Sie.»

Ella folgte Nakamura den kurzen Flur der Wohnung hinab. Nakamura deutete zur Decke hinauf, wo sich ein großer Wasserfleck auf dem weißen Putz ausgebreitet hatte. Gemächlich fielen dunkelbraune Tropfen auf den Boden und sammelten sich zu einer kleinen Pfütze auf dem Parkett.

«Ach verdammt», sagte Ella.

«Das Gewitter war heftig, und ich konnte kaum die Augen zumachen», meinte Nakamura. Sie reichte Ella eine große Tasse mit duftendem Kaffee, offenbar hatte sie die Espressomaschine entdeckt. «Also habe ich stattdessen gründlich nachgedacht.» Die Profilerin musterte sie mit scharfem Blick. «Sie wissen, ich habe einen Beamten gebeten, ein Auge auf Kranitz zu haben. Weil er sich, wie Sie sagten, so auffällig verhalten hat. Heute Morgen hat mich der Kollege angerufen. Wissen Sie, wo unser Bürgermeister gewesen ist? Beim Dorfpfarrer, Adam Bogusz. Und zwar eine ganze Weile.»

«Wie lange?»

«Etwa zwei Stunden.»

«Hm. Das könnte alles Mögliche bedeuten. Immerhin ist seine Frau ermordet worden.»

«Stimmt. Und dennoch. Nachdem er das Pfarrhaus verlassen hatte, wirkte Kranitz äußerst seltsam, wie der Kollege es formulierte.»

«Was soll das heißen?»

«Blass. Als hätte er schlechte Neuigkeiten bekommen.»

«Behält er Kranitz weiter im Auge?»

Nakamura nickte.

«Wie machen Sie das eigentlich? Schuldet der Kollege Ihnen etwa auch einen Gefallen?», fragte Ella. Sie nahm einen Schluck, der Kaffee war stark und heiß, genau das Richtige nach dieser kurzen Nacht.

«Ich kann einfach sehr überzeugend sein», erwiderte Nakamura lächelnd. «Und vor zehn Minuten hat mich Cristina Riccoli angerufen. Das Labor hat noch immer keine Ergebnisse, was die Substanzen in Max' Blut angeht. Aber ich habe eine Idee, und ich möchte Sie bitten, mich zu begleiten. Jetzt gleich.»

«Und wohin?»

«Zum Dorfmuseum. Zur Roggenmuhme.»

# 25

Heinrich Falkmann war in seinen Siebzigern. Die grauen Haare über seinem strengen Gesicht waren zu einem ordentlichen Scheitel gekämmt. Wie Ella von ihrem Vater erfahren hatte, war das Museum offenbar eines der wenigen Dinge, die den Historiker im Leben noch begeistern konnten, und er betreute die Sammlung mit großer Hingabe.

Falkmann bat Nakamura und Ella in einen großen, staubig riechenden Raum, in dem sich die Bücher bis unter die Deckenbalken stapelten.

«Die Roggenmuhme», meinte er mit leiser Stimme, «dafür interessieren Sie sich also?»

«Eine schlaflose Nacht hat mich auf die Idee gebracht», sagte Nakamura mit einem sanften ironischen Unterton.

«Früher waren die Custrower abergläubisch. Heute ...» Er zog ein Buch aus dem Regal. «Hier. Das müsste Sie zufriedenstellen. Sie ist ein alter Aberglaube, ein Korndämon, der Kinder entführt. Wissen Sie, es gibt sogar ein paar Varianten eines regionalen Märchens, das die Geschichte etwas bildhaft erzählt. Es handelt von einem Jungen, der sich im Roggenfeld verirrt, nachdem er seinen Vater zurückgelassen hat. Er begegnet einigen seltsamen Gestalten tief im Roggen, die ihn ängstigen und immer weiter hineintreiben, ehe er dann … Nun, Sie können es sich sicherlich vorstellen: ehe er der Muhme selbst gegenübersteht. In einigen Versionen geht es gut für ihn aus, in anderen verlässt er das Feld nicht mehr. Nie mehr.» Falkmann hielt inne. «Vieles, was dieses Wesen angeht, wurde mündlich überliefert. Vieles wurde vergessen.»

*Alte Dorfsagen im Wandel der Zeiten*, las Ella auf dem vergilbten Einband. Der Verfasser war Falkmann selbst. «Dürfen wir das ausleihen?»

«Bringen Sie es aber wieder zurück. Ist das letzte Exemplar. Und Sie müssen sich eintragen. Ich halte die Ausleihen genau fest, müssen Sie wissen. Die Dinge müssen ihre Ordnung haben.»

«Natürlich. Vielen Dank», erwiderte Nakamura.

«Nur so viel: Was die Muhme angeht, sind Sie am richtigen Ort in Custrow.» Er sah zu, wie Ella ihre Unterschrift in das Buch setzte, in dem Falkmann die Ausleihen dokumentierte. Es waren weitaus mehr, als sie erwartet hätte.

«Sie führen ja eine richtige kleine Leihbücherei.»

«Als Teil des Museums, in der Tat. Ich hatte hier den nötigen Platz, und zusammen mit einigen Lehrkräften der Grundschule versuchen wir, so eine gewisse Freude-am-Lesen-Initiative aufzubauen.» Das klang amüsiert, als glaubte er nicht mehr wirklich daran, dass man Leute zum Lesen bewegen könnte.

«Sehr schön. Ich –» Ellas Handy vibrierte und sie sah aufs Display.

«Ich wünsche großen Erkenntnisgewinn mit meinem Buch», meinte Falkmann noch. Dann deutete er eine Verbeugung an. «Ich lasse Sie nun allein.» Er verschwand in dem kleinen Büro hinter dem Empfangstresen, und Ella wandte sich Nakamura zu.

«Das ist Claire. Sie schreibt, ihr Sohn benimmt sich seltsam. *Bitte sprechen Sie mit ihm – dringend.*» Ella zögerte. «Wissen Sie, ich werde das Gefühl nicht los, dass er uns auf die richtige Spur bringt. Ich sollte zu ihm.»

Nakamura nickte. «Dann tun Sie das. Vertrauen Sie Ihrem Instinkt.»

«Noch etwas anderes: Tom Falkmann erwähnte gestern jemanden.» Sie erzählte Nakamura von Alfred Jonski, dem alten Jäger, dessen angeblich schlechten Charakter ihr Tom ausführlich beschrieben hatte. «Wir müssen mit ihm reden.»

«Dann treffen wir uns anschließend dort.»

«Einverstanden.»

«Vielleicht sollten Sie, wenn Sie schon bei Max sind, die Eltern überzeugen, den Jungen einem Psychologen vorzustellen.»

«Mach ich. Und was immer Claire Jurek heute noch zu erzählen hat ...» Ella klemmte sich das Buch unter den Arm und holte ihren Autoschlüssel hervor. «Ich hab das Gefühl, dass es nichts Gutes sein wird.»

# 26

Claire Jurek war blass, wie Ella bemerkte, als sie ihr im Wohnzimmer gegenübersaß. «Max ist oben?»

«Ja.» Claire schloss kurz die Augen. Dann erzählte sie mit

leiser Stimme, was geschehen war, und Ella hörte aufmerksam zu.

«Eine Sense?», fragte sie dann alarmiert. «Ich möchte bitte sofort mit ihm sprechen.»

«Natürlich. Ich weiß nicht, ob ich dabei sein sollte. Er verschließt sich vor mir. Und wenn er das nicht tut, werd ich das Gefühl nicht los, dass ...»

«Dass was?»

«Dass er anfängt, mich zu verachten. Seit er zurück ist, ist er verändert. Es ist ...» Sie senkte die Stimme. «Als würde er Dinge sehen, die uns anderen verborgen bleiben.»

Ella stieg die Treppe ins Obergeschoss hinauf und klopfte an. «Max? Hier ist Ella Berger. Wir haben schon miteinander gesprochen.»

Hinter der Tür blieb es einige Augenblicke ruhig. Dann sagte er leise, vollkommen ruhig: «Ist gut. Kommen Sie rein.»

Er saß auf einem Stuhl vor dem Fenster und blickte hinaus. Ella bemerkte, dass sich in seinem Zimmer nichts verändert hatte. Max wirkte blass, als hätte er schon eine Weile keine Sonne mehr abbekommen, und unter seinen Augen lagen dunkle Schatten. Er trug Jogginghosen und ein weißes T-Shirt.

«Max, hey. Wie geht's dir?»

«Geht so. Ich schlaf ziemlich schlecht. Hab Albträume, aber ich kann mich morgens nicht mehr erinnern.»

Ella war nicht überzeugt. Schon bei ihrem letzten Besuch hatte sie den Eindruck nicht loswerden können, dass er etwas verheimlichte. «Du weißt, ich bin hier, um dir zu helfen. Aber dazu musst du auch mir ein wenig helfen, okay? Gestern Nacht, erinnerst du dich noch, was da geschehen ist?»

Max drehte sich zu ihr um. Seine Haut wirkte in der Morgensonne bleich wie Pergament, sie glaubte die feinen Adern unter der Haut hindurchschimmern zu sehen. «Ja, ich muss geschlafwandelt sein. Irgendwie hatte ich diese Sense in der Hand und wollte sie unbedingt zerstören.»

«Und wie kamst du auf diesen Gedanken?»

«Der war einfach hier oben.» Max tippte sich gegen die Stirn. «Einfach so, ganz plötzlich.»

«Kommt es häufiger vor, dass du schlafwandelst?»

«In letzter Zeit, ja.»

«Die Sense, Max, wo hast du die her?»

«Haben Sie nicht mit meiner Mutter gesprochen?» Er lächelte, doch gefiel Ella dieses Lächeln nicht, es wirkte mit einem Mal herausfordernd, so ganz untypisch für ihn. Woher kam das?

«Deine Mutter macht sich große Sorgen um dich.»

«Das muss sie nicht. Mit mir ist alles so, wie es sein sollte.»

«Noch mal, Max: Wo hast du die Sense her?»

Max zögerte einige Sekunden. «Es gibt so einen Aussiedlerhof. Da hab ich sie gefunden und einfach mitgenommen. Die stand in 'nem Schuppen rum. Hat niemanden interessiert.»

«Weißt du, wer auf diesem Hof wohnt?»

«So ein Schreiner. Kowalk, heißt er, glaub ich.»

Ella dachte an den gut angetrunkenen Karl Kowalk, der gesehen haben will, wie Rebecca Kranitz aus dem Bus gestiegen ist. «Und du bist einfach auf diesen Hof marschiert und hast dir eine Sense geschnappt?»

«Ich bin gestern Abend spazieren gegangen. Da kam ich da vorbei.»

«Wann genau war das?»

«So gegen acht, halb neun. Ich konnte nicht einfach nur rumsitzen. Hab mich rausgeschlichen. Einfach laufen, wollte einfach bisschen draußen sein. Es fühlt sich gut an, draußen zu sein, wissen Sie?»

«Du willst mir erzählen, du bist bei diesem heftigen Gewitter *spazieren gegangen*?» Ella dachte daran, dass Nakamura jemanden mit einer Sense am Feldrand gesehen hatte.

«Stimmt, irgendwann hat es angefangen zu regnen, und ich war mittendrin. Aber ich wusste irgendwie, dass mir nichts passieren würde.»

«Aha. Und was war, als du auf dem Hof angekommen bist? Wieso bist du überhaupt dorthin gegangen?»

«Ich dachte, ich hätte was gesehen. Durch ein Fenster der Scheune.»

«Was hast du gesehen?»

«Ihn. Mit der Sense.»

«Kowalk?»

«Genau. Und ...» Max schüttelte den Kopf, tief in Gedanken versunken. «Irgendwas hat mir gesagt, ich muss sie ihm wegnehmen. Also hab ich gewartet, bis er wieder ins Haus ging, bin rein und hab sie mitgenommen. Dann hab ich sie bei uns in der Garage versteckt. Letzte Nacht, als mich meine Mutter da entdeckt hat, da ... glauben Sie mir oder nicht, aber ich kann mich einfach nicht mehr erinnern, wie ich da hingekommen bin. Aber ich wusste einfach, ich wollte das Ding unbrauchbar machen.»

«Die Sense steht jetzt noch in der Garage?»

«Ich weiß nicht. Wenn meine Mutter sie nicht weggetan hat, dann müsste sie noch dort sein.»

«Was hat der Mann mit der Sense gemacht, als du ihn durch das Fenster beobachtet hast?»

Max blickte zu Boden. «Ich hab nur ganz kurz reingeschaut. Er ... keine Ahnung ... Ich weiß es nicht genau. Es sah aus, als würde er sie sauber machen. Er hatte so einen Lappen in der Hand.»

«Ich verstehe. Hat er dich bemerkt?»

«Nein.»

«Bist du dir sicher?»

«Ja.»

«Und ist dir in der Scheune noch irgendwas anderes aufgefallen?»

Max überlegte. «Jetzt, da Sie fragen ... Ja, eine Sache ist mir schon komisch vorgekommen. Da war eine große Truhe. Eine Kühltruhe, wissen Sie? Und das fand ich ziemlich seltsam, dass er sie nicht bei sich im Wohnhaus stehen hat. Und außerdem war ein Vorhängeschloss am Deckel. Als wollte er nicht, dass jemand hineinsieht.»

«Das könnte ein wichtiger Hinweis sein. Danke, Max.» Sie wusste immer noch nicht, ob er ihr die ganze Wahrheit sagte, aber sie konnte sich ihn einfach nicht als eiskalten Mörder vorstellen. Vielleicht würde die Analyse der Spuren auf der Sense etwas ergeben.

Er stand auf und ging zu dem kleinen Schreibtisch, der neben dem Fenster an der Wand stand, wo er anfing, einige Unterlagen zu sortieren.

«Eine Frage noch, Max: Vorhin meintest du, du wusstest irgendwie, dass dir während des Gewitters nichts zustoßen konnte. Wie hast du das gemeint?»

Max erstarrte. Er blickte auf das Blatt, das vor ihm lag,

dann zu ihr. «Das kann ich nicht so klar sagen.» Mit einer schnellen Bewegung zerknüllte er es.

«Max?» Ella stand auf. «Darf ich das mal sehen?»

«Nein.» Er wich zurück. Das zerknüllte Papier hielt er in der Faust. «Das ist privat.»

«Was ist es denn?»

«Nichts! Nur eine blöde, kindische Zeichnung von mir.»

«Du weißt, dass das unter uns bleibt, Max. Und du weißt, dass noch ein zweites Mädchen verschwunden ist, oder? Aus deiner Parallelklasse. Und dass ihre Mutter getötet wurde.»

Er nickte. «Was hat das mit mir zu tun? Ich hab schon gesagt, dass ich mich an nichts erinnern kann.»

«Max», sagte eine Stimme hinter ihr. Als Ella sich umdrehte, sah sie Andrzej Jurek in der Tür stehen. «Zeig ihr das. Sofort.»

Max blickte von seinem Vater zurück zu ihr. «Nein.» Er hob die Hand, und Ella wusste sofort, was er vorhatte. Max kaute das Papier und schluckte es herunter, bevor sie reagieren konnten.

«Junge!»

«Ich sagte Nein!»

Sein Vater griff Max' Arm und zog ihn aus dem Zimmer.

«Du blödes Arschloch!», schrie Max. «Du blödes, verficktes Arschloch!»

«Entschuldigen Sie das», sagte Andrzej Jurek zu Ella. Und an Max gewandt, fügte er in kühlem Tonfall hinzu: «Du gehst jetzt runter. Sofort. Wir klären das gleich. So redest du nicht mit mir.»

Er schloss die Tür hinter seinem Sohn. Auf der Treppe stieß Max einen Wutschrei aus. Etwas schepperte.

«Er ist nicht mehr derselbe», sagte sein Vater leise. Auf seinem Gesicht zeigten sich tiefe Sorgenfalten. «Ich komm nicht mehr zu ihm durch.»

«Sie sollten professionelle Hilfe suchen, denke ich», sagte Ella.

«Ich war immer dagegen, ihn zu einem Psychoklempner zu schicken, dachte, er würde das hinkriegen. Aber ja, ich fürchte, Sie haben recht. Es muss sein. Und was dieses Bild angeht ... Ich gucke jetzt gleich in seinem Zimmer nach. Vielleicht gibt es noch mehr.»

«Gut. Melden Sie sich, wenn Sie noch etwas finden. Und irgendwo in der Garage befindet sich eine Sense, Herr Jurek. Die muss ich mitnehmen.»

Er wirkte nicht ein bisschen verwundert. «Natürlich. Tun Sie das.»

Ella ging nach unten, rief Martenitz an und wartete, bis ein Beamter der Spurensicherung auftauchte, der die Sense mitnahm. Die Klinge würde umgehend auf möglicherweise beseitigte Blutspuren untersucht und auf ihre Eignung als Mordwaffe geprüft werden. Dann verabschiedete sie sich von Claire und stieg wieder in den BMW.

«Nakamura», sagte sie zu der Profilerin am Handy. «Ich war bei Max. Wir haben die Sense. Treffen wir uns als Nächstes bei Jonski und der alten Mühle.»

## 27

Selbst im Schatten der großen Eiche, die etwa vierzig Meter entfernt von der hoch aufragenden Mühle stand, war es nicht viel kühler. Von Custrow hatte Ella für die zehn Kilometer über schlechte Feldwege gut zwanzig Minuten gebraucht. Nakamura kam nur kurz nach ihr an und parkte ganz in der Nähe. «Nicht besonders einladend hier», meinte Ella.

«Mag sein», erwiderte Nakamura, «aber wir sollten uns trotzdem umsehen. Auch ohne ... Einladung.»

Ein schmaler Pfad führte durch hüfthohes Gras, das von Unkraut, Brennnesseln und Disteln durchsetzt war. Ella rückte ihre Dienstwaffe zurecht, band sich das Haar zu einem ordentlichen Knoten am Hinterkopf, setzte die Sonnenbrille auf und folgte Nakamura.

Im Gras lagen kleine Tierknochen und halb verweste Ratten. Irgendetwas schlich durch das hohe Gras, etwas, das deutlich größer war. Ein Fuchs? Vielleicht ein Wolf. *Gab es hier Wölfe?*

Am Ende des Pfades stand sie, die alte Mühle, vollständig aus dunklem Holz erbaut, die Bretter und Balken von Wind und Wetter und all den Jahren angegriffen und verblichen, eine Seite moosbewachsen, in den wenigen Fenstern blindes Glas. Einer der mächtigen Flügel war abgebrochen, die übrigen ragten wie die skelettierten Überreste einer riesigen Kreatur vor dem wolkenverhangenen Himmel auf.

Hier lebte Alfred Jonski. Zumindest war er hier offiziell gemeldet.

Ella entdeckte ein Fahrrad, das in einem offenen Schuppen stand. Auf einer Werkbank lagen Schraubenschlüssel, einige Schraubendreher, Zangen, ein ganzer Haufen Draht und gleich daneben ein Ersatzreifen. Weiter hinten im Schuppen waren Zeitungen gestapelt, dicht an dicht, bis unter das Dach. Im Gegensatz zum äußeren Erscheinungsbild der Mühle wirkte der Schuppen neuer und sauberer, während vor der Eingangstür der alten Mühle sich Eichenlaub zu großen Haufen gesammelt hatte, durch die sie hindurchstapfen mussten.

«Ich sehe mich mal hinten um», meinte Ella.

«Hallo? Jemand zu Hause? Polizei.» Nakamura klopfte an die schwere Eingangstür, und Ella war, als hallte das Geräusch im gesamten Gebäude wider. «Alfred Jonski? Wir wollen mit Ihnen sprechen.»

Nichts rührte sich. Nakamura klopfte noch einmal. Ella umrundete die Mühle. Auf der Rückseite lag jede Menge Müll in großen schwarzen Säcken. Es stank, und Fliegen surrten in dichten, schwarzen Wolken überall umher.

Das trockene Gras strich über ihre Jeans, als sie zurück zu Nakamura ging. Die gewaltigen Mühlenflügel warfen lange Schatten – und dann, am Rand ihres Blickfeldes, sah sie ihn.

Mitten im hohen Gras, eine doppelläufige Flinte über dem Arm liegend, stand ein Mann. Jeder Muskel in Ellas Körper spannte sich an. Wo war er plötzlich hergekommen? Die Tarnfarben-Jacke, die er trug, war viel zu warm für diese Jahreszeit. Auf seinem Kopf saß eine Baseballkappe. Er musterte sie argwöhnisch aus etwa zwanzig Metern Entfernung – eine gefährliche Distanz für die Waffe, die er da trug.

Die Luft zwischen ihnen flirrte vor Hitze. Insekten surrten und brummten, und Ella spürte, wie sie zu schwitzen begann.

«Herr Jonski?», hörte Ella Nakamuras Stimme, die sich ihm von der Seite her näherte. «Nakamura ist mein Name. Ich komme vom Landeskriminalamt Berlin.»

Er rührte sich nicht. Ella behielt ihn im Auge und legte die Hand auf das Pistolenholster, eine Bewegung, die ihm wohl nicht entging.

«Können Sie mich verstehen?»

Ella war überzeugt, dass sie Alfred Jonski vor sich hatte. Er bewegte sich nicht. Das Gewehr lag locker über seinem Arm, doch die Art, wie er dort stand, war keineswegs entspannt. Ella sah, wie Nakamura auf ihn zukam.

«Alfred Jonski?»

«Was wollen Sie?», hörte sie die raue Stimme.

«Können wir kurz miteinander sprechen?»

Er spuckte ins Gras, in die Nähe ihrer Füße. «Ich will, dass Sie von meinem Land verschwinden. Ich hab niemanden gesehen, hab nichts gehört und niemandem was getan. Kapiert?»

«Es wäre besser, wenn Sie weniger aggressiv antworten.»

Ella bemerkte, dass er die zweite Hand auf das Gewehr legte und sich der Lauf ein wenig bewegte. Diese Haltung, die kaum verhohlene Aggression ausdrückte, und Nakamuras Auftreten – das hier konnte eskalieren, sollte er sich übermäßig bedroht fühlen. «Irgendwer im Dorf hat gesagt, es wär besser, Sie kommen her und reden mit mir, was? Weil der Alte hier draußen bestimmt was damit zu tun hat. Mit dem kann man es ja machen.»

«Nein, so ist es nicht», warf Ella ein. «Und das Gewehr bleibt, wo es ist.»

Jonskis Gesicht sah eingefallen aus, faltig wie zerknittertes Pergament. Er hatte eine breite Narbe auf der Wange und buschige Augenbrauen. Selbst wenn er dreißig Jahre jünger gewesen wäre, wäre er kein attraktiver Mann gewesen. In seinen Augen schwelte Brutalität, als er zu ihr herübersah. «Ach ja? Wo ist es denn gerade?»

«Ganz ruhig», sagte Ella und machte eine Geste in Richtung Nakamura. «Wir möchten nur mit Ihnen reden. Hören Sie, würden Sie die Schrotflinte einfach ins Gras legen? Dann wäre es für uns alle angenehmer, meinen Sie nicht auch?»

Jonski schnaubte.

Ella hielt den Atem an.

Dann lachte Jonski ein bitteres, höhnisches Lachen. «Na schön. Habt euch ja ordentlich ins Höschen gemacht, ihr zwei.» Er legte die Schrotflinte ins Gras.

Ella kam näher. «Sie haben sicher alle Papiere, um eine solche Waffe zu führen.»

«Sicher hab ich die.»

«Wunderbar», sagte Nakamura und setzte ihre Sonnenbrille ab. «Wissen Sie, was gerade in Custrow geschieht, Herr Jonski?»

«Nö. Wieso auch? Ich hab nichts mit denen zu tun. Aber irgendwas wird's schon sein, sonst wären Sie ja nicht hier.»

«Jemand wurde getötet. In einem Roggenfeld. Ziemlich brutal, um es so zu formulieren.»

«Aha.» Jonski zuckte mit den Schultern. «Und weiter?»

«Es war nicht mit einer Schusswaffe, falls Sie das denken.

Es war, sagen wir, eine massive Klinge.» Nakamura beobachtete Jonskis Reaktion, doch starrte sie der alte Mann nur wenig interessiert an. «Und dann sind zwei Kinder verschwunden. Eines kam wieder zurück. Verstört. Teerbeschmiert.»

Jonski hob die Augenbrauen. «Teer? Es gibt eine alte Fabrik, da haben wir Teer benutzt. Bahnschwellen. Überlandmaste. All das.»

«Die kennen wir bereits», warf Ella ein.

«Ach, die haben Sie schon gefunden?» Zum ersten Mal ging so etwas wie ein Lächeln über Jonskis Lippen, was ihn noch unsympathischer aussehen ließ. «Das war mein Job, früher mal. Ich war im Labor bei denen. Bahnschwellen, die haben wir wetterfest gemacht. Wissen Sie, was das für eine Drecksarbeit war?» Er hielt ihr eine Hand hin. «Sehen Sie das? Sehen Sie, was das für Spuren hinterlassen hat?»

Nakamura beschloss, nicht darauf einzugehen. «Herr Jonski, es gab in Custrow Fälle von Tiermisshandlung. Wissen Sie etwas darüber?»

Jonski starrte sie an. Leckte sich mit der Zunge über seine Lippen, dann spuckte er ins Gras. Mit einem Mal wirkte er wieder vollkommen verschlossen. «Nein. Ich halte mich von Custrow fern.»

«Und wieso ist das so?», fragte Ella behutsam. Es war nicht leicht, zu dem Mann vorzudringen.

«Ich kann die nicht leiden, die mich nicht. Das ist alles. Ich will in Ruhe gelassen werden. Einfach meine Ruhe haben, das ist nicht zu viel verlangt, oder?»

«Es gibt aber auch andere Varianten dieser Geschichte», bemerkte Nakamura. «Dass Sie selbst, sagen wir, nicht ganz unbeteiligt sind.»

Ella spürte, dass es keine gute Idee war, den Mann so direkt anzugehen.

«Ich dachte, es geht hier um irgendeine Fotze, die abgemurkst wurde», wetterte er. «An was denn nicht *unbeteiligt*, hm?» Jonski machte einen Schritt auf Nakamura zu. «An diesen Misshandlungen? Und wenn es so wäre? Was willst du dann machen, du dummes Schlitzauge?»

Das kam so unerwartet, dass Nakamura wie gelähmt dastand. Jonski dagegen nahm in einer fließenden Bewegung die Schrotflinte wieder auf. Er war furchtbar schnell, viel schneller, als Ella einem Mann seines Alters zugetraut hatte.

Nakamura blickte in den Doppellauf der Schrotflinte, und Ella zog ihre Dienstwaffe.

Fuck, dachte sie. Verflucht noch eins, muss das sein?

«Ich sagte, verpiss dich von meinem Land.»

«Nehmen Sie die Waffe runter! *Sofort*.»

«Wenn ihr euch nicht sofort verpisst, blas ich ihr den Kopf weg. Jetzt Abmarsch. Das ist meine letzte Warnung, verstanden?»

Ella spürte, wie ihr Herz heftig gegen die Rippen schlug. Nakamura, du Närrin. Wieso hat er dich so reinlegen können? Schweiß floss ihr über die Stirn, die Haare, tropfte ihr auf die Wangen, den Nacken.

«Jonski!», rief plötzlich eine Stimme von links.

Es war ein Mann in Jeans und schwarzem Hemd, ein weißes Kollar am Kragen. Adam Bogusz, der Pfarrer. «Jonski», rief er und kam näher, als störte ihn die Waffe kein bisschen, die nach wie vor auf Nakamura gerichtet war. «Mach dich nicht unglücklich!»

«Hau ab», zischte Jonski.

«Ganz sicher nicht.» Bogusz trat neben Nakamura. «Ganz ruhig. Jonski, du legst jetzt die Waffe weg. Dann gehst du in die Mühle, setzt dich hin und wartest auf mich.» Seine Stimme war tief und voller Autorität. «Jetzt, Alfred. Geh.»

Jonski lächelte wieder sein grausames Lächeln, seine Lippen teilten sich wie die Ränder einer klaffenden Wunde. Dann ließ er die Flinte fallen, machte kehrt und eilte in die Mühle, wo die Tür krachend hinter ihm zuschlug.

«Fuck!», stieß Nakamura aus, als die Anspannung jäh von ihr abfiel. Ella steckte die Dienstwaffe weg und eilte zu den beiden hinüber. Bogusz' Hand lag auf Nakamuras Schulter.

«Ganz ruhig», sagte er, «ganz ruhig.»

«Damit wird er nicht davonkommen, das wissen Sie.» Nakamura sah zu Ella. «Ich … ich muss um Unterstützung funken, und …»

«Bitte geben Sie mir einen Augenblick mit ihm.» Der Pfarrer warf ihr einen durchdringenden Blick zu. «Lassen Sie mich es so sagen: Wenn Sie wiederkommen, meinetwegen mit Unterstützung und einem Sonderkommando oder wie Sie das nennen, dann wird er das nicht überleben.»

Ella erwiderte den Blick. Der Priester hatte Charisma, das war unbestreitbar. Mehr noch, er hatte eine wirkungsvolle Aura.

«Jonski wird nicht freiwillig ins Gefängnis gehen», bekräftigte Bogusz.

«Er hat mich gerade mit einer Flinte bedroht!», rief Nakamura.

Bogusz wischte sich einen Schweißtropfen von der Stirn. «Dieser Mann ist ein Schwein, ich sage es ganz offen. Mehr noch, er ... nun, er hat Schuld auf sich geladen, große Schuld. Aber er braucht nicht Sie, Frau ...»

«Nakamura.»

«Okay. Sie kenne ich ja schon, Frau Berger. Nun, was ich sagen will: Er braucht weniger Leute wie Sie und mehr Leute wie mich. Jonski hat vielleicht nur noch Monate. Er hat Krebs, wussten Sie das? Ich bin hier, weil wir zusammen beten und das Abendmahl feiern wollten. Alle paar Tage sehen wir uns. Der Mann sehnt sich nach Vergebung, Frau Nakamura.»

Nakamura schüttelte den Kopf. Ella wusste, wie sie sich fühlte: Ihr Körper, noch immer voll Adrenalin, wollte in alle Richtungen zugleich laufen. «Das ist trotzdem ...»

«Sie wollen doch sicher einige Dinge von ihm erfahren, nicht wahr? Was halten Sie von einem kleinen Deal?»

«Puh. Das ...» Nakamura blickte auf ihre Hände, die noch immer zitterten. Ella konnte es ihr nicht verübeln. «Das ist nicht der Weg, den das hier gehen sollte.»

Adam Bogusz lächelte freundlich. «Nein», sagte er mit ruhiger, fester Stimme. «Das ist er sicher nicht, nicht der weltliche, nicht der Weg der Justiz, nicht der der Polizei. Aber vielleicht *unser* Weg. Wollen wir ein Stück gehen?»

Ella beschloss, sich nicht einzumischen. Die Polizistin in ihr gab natürlich Nakamura recht, aber sie glaubte auch, dass sie nie etwas von Jonski erfahren würden, wenn sie ihn jetzt mit Gewalt da herausholten. Da meldete sich ihr Handy. «Einen Moment. Das ist ein Kollege.»

«Krähen», hörte sie Kai Jorgens' Stimme. «Ein Spaziergänger hat die gemeldet. Ziemlich viele, also muss da was auf dem Feld liegen. Vielleicht könntest du hinfahren? Wir sind gerade alle im Einsatz.»

Ella blickte zur Mühle hinüber, dann zu Bogusz. Die Wege des Herrn, dachte sie sarkastisch. «Also gut. Ich sehe mir das an.»

# 28

Krähen kreisten über dem Roggenfeld in der Ferne. Ella hielt auf dem Feldweg und atmete tief durch. Von hier musste sie zu Fuß weiter. Gleich gehst du los und siehst dir an, was immer da auf dem Feld auf dich wartet. Du musst auf das Schlimmste gefasst sein.

Eine Krähe krächzte so laut und dicht in der Nähe, dass sie zusammenzuckte.

Es war die Atmosphäre hier draußen – die Stille, die nur vom Rascheln im Roggen gestört wurde. Und das Gefühl, dass das Kornfeld Augen hatte.

«Ganz großartig.» Ella stieg aus dem BMW und machte sich in Richtung der Krähen auf, die beständig ihre Kreise flogen und krächzten.

Sollte sie Verstärkung rufen?

Nein. Nicht sofort, nicht solange die Möglichkeit bestand, dass dort nur ein totes Reh lag. Sie *musste* nachsehen. Dann dachte sie an ihren Vater und daran, was er wohl gesagt hätte: Wer behauptet, niemals Angst zu verspüren, ist entweder ein Idiot oder ein Lügner. Angst zu haben ist keine Schwäche, Angst ist dein Begleiter in diesem Beruf, sie macht dich umsichtig, hält dich am Leben. Aber lass niemals zu, dass sie dich kontrolliert.

Also betrat sie das Feld, schlug sich zwischen den Roggenhalmen, die sie überragten, hindurch, stets die Krähen am Himmel im Blick, die ihr den Weg wiesen.

Sie roch den Verwesungsgestank, noch bevor sie etwas sah. Dann betrat sie eine kleine Lichtung. Jemand hatte kreisrund die Pflanzen niedergetrampelt.

In der Mitte stand eine menschengroße Puppe aus dürren Ästen und Zweigen. Arme, Beine, der Torso, alles aus sorgfältig geflochtenen Zweigen. Schmutzige Stofflappen und Fetzen hingen an der Puppe und flatterten sanft im Wind. Dort wo der Kopf hätte sein müssen, war jedoch etwas anderes.

Ella erstarrte in Entsetzen. Sie blickte ins Gesicht von Maria Kranitz. Ihr Kopf war oben auf der Puppe befestigt worden. Auf ihrem dunklen Haar, das mit geronnenem Blut getränkt war, saß eine Krone aus Zweigen. Auch in ihren Augen steckten Äste, mit Gewalt hineingetrieben, die Augenflüssigkeit war über ihre Wangen gelaufen und getrocknet. Eine Krähe hockte auf der Schulter der Puppe und pickte am Fleisch ihrer Wange.

Rings um die Tote herum lagen Kreuze auf dem Boden, christliche Kreuze, allesamt in Teer getränkt.

«Weg mit dir!», rief Ella, als sie den ersten Schock überwunden hatte, und das Tier stob mit einem Krächzen auf und gesellte sich zu den anderen am Himmel.

«Ach verflucht», murmelte sie und zog ihr Handy hervor, um Martenitz zu informieren.

Als das erledigt war – die volle Unterstützung würde so schnell wie möglich anrücken –, ging sie mit schnellen Schritten zurück. Da stand ein Mann an ihrem Wagen.

«Herr Jurek? Was machen Sie hier?» Ella blieb stehen und versteifte sich.

«Hab den Wagen von der Landstraße gesehen. Ich war gerade auf dem Weg zur Polizei. Ich hab das hier gefunden ...» Er hielt ein Blatt Papier hoch. «Das müssen Sie sehen.»

«Ist das ...»

«Von Max. Ja. So eine Scheiße. Was ist mit meinem Jungen los?»

Ella nahm ihm die Zeichnung ab und entfaltete sie. Max' Vater wandte sich ab.

«Oh verdammt», sagte sie zum zweiten Mal an diesem Morgen. Es war schlimmer, als sie erwartet hatte.

Sehr viel schlimmer.

Ein Roggenfeld hatte er gemalt, mit einem dicken schwarzen Bleistift, und in der Mitte, im Herzen des Feldes, eine Gestalt.

Kein Mensch, das sicher nicht. Die Arme waren seltsam lang, der Körper dürr und gestreckt, das Gesicht schwarz mit zwei glühend roten Punkten, die daraus hervorblickten. Umgeben war das Ding von Schatten, große Kreise mit Bleistift gemalt und danach mit den Fingern verschmiert, als wäre die Gestalt selbst nicht ganz da.

Das Schlimmste jedoch war das Korn, der Roggen selbst: Anstelle von Strichen hatte Max mit einem feinen Bleistift so winzige Worte geschrieben, viele Hunderte Male, sodass sie aus einiger Entfernung wie Halme aussahen, die beinahe das ganze Bild einnahmen.

*Roggenmuhme*, hatte er winzig klein geschrieben, nur dieses eine Wort, und es bildete all die Roggenhalme, die das seltsame Wesen in ihrer Mitte einhüllten.

«Roggenmuhme», wiederholte Ella leise. Immer wieder die Roggenmuhme, die wie ein Schatten über allem lag, was hier geschah. Das Korn am Rand des Feldweges bewegte sich im Wind, und sie blickte kurz hinüber, dachte an Sylvie, Rebecca und an Wicáz' Worte: *Irgendwas ist da draußen*, hatte er gesagt.

«Frau Berger», sagte Max' Vater. Er betrachtete die Zeichnung, Sorge und Abscheu zugleich auf dem Gesicht. «Was ist hier los? Ich begreife nicht, wieso uns das passiert.»

Ella faltete die Zeichnung und steckte sie ein. «Was immer Max zugestoßen ist, ich verspreche Ihnen, dass wir es aufklären.»

Sie sah Richtung Osten. Ob Nakamura bei Jonski wohl schon etwas erreicht hatte? Sobald die Kollegen hier waren, würde sie zurück zur Mühle fahren. Sie wurde das Gefühl nicht los, dass es an der Zeit war, mit Bogusz ein ernstes Wort über dieses Dorf und seine Bewohner zu reden.

# 29

Ella wischte sich den Schweiß von der Stirn, als sie Nakamura und Bogusz eine halbe Stunde später im Schatten der Eiche auf einem umgestürzten Baumstamm sitzend fand. Nachdem sie der Profilerin kurz unter vier Augen erklärt hatte, was sie entdeckt hatte, wandte sie sich an Bogusz.

«Also, was ist mit unserem speziellen Freund in der Mühle? Wieso sollten wir ihn nicht einfach rausholen nach der Nummer, die er sich vorhin geleistet hat?»

Bogusz zuckte mit den Schultern. «Daran hindern wird Sie niemand. Und dass er ein schlechter Kerl ist, daran gibt es nur wenig zu rütteln. Je häufiger ich mit ihm spreche, desto mehr kommt ans Tageslicht.»

Nakamura schwieg, Ella trank einen großen Schluck. Die Hitze, die sich unter dem hohen Baum in der kaum bewegten Luft staute, war nur schwer erträglich.

«Er war früher Jäger, manche sagen, er hätte illegal Fallen aufgestellt.» Der Priester schüttelte nachdenklich den Kopf. «Es ist schwer zu begreifen, ich weiß. Aber glauben Sie mir, wie er mit mir sprach, wie er sich gab: Ich bin überzeugt, dass er es wahrhaftig bereut.»

«Wie er sich vorhin mir gegenüber verhalten hat», sagte Nakamura, «lässt mich daran aber doch sehr zweifeln.»

«Sehen Sie es so: Er hatte Angst, auch wenn er es nicht zeigt.»

«Vielleicht weil er mehr zu verbergen hat, als Sie denken.»

«Wenn dem so ist, werde ich es herausfinden, das versichere ich Ihnen. Denn sobald wir hier fertig sind, werde ich mit ihm sprechen.»

«Er behauptet, er würde sich von Custrow fernhalten. Nehmen Sie ihm das ab?»

«Wissen Sie, die Meinung der Custrower ihm gegenüber ist ziemlich eindeutig. Sie betrachten ihn als Außenseiter.» Bogusz spähte in die Ferne, über das hohe Gras hinweg, hinüber zur Mühle. «Er sagte mir, dass er einmal in einen Streit mit dem Landstreicher geraten ist, noch so ein Ausgestoßener hier. Abends ging er dann zu ihm zurück, fand die Katze des Mannes und tötete sie. Es ist verrückt. Aber so sind die verlorenen Seelen dieser verlassenen Gegend.»

Der Priester sah Ella kurz direkt in die Augen. Die Präsenz dieses Mannes, dachte sie, ist wirklich stark.

«Aber nach all dem, was er mir erzählt hat, bin ich überzeugt, dass all diese bösartige Aggression, die in ihm steckte, nur gegenüber Tieren zutage trat. Niemals gegenüber Menschen. Prüfen Sie das gerne, es wird nicht eine Anzeige in dieser Hinsicht gegen ihn vorliegen. Wer immer also in Custrow die arme Maria Kranitz ermordet hat, Jonski war es sicher nicht.» Er zögerte und seine Stirn legte sich in Falten.

«Ich höre da ein Aber mitschwingen», sagte Ella.

«Habe ich Ihr Wort, dass Sie Jonski heute nicht mehr behelligen?»

Ella nickte. «Heute nicht. Darüber hinaus kann ich nichts versprechen.»

«Er erzählte mir von einer Art Gruppierung, die es früher in Custrow gegeben haben soll. Sie nannte sich der Kameradenclub, und Jonski war einer von ihnen. Wer die anderen waren, wollte er nicht sagen.»

«Sprechen wir von einer rechten Gruppierung?»

«Das nicht. Aber ich denke, es handelte sie ebenso wenig um ein paar Freunde, die sich abends zum Bierchen getroffen haben. Eine gewisse kriminelle Vergangenheit dieses Clubs würde ich nicht ausschließen. Aber das alles liege nun schon Jahrzehnte zurück, sagte er, und heute wolle er damit nichts mehr zu tun haben.»

«Was genau haben die denn getrieben?»

«Er hat nur Andeutungen gemacht. Es ging wohl um gewisse alte Geschichten, als viele der Felder hier an diesen großen Agrarkonzern verkauft wurden.»

«BioSyns?», meinte Nakamura.

«Exakt. Es gab Ärger im Dorf, weil viele nicht wollten, dass auf den riesigen Ländereien von BioSyns biologische Feldversuche durchgeführt werden. Gentechnik, experimentelles Saatgut ...»

«Sprechen Sie von Protestaktionen?»

«Genau. Später brannten auch einige Felder. Bis BioSyns auf die Idee kam, Leute aus Custrow zu bezahlen, um nachts Wache zu stehen und die Gegner einzuschüchtern. Angeblich war die Polizei damals auch ganz eindeutig auf der Seite des Konzerns.»

Ella begriff, worauf Bogusz hinauswollte. «Und diese Leute, die bezahlt wurden, waren Jonski und sein Kameradenclub, nehme ich an?»

«Bingo. Im Dorf redet niemand darüber. Aber er stritt auch nicht ab, dass einige von ihnen noch in Custrow leben.»

«Worauf wollen Sie eigentlich hinaus?», fragte Nakamura.

«Ah», erwiderte er und zeigte ein breites Lächeln, «ich dachte, das liegt auf der Hand. Was hier im Ort geschieht, nimmt die Dorfbewohner mit. Zwei Kinder verschwinden, und nun ist die Frau des Bürgermeisters ermordet worden – auf bestialische Weise, wie man sich erzählt. Der Schuldige wird im Ort vermutet, und wir wissen, wen eine Gemeinschaft in solchen Fällen immer als Erstes verdächtigt. Die Menschen am Rand.»

«Die Suche nach dem Täter können Sie getrost der Polizei überlassen, Herr Pfarrer», erwiderte Ella.

«Das weiß ich, aber ... Ich weiß nicht, ob man in Custrow wirklich überzeugt ist, die Polizei könnte rechtzeitig eingreifen, um weiteres Unheil zu verhindern.»

«Nun, das wäre doch ein gutes Thema für eine Predigt», meinte Nakamura. «Vielleicht sorgen Sie damit für etwas Ruhe im Ort.»

# 30

Anderthalb Stunden später war die Tatortanalyse so weit abgeschlossen, dass Maria Kranitz' Kopf von der Strohpuppe entfernt werden konnte. Gekühlt und mit Priorität war er bereits auf dem Weg zur Rechtsmedizin in Berlin. Das gesamte Ermittlerteam kam Punkt sechzehn Uhr in der Polizeiwache Makow zusammen, um das weitere Vorgehen abzustimmen.

«Es ist zu viel», sagte Kramer. Kurz wunderte sich Ella, wo er in den vergangenen vierundzwanzig Stunden gesteckt hatte. Selbst er schien heute gefasst und zu keinerlei Sticheleien motiviert. «Zu viele Felder, Martenitz, und wir haben zu wenige Leute. Wenn wir nun auch noch nach möglichen Zeugen suchen und potenzielle Alibis abgleichen müssen, brauchen wir mehr Leute.»

«Rebecca lebt vielleicht noch», sagte Riccoli. Ein dünner Schweißfilm glänzte auf ihrer Stirn. «Dieses Mädchen ist vielleicht noch da draußen und wartet auf uns. Er hat recht. Fordern Sie weitere Unterstützung an.»

«Schon geschehen», erwiderte Martenitz ernst. Er wischte sich den Schweiß mit einem Einstecktuch von der Stirn. «Nakamura?»

«Ja?»

«Ich will bis morgen früh eine detaillierte Analyse, ob wir es hier wirklich mit *einem* Täter zu tun haben. Teer bei Max Jurek, Teer bei der Ermordeten und nun in Teer getauchte Kreuze ... Aber wieso ist Max zurückgekommen? Und was ist mit Rebecca? Wieso ihre tote Mutter? Verflucht, die Kacke dampft bis zum Himmel. Ich will wissen, was das zu bedeuten hat, ja? Und was ihn antreibt. Was passiert mit Rebecca? Wird er sie töten oder eher freilassen wie Max, warum auch immer?»

«Ich bin dran», sagte Nakamura. Ella bemerkte, dass Nakamuras Hand ein wenig zitterte, und als Nakamura ihren Blick auffing, verschränkte sie die Arme. Die Konfrontation mit Jonski hatte sie mitgenommen, da gab es keine Zweifel. «Die Kreuze bereiten mir Sorgen.»

«Wieso?»

«Weil es nicht zur Sage passt.»

Ella verschränkte die Arme. «Wir möchten heute noch Max Jureks Beobachtung prüfen.» Kramers Blick lastete auf ihr, doch sagte er nichts weiter. «Mit der Sense, Sie wissen schon.»

«Tun Sie das. Was immer uns voranbringt. Riccoli, Sie bleiben mit den Kollegen der Bereitschaft an Rebecca Kranitz dran, wir übrigen an der Mordsache.»

«Eins noch», meinte Riccoli. «Die Blutprobe von Max Jurek, das Labor kommt mit der unbekannten Substanz nicht weiter.»

Martenitz nickte wachsam. «Dann soll das Krankenhaus alles ans LKA weiterleiten.»

«Ich *spreche* vom LKA-Labor», erwiderte Riccoli kühl. «Was immer es ist, es ist komplex, seltsam und ... gefährlich.»

Riccoli wirkte auf Ella wie eine toughe, abgehärtete Ermittlerin, und es beunruhigte sie, diesen Tonfall in ihrer Stimme zu hören.

«Kein Schlaf heute Nacht», murmelte Kramer, während sie hinausgingen, «kein Schlaf für niemanden ...»

Ella blickte durch die Windschutzscheibe auf den Aussiedlerhof. Da standen einige windschiefe, gedrungene Gebäude, denen die Zeit heftig zugesetzt hatte. Ziegel, moosbewachsen, Fachwerk, das schmutzig und von Efeu überwuchert war. Die Einfahrt voller Schlaglöcher. Davor der Transporter, den Karl Kowalk benutzte, um seine Aufträge zu erledigen. Früher hatte es hier einmal einen Dorfladen gegeben, der von einer Frau und ihrer Tochter betrieben wurde, danach war Kowalk eingezogen.

«Wir könnten zu spät sein», sagte Ella. «Kowalk könnte aufgeräumt haben. Besonders wenn er mitbekommen hat, dass der Kopf gefunden wurde.»

«Wenn», erwiderte Nakamura. «Das ist ein großes Wenn. Und niemand kann wirklich so gut aufräumen, dass die Kollegen nicht doch noch etwas finden, das wissen Sie.»

«Max hat die Sense mitgenommen.»

«Das bedeutet nichts. Noch nicht.»

Ella brauchte nicht zu fragen, was sie damit meinte: Sofern die Kriminaltechnik an der Sense nichts Verwertbares fand, hatte Max' Beobachtung keinerlei Bedeutung. Sie schluckte. Ihr Hals fühlte sich an, als hätte sie Schleifpapier gegessen – oder den Staub geschluckt, den der Wind von den Feldern herantrug. «Was halten Sie davon?»

«Von der Inszenierung?»

«Von alldem.»

«Die Puppe mitsamt Maria Kranitz' Kopf ist recht deutlich eine rituell motivierte Darstellung. Wer immer das gebaut hat, verfolgt mehrere Ziele. Erstens: Einschüchterung. Seht her, was ich erschaffe, und fürchtet mich, denn ihr könntet ebenso enden. Zweitens: Macht.»

«Inwiefern?»

«Er schafft ein Wesen, damit erhebt er sich selbst. Er spielt», sagte Nakamura ernst, «zumindest in seiner Fantasie – und das ist für ihn das Maßgebliche, als er das Werk erschaffen hat – Gott. Er erschafft eine neue Kreatur, gestaltet sie nach seinen eigenen Vorstellungen. Dazu könnten auch die Kreuze passen, die in Teer getaucht wurden. Er erniedrigt das Symbol, macht es zu seinem eigenen, gewinnt Macht darüber.»

«Sie sagen immer wieder *er*. Ist es denn mit Sicherheit ein Mann?»

«Na ja, Sie kennen die Statistiken. Es ist mit neunzigprozentiger Wahrscheinlichkeit ein Mann.» Nakamura warf einen Blick auf ihr Handy, das leise summte. «Dr. Uygur hat mir geschrieben. Der Kopf ist eingetroffen.»

«Gut. Ich hoffe, sie finden etwas.» Es gab noch etwas anderes, das Ella beunruhigte. «Diese Substanz in Max' Blut, was sagen Sie dazu?»

Nakamura seufzte. «Ich muss gestehen, hier bin ich noch ein wenig ratlos.»

«Wer immer da draußen ist, spielt mit uns», sagte Ella. «Er verarscht uns, oder?»

«Berger ...» Nakamura streckte die Hand aus und legte sie auf ihre. «Ich verstehe das. Wenn Sie erschöpft sind ...»

«Ich *bin* erschöpft», erwiderte Ella. Dann zog sie ihre Hand weg. «Aber auch ziemlich angepisst und zornig. Keine Sorge, ich werfe die sprichwörtliche Flinte nicht ins Korn. Wir müssen mit Kowalk sprechen. Jetzt.»

«Gut. Dann tun wir das.»

Ella stieg aus. Prüfte ihre Dienstwaffe, den Sitz ihrer Kevlarweste, die sie vor der Abfahrt angelegt hatte.

Sicher war sicher.

Der Hof wirkte verlassen. Kein Hund bellte, nur der Wind strich über die Dachfirste.

Zur Eingangstür führte eine schmale Steintreppe hinauf. Darüber hatte eine fette, schwarze Spinne ihr Netz gewoben, zahlreiche Fliegen waren darin eingesponnen.

Ella suchte vergeblich nach einer Klingel. Also klopfte sie an. «Herr Kowalk? Hier ist die Polizei.»

Schritte erklangen. Ein Seufzen. Dann drehte sich ein Schlüssel im Schloss und die Tür schwang auf. Kowalk stand in einem weißen Unterhemd und kurzen Hosen vor ihnen. Seine wässrig blauen Augen musterten zuerst sie, dann Nakamura.

«Sie sind das», sagte er und klang schon wieder betrunken. «Wollten Sie mal nachgucken, ob ich gut heimgekommen bin? Bisschen spät, was?»

«Herr Kowalk, wir müssen uns mal unterhalten.» Ella warf einen Blick an ihm vorbei, konnte in dem dunklen Flur hinter ihm jedoch kaum etwas erkennen. Dann sah sie zu den dunklen Nebengebäuden. «Leben Sie hier allein?»

«Leben? Ja. Klar. Nur ich allein.»

«Wo bewahren Sie Ihre Werkzeuge auf?»

«Werkzeug ...» Er deutete auf ein Gebäude mit spitzem

Dach am anderen Ende des Hofs. «Ist alles dahinten. Meine Werkstatt, das ist die dort.» Seine Hand wies auf die langgezogene Halle direkt gegenüber. «Ich versteh nicht ganz ...»

Ella blickte sich um. Etwas an diesem Ort gefiel ihr nicht. Vielleicht war es die Stille, die zwischen den heruntergekommenen Gebäuden lag, die Luft, die stillzustehen schien.

«Hallo?» Kowalk starrte ihr irritiert ins Gesicht. «Hören Sie mir überhaupt zu?»

«Sie wurden beobachtet, wie Sie eine Sense gereinigt haben. Bisschen ungewöhnlich, oder? Wozu braucht man heutzutage eine Sense?» Ella legte die Hand demonstrativ auf die Waffe. «Kommen Sie bitte raus. Zeigen Sie uns, wo Sie Ihr Werkzeug aufbewahren.»

Kowalk starrte noch immer. Ella hatte den Eindruck, dass er überlegte, ihr die Tür vor der Nase zuzuschlagen.

«Tun Sie es nicht», sagte sie mit Nachdruck.

«Was?»

«Was immer Ihnen gerade durch den Kopf geht. Kommen Sie einfach raus.»

Kowalk hustete, dann trat er aus der Haustür und ging barfuß und mit hängenden Schultern die Treppe hinab. Jetzt wehte ihr der Geruch von Hochprozentigem entgegen. Eine Aura der Verzweiflung folgte Kowalk wie ein Schatten.

«Ist alles in Ordnung?»

«Passt schon», sagte er leise.

«Seit wann leben Sie hier?», fragte Nakamura.

Erneut fragte sich Ella, ob Ihre Kollegin Smalltalk machen wollte oder eine Absicht verfolgte. Nakamura blieb schwer zu durchschauen.

Kowalk hielt inne. «Seit wann? Schon immer.»

«Keine Frau? Freundin?»

«Schon lange nicht mehr», erwiderte Kowalk. «Damit hab ich abgeschlossen.»

«Ist das nicht ein einsames Leben? Wie oft kommen Sie denn so unter Menschen?»

Jetzt klang Nakamura, als wollte sie ihn provozieren.

«So selten wie nötig. Manchmal treffen wir uns zu einer Skatrunde. Das ist alles.» Kowalk schloss die Werkstatttür auf, drückte einen Schalter und eine Reihe von Leuchtstoffröhren an der Decke erwachte hell flackernd zum Leben. «Bitte. Sehen Sie sich ruhig um.»

Sägespäne waren zu kleinen Haufen zusammengekehrt, und in der Mitte der Werkstatt standen ein Esstisch und mehrere Stühle.

«Das hier bauen Sie gerade für einen Kunden?»

«Richtig.»

Ella betrachtete die Werkzeuge auf der Werkbank. Nichts davon sah aus, als könnte es die gesuchte Mordwaffe sein. Max hatte die Sense mitgenommen, die er gesehen hatte, etwas Ähnliches gab es augenscheinlich nicht. Und auch kein Blut. Sie warf Nakamura einen Blick zu, die kurz den Kopf schüttelte.

«Ihre Skatrunde, Herr Kowalk, wer gehört dazu?», wollte Nakamura wissen.

«Ein paar Leute aus dem Dorf halt.»

«Haben die Namen?»

«Klar haben die Namen. Der Arzt, Dr. Bosch, und Sandy von der Kneipe. Manchmal auch Bogusz, unser Priester.»

«Was für eine fröhliche Skatrunde», sagte Nakamura mit

deutlich hörbarem Unterton. «Zeigen Sie uns noch Ihr Gartenwerkzeug, bitte.»

Kowalk schüttelte den Kopf, führte sie jedoch über den Hof zu dem kleineren Gebäude mit dem Spitzdach. Im Inneren war es staubig, Spinnweben hingen an den Wänden, und nur eine einzige Glühbirne baumelte an ihrem Kabel von einem Balken. Da waren einige Schaufeln, ein paar Heckenscheren, Sägen und Seile, die zusammengerollt an Haken an der Wand hingen, aber keine Axt, nichts mit einer schweren Klinge.

«Eine Sense haben Sie nicht.»

Kowalk brummte etwas Unverständliches. «Diese kleinen Bastarde ...»

«Wie bitte?»

«Ich hab eine, klar hab ich eine», sagte er. «Die ist aber weg. Verflucht, wieso sollten die mir 'ne Sense klauen?»

«Wieso haben Sie die Sense kürzlich gereinigt, Herr Kowalk?», fragte Ella.

Er deutete auf einen öligen Lappen, der am Boden lag. «Hab damit hinter dem Haus die Brennnesseln geschnitten.»

Nakamura warf Ella einen unmissverständlichen Blick zu. Weiter hinten stand die Kühltruhe, die Max erwähnt hatte, und an die Wand hatte jemand ein Zeichen mit Kreide gemalt: eine Spirale in einem Dreieck.

«Dieses Zeichen ...»

«Keine Ahnung. Ist nicht von mir.»

«Und die Kühltruhe hat ein Vorhängeschloss», bemerkte Ella.

«Ja, und?» Kowalk schlurfte hinüber. «Es gibt manchmal Jugendliche, die herkommen und mir mein Zeug klauen.

Wie die Sense, verflucht noch mal.» Er bückte sich, zog einen kleinen Schlüssel unter der Truhe hervor, hantierte mit zitternden Fingern am Schloss herum, ehe es klickte und es auf den staubigen Boden fiel. «Wieso? Ist das jetzt schlimm?»

«Treten Sie beiseite», sagte Ella. Sie bemerkte, dass Nakamura Kowalk nicht aus den Augen ließ.

Dann öffnete sie den Deckel.

Holte tief Luft.

Spähte hinein.

Die Truhe war voll mit Bier- und Wodkaflaschen – und sonst nichts. Abgesehen von den rostroten Flecken, die sich weiter unten an der dicken Eisschicht befanden.

«Herr Kowalk», sagte Ella laut, «Sie lassen mir leider keine andere Wahl.»

Kowalk starrte sie an, irritiert, aber zugleich ahnungslos.

«Sie sind vorläufig festgenommen, bis wir Ihr Anwesen gründlich durchsucht haben.»

«Wie ...» Sein Mund klappte auf. «Wie bitte? Wieso denn das? Weswegen, hä? Wieso machen Sie das? Wieso ich?»

«Sie stehen unter dringendem Tatverdacht. Sie wurden beobachtet, wie Sie ein mögliches Tatwerkzeug gereinigt haben, und in Ihrer Kühltruhe befinden sich eindeutig Blutspuren. Daher werden wir Ihren Hof vollständig durchsuchen müssen.»

Kowalks Blick ging in Richtung einer Seitentür.

«Woran Sie gerade denken», meinte Ella und machte einen Schritt auf ihn zu, «tun Sie es nicht.»

«Aber ich hab nix gemacht!»

«Hören Sie», sagte Ella, «es war ein verflucht langer Tag,

und ich habe wirklich keine Lust, Ihnen hinterherzurennen. Bitte ersparen Sie uns das.»

# 31

Kowalk saß in Gewahrsam, und während sein Hof durchsucht wurde und Riccoli und Martenitz die Vernehmung durchführten, waren Ella und Nakamura unterwegs zu Bernd Kranitz, dem frisch verwitweten Bürgermeister. Martenitz wollte, dass sie ihn abermals konfrontierten. Doch Kranitz war nicht zu Hause, wie sich herausstellte, das Haus dunkel und die Garage leer.

«Sehen Sie mal.» Nakamura deutete auf die Gruppe von Custrowern, die vor dem örtlichen Gasthof herumstanden.

«Wollen wir mal reingehen?», fragte Ella. «Vielleicht ist er ja hier.»

«Wieder Ihr Instinkt, Berger?»

«Eher Durst.»

Sie parkten und gingen auf das Lokal zu. Sandy's stand auf dem Schild darüber, und die Neonreklame surrte und flackerte.

«Bullen», murmelte jemand.

«Guten Abend», meinte Nakamura. «Sie sollten entweder rein- oder heimgehen. Da kommt wieder ein Gewitter, wie es aussieht. Nur so ein kleiner Ratschlag.»

Dann betraten sie den Gasthof.

Es schien, als wäre das halbe Dorf hier versammelt.

Rauch hing in der Luft, Musik kam aus alten, knisternden

Lautsprechern, Stimmengewirr vermischte sich mit dem Klirren von Gläsern und heiserem Lachen. Beinahe jeder Tisch in dem schummrigen Laden war besetzt, am Tresen hockten einige ältere Custrower, die aussahen, als verbrächten sie jeden Abend hier.

Eine Frau Mitte fünfzig, mit blonden, wilden Locken und einem recht offen einzusehenden Dekolleté kam ihnen entgegen. «Und wer seid ihr zwei Hübschen?»

«Wir würden gern was trinken», sagte Nakamura leicht gestelzt. «Sie sind dann wohl … äh, Sandy?»

«Die bin ich. Aber klar. Setzt euch. Dahinten dürfte noch was frei sein. Heute Abend», sie warf einen stirnrunzelnden Blick auf die Anwesenden, «dürfte es ordentlich voll werden.» Sie huschte davon, und Ella und Nakamura fanden einen Tisch weiter hinten im Raum.

Sie bestellten, und während sie warteten, sah sich Ella im Lokal um. Und traute ihren Augen kaum: Dort hockte tatsächlich Bernd Kranitz und starrte in sein Bierglas.

«Da ist er ja», sagte Nakamura. «Keine Überraschung, oder?»

«Vielleicht kann er einfach nicht allein sein. Ich kann es ihm nicht verübeln.»

Ihre Getränke kamen – ein Gin Tonic für Ella und ein Mojito für Nakamura, die das Minzblatt von den Eiswürfeln zupfte, ehe sie probierte.

«Und?»

«Erstaunlich gut.»

«Am Ende finden Sie noch Gefallen an Custrow.»

Nakamura lächelte schwach. «Ich denke nicht. Aber ich verstehe, wieso Sie hierhergezogen sind.»

«Mein Vater. Das wissen Sie sicherlich.»

«Aber es war nicht nur deshalb, nicht wahr?»

Ella nahm einen großen Schluck, der Gin Tonic war eiskalt, genau das Richtige nach diesem Tag. «Nein. Ich musste einfach fort. Vergessen und vielleicht neu anfangen. Und ich denke, es ist Zeit, dass wir uns duzen, oder? Ich bin Ella.»

«Einverstanden. Aya.»

Die Tür schwang auf, und einige der Custrower, die sie draußen gesehen hatten, kamen herein, gefolgt von lautem Donnergrollen. Über dem Tresen flackerte kurz das Licht, doch schien sich niemand vom nahenden Unwetter ablenken zu lassen.

Und dennoch, dachte Ella. Die Stimmung hier drin hat sich verändert. Etwas liegt in der Luft, eine Gereiztheit, eine Unruhe, die womöglich in etwas anderes umschlagen konnte.

«Und du? Was hat dich dazu gebracht, zum LKA zu gehen?»

Aya blickte in ihr Longdrink-Glas. Ein paar Schweißtropfen standen auf ihrer Stirn, das gedämpfte Licht ließ ihre dunklen Haare bläulich-schwarz erscheinen. «Geister», sagte sie leise. «Bei mir sind es Geister.»

«Wir machen das», rief jemand vorne am Tresen. «Scheiß auf die, das wird so laufen.»

Ein paar riefen ihre Zustimmung. Wieder öffnete sich die Tür, doch konnte Ella nicht sehen, wer nun hereinkam.

«Wie meinst du das?»

«Lange Geschichte.»

«Wir haben Zeit, oder?» Ella lehnte sich zurück. «Komm schon. Ich weiß rein gar nichts über dich.»

«Da gibt es auch nicht viel zu wissen. Meine Eltern verließen Japan, da war ich acht. Meine Mutter ist Deutsche, mein Vater aus Tokio. Wir kamen nach Deutschland. Ich war ein kleines, verängstigtes Mädchen. Ich tat alles, um die Sprache zu lernen, um die Leute zu verstehen ...» Aya strich mit dem Finger einen Tropfen vom Glasrand. «Rationalität. Mein Verstand. Gesetze. Das waren Dinge, an denen ich mich festhalten konnte.»

«Und ...» Da schwang etwas in ihrer Stimme mit, das Ella nicht deuten konnte. Am Tresen sprach nun eine Frau, die ihr vage bekannt vorkam, mit ein paar anderen, doch konnte sie ihr Gesicht zwischen all den Umstehenden nicht erkennen. «Und so war es mein ganzes Leben lang. Ich studierte, ich arbeitete hart. Ich konnte alles erklären. Aber hier ... das hier ...» Aya sah auf und Ella direkt in die Augen, und sie erwiderte den Blick. «Das hier ist anders. Dieser Ort ist anders. Als wären die Dinge, ich weiß nicht, wie ich es sagen soll ... weniger logisch. Weniger leicht zu deuten. Irgendwie *dünner*.»

Weiter vorn wurden erneut Stimmen laut. Diesmal klangen sie zornig. «Was treiben die da?»

«Irgendwas geht da vor sich.» Ella wollte aufstehen, spürte dann jedoch, wie sich hinter ihr etwas bewegte. Sie drehte sich um.

Ein Mann, der ganz hinten im Schrankraum im Schatten saß, beugte sich leicht nach vorn. Er rauchte eine Zigarre, wie sie bemerkte, und als er den Kopf drehte, erkannte sie ihn: Es war der Privatdetektiv, Atticus Byrd, den sie in der Kirche getroffen hatte. Er nickte ihr zu.

«Kennst du ihn?»

«Ein Privatermittler. Vermisstenfälle und dergleichen. Ich frage mich ...» Ehe Ella zu ihm hinübergehen konnte, flog die Eingangstür erneut krachend auf.

«Er liegt da draußen!», schrie eine Männerstimme. «Der Wichser liegt da draußen! Dem haben sie's ordentlich gegeben!»

Die Menge wälzte sich hinaus, jemand brüllte etwas, das im Donner unterging, ein paar andere lachten.

«Komm», sagte Ella und erhob sich so schnell, dass sie fast ihr Glas umwarf. «Wir müssen sehen, was da los ist.»

Der Regen durchnässte sie in Sekundenschnelle. Die Menge strebte in die Gasse neben dem Lokal.

«Und was machen wir mit ihm?», rief einer.

«Schmeiß ihn auf den Müll.»

«Hey!», rief Ella laut. «Polizei. Lassen Sie mich durch!» Sie spürte ein paar Ellbogen, die sich in ihre Rippen bohrten, und der kalte Regen nahm ihr die Sicht.

Dann war sie vorne.

Angelika Bajetzky blickte auf etwas hinab, das vor ihnen lag. Ella folgte ihrem Blick, während der Donner die Luft vibrieren ließ.

In einer dreckigen Pfütze, aus einer Kopfwunde heftig blutend, lag Beno Wicáz. Er rührte sich nicht mehr.

«Es steht geschrieben: ‹Mein Haus soll ein Haus des Gebetes genannt werden. Ihr aber macht daraus eine Räuberhöhle›», hörte sie Bajetzky zitieren.

«Wie bitte?»

«Dieser Mann da», sie deutete auf Wicáz, «hat unseren Kindern Drogen verkauft. Dreck und Gift, nichts anderes. Es wird Zeit, dass wir ihn aus seiner Räuberhöhle entfernen.

Aber so wie ich das sehe», ein dünnes Lächeln schlich sich auf ihre blassen Lippen, «hat schon ein anderer die Arbeit erledigt.»

Einige hinter ihr stimmten ihren Worten lauthals zu.

Ella kniete sich neben den Mann. Puls, wo war sein Puls? Dann spürte sie ihn, schwach unter der eiskalten Haut.

«Aya, ruf einen Krankenwagen! Sofort!»

Der Donner rollte heran und verschluckte ihre Worte. Alles, was sie im strömenden Regen sah, war das Blut, das über den Boden lief und im nahen Gully verschwand.

TEIL ZWEI **Die Mühle, die Muhme und die Monster**

# 32

Das Mädchen starrte ihn aus verängstigten Augen an.

«Bitte», flüsterte sie. «Bitte, lass mich gehen. Ich hab solchen Hunger ...»

Er erwiderte ihr Starren, das ihn bis in sein Innerstes zu durchdringen schien, so intensiv war es. Sie sah, auch dies bemerkte er, irgendwie krank aus. Es lag in der Luft, der Geruch dieser Krankheit, wie etwas, das sie befallen hatte. Er dachte an den kleinen Jungen aus dem Märchen, aus dem seine Mutter ihm vorgelesen hatte, und daran, wie er dem Mädchen seinen Mantel gegeben hatte.

*Hilf ihr!* Denn das hier war falsch. Verdorben. So verdreht. Seine Hand lag auf dem Riegel der rostigen Metalltür. Der enge, dunkle und staubige Raum dahinter roch nach Schimmel und Urin.

«Ich kann nicht», hörte er sich selbst flüstern.

«Wieso? Mach einfach den Riegel auf.»

«Aber ... aber dann ...» Er spähte über die Schulter, tiefer hinein die Dunkelheit des Kellergewölbes. «Aber dann würde *sie* dich jagen.»

«Sie?» Die Stimme des Mädchens zitterte. «W-Wen meinst du?»

«Die Muhme», erwiderte er, worauf das Mädchen ein Stück zurückwich.

«Du bist wahnsinnig», sagte sie leise.

«Ich weiß es nicht.» Er legte beide Hände um die Metallstäbe. «Manchmal fühlt es sich an, als würde irgendwas zwischen meinem Gehirn und meiner Schädeldecke stecken ... und fürchterlich jucken.»

Schritte näherten sich, und er blickte sich um.

«Hilf mir», hörte er Rebecca sagen. «Wenn du kannst, verdammt noch mal, hilf mir! Gib mir wenigstens was zu essen! Das ist ja wohl das Mindeste!»

«Ich werd es versuchen.» Dann ging er davon, floh regelrecht, bevor er entdeckt wurde. Lautlos verschmolz er mit der Dunkelheit.

# 33

Früh am nächsten Morgen fuhr Ella mit ihrem Vater zur Auffangstation. Ein Autofahrer hatte einen jungen Mäusebussard vorbeigebracht, der sich am Flügel verletzt hatte. Das war eine gute Gelegenheit, etwas Zeit mit ihrem Vater zu verbringen.

Nebelschwaden zogen über die Wiesen, als sie anschließend zur Wache fuhr. Ein Hauch von Herbst lag in der Luft, und Ella dachte daran, wie sie heut früh eine kleine Roggenähre in ihrem Treppenhaus gefunden hatte, nah bei dem gekippten Fenster. Wieso war sie sich so sicher, dass dieses winzige Ding nicht zufällig dort hingekommen war?

Als sie auf der Wache eintraf, ging Ella gleich zu Martenitz und den anderen. Sie berichtete ausführlich von der

Eskalation im Sandy's am vergangenen Abend. «Und niemand hat etwas gesehen», sagte Ella. Angespanntes Schweigen hing über den versammelten Ermittlern. «Angeblich hat Bajetzky den Obdachlosen schwer verletzt aufgefunden.»

Martenitz warf ihr einen langen, ernsten Blick zu. Ella konnte sich gut vorstellen, was er gerade dachte, und irgendwie war sie froh, dass sie ihm nichts von der Ähre erzählt hatte. «Sie glauben es nicht.»

«Nein. Die Dörfler halten bewusst Dinge zurück, halten zusammen. Das geht jetzt schon eine ganze Weile los – seit Max' Verschwinden.»

«Wieso?»

«Was meinen Sie? Wieso man Wicáz das angetan hat? Das ist nicht schwer zu beantworten», erwiderte Ella ruhig. «Er ist unbeliebt, und einige machen ihn verantwortlich für die Dinge, die hier passieren. Er ist ein Fremder, jemand von außerhalb, der nicht dazugehört, und dazu kommen seine Landstreicherei und die Drogengeschichten. Wieso man uns anlügt? Es ist eine eingeschworene Dorfgemeinschaft, die nicht besonders gute Erfahrungen gemacht hat, gerade nach den Vorgängen um BioSyns und den Feldern, die damals gegen den Protest der Bevölkerung von den früheren Kollegen geschützt wurden. Das Vertrauen in die Polizei ist erschüttert nach allem, was damals geschehen ist – Sie wissen es ja. Man ist gewaltsam gegen Demonstranten vorgegangen. Wasserwerfer. Einsatzhundertschaften.»

«Und wie geht es Wicáz?»

«Er hat eine Gehirnerschütterung, drei gebrochene Rippen und einen Milzriss. Jemand hat auf ihn eingetreten, als er schon am Boden lag. Bajetzkys Darstellung ist also mehr als zweifelhaft.»

Martenitz schüttelte den Kopf und trat ans Fenster.

Es klopfte an der Tür. «Kommen Sie», meinte Martenitz. Nakamura, Riccoli und Marius Albrecht, der Leiter der Forensik, traten ein.

«Wir haben Kowalks Hof durchsucht.» Er sah übermüdet aus, Ella wusste, dass sich niemand aus seinem Team in der Nacht besonders viel Schlaf genehmigt hatte. «Es ist ziemlich unübersichtlich, aber den größten Teil haben wir überprüft.»

«Und?»

«Kein Blut – und keine Hinweise, dass er Kranitz dort getötet haben könnte.»

«Das genügt nicht», sagte Martenitz. «Wie lange brauchen Sie, um absolut sicher zu sein?»

«Eine Woche, mindestens.»

Martenitz fluchte. «So lange werden wir Kowalk nicht hierbehalten können.» Er sah zu Ella hinüber.

«Was ist mit den Blutspuren an der Truhe?», wandte sie sich an Albrecht.

«Wild», sagte der Leiter der Spurensicherung. «Er muss es dort gelagert haben.»

«Oh, fantastisch», erwiderte Ella bewusst sarkastisch. «Also kriegen wir ihn wegen Wilderei.»

«Im Augenblick kriegen wir ihn wegen gar nichts», sagte Martenitz. «Wir werden ihn nach Rücksprache mit der Staatsanwaltschaft auf freien Fuß setzen, und das war's. Riccoli, haben Sie Neuigkeiten zu Rebecca Kranitz?»

«Mehrere Zeugen berichten von einem Lieferwagen, der ihnen aus Richtung Custrow entgegenkam. Der Fahrer war ein Mann, jedoch gibt es keine nähere Beschreibung. Er soll eine Basecap getragen haben.» Riccoli zeichnete einen Pfeil auf die detaillierte Landkarte der Umgebung, die an einer der Pinnwände hing. «Wenn er sie auf diesem Feld entführt, hier in den Wagen verschleppt und danach diese Landstraße gewählt hat, könnte er folgende Richtungen eingeschlagen haben: nördlich, wo er in fünfzehn Kilometern Makow erreicht hätte. Westlich könnte er auf die Autobahn gefahren sein. Die Kollegen analysieren hier noch die Aufzeichnungen der Verkehrskameras. Und östlich und südlich ... nun, hier gibt es viel offenes Land.»

«Kurz gesagt: Er könnte überall sein», sagte Martenitz zynisch. «Ach ja, eins noch: Kam aus dem Labor. Vom Tatort Kranitz. Latexspuren an der Leiche.»

«Vielleicht hat der Täter eine Art Verkleidung getragen?», meinte Ella.

Aya räusperte sich. Sie hatte eine dünne Akte mitgebracht, die sie demonstrativ vor Martenitz ablegte. «Das könnte gut sein. Hier ist das Profil, um das Sie mich gebeten haben», sagte sie. «Meiner Analyse nach ist der Täter männlich und zwischen fünfundzwanzig und sechzig Jahren alt. Er lebt mutmaßlich allein. Sexuelle Kontakte sind vermutlich so gut wie nicht existent, was zu Frustration führt und sich bei ihm in typischen Unterdrückungshandlungen äußert. Die immense Gewalt, die er ausübt, deutet auf Hass gegenüber Frauen hin. Während Maria Kranitz enthauptet wird, bleibt Max verschont. Natürlich vorausgesetzt, dass der Täter ihn freiwillig hat gehen lassen. In Verbindung mit der Inszenierung haben wir es hier mit einem strukturierten Mörder zu tun, der seine Fantasie so weit unter Kontrolle halten kann, dass er sie genau nach Plan verwirklicht. Wie wir alle wissen, ist die Befriedigung, die er dadurch erlangt, nur von kurzer Dauer. Er wird wieder zuschlagen. Das nächste Opfer könnte Rebecca Kranitz sein – unter Umständen aber auch jemand anders, wenn Rebecca für ihn etwas anderes darstellt, das er in Max nicht finden konnte.»

«Also spielt das Alter für ihn keine Rolle?»

«Nur zweitrangig. Es ist, denke ich, eher eine Sache der Gelegenheit. Er muss sich sicher sein, nicht erwischt zu werden. Vermutlich hatte er Rebeccas Mutter bereits ins Auge gefasst, als er ihre Tochter entführte. Aber das bedeutet nicht, dass ihre Mutter für ihn wichtiger ist.»

«Was ist mit den Augen? Den Kreuzen, die in Teer getaucht waren?»

«Die zerstochenen Augen von Maria Kranitz symbolisieren das verlorene Sehvermögen – der Täter hat es ihr mit Absicht genommen.»

«Und wieso?»

«Weil sie etwas gesehen hat. Etwas, das sie wohl nicht sehen sollte. Und nein, bevor jemand fragt: Die Tatsache, dass es keine Spermaspuren am Opfer gibt, bedeutet nicht, dass es keine sexualisierte Tat ist. Das ist bei diesen rituell inszenierten Morden nämlich fast immer der Fall. Der sexuelle Aspekt kann verzögert auftreten ... etwa beim Zurückerinnern an die Tat.»

«Also holt er sich einen runter, wenn er daran denkt, wie er ihr den Kopf abgetrennt hat?», meinte Kramer.

Aya seufzte. «Möglich. Und die Kreuze, der Teer ... Manche Psychopathen haben gewisse religiöse Vorstellungen oder Abneigungen.»

«Und wie passt das zur Sage der Roggenmuhme?», meldete sich Ella zu Wort. «Das ist doch momentan unser stärkster Ansatzpunkt. «Da steht nichts von christlichen Kreuzen.»

«Das ist richtig. Die Kreuze symbolisieren etwas anderes. Vielleicht etwas, das er versucht, zurückzulassen. Etwas, das er heute im Teer seiner neuen Fantasie – der Muhme – zu ertränken versucht.»

«Das ist mir zu schwammig», fuhr Martenitz dazwischen. «Was wissen wir über Maria Kranitz, was uns hier weiterhilft? Gab es Auffälligkeiten? Mit wem hat sie gesprochen?»

«Sie war Krankenschwester, arbeitete aber seit sechs Jahren nicht mehr in dem Beruf», sagte Riccoli. «Soweit wir es sagen können, hat sie sich nicht auffällig verhalten.»

«Wie wahrscheinlich ist es, dass wir Rebecca noch lebend finden?», fragte Ella.

Aya zögerte. Es fiel ihr schwer, eine Antwort zu geben. «Hoffen wir auf das Beste. Erwarten wir das Schlimmste. In diesen Fällen gibt es kein Lehrbuch, keinen Plan.»

«Wie immer», erwiderte Martenitz. «Was schlagen Sie vor, Nakamura?»

«Ich stimme Berger zu. Wir sollten uns stärker auf den Roggenmuhmen-Aspekt konzentrieren. Der Teer, die Enthauptung, das deviante Verhalten, das Maximilian Jurek seit seiner Rückkehr zeigt. Doch wir müssen behutsam vorgehen. Eine allzu offene Thematisierung könnte einen negativen Effekt auf den Täter haben. Er könnte Rebecca allein aus dem Grund ermorden, dass er sich in eine Ecke gedrängt sieht. Beschränken wir diesen Teil der Ermittlung auf Berger und mich.»

«Klingt vernünftig», sagte Martenitz. «Was hat Max' Verhaltensänderung angestoßen? Was denken Sie?»

«Er muss etwas Verstörendes erlebt haben, das ihn nachhaltig geschädigt hat. Solange er sich nicht bewusst erinnert, peinigt ihn zwar das Trauma weiter, der Täter jedoch bleibt im Dunkeln. Wie eine Art Schattengestalt, etwas, das er am Rand seines Gesichtsfeldes erahnen kann, doch sobald er hinüberblickt, ist es weg.»

«Klingt unschön», meinte Martenitz.

«Das ist es auch.» Aya zögerte. «Der Junge sollte unter Beobachtung bleiben. Ich weiß, wir können den Eltern nicht vorschreiben, was sie tun sollen, daher unterstütze ich Bergers Vorschlag, in individuellen Gesprächen an dem Jungen dranzubleiben und so zu versuchen, zu ihm durchzudringen.»

«Gut. Sie beide», er sah von Ella zu Aya, «werden sich mit dieser Sage beschäftigen. Wie wollen Sie vorgehen?»

Aya räusperte sich. «Wir müssen uns intensiv fragen, was jemanden dazu treibt, sich für eine Art Rachegeist, eine Gestalt aus einer Sage, zu halten.»

«Und was könnte das wohl sein, was ihn antreibt?», wollte Martenitz wissen.

Aya dachte einige Sekunden nach, ehe sie Martenitz' Frage beantwortete. «Seine Vergangenheit. Und die ist eine von der düsteren Sorte.»

## 34

Kowalk wirkte sichtlich verärgert, als er Ella zu ihrem Wagen folgte. Der Himmel war wolkenverhangen. Sie hatte sich bereit erklärt, ihn nach Hause zu fahren.

«Hören Sie: Was passiert ist –»

«Schon gut. Diese Flecken in der Truhe. Ja, klar. Ich hätte daran denken müssen – und Sie mussten tun, was Sie tun müssen.» Er stieg ein, und Ella ließ den Motor an. » Ich hatte eine ganze Rehkeule da. Ist schon 'ne Weile her. Hatte ich völlig vergessen.»

«Und das Reh ...»

«Jonski hat es mir gebracht, und ich hab mit schönen Euroscheinen bezahlt. Ich hab mit dem Mann kaum was zu tun sonst, und wenn das irgendwie illegal sein soll, schlagen Sie sich mit ihm rum.»

«Oh, wir hatten schon mit ihm zu tun.»

Kowalk lachte verhalten. «Kann ich mir denken.» Er warf einen langen Blick auf die Felder, während sie über die Landstraße in Richtung seines Hofes fuhren. Ella bemerkte in der Ferne einen Mann auf einem Feldweg. Der helle Leinenanzug, den der Spaziergänger trug, war kaum zu verwechseln.

Atticus Byrd. Der Privatermittler. Auch mit ihm würde sie dringend ein paar Worte wechseln müssen.

«Ich hoffe, Sie finden denjenigen, der sich die Kleine geschnappt hat», meinte Kowalk. «Damit wieder Ruhe einkehrt. Das Dorf hat genug Ärger durchmachen müssen.»

«Sie meinen die Unruhe wegen BioSyns?»

«Auch», erwiderte er. Mehr sagte er nicht, und Ella hatte

das Gefühl, dass sie auch nicht mehr aus ihm rauskriegen würde.

Sie erreichten den Hof, wo noch immer ein Wagen der Spurensicherung parkte. «Sie haben nichts dagegen, wenn wir uns noch ein wenig hier umsehen, oder? Es ist ein großes Grundstück und die verschiedenen Nebengebäude sind verschachtelt ...»

«Und vermüllt», meinte Kowalk, ohne mit der Wimper zu zucken. «Nennen Sie die Dinge ruhig beim Namen, junge Frau. Nein. Nur zu. In manchen von denen», er machte eine wegwerfende Handbewegung den Hof hinab, «war ich 'ne ganze Weile nicht mehr drin.»

«Gut. Es ist schön, dass Sie sich so kooperativ zeigen.»

Kowalk seufzte. «Am Ende kann man ja doch nichts machen. Ich weiß, wer hier am längeren Hebel sitzt.»

Ella sah zu, wie Kowalk im Wohnhaus verschwand. Kurz darauf bemerkte sie einen der Kollegen der Spurensicherung, der gerade aus einem der Nebengebäude herauskam und ging ihm entgegen.

«Moin», meinte er. Der Schweiß auf seiner Stirn glänzte im Sonnenlicht. «Da haben Sie uns ja 'ne schöne Sache eingebrockt. Ich glaub nicht, dass ich schon mal so viel Gerümpel auf einem Haufen gesehen hab.»

«Haben Sie genug Leute, um alles gründlich zu durchsuchen?»

«So viele gibt es nicht mal in ganz Brandenburg. Aber solange nicht noch mehr passiert, kriegen wir das hin.»

Ella nickte. «Hoffen wir es.»

Sie betrat die Scheune und blickte sich um. Alte Landmaschinen – ein Traktor, das Mähwerk eines Maisvollernters und ein Pflug – rosteten im Halbdunkel vor sich hin. Durch Ritzen drangen diffuse Sonnenstrahlen herein, in denen Staubflocken umherwirbelten. In der Scheune gab es noch zwei weitere Ebenen, eingezogene Holzböden, die nur über lange, altersschwache Leitern zu erreichen waren. Die Spurensicherung hatte Scheinwerfer aufgestellt, die die Luft noch trockener und heißer machten. Sie dachte über Kowalk nach. Er wirkte tatsächlich so, als hätte er nichts zu verbergen. Wildfleisch in der Truhe, die Sense, das bedeutete erst mal überhaupt nichts. Drohte Ella sich zu verrennen?

Und dennoch: Jenes Gefühl, das ihr wie eine unangenehme Berührung von etwas Unsichtbarem über den Nacken strich, das wurde sie nicht los, als sie kurz darauf der Scheune den Rücken zukehrte und zwischen den schiefen Gebäuden zurück auf den gepflasterten Hof trat.

Kowalk lehnte in der offenen Haustür und sah ihr zu, wie sie zu ihrem Dienstwagen zurückging. «Sehen Sie sich ruhig um, Frau Kommissarin», sagte er. «Und lassen Sie keinen Winkel aus.»

«Das werden wir, Herr Kowalk.»

«Gut. Ich hab nämlich nichts zu verbergen.»


# 35


Ella fand Max im Keller. Er saß auf dem Boden, vor ihm lagen Kieselsteine. Die Steine formten ein Dreieck, in dem sich eine Spirale befand.

Ella kannte das Zeichen: vom Pfarrhaus, aber auch aus

Kowalks Scheune. Natürlich – Max war dort gewesen, als er ihn mit der Sense gesehen hatte.

«Was bedeutet das Zeichen, Max?»

«Ich hab es gesehen.» Er blickte nicht auf. «Da wo ich gewesen bin.»

«Moment, du meinst ...», sagte Ella, «während du ...»

«Sprechen Sie es ruhig aus. Als ich eingesperrt war. Genau. Es war da irgendwo. Es hat mir gefallen.»

«Fällt dir noch etwas ein?»

«Nein, nichts weiter.» Max lächelte, doch beunruhigte Ella dieses Lächeln mehr, als sie sich eingestehen wollte. «Mehr ist da nicht.»

«Du weißt, du kannst mir alles erzählen.»

Er blickte zu ihr auf. «Sie werden ihn finden, da bin ich mir sicher. Und dann werden Sie dafür sorgen, dass er stirbt.»

«Wie kommst du darauf?»

«Weil ich den Tod riechen kann. Und Sie umgibt er wie eine Wolke.»

Bernd Kranitz war blass, als er in die Polizeiwache kam, und seine Augenringe sprachen von einer schlaflosen Nacht. Das Hemd dagegen war frisch gebügelt. «Hauptkommissarin Berger», sagte er. Mit ihm wehte ein Schwall von Aftershave zur Tür herein. Ella bemerkte, dass sein Blick kurz ihre Brüste streifte.

«Setzen Sie sich, bitte.»

«Sie waren gestern bei Sandy's», sagte Kranitz.

«Und Sie ebenfalls.»

Der Custrower Bürgermeister nickte. «Ich musste den

Kopf freikriegen, nach allem, was geschehen ist. Manchmal kommt es mir so vor, als würden die Wände anfangen, mit mir zu reden. Und dann glaub ich, Maria würde direkt hinter mir stehen. Aber wenn ich mich umdrehe, ist da nur dieses verfluchte leere Haus, und ich bin ganz allein.» Er starrte ins Nichts. «Es ... ach, keine Ahnung.»

Ella versuchte, nachzuvollziehen, wie er sich fühlte – so jäh mit einem entsetzlichen doppelten Verlust konfrontiert.

«Und wenn mich jemand fragt, ob ich das alles durchstehen kann ...» Wieder hielt er inne. «Dann kann ich nicht mal antworten. Ich kann nicht sagen, ich glaube fest daran, dass Becca noch am Leben ist, irgendwo da draußen. Weil ... weil das Schicksal große Zähne hat ... und weil es aus irgendeinem Grund beschlossen hat, sich in meinem Leben zu verbeißen.»

«Herr Kranitz, ich will nicht behaupten, dass ich nachvollziehen kann, wie Sie sich gerade fühlen.»

Er sah auf. «Wie lange machen Sie diesen Job schon?»

«Über zehn Jahre.»

«Und? Wie oft kommt es vor, dass jemand sowohl Frau als auch Tochter kurz nacheinander verliert?»

«Nicht oft», erwiderte sie. «Aber es kommt vor.» Und das ist noch nicht mal annähernd das Schlimmste, was einem Menschen zustoßen kann, dachte sie, sagte es jedoch nicht. «Ich verstehe, dass es Ihnen schwerfällt, mit mir darüber zu sprechen, aber versuchen Sie, sich zu erinnern. Hat Ihre Frau erwähnt, dass sie sich bedroht fühlte? In den Stunden, in denen sie nach Rebecca gesucht hat, gab es da etwas, das Ihnen nun auffällig vorkommt? Etwas, dem Sie zuvor keine Bedeutung beigemessen haben?»

Kranitz dachte nach. Dann schüttelte er den Kopf und sank in sich zusammen, als hätte ihn alle Kraft verlassen. «Nichts. Ich ...» Er ballte die Faust. «Ich wünschte, da wäre irgendwas ... aber nein.»

Ella beschloss, jenes Detail, das sie zurückgehalten hatte, auf den Tisch zu legen. «Als ich Ihre Frau in der Nacht traf, hatte ich den Eindruck, sie würde sich an etwas erinnern. Etwas, das womöglich mit den Feldern zu tun hat.» Ella erhob sich und deutete auf die detaillierte Karte, die hinter ihr hing. «Hier ist Rebecca ausgestiegen. Haben Sie eine Idee, was sie dort gewollt haben könnte?»

«Da draußen gibt es nichts. Kowalks Hof, ja, was ja auch der Grund ist, wieso man vor fünfzehn Jahren die Haltestelle dort eingerichtet hat. Damals lebte da noch diese Sobrenko mit ihrer Tochter.»

«Sobrenko?», wiederholte Ella.

«Ja. Die hatte einen kleinen, charmanten Hofladen. Es kamen recht viele Leute zu ihr raus, gerade die Älteren haben die Buslinie genutzt, um bei ihr einzukaufen. Aber mehr gibt es da nicht. Felder, Wald. Sonst nichts.»

«Aber so ganz stimmt das nicht, oder?» Ella fuhr mit dem Finger einen schmalen Feldweg entlang, der zwischen den Roggenfeldern weiter nördlich führte. «Hier oben ... dieses Gebäude ...»

Kranitz betrachtete die Karte, dann sie, und runzelte die Stirn. «Sie wissen doch, was das ist. Das war ein Erholungsheim für Tuberkulosekranke, gebaut in den zwanziger Jahren. Später ein Studentenwohnheim, heute steht es leer. Und gut fünf Kilometer östlich – ja, genau dort – ist eine der größten ehemaligen Getreidemühlen in der Region. Beides

Orte, die schön zeigen, wie sich der Verfall hier breitmacht. Die Landflucht der jungen Leute. Früher dachte man wirklich, das Land hier, die Wälder, die Weite, das wäre das Paradies. Heute sehen die meisten nur noch ödes Land, weitab von der nächsten Autobahn, über die man so schnell wie möglich wieder abhauen kann.»

«Und Sie? Was hält Sie hier?»

«Meine Familie.» Kranitz betrachtete weiter die Karte, doch dann lief eine Träne aus seinem Augenwinkel, die er schnell abwischte. «So war es jedenfalls.»

«Herr Kranitz, ich will offen mit Ihnen sprechen», sagte Ella. «Ich hatte den Eindruck, dass Sie abgelenkt wirkten, als ich Ihnen vom Tod Ihrer Frau erzählte.»

Sein Kopf fuhr zu ihr herum. «Abgelenkt?»

«Nicht wirklich bei der Sache. Vielleicht auch verängstigt, wegen etwas, das Sie zurückhalten.»

«Ich verstehe nicht, worauf Sie hinauswollen.»

Oh doch, dachte sie. Das verstehst du ziemlich gut. «Sollte es Gründe geben, Herr Kranitz, die Sie dazu bringen, mir die Wahrheit vorzuenthalten, sollte man Sie bedrohen, sollten Sie sich auf irgendeine Weise in Schwierigkeiten gebracht haben, dann glauben Sie mir – es ist besser, wenn Sie mir jetzt davon erzählen.» Ella sah ihm direkt in die Augen, ruhig und zuversichtlich. «Denn wir werden es herausfinden, glauben Sie mir.»

Kranitz räusperte sich. «Ich halte nichts zurück. Noch werde ich oder meine Familie bedroht.»

Und doch nennst du dich zuerst – vor deiner toten Frau oder deiner verschwundenen Tochter. Ein kleines Detail nur, aber Ella bemerkte es. «Ich kann Sie nicht zwingen, mir die Wahrheit zu sagen», entgegnete sie. «Aber diese Tür steht immer offen.»

Der Bürgermeister erhob sich.

«Herr Kranitz?», sagte sie zu ihm, als er die Tür öffnete. «Ich weiß, wie schwer eine solche Last sein kann. Eine Bürde, die auf der Seele liegt. Bitte, tragen Sie sie nicht zu lange mit sich herum.»

Kranitz holte tief Luft. Dann nickte er und ging hinaus, schnell, fast so, als wollte er fliehen.

Ella griff nach ihrem Smartphone.

Es war Zeit für eine engmaschige Überwachung.

# 36

Das Mädchen hockte in seinem Gefängnis auf dem staubigen Boden, als er auf nackten Füßen näher kam. Ihr Kopf lehnte an der Wand aus roten Ziegelsteinen, ihre Augen waren geschlossen. Sie war blass, doch auf ihrer Stirn standen große Schweißtropfen. Die hatten, dachte er, nichts mit der schwülen Luft hier unten zu tun. Es ging ihr überhaupt nicht gut.

«Rebecca?», flüsterte er leise.

Sie schlug die Augen auf, starrte ihn an – ängstlich wie ein Reh im Scheinwerferlicht.

Etwas brennt in ihr, dachte er. Es verbrennt sie von innen heraus. Der Anblick machte ihn traurig und schmerzte ihn.

«Du», flüsterte sie. «Es ... es geht mir wirklich ... überhaupt ... nicht gut ... hab Hunger ...»

«Hier», sagte er, ging vor den Gitterstäben in die Hocke und streckte ihr etwas hindurch. Rebecca griff danach, doch er zog es wieder zurück.

«W-was?», hauchte sie.

«Du musst mir versprechen», sagte er ernst, «dass du *ihr* nichts davon sagst.»

«Ja!» Die Hand, mit der sie sich an einem Metallstab festhielt, zitterte. «Ehrlich.»

«Gut.» Wieder hielt er ihr die Dinge hin, die er ihr mitgebracht hatte, und nun griff sie begierig danach.

«Schokolade», sagte Rebecca, als sie auf die Tafeln blickte. «Das ...» Dann schloss sie die Augen, kurz nur, und als sie sie wieder öffnete, lag ein anderer Ausdruck in ihnen. «Danke. Ich ... ich werd hier rauskommen. Oder? Hilfst du mir?»

Er nickte. «Ich kann's versuchen.»

«Bald?»

«Heute Nacht.»

Rebecca aß die Schokolade begierig, und es war ihr deutlich anzusehen, wie ausgehungert sie war. Dann wischte sie sich mit dem Handrücken über den Mund. «Bitte», sagte sie noch einmal. «Bitte, ich sag niemandem irgendwas.»

«Du weißt, dass sie lügt», hörte er in diesem Moment die andere Stimme – *ihre* Stimme, trocken, knisternd, als käme sie direkt aus dem Feuer. «Du kannst es tief in deinem Inneren spüren. Sie will nur, dass du sie befreist. Danach wird sie dich betrügen und auslachen – wie all die anderen.»

Er blickte über seine Schulter zurück in das dunkle Gewölbe. Dort stand die Muhme, ihre Silhouette noch finsterer als die sie umgebenden Schatten. Und ihre Augen, glühende Kohlestücke, musterten ihn unerbittlich.

«Sie lügt», zischte die Stimme.

«Was machst du da?», hörte er zugleich Rebeccas Stimme. «Was ist da?»

«Sie ... sie lügt nicht», erwiderte er mit leiser Stimme.

Nun begann die Muhme zu lachen. «Aber natürlich. Weil du so ein Menschenkenner bist.»

Er blickte auf die anderen Schokoladentafeln hinab, die zwischen seinen Füßen lagen. «Willst du mehr?», fragte er Rebecca.

Sie starrte ihn argwöhnisch an. Da war jede Menge Angst in ihrem Blick, aber auch noch etwas anderes. Was, dachte er, wenn die Muhme recht hat? War das nicht hinterhältig, irgendwie verdächtig, wie sie ihn gerade betrachtete?

«Ich ... ich sollte nicht», erwiderte Rebecca. «Ich habe –»

«Gib sie ihr», hörte er die Muhme sagen. Das S klang zischend – sssssssssie. «Mach schon.»

Er schob die übrigen Schokoladentafeln durch die Gitterstäbe. Rebecca schien mit sich zu kämpfen, dann riss sie die nächste auf und schob sich die Schokoladenstücke in den Mund. «Oh Gott», flüsterte sie. «Ich hab so einen scheißgroßen Hunger.»

Er erhob sich. «Ich bin bald zurück. Muss nachdenken ...»

«Aber –»

«Warte einfach.» Er wandte sich ab. Die Muhme musterte ihn aus ihrer Ecke heraus. Und als er noch einmal zu Rebecca zurückblickte, wurde ihm klar, dass sie sie nicht sehen konnte.

«Sie lügt», hörte er die Muhme noch einmal flüstern. «Du weißt es.»

# 37

In jener Nacht brannte ein Roggenfeld.

Ella stand auf einer Anhöhe und sah den Feuerwehrkräften dabei zu, wie sie versuchten, den Brand unter Kontrolle zu bekommen. Der Rauch hing in der Luft und erschwerte die Sicht, die Glutnester leuchteten in der Dunkelheit wie die Augen wilder Raubtiere, und das Blaulicht flackerte stroboskopartig. Der böige Ostwind, der kühlere Luft herantrug, machte die Löscharbeiten zu einer Herausforderung, trieb die Flammen zum nächsten Feld, wo sie frische Nahrung fanden.

Sie hörte Schritte im trockenen Gras und blickte sich um. Atticus Byrd trug eine marineblaue Jacke und weite Anzughosen, die ihm um die Beine flatterten. Auf dem Kopf saß ein Hut, hellbeige, und am Revers des Leinenhemdes steckte eine Sonnenbrille mit großen Gläsern. Er machte einen absurden, vollkommen unpassenden Eindruck, als wollte er mitten in der Nacht ein Pferderennen besuchen oder vielleicht ein Poloturnier.

«Jemand hat einen Brand gelegt», sagte er. «Ein reinigendes Feuer, würden manche sagen. Guten Abend, Frau Hauptkommissarin.»

«Byrd. Was machen Sie hier?»

Er zögerte kaum merklich. «Die Sirenen waren kaum zu überhören – und das Feuer ebenso wenig zu übersehen.»

Ella strich sich eine Strähne aus der Stirn. «Gut. Ich wollte ohnehin mal mit Ihnen reden.»

«Und ich mit Ihnen.»

«Ach ja?»

«Ich bin nicht ganz zufällig hier, wie Sie sich wohl mittlerweile denken können.» Byrd betrachtete das brennende Feld.

Ella hatte keine Lust auf Spielchen. «Wer hat Sie engagiert?»

«Es war ein Brief. Ohne Absender. Eingetroffen, drei Tage bevor Max wieder nach Hause kam.» Byrd griff in seine Jackentasche und holte einen durchsichtigen Beutel hervor, wie ihn etwa die Spurensicherung verwendete. «Auf einer Schreibmaschine getippt. Im unteren Bereich befinden sich Fingerabdrücke. Ich habe sie analysieren lassen.»

«Analysieren? Wo?»

«Bei der Berliner Polizei. Die Abdrücke sind nicht gespeichert.»

Ella nahm den Beutel entgegen. «Sie waren mal einer von uns, nicht wahr?»

Wieder zögerte Byrd, ehe er schließlich nickte. «Ja. BKA, Abteilung Organisierte Kriminalität. Aber das war einmal. Gut, dass Sie mich überprüft haben.»

«Ach, kommen Sie. Das haben Sie doch auch gemacht. Und ich weiß auch, dass Sie früher Medizin studiert haben.»

Er nickte. «Ella F. Berger. Ich konnte einfach nicht herausfinden, wofür das F steht.»

Sie musste lächeln. «Und das werden Sie so schnell auch nicht. Hören Sie, Byrd, Ex-BKA hin oder her, Sie hätten uns diesen Brief nicht vorenthalten dürfen, das wissen Sie.»

Byrd nickte. «Ich weiß. Lesen Sie ihn.»

«Was, jetzt?»

«Das wäre am besten.»

Ella aktivierte die Taschenlampe ihres Handys.

```
MR BYRD
SIE KENNEN MICH NICHT.
WER ICH BIN, SPIELT AUCH KEINE ROLLE.
SIE MÜSSEN NUR ERFAHREN, DASS EIN JUNGE
VERSCHWUNDEN IST.
DAS DORF HEISST CUSTROW. DER JUNGE MAX
JUREK.
BITTE KOMMEN SIE. FINDEN SIE IHN.
UND FALLS SIE GLAUBEN, DIES WÄRE NUR
EINE GEWÖHNLICHE ENTFÜHRUNG:
DAS IST ES NICHT.
ES IST GENAU DAS, WONACH SIE SUCHEN.
```

«Genau das, wonach Sie suchen?», wiederholte Ella. «Was ist damit wohl gemeint?»

«Vermutlich eine Anspielung auf meine Vorliebe für ungewöhnliche Vermisstenfälle.»

«Was braucht es noch, um Sie zu überzeugen?»

Byrd hielt Zeigefinger und Daumen ein Stück weit voneinander entfernt. «Die schönsten Dinge im Leben sind leider kostspielig.»

«Aha», machte Ella. «Nun, ich hab Sie gegoogelt. So aufschlussreich war das aber gar nicht.»

Byrd lächelte in der Dunkelheit, der Feuerschein spiegelte sich in seinen Pupillen. «Die Wahrheit ist ein kostbares Gut, Frau Hauptkommissarin.»

«Wer könnte den Brief verfasst haben?»

«Ich weiß es nicht. Vielleicht treibt jemand ein Spielchen mit uns. Was mich stutzig gemacht hat, waren die Flecken unten auf dem Brief. Teer.» Byrd deutete hinab auf die Felder, wo das Feuer sich ein Stück weit Richtung Westen ausgebreitet hatte. Auf dem benachbarten Feld hatte es eine große Vogelscheuche in Brand gesteckt. Die lodernde Silhouette glich aus der Distanz einem brennenden menschlichen Körper – und der ausgestreckte Arm wies Richtung Norden.

«Unheimlich», meinte Ella, als sich ein Teil des Strohs der Vogelscheuche löste und die brennenden Fetzen vom Wind davongetragen wurden.

«Oder ein Zeichen», erwiderte Byrd.

«Ein Zeichen?»

«Sie blickt Richtung Norden.»

Ella musste an ihre Unterhaltung mit Kranitz früher am Tag denken. «Viel weites, leeres Land», sagte sie leise. «Und viele Verstecke.»

«Zu viele, selbst mit dem durchaus beeindruckenden Polizeiaufgebot, das man aufgefahren hat.» Byrds Stimme verdunkelte sich. «Ich war heute im Dorfmuseum. Wussten Sie, dass man sich hier mit einer alten Sage beschäftigt, die beinahe in Vergessenheit geraten wäre?»

Ella nickte. «Ich hörte davon», erwiderte sie jedoch nur.

«Die Muhme», sagte Byrd leise. Er sprach es betont langsam aus, als wollte er das Wort auskosten. «Ja, in der Tat. Volkssage, Schauergeschichte, Kinderschreck. Alles scheint immer wieder auf sie zurückzukommen. Es kreist um sie ... die Kinder, der Mord, der Ort selbst. Ein Fixpunkt, ein blinder Fleck. Ein schwarzes Loch im Zentrum, das mit seiner

Gravitation alles heranzieht.» Er sah zum Sternenhimmel hinauf. «Es wäre beunruhigend, wenn sie existierte, nicht wahr?»

«Durchaus. Und Sie klingen, als wüssten Sie von gewissen Details.»

Byrd schüttelte den Kopf. «Nein, aber ich hörte von den Gerüchten in Custrow. Vom Kopf und von den Teerspuren, die auch dort vorhanden waren. Ich kann nur hoffen, Sie nehmen diese Spur ernst.» In der Dunkelheit leuchteten seine weißen Zähne, als er kurz lächelte. «Aber das tun Sie, nicht wahr? Und die Fallanalytikerin ebenfalls. Sie beide folgen dieser Spur, so absurd sie auch sein mag, so wenig der LKA-Einsatzleiter auch davon überzeugt ist. Gut. Dann bin ich nicht der Einzige, der sich einem gewissen Aberglauben hingibt.»

«Und woher wollen Sie das wissen?» Ella bereute die Schärfe, die sich in ihre Worte geschlichen hatte, kaum dass sie sie ausgesprochen hatte.

«Das Buch, Frau Berger. Ich habe mit dem Dorfhistoriker gesprochen. Er sagte mir, eine attraktive, blonde Polizistin hätte sich zu ebenjenem Thema ein Buch ausgeliehen.»

«Und da haben Sie eins und eins zusammengezählt.»

«Genau genommen musste ich das nicht. Ich habe gesehen, wie Sie mit dem Buch das Gebäude verlassen haben.» Er nickte ihr zu. «Vielleicht könnten wir uns morgen einmal darüber unterhalten, denn auch ich bin dabei, Nachforschungen anzustellen, was diese Sage betrifft.»

«Das sollten wir wohl. Ich gebe Nakamura Bescheid.»

Byrd nickte. «Natürlich. Dann sieht es auch weniger nach einer Art ...»

«Date aus?», beendete sie seinen Satz.

«Das haben Sie gesagt.» Er nickte ihr zu. «Ich werde jetzt versuchen, noch etwas Schlaf zu finden. Guten Abend.»

Byrd begann, die kleine Anhöhe hinabzusteigen, sein Rücken vom Licht des Vollmondes beschienen, als Ella bemerkte, wie sich ihr Smartphone in ihrer Hosentasche meldete. Es war Jorgens von der Custrower Wache.

«Kai, was gibt es?»

«Ein nächtlicher Spaziergänger hat das Mädchen gefunden. Rebecca Kranitz. Sie …»

Er zögerte. Ella wusste, was er gleich sagen würde und versteifte sich innerlich.

«Sie ist tot, Ella. Du bist die Erste, die ich anrufe. Es tut mir leid.»

# 38

Einer Eingebung folgend, eilte Ella Byrd hinterher.

«Kommen Sie mit.»

«Ich?»

«Es gibt jemanden beim BKA, der mir noch einen Gefallen schuldet. Sie haben sich nicht nur Freunde gemacht, aber Sie scheinen ein guter Polizist gewesen zu sein. Und sind neben meiner Kollegin der Einzige, der diese Muhmensache nicht für Humbug hält.»

«Ah. Nun, Frau Hauptkommissarin, es schadet nie, Kontakte zu pflegen. Und alte Schulden einzutreiben, kann durchaus erfreu—»

«Ich mache es kurz: Rebecca Kranitz ist tot, und ich will Sie an Bord haben», unterbrach sie ihn. «Martenitz wird zustimmen, wenn ich vorschlage, dass Sie als eine Art externer Berater hinzugezogen werden.»

«Wird er das?»

«Lassen Sie das mal meine Sorge sein.» Ella ging zielstrebig auf den Dienstwagen zu, und Byrd folgte ihr. «Einsteigen», sagte sie zu ihm.

Sie roch ein teures Aftershave, als er sich auf den Beifahrersitz setzte, dann fokussierte sie sich vollständig auf die Details, die Jorgens ihr telefonisch durchgegeben hatte. «Das Mädchen liegt auf dem Roggenfeld südwestlich von hier. Ebenfalls eines, das BioSyns gehört.»

«Rituelle Inszenierung? Abgetrennter Kopf?»

«Eben nicht.»


Sie mussten warten, bis die Spurensicherung eingetroffen war und ihre Arbeit getan hatte, bis sie auch nur in die Nähe des Tatorts durften. Aya war kurz nach ihnen aufgetaucht, Martenitz hatte eine weitere Hundertschaft der Bereitschaftspolizei alarmiert, die im Umkreis Kontrollpunkte errichtete. Er stimmte Ellas Vorschlag, was Byrd anging, ohne ein Zögern zu.

Ella drückte Byrd eine Weste mit der Aufschrift «Polizei» in die Hände. «Glückwunsch, Sie sind im Club. Die sollten Sie anziehen, damit ...» Sie deutete auf das alberne Outfit und den Hut, den er trug. «... man Sie nicht gleich wieder abführt.»

«Ich verstehe. Danke.» Byrd wirkte bedrückt und sehr ernst. Ella hatte beobachtet, wie er kurz mit Aya gesprochen hatte, die nun in ein Gespräch mit Cristina Riccoli vertieft war.

«Es nimmt sie sehr mit», sagte Byrd. «Riccoli, meine ich. Sie hat die Suche nach Rebecca persönlich geleitet, nicht wahr?»

«Ja. Halten Sie das für eine Schwäche?»

«Keineswegs. Solange es den Blick auf die Dinge nicht trübt, ist emotionale Anteilnahme kein Fehler, auch wenn nicht wenige Kollegen dies durchaus anders sehen mögen.»

Als hätten sie auf ein unsichtbares Zeichen reagiert, kamen Aya und Riccoli zu ihnen herüber. Riccoli war blass, wirkte jedoch gefasst, als der Leiter der Forensik zu ihnen stieß.

«Kollegen», meinte Albrecht kurz angebunden, «ich denke, niemand hat etwas dagegen, wenn wir die Tote jetzt abtransportieren. Alle Details –»

«Ich würde Sie gern kurz so sehen, wie der Täter sie zurückgelassen hat», warf Aya ein. «Fotografien vermitteln nie den vollständigen Eindruck.»

Albrecht nickte und musterte Byrd skeptisch. «Folgen Sie mir.»

Sie gingen über einen Pfad, den man in das Roggenfeld hineingemäht hatte, auf eine größere, mit Scheinwerfern ausgeleuchtete Lichtung. Ella kam es vor, als wäre sie schon mal hier gewesen, so sehr glich all dies dem Ort, wo sie Maria Kranitz gefunden hatte. Auch das Krächzen der Krähen wurde lauter, je näher sie kamen. Die Vögel klangen begeistert, wie sie vor dem Vollmond, der nur durch einen dünnen Wolkenschleier verdeckt wurde, ihre Kreise zogen.

Rebecca Kranitz lag auf der dunklen Erde. Das Gesicht

war zur Seite gedreht, sie trug die Kleidung, die ihre Mutter beschrieben hatte – und wirkte auf den ersten Blick unversehrt. In ihren Haaren und überall auf der Kleidung war Schmutz, abgerissene Roggenhalme, Gras und Erdflecken. Eine Gruppe von Spurensicherungsbeamten, die in Tyvek-Overalls steckten, bereitete eine Trage vor, um die Leiche abzutransportieren.

Albrecht deutete auf einen schmalen Pfad. «Sie wurde hier entlang geschleift, von dem Feldweg, der auf der anderen Seite des Feldes liegt. Das sind nur etwa zwanzig Meter. Die ersten elf Meter hat man sie getragen, dann nicht mehr. Äußerliche Gewalteinwirkung, von den Schleifspuren abgesehen, nicht vorhanden.»

«Nichts? Nicht mal Fesselungsspuren?»

Albrecht schüttelte den Kopf. «Wir haben Reifenspuren drüben am Feldweg. Ein Mittelklassewagen sehr wahrscheinlich. Ein Detail ist, dass er etwas Öl verloren hat, während er dort geparkt war, aber auch diese Spur verliert sich auf der Landstraße.»

«Und kein Teer. Oder irgendetwas.» Ella ging in die Hocke und sah der Toten in die Augen. «Sie hat allerdings etwas Blut im Mundwinkel. Hat jemand Licht?»

Nakamura reichte ihr eine Taschenlampe.

«Sieht nicht danach aus, als hätte sie sich auf die Lippen gebissen. Das kommt von innen.»

Ein Geräusch ließ sie aufblicken. Riccoli wischte sich über die Wangen, und Ella erhob sich. «Also gut. Die Rechtsmedizin ist informiert?»

«Ja. Berlin wird sie sich sofort ansehen.»

«Gut. Dann werden wir dort sein», entschied Ella. «Aya,

begleitest du mich? Sie auch, Byrd. Riccoli – Sie müssen nicht, wenn Sie nicht wollen.»

«Können wir uns kurz ... unterhalten?»

«Natürlich.» Ella nickte dem Leiter der Forensik zu. «Bringen Sie Rebecca hier raus. So würdevoll wie möglich. Ich gebe den Kollegen draußen Bescheid.»

«Alles klar.»

Am Feldrand warteten einige Menschen aus Custrow. Ella wunderte es nicht, dass sie hier waren. «Es ist der Brand», sagte sie zu Byrd, der neben ihr ging. «Als wollte jemand, dass das ganze Dorf aufwacht. Sorgen Sie dafür, dass man den Zeugen, der sie gefunden hat, nicht gehen lässt. Aya, begleite ihn bitte. Riccoli, hier rüber.»

«Niemand schläft mehr», sagte er leise. «Ich fürchte, Sie könnten recht haben.» Byrd nickte ihr zu. «Wenn ich vorschlagen dürfte, dass wir die Strecke nach Berlin und der Rechtsmedizin mit meinem Wagen zurücklegen?»

Ella war das gerade vollkommen egal. «Von mir aus. In zwanzig Minuten da drüben.»

Riccoli schloss sich ihr an, während Byrd und Aya zu Martenitz herübergingen.

«Oh, verdammt», sagte Riccoli dann. «Die Presse.»

Eine Gruppe von Fotografen war dabei, sich durch eine unzureichende Absperrung, an der nur wenige Polizisten standen, Zugang zum Feld zu verschaffen. Ella beschleunigte ihre Schritte.

«Sie! Stopp!» Sie stellte sich den Journalisten in den Weg, während einer der Fotografen bereits seine große Spiegelreflexkamera in alle möglichen Richtungen hielt und mit einem leistungsstarken Blitz Fotos machte. «Lassen Sie das.»

«Leiten Sie diese Ermittlung?», rief eine Reporterin. «Wer wird dahinten weggetragen?»

Ella sah sich einem Aufnahmegerät gegenüber, das ihr aufdringlich entgegengestreckt wurde – und bemerkte, dass sie dicht davorstand, die Geduld und Gelassenheit zu verlieren. «Sehen Sie diesen Feldweg? Bleiben Sie einfach dort, klar?»

Nun kamen einige Uniformierte herübergeeilt, um sich den Fotografen in den Weg zu stellen.

«Wir machen nur unsere Arbeit», rief einer.

«Ich weiß. Und wir unsere.»

«Eine weitere Tote?»

Ella sah sich nach ihm um. «Eine weitere Tote», erwiderte sie. «Ein vierzehnjähriges Mädchen. Ich weiß, es ist wichtig, was Sie tun, und dass die Öffentlichkeit einen Anspruch darauf hat, zu erfahren, was hier vor sich geht. Aber da drüben», sie hatte Bernd Kranitz zwischen den Custrowern entdeckt, «stehen Menschen, die die Tote kannten. Vielleicht halten Sie sich aus Pietätsgründen ein klein wenig zurück.»

Sie gab einem der Bereitschaftspolizisten ein Zeichen. «Prüfen Sie bitte bei jedem der Anwesenden die Presseausweise. Danach sollen sie den Tatort verlassen.»

Es erhob sich verärgertes Gemurmel. «Sie können nicht – Presse – hallo – was erlauben Sie sich?»

Ella drehte sich noch einmal um. «Ich kann sehr wohl. Denn das», sie betrachtete die Gruppe mit tiefem Ernst, «das ist *mein* Job. Die Würde dieser jungen Frau bewahren, selbst im Tod. Verstanden? Schreiben Sie über mich, was Sie wollen.»

Sie ging mit Riccoli davon, bis sie ein Fleckchen abseits fanden, an dem sie sich ungestört unterhalten konnten.

«Also.»

«Ich wollte nur sagen ...» Riccoli schüttelte den Kopf, dann seufzte sie.

«Sie müssen nichts sagen», erwiderte Ella. «Ich weiß genau, was Sie sagen wollen – und glauben Sie mir, ich stand genau da, wo Sie gerade stehen. Hören Sie, geben Sie sich hierfür ja nicht selbst die Schuld. Es ist fürchterlich, mitanzusehen, wie so ein junges Leben ausgelöscht wird, aber weder Sie noch irgendjemand anders von uns trägt die Schuld.»

«Und was, wenn ich hätte mehr tun können?»

«Ist das denn wahr?», entgegnete Ella.

Sie überlegte. «Nein, wir haben alles Menschenmögliche unternommen, um Rebecca zu finden. Es ist dennoch schwer, mit diesen Vorwürfen umzugehen.»

«Alles Menschenmögliche ...» Ella fragte sich, ob sie Riccoli davon erzählen sollte. Die jüngere Ermittlerin wirkte jedoch in diesem Augenblick so verloren, dass sie sich dafür entschied, trotz all der unschönen Erinnerungen, die sich dadurch erneut in ihr regten. «Berlin. Vor acht Jahren. Ich war neu beim KK 11. Wir hatten eine Serie von Kindesentführungen. Bei einem Typen hatte ich ein mieses Gefühl, aber wir bekamen eine Information, die uns ganz woandershin führte – eine Spur, die sich später als falsch herausstellte. Und die Zehnjährige ... nun, das war kein Anblick, den ich je wieder vergessen werde.»

«Man wird es nicht los. Ja. Fuck.»

«Nein. Aber man lernt, damit zu leben. Es ist wie ein Narbengewebe, das sich auf die Erinnerung legt.»

Riccoli blickte in die Ferne, über die Felder hinweg. «Ich will nicht zu einer eiskalten Zynikerin werden. Nicht dass Sie eine wären – das meine ich gar nicht.»

«Eher wie Martenitz einer ist?»

Riccoli musste lachen.

«Das liegt ganz bei Ihnen», sagte Ella. «Ihre Entscheidung.»

Riccoli holte tief Luft. «Also gut. Ich komme mit nach Berlin.»

# 39

Dr. Uygur trank Kaffee aus einer großen Tasse, als Ella, Byrd, Riccoli und Aya nach einer mehrstündigen Autofahrt den Sektionssaal vier des Instituts für Rechtsmedizin der Berliner Charité betraten.

Auf einem Edelstahltisch, mit einem Tuch bedeckt, lag Rebecca Kranitz. Als sich die schwere Tür hinter ihnen mit einem leisen Klicken schloss, kroch ein eisiger Hauch über Ellas Rücken. In diesen Augenblicken, dachte sie manchmal, waren sie nie allein. Die Toten, die Lebenden. Und der, der sie für immer voneinander trennte, fast konnte sie ihn sehen, wie er dort am Tisch neben ihnen stand.

Der Blick des Rechtsmediziners schweifte von Byrd zu den anderen und verharrte schließlich auf ihr. So ist es also, schien dieser Blick auszudrücken, so sehen wir uns wieder – unter Umständen, die noch bedauerlicher sind als zuvor.

«Sie ist nicht durch äußere Gewalteinwirkung ums Leben

gekommen», sagte der Rechtsmediziner dann. «Es gab überhaupt keine Gewalteinwirkung, von einigen Abschürfungen und Druckstellen abgesehen. Nein, was sie getötet hat, war Organversagen, ausgelöst durch eine Reaktion auf den Chemiecocktail, den man ihr verabreichte.»

Da war etwas in seinem Blick, das Ella zuvor, selbst als er die enthauptete Leiche untersucht hatte, noch nicht bemerkt hatte – weil es nicht da gewesen war. Etwas hieran hatte ihn zutiefst schockiert.

«Eine Substanz?», fragte Byrd.

«Das Labor hat gewisse Probleme, sie zu identifizieren», erwiderte der Rechtsmediziner. «Ich kann kaum mehr dazu sagen, nur dass man sie ihr ins subkutane Gewebe injiziert hat, und zwar erstmals vor etwas über achtundvierzig Stunden – also kurz nach ihrem Verschwinden. Es gibt eine Übereinstimmung zu der chemischen Verbindung, die auch in Max Jureks Blut entdeckt wurde.»

«Und dann hat sich ihr Zustand verschlechtert», fragte Ella weiter, «was zu ihrem Tod führte?»

«So war es», sagte Dr. Uygur. «Und noch etwas kommt hinzu: Rebecca Kranitz war Typ-2-Diabetikerin. Das ist insofern interessant, weil man ihr Schokolade zu essen gegeben hat.»

«Schokolade?», wiederholte Byrd. «Zuckerhaltig?»

«Vollmilch und zuckerhaltig. Und davon viel zu viel. Sie stand in ihren letzten Stunden am Rand eines diabetischen Komas.»

Ella warf Nakamura einen Blick zu.

«Seltsam, nicht wahr?», sagte Dr. Uygur. «Aber dies war nicht die Todesursache.»

«Sondern dieser Chemiecocktail, den Sie erwähnten», sagte Ella.

«Exakt.»

«Können Sie eingrenzen, wann man ihr diese Substanzen zuletzt verabreicht hat?»

Dr. Uygur warf einen Blick in seine Unterlagen. «Schwer zu sagen. Etwa vier bis sechs Stunden vor ihrem Tod.»

«Ich frage mich, wieso er ihr Schokolade gibt, bevor er sie tötet», sagte Aya. Sie trat einen Schritt vor und sah der Toten ins Gesicht. Dann wandte sie sich Byrd und Ella zu. «Die Muhme», sagte sie, «bringt der Sage zufolge den Tod. So heißt es. Aber nicht nur, und nicht immer *sofort*. Der Hauch der Roggenmuhme, der steht in der Sage ebenso für Krankheit. Vielleicht ist es kein Zufall, dass Rebecca so sterben musste, vielleicht verdeutlicht diese Todesart auch jenen Aspekt der Krankheit.»

«Könnte sein», meinte Ella. «Oder er wollte sie gar nicht töten. Vielleicht, und das ist ein großes Vielleicht, wusste er von ihrer Krankheit und wollte ihr mit der Injektion helfen.»

Aya nickte zustimmend. «In der Tat. Der Sage zufolge verändert der Einfluss der Muhme die entführten Kinder. Denken wir an Max. Wenn der Täter sich für eine Art Verkörperung dieses Sagenwesens hält, könnte er womöglich versuchen, auf diese Weise die Veränderung herbeizuführen. Oder ...»

«Oder er ist psychisch krank», sagte Byrd. «Multiple Persönlichkeitsstörung. Im einen Moment tut er das, im nächsten jenes.»

«Wenn ich mich hier einschalten darf: Das wäre Wahnsinn», meinte der Rechtsmediziner. «Ein Laie, der mit irgendwelchen Substanzen herumpfuscht? Was ist mit den Apotheken in der Nähe? Gab es Einbrüche bei Ärzten?»

«Wurde bereits geprüft», sagte Riccoli. Sie war sehr blass, wirkte jedoch gefasst. «Nichts dergleichen, zumindest nicht in der Nähe.»

«Der Täter scheint jedenfalls systematisch vorzugehen», sagte Dr. Uygur. «Das Labor ist sich sicher, dass Max Jurek etwas Ähnliches verabreicht wurde – in weitaus geringerer Dosis. Und zudem hat er es im Gegensatz zu Rebecca problemlos vertragen.»

Ella war sich da nicht so sicher. Sie dachte an sein Verhalten, an die Sorgen, die sich seine Eltern machten. «Diese Verbindungen, Doktor, die wirken psychoaktiv, nicht wahr?»

«In der Tat.»

«Was die Verhaltensauffälligkeiten bei Max Jurek auslösen könnte. Wie lange wird es dauern, bis das Labor identifiziert hat, was ihr konkret gespritzt wurde?»

«Mindestens noch zwei bis drei Tage», erwiderte der Rechtsmediziner. «Aber da ist noch etwas, das ich für unbedingt erwähnenswert halte.»

«Der Staub», sagte Byrd, und alle wandten sich ihm zu.

«Staub?», wiederholte Riccoli und verschränkte die Arme.

Byrd deutete auf die Handflächen der Toten. «Roter Staub. Von Ziegeln, würde ich meinen.»

Dr. Uygur drehte Rebeccas Handfläche nach oben. Byrd hatte recht, wie Ella erkannte, ein feiner Staubfilm lag auf der blassen Haut. Sie wunderte sich jedoch zugleich, wie er dies so beiläufig aus der Distanz erkannt hatte.

«Das ist korrekt. Es handelt sich um Ziegelstaub.» Der Rechtsmediziner holte eine Lupe von einer Ablage und reichte sie Ella. «Sehen Sie sich bitte ihre Fingernägel an.»

Ella blickte durch das Vergrößerungsglas. Rebeccas Fingernägel waren bis auf die Kuppen herabgeschliffen, die Haut blutig und an vielen Stellen zerkratzt. «Sie hat an den Wänden gekratzt? Ich kann grauen Staub erkennen, aber auch diesen roten, den sie an den Handflächen hat.»

«Der graue Staub besteht zu einem Großteil aus Kalkzement, der beigemischt wurde. Die chemische Zusammensetzung dieser Zementsorte wie erst seit etwa zwanzig Jahren verwendet.»

Riccoli räusperte sich. «Also Wandputz. Und dahinter die roten Ziegel. Ich denke, wir können uns alle vorstellen, was geschehen ist: Sie war so verzweifelt, dass sie versucht hat, einen Riss in der Wand zu vergrößern – sich einen Ausweg zu schaffen, und das mit bloßen Händen.»

«Das Labor wird die chemische Analyse des Staubs an das LKA weiterleiten», sagte der Rechtsmediziner. «Vielleicht haben sie Glück.»

«Es wird Hunderte solcher alter Keller geben, die saniert wurden, zu welchem Zweck auch immer», meinte Riccoli. «Wir suchen die Nadel im Heuhaufen.»

# 40

Auf dem Custrower Dorfplatz stand ein Podest voller Früchte, Kornähren und Maiskolben; die Holzkonstruktion war frisch errichtet worden, das Holz hell und noch tropfend vom Harz. Eine kleine Gruppe von Strohpuppen stand daneben, die eine Familie darstellen sollte – Vater, Mutter, zwei Kinder. Es sah aus, als würde der Mann nach einem der Körbe mit Kürbissen greifen.

Ella und Aya, die beschlossen hatten, sich nach der Rückfahrt von Berlin noch ein wenig die Beine zu vertreten, betrachteten das Gebilde auf dem sonst menschenleeren Platz.

«Ich wundere mich, dass man das trotzdem durchziehen will», sagte Aya. «Es muss ihnen wirklich einiges bedeuten. Und wie kurios dieses Dorffest doch ist, geradezu einzigartig.»

Ein Mann trat aus einer dunklen Gasse in der Nähe und kam näher: Es war Bogusz, wie Ella erkannte. «Eine schlimme Zeit», sagte er mit seiner rauen Stimme. «Und ich war dagegen, es dieses Jahr zu tun. Bei all der Presse, die gerade hier herumschwirrt. Es könnte leicht fehlgedeutet werden.»

«Was bedeutet das hier? Ist es eine Art Gabenfest? So heißt es jedenfalls in dem Buch, das ich mir ausgeliehen habe.»

Bogusz musterte sie überrascht. «Es sind tatsächlich Gaben», sagte er. «Man wird sie auf die Felder hinausbringen, um den Korndämon zu besänftigen. So ist es der Brauch.»

«Die Roggenmuhme, die mit Erntefrüchten beschwichtigt werden soll», sagte Nakamura. «Und dies im einundzwanzigsten Jahrhundert.»

«Manches Brauchtum überlebt alle Moden.» Er griff in die Tüte, die er bei sich trug, und nahm einige schöne rote Äpfel heraus, die er zu den anderen Früchten legte. Als er

Ayas und Ellas Blicke bemerkte, lächelte er. «Von dem letzten Apfelbaum, der hinter dem Pfarrhaus wächst.»

«Und dann …»

«In einigen Tagen wird man all die Gaben hier auf die Felder hinausfahren und dort, wo man bereits geerntet hat, ablegen. Die Familie hier», er deutete auf die Strohpuppen, die in grober Kleidung steckten, «wird daneben aufgestellt. Die Muhme wird den Tribut anerkennen und im nächsten Jahr für eine gute Ernte sorgen.»

Bogusz nickte ihnen zu, dann ging er davon und verschwand in der dunklen Gasse, aus der er gekommen war.

Ein Lächeln hatte sich auf Ayas Lippen geschlichen. «Seltsam, dass er da mitmacht. Aber denkst du, was ich denke? Sein Blick, als das Buch erwähnt wurde … Wieso war er da so verwundert? Weiß er irgendwas? Zum Beispiel, wer sich noch dafür interessiert hat? Falkmann hat darauf bestanden, dass wir uns eintragen, als wir das Buch ausgeliehen haben.»

«Ja», erwiderte Ella. «Wenn wir nachsehen könnten …»

Aya lachte leise. «Aber das *können* wir. Bevor jemand auf die Idee kommt, es verschwinden zu lassen. Aber wir sollten uns beeilen.»

«Dann tun wir es gleich jetzt.»

Eine Katze fauchte und sprang auf einen Mülleimer und von dort über einen Maschendrahtzaun, als sie an Dr. Boschs Praxis vorbeigingen. Der Golf parkte in der Einfahrt. Ella musste an ihren Vater denken. In den letzten Tagen hatte er viel in der Sonne gegessen und gelesen, und immer wenn sie die Zeit gefunden hatte, bei ihm vorbeizuschauen, hatte er einen recht vitalen, zufriedenen Eindruck gemacht. Aber natürlich wusste er so gut wie alle anderen, was gerade im Dorf los ist.

Er will dir nicht noch zusätzlich zur Last werden, dachte sie.

Die Sterne über ihnen waren hell an diesem Abend, keine Wolke am Himmel, und kein Wind regte sich. Ella hatte den Eindruck, als wartete das ganze Dorf auf etwas, das sich ankündigte: etwas, das alles Schreckliche, das bereits geschehen war, noch in den Schatten stellen würde.

Schließlich standen sie vor dem Dorfmuseum. Kein Licht war hinter den Sprossenfenstern zu sehen, das ganze Gebäude wirkte verlassen.

Aya läutete, doch rührte sich nichts.

«Ich dachte, ich hätte da vorhin noch ein Licht gesehen.»

Sie lauschten, als aus dem Inneren ein Poltern drang, dann ein schmerzvolles Stöhnen.

«Hallo? Herr Falkmann?» Wieder rüttelte Aya an der Tür, und im Inneren polterte es erneut. Ein leises Hilfe-Rufen erklang, und Ella glaubte, Falkmanns Stimme wiederzuerkennen. «Wir sollten da rein und nachsehen.»

«Guck mal.» Aya deutete auf ein offen stehendes Fenster, das auf den Hof hinausging. Es befand sich in etwa zwei Metern Höhe, doch bot das Fassadengerüst, das sie bereits bei ihrem ersten Besuch bemerkt hatte, einen idealen Einstiegspunkt – wäre da nicht ein ebenso hoher Maschendrahtzaun, der das Grundstück absperrte.

«Ich geh rein», sagte Ella. «Du bleibst hier draußen für den Fall, dass jemand das Gebäude verlässt. Räuberleiter, jetzt.» Ella setzte ihren Fuß in Ayas verschränkte Finger und packte den Maschendrahtzaun weit oben. Dann begann sie, nach oben zu klettern. Das Drahtgebilde schwankte hin und her, und sie klammerte sich mit aller Kraft fest. Nur noch ein Stück. Erst schwang sie ein Bein hinüber, dann das andere.

«Es ist höher, als es von unten aussieht», sagte sie.

«Alles eine Frage der Perspektive.»

Auf der anderen Seite wieder hinabzusteigen, war schwieriger. Ihr Fuß rutschte ab, die Drahtschlingen wollten ihr in die Finger schneiden, als sie sich festklammerte. «Fuck!»

Das war knapp. Sie stieß sich ab und sprang nach unten.

Aya warf ihr einen Blick durch den Zaun zu. «Was immer da drin los ist ...»

«Ich komm schon klar.» Ella stieg die Leiter am Gerüst hinauf. Die Gerüstbretter knarrten leise unter ihren Schritten, während sie an der Hausfassade entlangging, um das offen stehende Fenster zu erreichen. Dicht davor sah sie sich noch einmal nach Aya um, die die Straße hinab spähte.

Dann kletterte sie durch das Fenster ins Innere des Dorfmuseums. Ihre Schuhe kamen mit einem leisen, dumpfen Geräusch auf dem Holzboden auf.

Ella holte kurz Luft, verharrte und lauschte. Es war so dunkel, dass sie absolut gar nichts erkennen konnte. Die Luft roch staubig. Sie aktivierte die Taschenlampenfunktion auf ihrem Smartphone: Sie befand sich in einem großen Lagerraum. Zwischen Regalreihen hindurch, in denen beigefarbene Kisten aneinandergereiht waren, ging sie zum Ausgang und drückte die Klinke, ganz leise und vorsichtig, und die Tür schwang auf.

Ihr Smartphone meldete sich mit einem leisen Tonsignal.

*Fuck.* Ellas Herz machte einen Hüpfer. Sie hatte nicht daran gedacht, es auf lautlos zu stellen, holte dies aber sofort nach.

*Bis jetzt alles ruhig.*

Mehr hatte Aya nicht geschrieben, doch genügte es nicht, um Ellas Puls ein wenig zu beruhigen. Im Lichtschein des Smartphones wandte sie sich der Treppe zu: knarrende Stufen, das Geräusch laut in der Dunkelheit, während sie nach unten stieg. An den Ausstellungsstücken vorbei – ein Modell des Dorfs, wie es im Hochmittelalter ausgesehen hatte, frühzeitliche Ackerwerkzeuge, ausgestopfte Tiere, deren trübe Blicke ihr zu folgen schienen – näherte sie sich dem Eingang. «Herr Falkmann? Hallo?»

Und dort lag er, dicht bei dem kleinen Empfangs- und Verkaufstresen. Sie kniete sich neben ihn, er war gestürzt, wie es schien. «Herr Falkmann?»

«Da war jemand. Da ...» Er deutete unsicher in die Dunkelheit. «Ich hab ihn nicht kommen sehen ...»

Ella schwenkte den Lichtkegel über den Computerbildschirm und die Kasse. Da kam aus der Dunkelheit ein Rascheln, und als Ella sich umsah, war es ihr, als blickte einer der Wölfe, die dort erstarrt standen, ihr direkt in die Augen.

Ella öffnete die Eingangstür und winkte Aya heran. «Krankenwagen», sagte sie, «und ich sehe mich oben noch mal um. Ach ja, das Buch ist nicht hier. Ich denke, wir wissen jetzt, was der Eindringling haben wollte.»

Aya kniete sich neben Falkmann, dann telefonierte sie. Ella ging den Weg zurück, den sie gekommen war, dieses Mal mit der Waffe in der Hand. Die Treppenstufen knarrten laut, als sie nach oben stieg.

Ella durchsuchte die Räume im ersten Stock systematisch, jedoch ohne Erfolg. Schließlich ging sie in den Lagerraum und kletterte durch das offene Fenster wieder hinaus, um sich draußen noch einmal umzusehen. Das Baugerüst schwankte leicht. Sie stieg die Leiter hinab, eilte durch den Hof, und hatte im Handumdrehen den Maschendrahtzaun erreicht.

Sie spähte die Straße hinab. Wieso sollte jemand Falkmann niederschlagen? Wirklich nur wegen eines Buches?

Im selben Augenblick fiel das Licht in der ganzen Straße aus.

# 41

In der Ferne bellte ein Hund, doch dann verstummte auch dieses Geräusch abrupt.

Etwas stand auf der anderen Seite des Zauns – so jäh aufgetaucht, als wäre es aus dem Nichts gewachsen. Eine Silhouette wie die Verkörperung eines schwarzen Lochs, das alles Licht ringsum aufsaugte. Ein Mann? Vielleicht, doch war der Körper seltsam verzerrt, verunstaltet, die Arme zu lang, der Kopf nicht ganz dort, wo er sitzen sollte. Ein Mantel oder Umhang umgab die Gestalt, so lang, dass er über den Boden schleifte.

Eine Verkleidung?

Ella griff nach ihrer Dienstwaffe, als das Ding jenseits des Zauns etwas emporhob, das sie als das Buch erkannte, in das Falkmann die Ausleihen eintrug.

Sie roch Benzin.

Rauch stieg auf. Das Buch brannte, und im Flackern der Flammen sah sie für einen kurzen Moment eine Hand, die von Brandnarben entstellt war.

«Lass das fallen», fand sie ihre Stimme wieder und richtete ihre Dienstwaffe auf die Gestalt. «Stehen bleiben! Sofort!»

«Folg diesem Pfad nicht weiter», drang die Stimme aus der Dunkelheit, während jenes Ding – die Muhme – weiter zurückwich. «Folg ihm nicht. Er bringt dir nichts, nur den Tod.»

«Stopp!»

Mit einem schnellen, fürchterlich anzusehenden Huschen verschwand die Gestalt die Straße hinab. Ella fluchte, die Dienstwaffe nutzlos in ihrer Hand. In der Luft lag der Geruch von verbranntem Papier, der Rauch war so beißend und stechend, dass ihr Tränen in die Augen stiegen.

Nach einigen Augenblicken ging die Straßenbeleuchtung flackernd und summend wieder an.

Ella kletterte den Maschendrahtzaun hinauf und überwand ihn, und gerade als sie wieder festen Boden unter den Füßen hatte, kam Aya aus der Tür des Dorfmuseums.

Das Buch war nur noch ein Aschehäufchen.

Ella spähte die Straße hinab. Nichts war zu sehen, doch öffnete sich eine der Türen auf der gegenüberliegenden Straßenseite, und ein Mann im Morgenmantel trat heraus und schaute sich verwundert um.

Ella bemerkte einen Verteilerkasten, der aufgebrochen worden war.

Am Boden davor lag etwas.

## 42

«Unmöglich», meinte Aya, nachdem sie Ellas Wohnung erreicht hatten und Ella ihr geschildert hatte, was sie gesehen hatte. «Ich meine ...»

«Ich weiß, was ich gesehen habe, Aya. Es war ein Mann, der Stimme und Größe nach zu urteilen, eins fünfundachtzig geschätzt, und er trug ...» Sie schüttelte den Kopf. So unangenehm es war, sie musste sich die Erinnerung ins Gedächtnis rufen. «Er trug eine Verkleidung. Eine Art Ganzkörperoutfit. Da bin ich mir sicher.»

«Aber wie soll er gewusst haben ...?»

«Wie?» Ella warf einen Eiswürfel in das Glas und goss Mineralwasser zu der Limettenscheibe. Dann hielt sie sich das eiskalte Glas einige Sekunden an die Schläfe. «Keine Ahnung, wie. Aber das Buch ist weg.»

Aya starrte sie an. Ungläubig, zweifelnd. «Und vor dem Verteilerkasten lag wieder eine Roggenähre.»

«Eine Botschaft.» Ella musste an die Ähre denken, die sie in ihrer Wohnung gefunden hatte. Ihr Blick fiel auf die Tür zur Speisekammer – und mit einem Mal fühlte sie sich hier überhaupt nicht mehr sicher.

«Ella», hörte sie Aya leise sagen. «Er muss geahnt haben, dass wir das Buch überprüfen würden. Also lass uns einmal in aller Ruhe nachdenken. Wer hätte das wissen können außer Falkmann?»

«Niemand», erwiderte Ella sofort. «Er ist der Einzige, der wusste, dass wir es ausgeliehen haben.»

«Der Schlag war nicht so heftig, aber ausreichend, dass er

einige Minuten ohnmächtig war. Wer immer das getan hat, wollte nur das Buch. Und er kam über das Gerüst rein und wieder raus.»

«Und dann hat dieser Angreifer auch noch den Mut, mich zu provozieren.» Ella holte tief Luft. «Mal ehrlich: Was hätte ich tun sollen? In der Dunkelheit einem verkleideten Mann in den Rücken schießen?»

«Natürlich nicht.» Aya stand auf. «Es war ein langer Tag.» Sie ging zur Tür. «Morgen früh sollten wir uns noch einmal mit Falkmann unterhalten, wenn er sich etwas erholt hat. Vielleicht können wir seinem Gedächtnis auf die Sprünge helfen.»

«Ja, vielleicht.»

«Lass das nicht zu nah an dich ran», meinte Aya noch, dann ging sie. Ella schloss die Tür hinter ihr und drehte den Schlüssel im Schloss. Dann inspizierte sie jeden Winkel der Wohnung. Die Uhr in der Küche stand auf halb elf.

Ella wählte Byrds Nummer, der sich nach dem zweiten Klingeln meldete. Sie erzählte ihm, was geschehen war, und beschrieb die Gestalt, so gut sie konnte. Es war ihr, als würde die Erinnerung schon wieder verblassen.

«Nun, das ist interessant», meinte Byrd. «Jemand spielt also Geisterbahn.»

«Ich würde das nicht ins Lächerliche ziehen.» Sie hatte sich in einer Wolldecke auf der Couch eingepackt, ihr war kalt an diesem Abend.

«Was sagt Nakamura dazu?»

«Für sie ist es passend. Wir haben da draußen jemanden», Ella schluckte, um die Trockenheit in ihrer Kehle zu vertreiben, «der sich selbst für die Roggenmuhme hält.»

«Wissen Sie, dass Falkmann sich damit weiter in unmittelbarer Gefahr befindet? Der Täter könnte annehmen, dass er sich erinnert, auch wenn das Buch vernichtet wurde.»

Auch daran hatte Ella gedacht. «Ich kann da offiziell nichts unternehmen, das wissen Sie. Er hat den Krankenwagen wieder fortgeschickt, wollte sich nicht helfen lassen.»

«Sie nicht», meinte Byrd. «Aber ich.»

«Was soll das heißen?»

«Ich habe bereits mit ihm gesprochen. Er hat den Angriff weggesteckt, ganz der harte Knochen, der er ist. Und er war sehr interessiert, was das alte Gutshaus angeht, das ich hier draußen gemietet habe. Also hat er sich bereit erklärt, heute noch mit mir zu sprechen. Und vermutlich begreift er nun doch, dass es besser wäre, wenn er vorerst nicht allein bleibt, nicht nach diesem Angriff auf ihn. Wollen Sie vielleicht mitkommen?»

Ella dachte kurz an die Roggenähren und daran, dass sie hier heute Nacht ohnehin keinen Schlaf mehr finden würde. «Also gut, Byrd. Bin dabei.»

Fünfzehn Minuten später holte Byrd sie mit seinem Geländewagen ab. Ella hatte eine Sporttasche mit einigen Sachen gepackt.

«Falkmann hatte durchaus Verständnis für meine Sorge, was seine Sicherheit angeht», sagte Byrd. «Und offenbar interessiert er sich schon länger unter historischen Gesichtspunkten für den Gutshof. Ich sagte ihm, er kann ihn sich in aller Ruhe anschauen und gern die Nacht dort verbringen.»

«Sie sind ein Fuchs.» Ella stieg auf den Beifahrersitz, und nach nur wenigen Minuten hatten sie das Dorfmuseum erreicht. Ellas Blick ging unbewusst zu jener Stelle hinüber, wo sie kurz zuvor jener seltsamen Gestalt begegnet war.

«War es ein Fehler, niemanden zu informieren? Selbst auf die Gefahr hin, dass mir niemand glauben würde? Ich kann die Kommentare schon hören: War wirklich ein langer Tag, was, Berger? Sie sehen wohl Gespenster.»

«Ich denke nicht», erwiderte Byrd.

«Jedenfalls hatte dieses Gespenst ein echtes Feuerzeug und echtes Benzin.»

Byrd stieg aus, ging hinüber, und Ella sah zu, wie er mit Spurensicherungshandschuhen, einer kleinen Pinzette und einem durchsichtigen Teströhrchen einiges von der am Boden verbliebenen Asche einsammelte und das Röhrchen versiegelte, worauf er es in seine Jackentasche steckte. Und während er so auf den Boden blickte, hielt er inne.

«Schauen Sie mal?»

Ella stieg aus und ging zu ihm hinüber. «Verflucht.» Da war ein wenig von jenem roten Ziegelstaub auszumachen, der auch Rebecca angehaftet hatte.

Wieder nahm Byrd eine Probe, dann marschierte er schnurstracks zu dem Stromverteilerkasten. Im Licht einer kleinen Taschenlampe, die er aus seiner Jacke hervorholte, betrachtete er den Kasten und den Griff an der Vorderseite.

«Hier ist nichts», sagte Ella, die sich neben ihm herabgebeugt hatte. «Außer Hebelspuren, er hat den Kasten aufgebrochen. Die Spurensicherung wird morgen einen Blick darauf werfen, darum kümmere ich mich.»

Byrd nickte nachdenklich, während sie die Straße in Richtung des Dorfmuseums zurückgingen. Heinrich Falkmann stand an der Tür und sah ihnen entgegen.

«Atticus Byrd», sagte Byrd und streckte ihm die Hand entgegen, die Falkmann schüttelte. «Wir haben telefoniert.»

«Eine etwas ungewöhnliche Anfrage. Aber keine, die ich in Anbetracht der Umstände ablehne. Ich bin seit immer ein Nachtmensch, und Sie werden nicht glauben, wie lange ich darauf gewartet habe, mir den Hof einmal aus der Nähe anzusehen.»

Falkmann folgte ihnen zu Byrds Geländewagen, doch bevor er einstieg, zögerte er. «Hören Sie, Sie sagten, ich sei in Gefahr. Um mich mache ich mir ehrlich gesagt keine Sorgen, aber was ist mit meinem Enkel? Wir können ihn wohl kaum allein auf dem Hof lassen.»

«Nein», sagte Byrd. «Das können wir nicht. Dann sammeln wir ihn ein.»

Das durchhängende Dach der großen Scheune auf Falkmanns Hof erhob sich vor dem tintenschwarzen Nachthimmel und dem aufgeblähten Vollmond. «Ich hole ihn», sagte Ella und stieg aus. Der Wind blies von Osten, kühl und nach nassem Laub riechend. An der Haustür läutete sie. Tom Falkmann hielt sein Handy in der Hand und musterte sie argwöhnisch. «Sie? Oh nein, ist was passiert?»

«Nein. Aber dein Großvater möchte, dass du mit uns kommst.»

«Wohin?»

«Das erklären wir auf dem Weg. Steig bitte ein.»

«Na schön. Aber bisschen spät, oder? Macht die Polizei das für gewöhnlich so?»

«Eher nicht», erwiderte sie. «Aber die Umstände sind auch alles andere als gewöhnlich.»

# 43

Ella kannte den Gutshof aus Erzählungen ihres Vaters. Das Anwesen hatte einmal einem schwerreichen Großindustriellen aus Berlin gehört, dessen Ehefrau dort Dressurpferde gezüchtet hatte. Eines der Fachwerkgebäude war sehr alt, wohl aus dem elften Jahrhundert, eines der ältesten erhaltenen mittelalterlichen Bauwerke in Ostdeutschland. Sie konnte durchaus verstehen, wieso Falkmann sich das Anwesen unbedingt ansehen wollte, denn nachdem die Erben keinen Käufer gefunden hatten, hatte alles Jahrzehnte lang leer gestanden und war streng abgesperrt gewesen.

Als Byrd auf den Hof einbog, konnte Ella ein großes, mehrstöckiges Gebäude ausmachen, ein traditioneller brandenburgischer Hof, an den sich zur Rechten die Stallungen anschlossen. Dahinter lag weites Land, Pferdekoppeln und Wälder. Kurz überlegte sie, wie es Byrd geschafft hatte, all das hier so kurzfristig anzumieten.

Byrd zeigte Tom und seinem Großvater den Ostflügel, der einige Räumlichkeiten bereithielt. «Schlafen Sie unbesorgt», sagte er und klang seltsam altmodisch. «Hier wird nichts geschehen. Morgen früh führe ich sie herum.»

Ella folgte Byrd in das Gutshaus. Zu ihrem Erstaunen hatte er in einem der größeren Zimmer, das wohl früher als repräsentativer Empfangssaal genutzt worden war, eine Reihe von detaillierten Landkarten aufgestellt, die allesamt mit verschiedenfarbigen Pins und Markern übersät waren. Auf einem Eichenholztisch lagen Akten. Und noch etwas fiel ihr auf: wie sauber, wie aufgeräumt es hier war. Byrd war offenbar ein Ordnungsfanatiker.

Ella spürte, wie ihr die Müdigkeit schwer in den Knochen und jedem Muskel steckte. «Wir müssen unbedingt morgen mit Falkmann sprechen. Vielleicht erinnert er sich an etwas.»

«Und wenn nicht?»

«Dann ist er wenigstens in Sicherheit.» Ella warf Byrd einen sehr ernsten Blick zu. «Das ist er hier doch, oder? Ich weiß nämlich nicht, wie ich das hier ...» Sie machte eine Geste, die das ganze Gutshaus einschließen sollte. «Vor Martenitz rechtfertigen kann.»

«Das müssen Sie nicht. Überlassen Sie es mir.»

«Na schön», erwiderte Ella. «Dann erklären Sie ihm das.»

«Sie haben etwas gefunden, nicht wahr?»

Entweder war er verdammt gut im Raten, oder sie trug diese verfluchten Sorgen wie ein Schild auf der Stirn. Durch ein geöffnetes Fenster blies schwach der nächtliche Ostwind herein und wehte ein Blatt Papier von einem der Tische.

«Ich habe eine Roggenähre gefunden. Es ist schon das dritte Mal. Dort an diesem Stromkasten lag sie auf dem Boden.» Sie holte tief Luft. «Die anderen Male fand ich welche bei mir in der Wohnung und im Haus.»

«In Ihrer Wohnung?» Nun wirkte Byrd alarmiert.

«In der Speisekammer. Ich dachte, der Wind hätte sie reingeweht.» Ella hielt inne, als sie begriff, wie albern dies klang, wie zufällig. «Aber das passt nicht, begreife ich nun. Jemand war dort. Jemand war in meiner Wohnung.»

«Sind Sie sicher? Gibt es Spuren?»

Ella schüttelte den Kopf. «Das nicht.» Sie zögerte.

«Manchmal hatte ich das Gefühl, jemand wäre im Schlafzimmer. Würde mich beobachten.»

«Das ist beunruhigend, das gebe ich zu», erwiderte Byrd recht emotionslos. «Wie könnte jemand in die Wohnung gelangt sein?»

«Es gibt keine vernünftige Erklärung. Vielleicht war es nur der Wind.» Ella seufzte. «Keine Ahnung. Entschuldigen Sie, es war ein langer Tag. Ich werde jetzt versuchen, ein paar Stunden zu schlafen.»

«Direkt über uns gibt es mehrere Schlafzimmer. Ruhen Sie sich aus, Berger.»

Ella stieg eine breite, geschwungene Holztreppe aus gebürstetem Eichenholz hinauf, die sich im sanften Licht der Wandlampen hinaufwand, das Geländer war mit kunstvollen Schnitzereien verziert: Paradepferde und Eichen mit ausladenden Kronen, bis auf die kleinsten Zweige präzise aus dem dunklen Holz gearbeitet. Ella überlegte, was es wohl heutzutage kosten würde, so etwas in Auftrag zu geben.

Oben betrat sie ein Schlafzimmer mit Parkettboden und stuckverzierter Decke.

«Hier hat jemand keine Kosten gescheut», sagte sie leise zu sich selbst. In einem Badezimmer gleich nebenan gab es eine Dusche und eine frei stehende Wanne, die auf messingfarbenen Klauenfüßen stand. Ella schloss die Tür ab und stellte sich unter die Dusche. Das Wasser war zuerst kalt, eisig sogar, wurde dann aber allmählich wärmer.

Sie schloss die Augen, ließ das Wasser auf ihre Schultern prasseln. Innehalten. Durchatmen. Irgendwie, dachte sie, musst du Schlaf finden. Nach allem, was geschehen ist, ein paar Stunden abschalten. Als sie die Augen wieder aufschlug, lag ein feiner Nebel im Badezimmer. Kurz stellte sie sich vor, dass aus dem Dunst jene Gestalt heraustrat, die ihr am Museum begegnet war – die Hände Klauen, das Gesicht blutig, und sie ruft ihren Namen.

«Siehst du nicht, dass ich dir Geschenke gemacht habe? Die Roggenähren? Siehst du nicht, wie schön sie sind, dass ich sie nur für dich gesammelt habe?»

Aber da war nichts, und der dichte Wasserdampf löste sich rasch auf – genau wie der Nachhall jener Stimme, wie sie in ihrer Erinnerung geklungen hatte.

Schließlich verließ Ella das Bad, schlüpfte ins Bett und blickte zu den Fenstern hinüber, durch die der Vollmond hereinschien.

Der Gedanke, dass dort draußen jemand war, der sich für die Roggenmuhme hielt, ließ sie erschaudern. Und zugleich machte es sie wütend.

Sehr wütend.

Du hast eine Familie ausgelöscht – und einen Jungen vielleicht für immer psychisch gezeichnet. Sieh dich vor. Wir kriegen dich.

# 44

Mitten in der Nacht wachte Ella auf. Leise Stimmen drangen durch das gekippte Sprossenfenster herein. Barfuß ging sie über das leicht staubige Eichenholzparkett und spähte hinaus. Vor dem Haus saßen Byrd und Falkmann. In der Dunkelheit konnte sie glimmende Zigaretten erkennen – oder war das eine Pfeife, die Falkmann rauchte?

Sie zog sich an. Sie würde jetzt eh kein Auge mehr zukriegen.

Die Nachtluft war angenehm erfrischend und recht kühl, als sie hinaustrat. Byrd bemerkte sie zuerst. Er hielt eine Zigarre zwischen den Fingern, und Falkmann rauchte in der Tat Pfeife.

«Setzen Sie sich, Ella», meinte er. Falkmann nickte ihr zu.

«Wie ich sehe, bin ich nicht die Einzige, die gerade nur wenig Schlaf finden kann.»

«Das Alter», meinte Falkmann. «Mir genügen vier Stunden jede Nacht.»

«Und ich musste nachdenken», meinte Byrd.

«Und Ihr Neffe?»

«Tom schläft», sagte Falkmann.

Byrd verschwand im Haus und kam kurz darauf mit Gläsern und einer großen Karaffe mit Wasser wieder heraus, in der Limettenscheiben schwammen. Er stellte alles auf den Tisch bei den Korbsesseln. «Wenn Sie lieber Kaffee oder etwas anderes bevorzugen –»

«Danke, alles gut.» Sie warf Falkmann einen langen Blick zu. «Wir sollten uns unterhalten. Wir müssen wissen, wer sich schon früher für die Sage der Muhme interessiert hat. Alles, an was Sie sich in Bezug darauf erinnern.»

Falkmann nickte. Er zog an seiner Pfeife, und der bläuliche Rauch stieg in großen Wolken in den Nachthimmel auf. «Ich hoffe, Sie sehen es mir nach, dass ich etwas weiter aushole. Custrow wurde im zwölften Jahrhundert gegründet. Schon immer gab es Legenden, Gerüchte, als gäbe es etwas am Ort, tief in der Erde, das seit jeher auf die Menschen einwirkt. Es gab zig Untersuchungen: Geologen, die den Boden durchleuchtet haben, Biologen, Pharma-Experten ... Manche behaupten, es läge an der hohen Konzentration von Radon, das sich im Boden befindet – radioaktiver, ausgasender Stoff, der in erhöhter Konzentration die menschliche Gesundheit beeinflussen kann.»

Ella musste an ihren Vater denken, der ihr erzählt hatte, manchmal hatte er das Gefühl, das Dorf läge unter einem Schatten.

«Im Mittelalter wütete die Pest. Es gab Missernten, Hungersnot. Winter, in denen die Neugeborenen in ihren Bettchen starben. Von Osten wanderten Wölfe herüber, die ebenso hungerten, aggressiv wurden und sich in manchen Nächten kaum vertreiben ließen. Und die Sommer ... Nun, die Leute glaubten gerne, was sie glauben wollten. Irgendwann damals muss diese Sage entstanden sein, und wie es nun einmal mit Sagen ist, werden sie von den Menschen weitergetragen und verändern sich im Lauf der Zeit. Gut möglich, dass es damals eine verrückte Frau gegeben hat, die Kinder entführte, vielleicht, weil sie keine eigenen bekommen konnte. Vielleicht hat sie sie ermordet, als sie begriff, dass sie sie niemals als ihre Mutter anerkennen würden.»

Ella bemerkte, wie Byrd sich leicht auf seinem Korbsessel bewegte und zu ihr herübersah. Er schien an dasselbe zu denken wie sie: Aya hatte von einer ganz ähnlichen Theorie gesprochen.

«Natürlich gibt es auch die Variante, in der die Muhme die Verkörperung all des Schlechten darstellt, mit dem sich die Bauern damals herumschlagen mussten: Tod und

Krankheit, Schicksalsschläge, für die man eine Erklärung suchte. Starb ein Kind an den Masern, der Ruhr oder Tuberkulose, war es der Hauch der Muhme, den das ungezogene Kind beim Spielen auf den Feldern abbekommen hatte. Wurde das Vieh krank, gab man der unersättlichen Muhme die Schuld, die die Tiere nachts in ihren Ställen quälte. Und natürlich glaubten nicht wenige, sie selbst gesehen zu haben – seien es Naturphänomene wie Windhosen auf den staubigen Feldern oder seltsame Herumtreiber. Und schließlich suchte man nach Wegen, um die Schreckensgestalt zu besänftigen.»

«Erntegaben», meinte Ella.

«Ja. War die Ernte gut, gab man viel, hinterließ es auf den Feldern, wo es allmählich vor sich hin faulte. Was freilich zum Narrativ passte, denn die Roggenmuhme mit ihrem tödlichen Atem hatte es ja für sich beansprucht, also verdarb es – eine nur logische Folge.»

«Bis heute hat sich diese Tradition erhalten», warf Byrd ein. Die Zigarre in seiner Hand verbreitete einen würzigen Geruch. Wie er da so im Halbdunkel saß, machte er auf Ella den Eindruck eines Raubvogels, der halb zufrieden, halb schläfrig mit einem Auge seine nächtliche Beute ausspähte.

«Ja, bis heute», sagte Falkmann. «Aber Sie würden kaum jemanden finden, der ernsthaft glaubt, es gäbe da draußen ein Wesen, dem Opfer dargebracht werden müssen.» Er lachte heiser. «Die Zeiten haben sich zum Glück geändert.»

«Aber offenbar nicht für alle», sagte Ella.

Falkmann nahm einen langen Zug von seiner Pfeife. «Ich weiß über die Morde nur das, was man sich im Dorf erzählt,

Frau Hauptkommissarin. Wenn Sie mich also etwas Konkretes fragen möchten, brauche ich mehr Details.»

Byrd rührte sich nicht, doch wusste Ella, dass er auf ihre Entscheidung wartete. «Maria Kranitz wurde enthauptet. Sowohl bei ihr als auch bei Max Jurek gab es Teerspuren. Beide wurden mitten im Roggenfeld gefunden.»

«Und das Mädchen? Marias Tochter?»

«Kein Teer und auch keine Enthauptung.»

«Wie seltsam. Nicht sehr stimmig, denke ich. Natürlich, der Teer und die Enthauptung, und das haben Sie gewiss schon längst herausgefunden, entsprechen der Sage. Wäre auch nicht ungewöhnlich, dass eine Erwachsene zum Opfer wird, auch wenn sie in der Regel Kinder entführt.»

«Wesensveränderungen», sagte Byrd nun, «sind auch Teil der Sage, nicht wahr? Bei den Kindern, die zurückkehrten.»

Falkmann nickte. Nun verdüsterte sich sein Blick. «Man nennt die Zurückgekehrten auch Wechselbälger. Die Kinder waren wie ausgetauscht. Damals versuchte man freilich den Schrecken, den die Entführten erleben mussten, irgendwie mit der Muhme zu erklären, aber ich denke, gerade Sie als Polizisten wissen sehr gut, dass es die Menschen selbst sind, die genügend grausame Dinge tun können, um bei einem jungen Menschen ein Trauma auszulösen.»

Ella dachte an die psychoaktive Substanz, die Dr. Uygur erwähnt hatte – und an Max' auffälliges Verhalten seit seiner Rückkehr.

Falkmann deutete mit dem Stiel seiner Pfeife auf sie. «Wer sich für die Muhme interessiert hat, fragen Sie? Wissen Sie, mir ist doch jemand in den Sinn gekommen. Der Einzige, an den ich mich gerade erinnern kann.» Er machte eine Pause, als überlegte er, ob er den Namen wirklich nennen sollte. Blauer Rauch kringelte sich zum Nachthimmel hinauf.

«Adam Bogusz. Unser Pfarrer. Der hat ziemlich herumgedruckst, bis er damit rausgerückt hat, was er eigentlich wollte.»

«Was Sie nicht sagen.»

«Ich würde ihm nicht über den Weg trauen», meinte Falkmann. «Und unserem Bürgermeister ebenso wenig. Die beiden ... tja, ich weiß nicht. Irgendwas läuft da.»

«Was meinen Sie?», wollte Byrd wissen, und Ella dachte daran, dass der Bürgermeister noch in der Nacht nach Maria Kranitz' Tod Bogusz aufgesucht hatte.

Falkmann beugte sich vor. «Ich radle gerne durch das Dorf, müssen Sie wissen. An dem Morgen, als Maria Kranitz getötet wurde, da war sie bei ihm. Ich hab die beiden gesehen, vor dem Pfarrhaus. Und, na ja, es klang danach, als würden sie streiten. Lebhaft.»

«Und damit rücken Sie erst jetzt raus?» Ella musste sofort an die in Teer getauchten Kreuze denken.

«Nun, ich dachte nicht, dass es relevant sein könnte.»

«Konnten Sie etwas verstehen?»

«Ich bin mir sicher, dass ich gehört habe, wie sie zu ihm sagte: ‹Ich hab ihn dort gesehen!›» Falkmann sah zum Nachthimmel hinauf, dann seufzte er. «Das hat sie gesagt. Was immer das bedeuten soll.»

«Entschuldigen Sie uns kurz.» Ella stand auf und bedeutete Byrd, ihr zu folgen.

«Das muss genügen. Informieren wir Martenitz. Wir müssen Bogusz und Bernd Kranitz auf den Zahn fühlen.»

# 45

«Wie wir es auch angehen, es wird schlechte Presse geben», meinte Ella zu Martenitz. «Und wenn Falkmann Unsinn erzählt hat, verbrennen wir die Reputation dieser Männer für immer. Dennoch: Dass Bogusz und Maria Kranitz sich kurz vor ihrem Tod gestritten haben, ist relevant.»

Martenitz nahm sich einen Moment zum Nachdenken. Der Schlafmangel der letzten Tage, der Stress, all das war ihm deutlich anzusehen. Schließlich nickte er. «Sie haben recht, Berger. Natürlich. Wie wir uns entscheiden, wird es Ärger geben. Aber ...» Er seufzte, dann schlug er mit der flachen Hand auf den Tisch. «Ich sage: Scheiß drauf. Ich hab der Kleinen in ihre toten Augen gesehen. Das reicht mir. Berger und Byrd, nehmen Sie sich Bogusz vor. Nehmen Sie ein paar Uniformierte mit, vielleicht erlaubt uns Bogusz ja von sich aus, das Anwesen zu durchsuchen, auch ohne Beschluss.»

Dann warf er Riccoli einen Blick zu. «Was gibt es Neues zu dem Ziegelstaub?»

«Wir sind dran», erwiderte Riccoli. «Es ist die berühmte Suche nach der Nadel im Heuhaufen. Wir konnten mittlerweile das Werk identifizieren, das entsprechende Ziegel mit der passenden chemischen Zusammensetzung hergestellt hat. Es wurde vor Jahren geschlossen. Die haben den ganzen Osten beliefert.»

«Und der Kalkzementputz?»

«Standardware. Baumarkt.»

«Na gut», sagte Martenitz, «dann machen Sie sich mal auf den Weg, Berger.»

Das Pfarrhaus neben der Kirche war ein Fachwerkhaus mit dunklen Balken und kalkweißer Fassade, die Sprossenfenster allesamt mit Gardinen versehen. An der Tür aus Eichenholz hing ein Kranz aus Feldblumen. Byrd stand mit einer Gruppe aus uniformierten Beamten hinter ihr. Er hatte sich während der Besprechung am Vormittag weitestgehend zurückgehalten und wollte sich nicht entlocken lassen, was er von dieser Vorgehensweise hielt.

«Wie idyllisch», bemerkte Byrd.

Ella warf einen Blick über die Schulter zurück: Pressevertreter hatten sich ein Stück entfernt zusammengefunden – auch einige Custrower warteten, was geschehen würde.

«Noch idyllischer wäre es, wenn wir nicht unter Beobachtung stünden.»

Abermals drückte sie auf die Klingel, nach einigen Sekunden schwang die Tür auf. Adam Bogusz stand vor ihr, ganz lässig in Hemd und Jeans.

«Frau Berger, was für eine ...» Er bemerkte, wer alles hinter ihr stand und verstummte.

«Herr Bogusz, ich möchte Sie bitten, uns nach Makow zu begleiten. Wir möchten uns mit Ihnen unterhalten. Und wir würden uns darüber hinaus gern in Ihrem Haus umsehen, wenn Sie gestatten. Es steht Ihnen aber frei, uns den Zutritt zu verweigern, dann sollten Sie aber damit rechnen, dass wir mit einem Durchsuchungsbeschluss zurückkommen.»

Er holte tief Luft, musste die Nachrichten verarbeiten. Sein Blick fiel auf die Custrower, die in der Einfahrt zum Pfarrhaus standen. «All die Menschen ...» Als er seinen Blick wieder auf sie richtete, wirkte er enttäuscht. «Musste das wirklich sein?»

«Begleiten Sie uns?»

«Kann ich einen Anwalt anrufen? Werde ich offiziell beschuldigt?»

«Das können Sie von der Wache aus tun. Und nein, wir befragen Sie als Zeugen. Aber wenn Sie mir etwas zu sagen haben, können Sie das gerne jetzt tun.»

Bogusz schwitzte, obwohl es nicht sonderlich warm war. Dann bekreuzigte er sich. «Schon gut, ich begleite Sie. Je schneller das aus der Welt geräumt ist, desto besser. Und von mir aus können die Kollegen ins Haus, ich habe nichts zu verbergen. Aber sie sollen bitte keine Unordnung machen.»

«Schön. Das werden sie nicht. Und vielen Dank für Ihre Kooperation. Folgen Sie mir.» Ella machte kehrt, bedeutete den Beamten, dass sie das Haus betreten konnten, und ging mit Bogusz den Weg zurück. Als sie die Custrower und die Presse erreichten, wurde es unangenehm: Einige fluchten, die Journalisten rückten näher. Handyfotos, das Klicken von Spiegelreflexkameras.

«Keine Fragen», sagte sie. «Lassen Sie uns durch.»

«Haben Sie den Täter?»

Ein Mann, Ella kannte ihn nur vom Sehen, spuckte Bogusz an, der gerade noch ausweichen konnte.

«Hören Sie auf damit. Er begleitet uns ganz freiwillig als Zeuge.» Ella schob ihn weiter. Aus den Augenwinkeln bemerkte sie, dass der Pfarrer blass geworden war. Das Summen der Umstehenden klang wie ein zorniger Bienenschwarm.

Schaff ihn raus, ging ihr durch den Kopf. Zugleich wollte sie Martenitz verfluchen, das war keine gute Idee gewesen, in Mannschaftsstärke anzurücken.

«Steigen Sie ein», sagte sie zu ihm, als sie den Streifenwagen erreicht hatten. Ihr Blick fiel auf die gegenüberliegende Straßenseite. Dort stand Bernd Kranitz. Entgeistert sah er mit an, wie Adam Bogusz in den Wagen stieg, dann machte er kehrt und verschwand in einer Gasse.

Ella griff nach dem Funkgerät. «Berger für Einsatzleitung.»

«Haben wir ihn?», fragte Martenitz.

«Ja, wir machen uns jetzt auf den Weg nach Makow. Und Kranitz war hier. Er ist gerade mit einem äußerst panischen Gesichtsausdruck verschwunden. Vielleicht wollte er Bogusz aufsuchen, keine Ahnung, aber wir dürfen ihn jetzt in keinem Fall aus den Augen verlieren. Die beiden hängen definitiv irgendwie zusammen.»

«Das ist der Plan», erwiderte Martenitz. «Keine Sorge. Wir haben Beamte auf ihn angesetzt.»

«Ich *mache* mir aber Sorgen.» Sie holte tief Luft. «Verliert ihn einfach nicht.»


Ella, die eine Flasche Mineralwasser aus dem Automaten geholt hatte, begleitete Martenitz in den Vernehmungsraum der Makower Wache, wo Bogusz wartete.

«Das ist für Sie», sagte sie und stellte einen Plastikbecher neben die Wasserflasche.

«Ich bin enttäuscht, auch menschlich, gerade von Ihnen. Sie leben seit einem Jahr in Custrow, Frau Berger. Ich ging davon aus, Sie würden mich kennen.»

«Das dachte ich auch», erwiderte sie kühl. Wenn er glaubte, ihr ein schlechtes Gewissen machen zu können, kannte er sie wirklich nicht. Ella hatte schon vieles gehört –

Betteln, Drohungen, geschmeidige Überredungsversuche. «Also, Herr Pfarrer, kommen wir direkt zum Punkt: Worum ging es in dem Streitgespräch zwischen Maria Kranitz und Ihnen an dem Morgen, bevor sie verschwand?»

Bogusz' linkes Auge zuckte. «Sie fragte mich, ob ich Rebecca gesehen hätte, was ich verneinte. Danach begann sie zu weinen. Ich tröstete sie, so gut ich konnte. Wir haben uns nicht gestritten, ganz im Gegenteil. Dann ist sie wieder gegangen.»

Ella kommentierte dies nicht. «Sie interessieren sich für die Roggenmuhme», fuhr sie stattdessen fort.

«Die was?» Bogusz schien zu überlegen, dann nickte er. «Ach das ... ja, in der Tat. Es gibt ein Buch, Heinrich Falkmann hat es selbst geschrieben. Ich hatte es mir mal ausgeliehen und ...» Er hielt inne, doch war Ella sich nicht sicher, ob dieses Erstaunen, das nun folgte, nicht nur recht gut vorgetäuscht war. Sie unterbrach ihn nicht, wartete nur ab und ließ ihn reden.

«Warten Sie, denken Sie jetzt etwa ...?» Er schüttelte ungläubig den Kopf. «Es ist kein Verbrechen, ein Buch zu lesen. Unglaublich, diese ganze Sache. Und unglaublich dreist.»

«Wieso dieses Interesse, Herr Pfarrer? Würden Sie mir das verraten?»

«Weil ich etwas für eine Sonntagspredigt nachlesen musste! Mehr nicht. Es ging um alte Traditionen, das Festhalten und das Loslassen, und was der christliche Glaube uns dazu rät. Das Ausbringen von Opfergaben für eine Art Korndämon ist ein alter, heidnischer Aberglaube. Für mich nichts, was man noch weiter praktizieren muss. Und da war

es nur naheliegend, dass ich mit dem Dorfhistoriker gesprochen habe.»

«Sie hören aber auch die Gerüchte, die derzeit im Dorf
herumgehen, nicht wahr?»

«Natürlich. Glauben Sie, mir sind diese Parallelen nicht
in den Sinn gekommen? Hätte ich mich deswegen melden
sollen?» Seine Stimme nahm einen leicht spöttischen Tonfall an. «Sie müssen wirklich verzweifelt sein, wenn Sie sich
deshalb so auf mich stürzen.»

«Nicht deshalb», erwiderte Ella. «Die Kollegen haben im
Pfarrhaus etwas gefunden. Einen Laptop, der unter einem
Dielenbrett versteckt war. Ich frage mich, was dort gespeichert sein könnte, dass Sie es für nötig erachten, ihn zu verstecken.»

Neben ihr legte Martenitz einen dünnen Aktenordner auf
den Tisch. «Wir haben uns ein wenig in Ihrer Vergangenheit
umgesehen.»

«Alte Geschichten», erwiderte Bogusz. Nun klang seine
Stimme ein wenig belegt. «Das sollten Sie eigentlich wissen.
Man hat damals versucht, mich hereinzulegen.»

«Eine Minderjährige.» Ella tippte mit dem Zeigefinger
auf die Akte. «Sechzehn. Sie selbst waren damals doppelt so
alt.»

«Ja. Ich wusste nicht, wie alt sie war. Sie sagte mir, sie sei
zwanzig. Es war eine Falle. Das habe ich damals auch alles
ausgesagt. Ich habe sie online kennengelernt, und, na ja,
scheinbar hat sie es darauf angelegt, mich zu verarschen.
Diese Anzeige war vollkommen haltlos.»

Das stimmte, und dennoch bemerkte Ella, dass der
Plan aufging – Bogusz wurde sichtlich nervöser. Martenitz

wandte den Blick nicht von ihm ab. Es musste unangenehm sein, so durchdringend gemustert zu werden.

«Vielleicht haben Sie es ja später wieder versucht», meinte Ella nun. «Und wieder. Und wieder und wieder. Vielleicht haben Sie besonderen Gefallen an jungen Frauen gefunden. Oder vielleicht an noch jüngeren.»

Eine Schweißperle trat auf Bogusz' Stirn. «Nein.»

«Wieso dann der Laptop?»

«Hören Sie, ich … ich hab das Teil auf Ebay gekauft, aber es hat nie wirklich funktioniert, also … ich muss es da vergessen haben. Wollte es ohnehin entsorgen. Aber so wie Sie fragen …» Bogusz schluckte. «Ich möchte jetzt lieber einen Anwalt.»

«In Ordnung.» Ella beendete die Aufzeichnung. Dann beugte sie sich vor. «Ich werde Ihr ganzes Leben auf den Kopf stellen, wenn es sein muss. Rebecca Kranitz. Maria Kranitz.» Sie griff unter die Akte, die Martenitz mitgebracht hatte und nahm die Farbfotografien von den Tatorten und breitete sie vor ihm auf dem Tisch aus. «Schauen Sie hin. Nehmen Sie sich Zeit. Wir sprechen später weiter.»


«Gut gemacht», meinte Martenitz und klang äußerst zufrieden.

In ihrem Büro warteten Byrd und Aya, die sich leise unterhalten hatten.

«Er macht dicht», erklärte Ella, «aber er hat definitiv etwas zu verbergen. Was macht unser lieber Bürgermeister?» Den Gesichtsausdruck von Kranitz konnte sie nicht aus ihren Gedanken vertreiben. Schuldig hatte er ausgesehen.

Aya deutete auf eine Liste, die vor ihr lag. «Er ist direkt

nach Hause gegangen, und dort hält er sich nach wie vor
auf. Vor gut zwanzig Minuten hat er mehrere Kisten in sein
Auto getragen.»

«Er will aufbrechen», sagte Byrd. «Halten wir uns bereit.»


# 46

Kranitz war zur alten Mühle gefahren. Zu Jonski.

Aya, die auf dem Beifahrersitz saß, war angespannt, wie
Ella bemerkte – die letzte Begegnung zwischen dem Jäger
und ihr war eskaliert.

«Vielleicht finden wir endlich heraus, wie diese drei
Männer zusammenhängen, sagte Ella. Kranitz sah jedenfalls
aus, als hätte er den Schreck seines Lebens erlitten, als ich
Bogusz abgeführt habe. Vielleicht stecken er und Jonski da
mit drin.»

«Sie denken an das Notebook.»

«Ich denke an alles Mögliche», erwiderte Ella mit einem
flüchtigen Lächeln. Aya blickte zum Seitenfenster hinaus,
als sie über die schlecht asphaltierte Landstraße fuhren
und dann auf den noch schlechter befestigten Feldweg ein-
bogen, der sie zur Mühle führte.

Schließlich stoppten sie gut einhundert Meter von der
Mühle entfernt.

Martenitz kam herüber, eine Kevlarweste über seinem
Hemd. Er sah zur Mühle hinüber, die im Mittagslicht einen
langen Schatten warf. Wie ein Raubtier erhob sie sich am
Rand des großen Feldes. Es hätte friedlich wirken können,

wären da nicht die vor sich hin rostenden Traktoren und die überquellenden Müllcontainer gewesen, die achtlos beiseitegeworfenen Abfallsäcke.

Die Mühlenflügel standen nicht still – im Wind, so schwach er gerade auch war, drehten sie sich langsam mit einem hohen quietschenden Geräusch.

«Westen an», sagte Martenitz in die Stille hinein, aber das brauchte er weder Aya noch Ella zweimal zu sagen. Ella spürte, wie sich die Wärme unter dem Kevlar staute, aber das war ihr gleich – lieber war sie verschwitzt als schwer verletzt.

«Gehen wir», sagte sie. «Aufpassen. Er besitzt eine Schrotflinte.» Das wussten alle von der Einsatzbesprechung, ebenso wie alle wussten, was er zu Aya gesagt hatte – und was Bogusz angedeutet hatte. Dass Jonski sich nicht verhaften lassen würde. Dass er lieber sterben würde.

Ella legte die Hand auf die Pistole, die sie in einem Oberschenkelholster trug. Gut dreißig Meter offene Fläche lagen zwischen ihnen. Es gab dort keine Deckung, von den alten Traktoren abgesehen. Die alte Jagdschrotflinte, die Jonski besaß, würde erst auf weniger als zwanzig Meter Distanz treffen, doch konnten die Schrotkugeln auch noch darüber hinaus Schaden anrichten.

Ella entdeckte nun auch Kranitz' Pkw, den Mercedes, den er direkt vor der Mühle abgestellt hatte. Von ihm oder Jonski war nichts zu sehen.

Sie blickte über die Schulter zurück. Byrd stand weiter hinten, ganz in Schwarz gekleidet. Er nickte ihr zu.

«Also gut. Gehen wir es an», sagte sie laut.

Im Laufschritt näherten sie sich der Mühle. Ella hielt auf

einen der Traktoren zu, um im Fall von Beschuss Deckung zu haben.

Sie hockte sich hinter die rostige Karosserie. Die Grillen zirpten. Über ihnen rotierten die riesigen Mühlenflügel langsam und knarrend, das Holz ächzte, als wollte es der Belastung nicht mehr lange standhalten.

Martenitz hielt sich dicht neben ihr. Entweder wollte er seine Einsatzbereitschaft beweisen, oder er brauchte diesen Nervenkitzel gerade wirklich. «Ganz ruhig, Berger. Wir haben es schon bis hierhin geschafft.»

«Und sind jetzt in Reichweite seiner beschissenen Flinte», gab sie zurück. «Ja, ganz toll.» Ella holte tief Luft. «Jetzt gilt es.» Sie tauchte aus der Deckung auf – und erwartete jeden Moment den tiefen Knall der doppelläufigen Flinte.

Sie rannte auf den Eingang zu, hörte die anderen hinter sich. Zehn Meter – fünf. Zwei.

Dann hatte sie die Tür erreicht. Ella holte wieder tief Luft und schlug mit der geballten Faust dagegen. Das Eichenholz gab einen tiefen hallenden Ton von sich, der die Mühle vibrieren ließ.

«Alfred Jonski!», rief sie. «Polizei. Öffnen Sie die Tür. Ich weiß, dass Sie mich hören können. Wir wollen nur mit Ihnen reden. Und Sie, Herr Kranitz! Das gilt auch für Sie! Seien Sie beide vernünftig. Kommen Sie raus.» Ella trat zur Seite und lehnte sich neben der Tür mit dem Rücken zur Wand.

Im Innern rührte sich immer noch nichts. Jemand berührte ihre Schulter. Es war Byrd. «Byrd, Sie sollten wieder zurückgehen. Sie haben keine Waffe.»

«Haben Sie mal darüber nachgedacht, dass diese Mühle noch einen anderen Ausgang besitzt? Etwas für Notfälle?»

«Wie das denn? Einen Tunnel?»

Die Tür öffnete sich mit einem lauten Knarren von schlecht gepflegten Türbändern. «Hallo?», hörte sie eine Stimme. Es war Bernd Kranitz.

«Treten Sie aus der Tür», erwiderte Ella, ohne die Deckung zu verlassen. «Wo ist Jonski?»

«Er sitzt oben. Ich hab die Flinte hier. Er will aufgeben, aber er will auch nicht rauskommen. Ich konnte ihn nicht überreden. Aber er ist unbewaffnet.» Kranitz kam ihrer Aufforderung nach und trat von der Tür weg. Die Schrotflinte hielt er am Lauf an der ausgestreckten Hand.

«Legen Sie die Waffe auf den Boden», sagte sie zu ihm. «Jetzt entfernen Sie sich von ihr, nach rechts.»

Auch dies tat er. Ella gab Aya ein Zeichen. Sie eilte auf ihn zu und führte ihn hinter den nächsten Müllcontainer außer Sicht.

Ella spähte aus der Deckung in den Eingang der Mühle. Jonski war angeblich unbewaffnet. Sollte sie es wagen?

«Byrd?»

«Gleich hier.»

«Was denken Sie?»

«Ich denke, Jonski ist äußerst verzweifelt. Verzweifelte Menschen handeln oft unüberlegt. Er könnte versuchen, sich das Leben zu nehmen.»

«Also sollten wir lieber nicht warten.»

«Ich würde es nicht riskieren.»

Kurzerhand ging er an ihr vorbei und verschwand im Inneren der Mühle. «Byrd! Verflucht noch mal!»

«Folgen wir?», fragte Martenitz angespannt.

«Nein. Sonst fühlt er sich in die Enge getrieben. Ich gehe.»

Martenitz nickte knapp, während Ella ihre Dienstwaffe aus dem Holster zog und Byrd hinein folgte.

# 47

Ella holte Byrd an einer schmalen Holzstiege ein, die in die oberen Geschosse der Mühle führte. Ringsum führten Türen in andere Räume hinein, überall standen leere Mehlsäcke, zerschlagene Holzbretter und allerlei rostige Werkzeuge – Sägen, auf dem Metall dunkle Rostflecken. Ein paar Glühlampen baumelten in Drahtkäfigen von der Decke und verbreiteten trübes, schmutziges Licht. Irgendwo weit über ihnen rumorte es, ein tiefer, bis ins Mark vordringender Laut – die Mühlsteine, die sich bewegten. Ella kam es vor, als würden die großen Mühlenflügel das ganze Gebäude vibrieren und zittern lassen, als würde es atmen.

«Keine Alleingänge», flüsterte sie Byrd zu.

«Natürlich nicht. Jetzt sind Sie ja hier.» Ein flüchtiges Lächeln huschte über seinen Mund. Dann deutete er nach oben. «Er ist nicht weit entfernt. Ich hab ihn husten gehört.»

«Herr Jonski?», rief sie. «Wir kommen jetzt hoch zu Ihnen. Machen Sie keine Dummheiten.»

Ein Husten folgte als Antwort. Es klang so nah, als wäre er gleich oben am Ende der Treppe. Ella spürte, wie ein Schweißtropfen über ihre Stirn lief. Die Wärme staute sich zwischen all dem Holz. Feiner Staub lag in der Luft, der ihr in der Nase kitzelte.

Ella setzte einen Fuß auf die steile, hölzerne Stiege und

hielt inne. Sie beugte sich zu Byrd hinüber, brachte ihren Mund in die Nähe seines Ohrs.

«Die haben sicher nicht schwere Mehlsäcke über diese steile Treppe geschleppt. Schauen Sie mal, ob es noch einen anderen Weg nach oben gibt. Vielleicht können wir ihn überrumpeln.»

Byrd nickte und huschte ins Zwielicht davon. Ella stieg langsam die knarzende Treppe hinauf.

Oben war es kaum heller und der Raum riesig. Durch einige Ritzen in den Holzbrettern, die vor die Fenster genagelt waren, drang Sonnenlicht herein. Auch hier stand unzähliges Gerümpel, ein Irrgarten aus Hinterlassenschaften.

Vor einem der vernagelten Fenster hockte Jonski auf einem Stuhl und spähte durch die Ritzen hinaus.

Seine Linke hielt einen schwarzen Revolver.

Ella hob ihre Heckler & Koch SFP9. «Legen Sie den Revolver weg.»

Er rührte sich nicht.

«Jonski! Weg damit!»

Langsam bewegte er seine zittrige Hand. Der Lauf wanderte zu seinem Kinn hinauf, wo er ihn in das weiche Fleisch presste. «Weißt du», hörte sie ihn mit seiner trockenen, brüchigen Stimme sagen, «wir hatten eine gute Zeit. Aber alles endet irgendwann.»

«Legen Sie die Waffe einfach auf den Boden», sagte Ella mit ruhiger Stimme. «Wir können miteinander reden, aber nur wenn Sie die Waffe hinlegen. Hören Sie mir zu.»

«Einen guten Lauf», wiederholte Jonski. Er war in Gedanken versunken. Mit einem Mal lächelte er. Sein Blick ging zu Ella hinüber, aber sie hatte das Gefühl, dass er sie gar nicht richtig wahrnahm. «Was du hier oben findest ... Wir haben es getan, weil es Geld einbrachte. Gutes Geld.» Er lachte, was in ein trockenes Husten überging. «Geld, ja. Das ist doch alles, was heute noch zählt.»

Ella bemerkte, wie Byrd in einem Durchgang auf der anderen Seite auftauchte. Er hatte seine Schuhe ausgezogen und näherte sich Jonski.

«Was immer hier geschehen ist, das ist es doch nicht wert, sich das Leben zu nehmen», erwiderte Ella und bemühte sich um Mitgefühl in der Stimme.

Der Lauf des Revolvers zitterte leicht, doch bewegte ihn Jonski nicht von seinem Kopf weg. «Was weißt du schon?»

Sie musste das Gespräch am Laufen halten. Und vor allem brauchte sie dringend Antworten. «Haben Sie Rebecca Kranitz getötet?», fragte sie ihn. «Und was ist mit ihrer Mutter? Haben Sie sie enthauptet?»

Jonski hustete wieder.

Byrd hatte ihn fast erreicht. Nur noch ein paar Meter, aber sie durfte jetzt nicht zulassen, dass sich Jonski umdrehte und ihn bemerkte.

«Ermordet?», wiederholte er nun. «Diese Kranitz? Oder», wieder ein Husten, «ihre Tochter?» Er spuckte Blut auf den staubigen Holzboden. «Sicher nicht. Das war jemand anders. Jemand ganz anders. Die kleine Pussy hat tatsächlich geglaubt, es hätte mit unserem Geschäft zu tun, dass jemand seine Frau und Tochter umgebracht hat.» Er lachte. «Ganz sicher nicht deswegen.»

Jonski sprach offenbar von Bernd Kranitz. «Was wollte er hier?»

Jonski ließ den Revolver sinken, der Lauf zeigte auf den

Boden. «Er wollte reden. Reden, ha! Dabei hab ich ihm gesagt, er soll sich ja nicht hier sehen lassen! Dieses verängstigte Arschloch, er hat euch hergeführt, oder?»

«Sie haben meine Kollegin mit der Schrotflinte bedroht», sagte Ella, einfach, um das Gespräch nicht abbrechen zu lassen. «Dachten Sie, wir würden das einfach ignorieren?»

Byrd hatte ihn beinahe erreicht. Zwei Schritte noch.

«Bogusz hat doch mit euch geredet, hat er mir danach erzählt. Meinte, ihr hättet sein Gelaber geschluckt und ihr würdet uns in Ruhe lassen. Nein, verarsch mich nicht, es war Kranitz und –» Er fuhr herum, schneller, als Ella ihm zugetraut hatte. Doch Byrd war da. Er packte Jonskis Hand, die den Revolver festhielt, und bog den Arm nach oben. «Du verfluchter ...», stieß Jonski aus, dann stürzte er vom Stuhl, und Byrd war über ihm. Es rumpelte, beide keuchten, sie kämpften miteinander, doch hielt Byrd den Arm mit der Waffe fixiert. Ella trat mit dem Schuh auf Jonskis Waffenhand. Jonski versuchte, sich aufzubäumen, wollte Byrd beißen, doch der wich ihm aus. «Gib auf, verflucht!», schrie Ella ihn an. Sie kickte den Revolver über den Boden, fort aus Jonskis Reichweite, und hielt ihre Waffe auf den Mann gerichtet. Byrd drehte ihn herum, auf den Bauch.

«Handfesseln», rief er ihr zu. Ella warf ihm ihre zu, steckte ihre Pistole ins Holster zurück und trat zu Byrd, um ihm zu helfen. Jonski wehrte sich mit allen Kräften, fluchte in einem fort, doch zu zweit gelang es ihnen, ihm die Handschellen anzulegen.

«Liegen bleiben, verflucht noch mal!»

Es war vorbei.

«Setzen Sie sich auf.» Ella half ihm, dann trat sie mehrere

Schritte zurück. Der alte Mann hockte mit dem Rücken an die Wand gelehnt, die Unterlippe blutig, sein Gesicht staubig und der Blick hasserfüllt.

Er wäre lieber gestorben, als sich lebend fassen zu lassen.


# 48


Die Mühle barg weitere, gut versteckte Geheimnisse. «Sehen Sie es sich an, Berger», meinte Martenitz. «Anschließend befragen wir Kranitz, die Kollegen bringen ihn gerade nach Makow.»

Ella, Aya und Byrd folgten ihm in den rückwärtigen Teil der Mühle, wo man mehrere Trockenbauwände eingezogen hatte, Plastikplanen von der Decken hingen und ein chemischer Geruch in der Luft lag.

Es war ein Labor, in das sie Martenitz führte, eine gut ausgestattete Drogenküche. «Jonski hat Crystal Meth gekocht», sagte er. «Wie er uns erzählt hat, hat er es gekocht, und Bogusz und Kranitz haben ihm geholfen, es transportiert oder was auch immer. Und das hier.» Er deutete auf eine der Kisten, die Kranitz zuvor in seinen Wagen verladen hatte, bevor er in Richtung der Mühle gefahren war. «Das ist Geld. Jede Menge.»

«Aber es gibt keine Hinweise, dass Rebecca oder Max hier gefangen gehalten wurden, nicht wahr?» Nakamura sah sich um, sie wirkte nur wenig beeindruckt.

«Bislang nicht», erwiderte Martenitz.

Einer der Forensiker trat näher, komplett eingehüllt in

einen weißen, leise knisternden Tyvek-Overall. «Wir haben noch etwas entdeckt», sagte er. «Es gibt eine Ziegelwand, die nachträglich eingezogen wurde. Wir haben sie geöffnet.»

Ella gefiel der Klang seiner Stimme nicht.

«Dahinter», fuhr er fort, «liegt ein menschliches Skelett.»

Sie sperrten die Mühle und das Grundstück weitläufig ab. Die Presse hatte sich vorm Absperrband versammelt, dazu waren nicht wenige Custrower gekommen, und viele hielten Schilder und Kerzen in den Händen, auf denen Gerechtigkeit für Maria und Rebecca Kranitz gefordert wurde.

Natürlich wusste man schon längst, dass Bernd Kranitz, Adam Bogusz und Alfred Jonski festgenommen worden waren – was die Gerüchte zum Überkochen brachte.

Dr. Uygur, der wie seine Kollegen in einem Schutzanzug steckte, kam zu Ella hinaus.

«Ein mächtiges Schlamassel», fasste er zusammen. «Was wir bereits sagen können: Es handelt sich um eine Frau, Mitte dreißig ungefähr. Es gibt eine alte Verletzung, ein verheilter Oberschenkelbruch. Außerdem wurde auch sie enthauptet. Der Tod muss bereits vor zehn bis fünfzehn Jahren eingetreten sein.» Er hob einen Beutel der Spurensicherung hoch, in dem eine kleine, metallische Kette lag, in deren Anhänger Buchstaben eingraviert waren. «Wir haben sie bei der Toten gefunden.»

«Mina», las Ella. «Das ist ein Anfang.»

Jonski, das hatten sie bereits rekonstruiert, hatte die Mühle erst vor fünfeinhalb Jahren gekauft. Zuvor lebte er in einem alten Haus am Rand von Custrow, das mittlerweile abgerissen worden war. Der vorherige Eigentümer war jener

Immobilienfonds aus Berlin, der auch das Haus betreute, in dem Ella wohnte. Wer damals Eigentümer von Mühle und Grundstück gewesen war, in dessen Auftrag verkauft worden war, wurde noch ermittelt. Klar war jedoch, dass das Gebäude vor Jonskis Einzug über Jahre leer gestanden hatte.

«Die Kriminaltechnik hat Proben von der Ziegelwand genommen, um sie mit dem Staub an Rebeccas Handflächen abzugleichen. Und die Zähne der Toten sind gut erhalten», sagte der Rechtsmediziner. «Vielleicht hat einer der Zahnärzte in der Umgebung die Frau früher behandelt und noch entsprechende Unterlagen.»

«Können wir nach all der Zeit noch etwas mit einer DNA-Analyse herausfinden?»

«DNA lässt sich aus den Knochen und den Zähnen gewinnen. Aber dort ist das Risiko einer Kontamination recht groß. Das werden wir an einen Experten für forensische Odontologie weitergeben müssen. Und es wird dauern.»

«Er sagt, er hat die Wand nicht gebaut», sagte eine Stimme hinter ihr. Ella wandte sich um: Aya kam über das Gras auf sie zu. «Die meiste Zeit lebte er in dem Anbau hinter der Mühle. Ich hab mich mit ihm unterhalten. Wir kannten uns ja schon.» Sie lachte bitter. «Er war recht redselig. Und was ich von den Kollegen hörte, verhalten sich Kranitz und Bogusz nicht anders. Sie versuchen, einander die Schuld zuzuschieben. Aber keiner von ihnen will irgendetwas mit den Morden zu tun haben. Kramer und Martenitz sprechen gerade mit Bernd Kranitz. Es gibt jetzt eine Erklärung für sein Verhalten, das du beobachtet hast, nachdem er vom Tod seiner Frau erfuhr.»

«Diese Zerstreutheit? Dass er immer wieder auf die Uhr geschaut hat?», fragte Ella.

«Kranitz meint, er hätte Angst gehabt. Angst, dass gewisse Geschäftspartner, was den Verkauf der Drogen angeht, sich an ihm rächen wollten.»

«Rächen? Indem sie seine Frau und Tochter töten?» Ella überlegte kurz. «Das könnte natürlich sein, aber das Profil ...»

Aya strich sich eine Strähne aus dem Gesicht. «Profile können falsch sein, und Profiler können sich irren.» Dann zwinkerte sie ihr zu. «Aber ich denke nicht, dass ich mich geirrt habe. Weißt du, Kranitz erzählte weiter, dass Jonski ein wahrer Meister sei, was die Herstellung angeht. Und dass sie zu dritt beschlossen hätten, dieses kleine Projekt durchzuziehen. Vor einigen Wochen haben sie mit einem Berliner Clan verhandelt. Bogusz hat das getan, und offenbar waren die Verhandlungen für beide Seiten zufriedenstellend. Dann gab es Lieferprobleme.»

Ella dachte an den dunklen BMW, den sie bei Kranitz' Haus beobachtet hatten.

«Also fürchtete Kranitz einen Vergeltungsakt», fuhr Aya fort. «Wie sich aber herausstellte, hat Bogusz, der auch für den Transport Richtung Berlin verantwortlich war, noch einmal auf eigene Faust mit den Mittelsmännern verhandelt. Er konnte sie besänftigen und hinhalten. Kramer kümmert sich mit seinem Team um die Herren, die mit Bogusz Kontakt hatten.»

«Also haben wir einen Drogenring ausgehoben, sind aber keinen Schritt weiter, was die Muhme angeht?», fasste Ella frustriert zusammen. Ihr Handy läutete. Es war Riccoli.

«Ich komme gerade von Bogusz», sagte sie. «Er hat sich erneut zu Maria Kranitz geäußert. Jetzt behauptet er, sie hätte ihn aufgefordert, ich zitiere ‹mit all dem aufzuhören, was er, ihr Mann und Jonski im Geheimen so geschäftlich treiben›.»

«Sie wusste davon?»

«Das behauptet Bogusz zumindest. Aber es würde den Streit erklären, den Falkmann mitangehört hat.»

«Das würde es, ja.»

«Und nach den neuen Erkenntnissen haben wir den bei ihm gefundenen Laptop überprüft. Der ist nicht passwortgeschützt und scheinbar leer. Es gibt jedoch einen versteckten, verschlüsselten Dateicontainer, der alles Mögliche enthalten kann. Ein Experte des LKA erklärte mir, er sei mit einem 256-Bit-AES-Algorithmus codiert – und dieser Schlüssel sei de facto unknackbar.»

«Und das Passwort für diesen Container?»

«Wollte Bogusz mir nicht sagen. Natürlich nicht.»

«Hm.» Ella kam ein Gedanke. «Sagen Sie, hat er das Vernehmungszimmer zwischendurch mal verlassen? Wollte er auf die Toilette?»

Riccoli sprach mit jemandem. «Äh ... ja», erwiderte sie dann. «Kollege Jorgens hat ihn begleitet.»

«Und hat er Jonski oder Kranitz gesehen?»

«Ja», gab sie zu. «Ihr Kollege hat da wohl einen Fehler gemacht. Kranitz saß im Flur. Kurz nur, aber die sind sich über den Weg gelaufen. Danach hat Bogusz seine Aussage korrigiert.»

«Verflucht. Dann hat er einfach eins und eins zusammengezählt. Scheiße!» Ella legte auf.

«Probleme?»

«Bogusz hat durch einen Fehler meines Kollegen mitbekommen, dass wir Kranitz festgenommen haben.» Ella schüttelte den Kopf. «Seine Aussage ist nichts mehr wert, und ich muss dem Kollegen eine deutliche Ansage machen.»

«Nur so lernt er dazu», sagte Aya. Sie bedeutete ihr, ihr zu folgen. Gemeinsam entfernten sie sich von der Mühle. Ella fühlte sich seltsam erleichtert, als sie das dumpfe Rauschen der großen Mühlenflügel nicht mehr hören musste. «Jonski hat noch mehr erzählt. Byrd hat ihn auf die psychoaktive Komponente in Rebeccas und Max' Blut angesprochen. Wie sich herausstellte, wurde Jonski selbst erpresst.»

«Inwiefern?»

«Jemand wusste offenbar von Jonskis Quellen in Tschechien. Er sollte eine in Deutschland verbotene Benzodiazepin-Verbindung ins Land schmuggeln, sonst würde man alles auffliegen lassen. Jonski behauptet, den Erpresser nicht zu kennen, er habe mitgespielt. In dem Anbau bei der Mühle haben wir passende Erpresserbriefe gefunden. Fingerabdruckanalyse läuft.»

«Und diese Substanzen …»

«Jonski hat uns eine Liste zusammengestellt. Die Kollegen analysieren sie bereits. Es passt zu dem, was in Rebeccas und Max' Blut gefunden wurde. Und dann gibt es noch die Ziegelwand. Jonski sagt, ihm wäre nie irgendein Geruch aufgefallen.»

«Sieht aus, als könnte er jede Verbindung zu den Morden abstreiten», sagte Ella. «Aber wer sonst könnte denn noch mit der Mühle in Verbindung stehen?»

«Er hat uns zwei Hinweise gegeben. Als ich ihn mit den

Aufnahmen der beiden getöteten Frauen konfrontiert habe, öffnete er sich etwas. Vor Jahren, so sagte er mir, hätte er beobachtet, wie im Güritzer See, gut zwölf Kilometer nördlich von hier, nachts ein Wagen geparkt war, der etwas im See entsorgt hätte. All die Jahre hat er das für sich behalten, aber die Säcke, die dort ins Wasser geworfen wurden, kamen ihm damals sehr verdächtig vor. Und auch der Wagen, so erzählte er, schien ihm seltsam bekannt. Aber er konnte sich nicht genau daran erinnern, wo er ihn schon mal gesehen hatte. Nur so viel: Es hatte wohl mit einer Arbeit zu tun, die er früher mal ausgeübt hat. Er war in diesem Bahnschwellenwerk angestellt –»

«Das hat er erzählt, ja.»

«Aber das war nicht alles, was er so nebenbei gemacht hat. Jonski ist gewitzter, als es auf den ersten Blick aussieht. Er hat damals als junger Mann eine Chemielaboranten-Ausbildung bei BioSyns gemacht, als die Firma noch ein kleiner Laden war. Später hat er dann selbst eine Firma gegründet, die sich auf chemische Verfahren spezialisiert hatte, mit denen man feuchte Keller trockenlegen und die Wände sanieren konnte, ohne alles aufzugraben. Und er sagte, da haben seine Leute und er unzählige dieser Wände bearbeitet. Häufig schwarz, klar, und so ganz scheint sein Erinnerungsvermögen auch nicht mehr zu funktionieren.»

«Jonski ist ein Schlitzohr, ohne Zweifel. Vielleicht erzählt er uns genau das, was wir hören wollen.»

«Gut möglich», erwiderte Aya.

«Wie nannten die anderen ihn? Einen schlechten Menschen. Einen Tierquäler. Einen –»

Aya drehte sich zu Ella herum. Das Roggenfeld hinter ihr

wogte im Wind, der in Böen in die hohen Ähren hinabstieß.
«Menschen ändern sich, Ella. Das tun sie immer. Alles ist
Veränderung. Für die einen zum Guten, für die anderen zum
Schlechten.»

«Ja, mag sein.» Sie erzählte ihr von der Halskette der Toten, mit dem Anhänger und dem eingravierten Wort *Mina*.
«Überprüfen wir das. So häufig kommt der Name hier sicher
nicht vor. Und jetzt ...»

«Ja?»

«Jonski», erwiderte Ella. «Ich will ihm in die Augen
schauen und hören, dass er uns die Wahrheit sagt.»

# 49

Auf dem Weg nach Makow meldete sich Ellas Smartphone.

«Hallo», sagte Claire Jurek und klang, als hätte sie geweint.

«Geht es Ihnen gut? Ist etwas mit Max?»

«Max?» Sie stockte. «Ich hab ihn heute im Keller gefunden. Er saß auf dem Boden und ... und er hat an die Wände
gemalt. Als ...» Sie schluchzte leise. «Als wär' er wieder fünf
oder so. Er hat dieses Ding gemalt, diese Gestalt. Ich weiß
einfach nicht mehr, was ich machen soll.»

Ella spürte, wie sich ihr Herz zusammenzog. «Konnten
Sie mit ihm reden?»

«Er hat mir gesagt, es wär einfach so über ihn gekommen.
Es wird immer lauter in meinem Kopf, so hat er es formuliert.»

«Bringen Sie ihn zum Jugendpsychologen. Bitte, Frau Jurek. Sie sollten das nicht allein durchstehen.»

Jurek lachte bitter auf. «Kennen Sie die Wartelisten bei denen? Und ich kann's mir nicht wirklich leisten, immer bis nach Berlin zu fahren, um einen Spezialisten zu finden.»

«Ich sehe zu, wie wir Sie unterstützen können, Frau Jurek.»

Nachdem Ella das Gespräch beendet hatte, sagte Aya: «Ich werde mal bei einem alten Kollegen nachfragen, der in der Kinderpsychiatrie arbeitet. Vielleicht kann er was machen.»

«Das wäre super», erwiderte Ella. «Danke.»

Alfred Jonski hockte zusammengesunken auf dem Stuhl im Vernehmungsraum, das graue, fettige Haar fiel ihm auf die Schultern. In der Luft lag ein saurer Geruch. Er hustete immer wieder und betrachtete seine vom Rauchen fleckigen Fingernägel.

«Herr Jonski», sagte Ella, «mir geht es nicht um das Meth.» Sie zeichnete auf ein Blatt Papier das Zeichen, das ihr schon mehrmals begegnet war. Eine Spirale in einem Dreieck. «Das hier. Es war auf der Wand beim Pfarrhaus. Das haben Sie und die anderen benutzt, um zu kommunizieren, oder?»

«Bingo», sagte Jonski. «Schlaues Mädchen.»

Sie ignorierte diese Bemerkung. «Aber Max kennt es auch. Er hat es dort gesehen, wo er gefangen gehalten wurde.» Ella verschränkte die Arme. «Wissen Sie, mir geht es um ein totes Mädchen, ihre Mutter und einen entführten Jungen, nicht um … diese Geschäfte.» Das Skelett hinter der Wand erwähnte sie bewusst ebenfalls noch nicht. «Also, vielleicht würden Sie noch einmal tief in Ihrer Erinnerung kramen – für uns – und über dieses Zeichen und auch das Fahrzeug nachdenken, das Sie dort am Güritzer See gesehen haben.»

«Ich will erst was wissen», erwiderte er. «Mir ist scheißegal, was mit mir passiert. Ich hab eh nicht mehr lang. Aber ich will wissen, ob der Pfarrer oder Kranitz irgendwas damit zu tun hatten. Hat Kranitz seine eigene Tochter …»

«Nein. Davon gehen wir nicht aus.»

Jonski nickte. «Nein. Sie war krank, wussten Sie das? Er hat es mal erzählt. So 'ne seltene Stoffwechsel-Geschichte und dazu auch noch Diabetes. Nicht ganz günstig zu behandeln, und die Versicherungen haben sich quergestellt.» Er lachte. «Ihm kam die kleine Nummer ganz recht – das Crystal zu verticken, mein ich.»

«Was Sie nicht sagen. Was halten Sie von Kranitz' Sorge, jemand aus dem Milieu könnte seine Familie bedroht haben?»

«Nein, nein.» Er beugte sich vor, und Ella glaubte, die tödliche Krankheit im fleckigen Weiß seiner Augen ausmachen zu können. «Das war jemand anders. Jemand», er tippte sich gegen die Schläfe, «der hier oben nicht ganz richtig ist.»

Schweigen breitete sich aus, nur unterbrochen von einem weiteren Hustenanfall.

«Also, dieses Auto … Scheiße, das ist Ewigkeiten her, zwölf, dreizehn Jahre mindestens. Ich konnte es nicht wirklich erkennen. Das war damals, als ich noch meine Firma hatte. Das Zeichen da, diese Spirale mit dem Dreieck? Das war das Logo.»

«Wir brauchen Unterlagen. Über jeden Auftrag, jeden einzelnen Keller.»

Jonski schnaubte. «Können Sie vergessen. Ist alles weg. Verbrannt, weggeschmissen, auf dem Müll.»

«Dann erinnern Sie sich!», rief Ella und schlug mit der flachen Hand auf den Tisch. Jonski zuckte zusammen.

«Okay, okay. Gab 'ne Zeit, da lief alles gut. Und dann ging alles den Bach runter.»

«Und weiter?» Ella verlor allmählich die Geduld.

«Und dann bin ich krank geworden.» Jonski starrte auf einen Fleck an der Wand, während er sich zu erinnern versuchte. «Ich hab ein ziemlich beschissenes Leben geführt. Aber ... keine Ahnung. Vielleicht kann ich wenigstens ein bisschen was wiedergutmachen. Wissen Sie, jetzt, wo ich nachdenke, da fällt mir was ein. Der Lieferwagen, der hatte so einen Clown auf der Seite, der mit Bällen jonglierte. Frag mich, wem der wohl gehörte. Genau den hab ich in der Nacht dort am See gesehen. Als dieser Typ all die Säcke ins Wasser geschmissen hat.»

# 50

Als Ella nach einer kurzen Nacht am nächsten Morgen zurück ins Büro kam, stieß sie beinahe mit Riccoli zusammen, die einen Ausdruck in der Hand hielt. «Mina Sobrenko. Es gibt wirklich einen Treffer. Sechsunddreißig, in Makow gemeldet. Und jetzt kommt es: Sie lebte früher in Custrow, draußen auf dem Aussiedlerhof. Ist dann aber vor etwa elf Jahren nach Berlin gezogen, bevor sie zurückgekommen ist.»

«Aussiedlerhof? Dort, wo Kowalk heute wohnt?»

«Richtig. Mit ihrer Mutter Natalia hat sie dort gelebt.»

«Und was ist mit ihr?»

«Unbekannt verzogen.»

Ella warf Nakamura einen Blick zu. «Zeit, der Tochter einen Besuch abzustatten.»

Ella brauchte kein Navi, um das Mehrfamilienhaus mitten in Makow zu finden. Das Gebäude war recht gut in Schuss, die Fassade frisch gestrichen. Sie läutete, und es dauerte nur einen Augenblick, bis ihnen eine Frau in ihren Dreißigern die Wohnungstür öffnete.

«Polizei Makow, Ella Berger. Das ist meine Kollegin Aya Nakamura vom Landeskriminalamt. Wir würden uns gerne mit Ihnen unterhalten.»

Aya hielt ein Foto hoch, das die Halskette mit dem Anhänger zeigte – präzise von einem Polizeifotografen aufgenommen –, und sogleich jagte ein Ausdruck des Entsetzens über Mina Sobrenkos Gesicht. «Wo haben Sie das her? Das Ding hab ich seit Ewigkeiten nicht mehr gesehen.»

«Wem gehört es?»

«Meiner ...» Sie zögerte. «Meiner Mutter. Kommen Sie doch erst mal rein.»

Sie folgten ihr in eine kleine, ordentlich eingerichtete Wohnung. Auf einem Kletterbaum im Wohnzimmer saß eine getigerte Katze, die sie mit grünen Augen musterte.

«Wann haben Sie Ihre Mutter zuletzt gesehen?», fragte Ella.

«Das ist ewig her. Ich habe meine Mutter ... na ja, nicht direkt gehasst, das nicht, aber wir haben uns auch nie sonderlich gut leiden können. Deshalb bin ich abgehauen, sobald ich alt genug war.»

«Und haben nie wieder Kontakt gehabt?»

«Okay, seit ich wieder hergezogen bin hier nach Makow, bin ich mal rüber nach Custrow gefahren und ... da hab ich mir den alten Hof aus der Ferne angesehen. Aber da lebt jetzt jemand anders. Und dann bin ich zum Friedhof, weil ich dachte, vielleicht ist sie in der Zwischenzeit gestorben.» Mina Sobrenko schüttelte den Kopf. «Da war sie auch nicht, obwohl es mich nicht überrascht hätte. Also kurz gesagt: keine Ahnung.»

«Wieso wäre es keine Überraschung gewesen?», fragte Ella, worauf Sobrenko eine Geste machte, die nach einer Flasche aussah, die sie sich an den Mund führte.

«Sie sind sich sicher, dass dieser Anhänger von Ihrer Mutter getragen wurde?»

«Sie hat ihn nie abgenommen.»

«Hatte Ihre Mutter neben dem Alkohol noch andere Probleme?», fragte Ella.

Sobrenko schnaubte. «Sie war gewalttätig. Sie hat mich geohrfeigt, sie hat mich verprügelt und hat mich verflucht. Und, na ja, psychische Schwierigkeiten hatte sie jede Menge.»

«War sie bei einem Arzt?», warf Aya interessiert ein.

«Nur bei dem Dorfarzt. Diesem ... wie hieß er noch? Bosch oder so. Kann sein, dass es den immer noch gibt.»

Ella warf Aya einen Blick zu. «Oh ja, den gibt es noch immer.»

«Na also», meinte Mina. «Vielleicht sprechen Sie mal mit ihm. Möchten Sie Tee? Kaffee?»

«Für mich nicht, danke», erwiderte Ella, und Aya schüttelte den Kopf.

«Okay, aber ich brauche jetzt einen.» Nach einigen Minuten kam sie aus der Küche zurück, eine Tasse in der Hand. «Also, wie ich sagte, Dr. Bosch ...» Sie zögerte. «Was immer es war, ich denke nicht, dass sie sich wirklich helfen lassen wollte. Aber wie auch immer, es gab auch gute Dinge damals.» Sie musste kurz lächeln, dann schwieg Mina eine Weile, und Ella ließ sie ihren Erinnerungen nachhängen. Manchmal kehrten alte Ereignisse ins Gedächtnis zurück, die man lange verloren geglaubt hatte.

«Es gab einen Jungen», meinte Sobrenko dann, «den ich damals ganz gerne hatte. Jon Sattler.» Sie sprach den Vornamen englisch aus. «Der war aus dem Waisenhaus. Ungefähr in meinem Alter. Wir sind ein paar Mal zusammen unterwegs gewesen, wenn die ihn rausließen. Später kam er bei einer Pflegefamilie unter. Der war immer so ein wenig, wie soll ich es sagen? Ein einsamer Wolf. Vielleicht mochte ich ihn deswegen.»

Ella nickte und musste an Max Jurek, aber auch an Tom Falkmann denken. «Und das fällt Ihnen jetzt wegen Ihrer Mutter wieder ein?»

«Auch. Sie hat ihn nicht gemocht. Wie gesagt, er war gern für sich. Ich glaube auch, er war ein bisschen in mich verliebt. Er hat es irgendwie gewusst, wissen Sie? Dass meine Mutter mich scheiße behandelt hat. Das hat er als Waise einfach gespürt. Hat mir mal einen Teddy geschenkt, als wir auf dem Custrower Herbstfest waren. Die Waisenkids aus dem Heim haben immer Sachen verkauft, erinnere ich mich. Einer hat sich sogar als Clown verkleidet» Sie lachte. «Na ja. Ist ja auch egal. Wen interessiert dieser alte Kram?»

Ein Clown, dachte Ella. Konnte das ein Zufall sein?

«Könnten Sie uns irgendein Detail mitteilen», warf Aya nun ein, «mit dem man Ihre Mutter eindeutig identifizieren könnte?»

Sobrenko nickte sofort. «Ja. Sie lag mal einige Zeit lang flach, da war ich gerade mal fünf. Gebrochener Oberschenkel. Rechts. Warum fragen Sie mich all das?»

«Frau Sobrenko, ich muss Ihnen womöglich eine traurige Nachricht überbringen», sagte Ella dann. Es ergab keinen Sinn mehr, noch länger damit zu warten oder es zurückzuhalten. Mina Sobrenko hatte die Wahrheit verdient. «Es kann sein, dass wir die sterblichen Überreste Ihrer Mutter gefunden haben.»

«Sie ist tot?»

«Ja, es sieht ganz danach aus.»

«Schön», erwiderte Sobrenko. Es klang eisig. «Und wissen Sie was?» Ein tiefes Luftholen, als würde etwas Schweres von ihr abfallen. «Es ist mir egal.»

Ella parkte den Dienstwagen vor Boschs Praxis. Als sie ausstiegen, strich ein warmer Wind durch die Seitenstraße, vertrocknete Blätter von einer großen Buche raschelten über den Asphalt. Die Praxis war geschlossen. Ella spähte das weiß gestrichene Gebäude mit den braunen Balken hinauf. Die Vorhänge im ersten Stock, wo der Arzt wohnte, waren zugezogen.

«Es macht wenig Sinn, zu glauben, dass er sich noch besonders an sie erinnert», meinte Ella zu Aya. «Nach all der Zeit.»

Ein kleiner Lieferwagen parkte direkt vor ihnen. Es war ein Lieferservice für Lebensmittel, der Mann lud einige

Styroporboxen aus und stellte sie vor die Haustür. «Ist das für Dr. Bosch?», fragte Ella ihn.

«Ja, jede Menge. Sieht aus, als isst er für zwei. Aber», der Mann strich sich durch den Schnurrbart, «er hat ja auch einen verdammt stressigen Job in seinem Alter.»

Er stieg ein und fuhr davon.

«Ich habe eine Idee», sagte Ella nach kurzem Nachdenken. «Sobrenko sprach von Waisenkindern und einem Clown. Und was meinte Jonski noch gleich? Auf dem Wagen dort am See, den er beobachtet hat, war ebenfalls ein Clown abgebildet.»

«Ach, Berger, das kann Zufall sein. Aber gut, wir beide kennen doch jemanden, der sich mit der Dorfgeschichte auskennt.»

«Falkmann?»

«Sprechen wir mit ihm.»


Heinrich Falkmann erwartete sie im Museum, wo er gerade einige Bücher in die Regale sortierte.

«Sagen Sie, dieses Waisenhaus ...»

«Das Sankt Hieronymus? Seit Jahren geschlossen», erwiderte er.

«Ich dachte, Sie könnten uns vielleicht ein wenig mehr berichten.»

Er dachte kurz nach. «Nun, das waren eben Kinder und Jugendliche aus schwierigen Verhältnissen. Vor gut dreizehn Jahren wurde es geschlossen, weil es offenbar nicht länger halbwegs wirtschaftlich betrieben werden konnte. Und seitdem steht der riesige Kasten leer. Sollte wohl mal verkauft und umgebaut werden – Eigentumswohnungen. Ist aber nichts draus geworden. Soweit ich mich erinnern kann, hatten die kaum etwas mit Custrow zu tun. Es sei denn ...»

Er wandte sich einem Regal zu, zog ein Buch heraus, blickte kurz hinein und stellte es dann wieder zurück, worauf er ein zweites, dann ein drittes in die Hand nahm.

«Hier», sagte er schließlich. «Das ist ein Bildband, der sich ausschließlich mit den Custrower Herbstfesten beschäftigt. Die meisten der Aufnahmen stammen von Privatleuten.» Er schlug eine Seite auf, die mit der Jahreszahl 1984 überschrieben war. Auf den Fotos war der Custrower Dorfplatz zu sehen. «Sehen Sie die Kinder und Jugendlichen da?» Er deutete auf einen Verkaufsstand.

«‹Alle Einnahmen durch die Verkäufe gehen an das Sankt Hieronymus-Waisenhaus›», las Ella.

«Das meinte ich», sagte Falkmann. «Wenn es ein Fest gab, waren die manchmal hier, mit selbst gebackenem Kuchen und so. Haben Spiele veranstaltet.»

«Gut. Wir schauen uns die Bilder mal an.»

«Sicher. Es gibt», er nahm einen zweiten schweren Band aus dem Regal, «auch noch einen für die späteren Jahre.»

Sie brauchten gut zwei Stunden, bis Aya etwas entdeckt hatte. «Vielleicht ist es ein Zufall», sagte sie mit einem gewissen Triumph in der Stimme, «aber schau mal hier, der Wagen. Siehst du, auf der Tür?»

«Unglaublich.» Ella machte mit ihrem Handy ein Foto von der Aufnahme.

«Wir haben eine heiße Spur. Das ist genial.»

Aya zwinkerte ihr zu. «Natürlich. Wir sind – wie soll ich es sagen? Eben einfach *gut*.»

# 51

Es war schon später Nachmittag, als es Ella gelang, den damaligen Leiter des Waisenhauses ans Telefon zu bekommen. Björn Kreitlow, heute in seinen Siebzigern, lebte in Berlin-Pankow.

«Das Sankt Hieronymus», meinte Kreitlow, «war ein guter, friedvoller Ort. Was immer Sie uns vorwerfen wollen, ich bin mir sicher, dass es für alles gute Erklärungen gibt.»

«Erst mal suche ich nur einige Informationen. Gab es bei Ihnen ungewöhnliche Vorkommnisse? Kinder oder Jugendliche, die verhaltensauffällig wurden?»

«Hören Sie, das sind alles Interna, die ich nicht herausgeben kann – davon abgesehen, dass mir nur noch einige wenige Dinge präsent sind nach all der Zeit.»

«Diese wenigen Dinge, ich nehme an, es gibt gute Gründe, wieso ausgerechnet diese in Ihrer Erinnerung geblieben sind.»

In der Leitung blieb es kurz still. Genau, dachte Ella. Da habe ich dich.

«Was wollen Sie konkret wissen?», fragte er dann und klang immer noch abweisend.

«Sind mal Kinder ausgerissen?»

«Es gab einige Fälle. Aber alle sind wieder aufgetaucht. Nur das Übliche: pubertierende Jugendliche, die über die Stränge schlugen. Nichts für die Polizei.»

«Und Todesfälle?»

«Ein einziges Mal ist jemand unter meiner Obhut gestorben, Frau Hauptkommissarin. Ein zwölfjähriger Junge – Lars

Wille. Leider sehr unschön das Ganze. Er erkrankte an einer Lungenentzündung, auf die einfach kein Medikament angeschlagen hat.»

«Das ist furchtbar.»

«Wir hatten natürlich eine Krankenstation im Haus und kompetentes Personal, aber es war nichts zu machen.»

«Wer hat den Totenschein ausgestellt?», fragte sie beiläufig.

«Na, Sie stellen Fragen. Ich weiß es nicht, aber Sie können sicher sein, dass niemand einen Fehler gemacht hat. Wir hatten eine engmaschige Überwachung.»

Ella machte sich eine handschriftliche Notiz, den Totenschein über die Staatsanwaltschaft beim Archiv des zuständigen Gesundheitsamts anzufordern. «Sagen Sie, erinnern Sie sich an ein Fahrzeug mit einem Clown auf der Seitentür?»

Wenn Kreitlow über diesen Themenwechsel irritiert war, ließ er es sich nicht anmerken. «Ja, ein Lieferwagen. Er gehörte zu unserem Fuhrpark. Der Clown war unser Maskottchen.»

«Könnten Sie mir Unterlagen über die Mitarbeiter zukommen lassen, die in den letzten zwanzig Jahren vor der Schließung bei Ihnen beschäftigt waren?»

«Meine Güte.» Nun seufzte er. «Wie gesagt ...»

«Wir ermitteln in einem Mordfall. Es könnte wichtig sein.»

«Das wurde alles archiviert und eingelagert. Ich kümmere mich darum.»

«Eine Kurzübersicht über die Ärzte und Pfleger würde für den Anfang genügen. Und wenn es schnell ginge ...»

«Ja.» Kreitlow räusperte sich. «Verstehe. Also schön. Aber erwarten Sie keine Geheimnisse bei uns. Ich habe dafür gesorgt, dass alles ordnungsgemäß ablief. Und das, Frau Berger, werden Sie auch feststellen.»

«Sie wollen also den Güritzer See von Tauchern absuchen lassen», fragte Martenitz, «weil Alfred Jonski glaubt, dort mal ein Fahrzeug mit einem Clown gesehen zu haben? Ich verstehe beim besten Willen den Zusammenhang nicht.»

«Das Waisenhaus hatte einen solchen Wagen.» Ella deutete auf das Foto des Herbstfestes auf dem Tisch.

«Und diese Kinder sind vom Waisenhaus?»

«Ja. Und sehen Sie hier.» Ella deutete auf die Erntegaben, die Strohfamilie, die lachenden Kinder auf dem Foto – und im Hintergrund, am Straßenrand geparkt, ein Lieferwagen mit einem jonglierenden Clown auf der Seitentür. «Jonski hat beobachtet, wie der Fahrer dieses Wagens etwas im See entsorgt hat. Und wie ich vom ehemaligen Heimleiter erfahren habe, gab es in der ganzen Geschichte des Heims nur einen Todesfall. Ein Junge starb an einer Lungenentzündung.»

«Bedauerlich.» Martenitz nickte nachdenklich. «Wirklich bedauerlich. Byrd, Sie haben ebenfalls Neuigkeiten.»

«Das Skelett in der Mühle ist aufgrund von Zahnarztunterlagen als Natalia Sobrenko identifiziert worden. Und noch etwas: Dr. Uygur hat festgestellt, dass ihre Hände gebrochen waren, und zwar mehrfach.»

«Mehrfach?», wiederholte Ella. «Das bedeutet –»

«Zertrümmert», erklärte Byrd. «Mit einem stumpfen Gegenstand. Etwa ein Hammer.»

«Seltsam», meinte Aya, doch hatte Ella den Eindruck, dass sie in ihrem Kopf bereits die nächste Theorie aufstellte. «Bemerken Sie den Zusammenhang? Bei Kranitz wurden die Augen zerstört, bei Sobrenko die Hände. Für den Täter hat dies eine starke Bedeutung.» Sie hielt inne. «Also: Wir können warten, was die Laboruntersuchung von Knochen und Zähnen ergibt», sagte die Profilerin, «oder wir handeln jetzt. Das ist Ihre Entscheidung als Leiter der ganzen Ermittlung.»

«Es gibt keine Wahl.» Byrd war aufgestanden und trat neben Ella. «Der abgetrennte Kopf und die zertrümmerten Hände sind Hinweise genug.»

Martenitz blickte von ihm zu Aya und schließlich zu Ella. «Oh, fein. Sie drei gegen mich, so steht das also?»

«Lassen Sie uns den See absuchen», bat Ella.

«Max und Rebecca wurde eine psychoaktive Substanz injiziert», sagte Byrd. «An der skelettierten Leiche von Natalia Sobrenko gibt es Überreste von mumifiziertem Gewebe. Ich will nicht hoffen, dass man dort Übereinstimmungen entdecken wird, sofern es überhaupt technisch noch möglich ist, aber was, wenn es so wäre? Wenn jemand tatsächlich seit so vielen Jahren an Menschen herumexperimentiert?»

Martenitz wandte sich Ella zu. «Was ist mit diesem Waisenhaus? Wer hat damals dort gearbeitet? Was hat der Leiter noch gesagt?»

Ella dachte an ihr Telefonat mit Kreitlow. «Ich warte noch auf Unterlagen über das Personal. Und auf die Rückmeldung des Gesundheitsamtes auf meine Frage, wer den Totenschein ausgestellt hat.»

«Na schön», sagte Martenitz missmutig. «Vielleicht werde ich das noch bereuen, aber wir werden diesen See überprü-

fen. Und Berger? Morgen Abend geben wir eine Pressekonferenz. Vergessen Sie das nicht.»

«Das werde ich ganz sicher nicht.» Ella straffte sich und
warf ihm einen durchdringenden Blick zu. Das würde ihm
jetzt nicht gefallen, aber es musste sein. «Wir sollten es
nicht bei der Überprüfung des Sees belassen. Wir *müssen*
den toten Waisenjungen exhumieren.»

# 52

Max Jurek saß in seinem Zimmer und blickte aus dem Fenster ins glutrote Abendlicht. Ella betrachtete seinen Rücken,
seine blassen Finger. «Max?»

Er drehte sich nicht um, hob nur das Kinn leicht an.

«Max, ich müsste dir noch mal einige Fragen stellen.»

«Von mir aus.» Seine Stimme klang kalt und teilnahmslos. Als Ella kurz über ihre Schulter zurücksah, wartete
Claire Jurek dort im Flur, das Gesicht blass und große Sorge
im Blick.

«Als du eingesperrt warst …»

Er rührte sich nicht.

«Kannst du dich an den Keller erinnern? An die Farbe der
Wände?»

Er streckte die Hand aus und deutete auf die Sonne. «Rot
waren die. Blutrot. Und da war auch das Zeichen, Sie wissen
schon.»

«Und gab es da so etwas wie einen Clown?»

Max' Kopf fuhr zu ihr herum. Dann lächelte er. «Der war

auf dem Auto, in dem ich gefahren bin. Und er hat gegrinst, während er mit den Bällen jongliert hat.»

Ella schlief schlecht in jener Nacht, nachdem sie noch einige Stunden am Abend mit Recherchen rund um das alte Waisenhaus verbracht hatte. Sie wachte sehr früh auf, noch vor der Dämmerung. Als sie nach unten kam, war Byrd schon wach. Er hantierte mit einer Espressomaschine.

«Mögen Sie?»

«Klar, immer her damit.»

«Die Polizeitaucher fangen im ersten Tageslicht an», sagte er, während die Espressomaschine leise arbeitete. «Und was die Exhumierung angeht ...»

«Keine Chance?»

«Leider nein. Das gibt die Beweislage noch nicht her.» Byrd schob ihr eine Espressotasse über den Eichenholztisch zu. «Kamen Sie etwas voran? Ich war über den Aktenstapel erstaunt, den der Kollege noch gestern Abend vorbeibrachte.»

«Kopien der Personalunterlagen des Waisenhauses. Mir ist etwas aufgefallen, das mir überhaupt nicht gefällt.»

Durch ein offen stehendes Fenster wehte eine angenehm kühle Brise herein. Es roch nach Herbst und abgeernteten Feldern. «Der dort angestellte Arzt war in einem Zeitraum von fünf Monaten erkrankt und musste vertreten werden.»

Byrd nickte. «Durch wen?»

«Das ist das Interessante: Eben diese Unterlagen fehlen. Und den Totenschein kann das Gesundheitsamt nicht finden. Verstehen Sie? Das ist überhaupt nicht gut.»

«Man könnte versucht haben, einen Behandlungsfehler

zu vertuschen», sagte Byrd nachdenklich. «Es könnte aber auch noch andere Gründe geben. Dennoch: Dem Richter wird es nicht genügen, um die Exhumierung anzuordnen.»

«Nein, das ist mir auch klar.» Ella dachte an das Telefonat mit Kreitlow, der ihr gegenüber so verschlossen und kurz angebunden gewesen war. «Aber wen auch immer Jonski dort am See gesehen hat: Wenn es das Fahrzeug des Waisenhauses war, dann gibt es eine eindeutige Verbindung. Und wenn die Taucher etwas finden ...»

«Wir werden sehen», meinte Byrd. Dann wandte er sich wieder der Espressomaschine zu und brühte frischen Kaffee. Ella hatte das Gefühl, dass sie den auch brauchen würden an diesem Tag.


Die Taucher des Berliner Landeskriminalamtes begannen, den See methodisch und präzise abzusuchen. Einer nach dem anderen sprangen sie von dem Polizeiboot in das schlickige, grün-braune Wasser, die Sonne funkelte auf dem grauen Metall der Sauerstoffflaschen. Ella mochte es sich kaum ausmalen, wie es war, in einem stehenden Gewässer bei schlechten Sichtverhältnissen zu tauchen. Während die Männer ihre Arbeit taten, fuhr sie zurück ins Büro, um weitere Akten des Waisenhauses zu sichten, die ein Bote vorbeibrachte. Kreitlow hielt Wort, was das anging.

Am Nachmittag erhielt sie einen Anruf: Einer der Taucher hatte ein Kleidungsstück vom Grund heraufbefördert. Sofort fuhr sie zurück zum See.

«Ist keine Erwachsenenkleidung, das ist schon mal klar», sagte eine Kollegin der Spurensicherung. «So was trägt mein Elfjähriger.»

Ella nickte. «Ich hab es befürchtet.»

«Sehen Sie mal.» Sie deutete auf ein eingenähtes Schild oben am Kragen des T-Shirts. Was immer darauf gestanden hatte, nun war es längst ausgewaschen. «Das hier …»

«… könnte ein Namensschild gewesen sein. *Spree* … hm. Das könnte dieses Wort bedeuten, oder? Und das danach … keine Ahnung.»

«Aber wieso sollte jemand das tun?»

Ella glaubte, die Antwort auf die Frage zu kennen. Wo gab es die Wahrscheinlichkeit, dass Kleidungsstücke unter vielen Gleichaltrigen verwechselt werden konnten? Richtig. In einem Heim.

Eine Stunde später fanden die Taucher noch etwas anderes – einen Plastikbeutel, dem all die Jahre kaum zugesetzt hatten. Darin befanden sich mehrere Reagenzgläser.

Am Abend versammelte sich die Presse und halb Custrow zur angekündigten Pressekonferenz. Ella parkte ein Stück entfernt von der Grundschule und ging durch eine Gruppe von Custrowern auf die Turnhalle zu.

«Haben Sie jemanden?», fragte eine Frau, die ihr kleines Kind dabei hatte. «Stimmt es, dass Bernd –»

«Meine Tochter traut sich nicht mehr aus dem Haus!»

«Wie kann es sein, dass diese drei einfach so –»

«Wieso ist die Polizei so unfähig?»

«Können Sie –»

«Werden wir –»

In Ellas Kopf dröhnte es. Sie schloss kurz die Augen, und als sie sie wieder öffnete, blickte sie in die angespannten Gesichter der Custrower. «Wir werden gleich auf alles eingehen», erwiderte sie und blieb kurz stehen. «Ich verstehe Ihre Sorgen.»

«Sorgen? Soll das ein Witz sein? Das sind mehr als nur Sorg–»

Ella ging weiter. Auf dem Rasenplatz neben der Grundschule brummte der Aufsitzrasenmäher. Derselbe dunkelhaarige Mann, der zuletzt schon die Fassade gestrichen hatte, saß darauf und mähte das Gras. Er blickte herüber und nickte ihr zu, die Baseballkappe schräg auf seinem Kopf. In der Luft lag der Geruch frisch geschnittenen Grases.

An der Tür zur Sporthalle wandte sie sich noch einmal um. Im blutroten Licht der versinkenden Spätsommersonne wirkten die Szenerie und die Gerüche – das Gras, die Abendblumen – so friedlich.

Sie setzte sich neben Aya und Martenitz auf die Bühne und blickte auf die Menge herunter. Es war nicht das erste Mal, dass sie sich einer solchen Versammlung gegenübersah, und doch war sie ziemlich nervös.

Martenitz fasste zusammen, was geschehen war – und was man im Güritzer See gefunden hatte. Dann blickte er zu ihr herüber und nickte.

Für die Details – das besagte dieser Blick – war sie zuständig.

«Wir haben Kleidungsstücke aus dem See hervorgeholt», sprach sie in das Mikrofon, «einen Pullover, zwei T-Shirts und eine Jeanshose. Sie gehörten einem Kind im Alter zwischen zwölf und vierzehn Jahren.»

Die Hände einiger Journalisten schossen in die Höhe.

«Wir beantworten später Ihre Fragen», sagte Martenitz. «*Später*.»

Ella warf einen Blick in ihre Unterlagen. Das Berliner Labor hatte wie erwartet keinerlei Spuren jener Substanz aus Rebeccas und Max Jureks Blut an der skelettierten Leiche entdeckt, dafür an den Reagenzgläsern in dem Plastikbeutel, der sich am Grund des Sees an einer Wurzel verfangen hatte.

Jemand hatte Kleidung und Hinweise auf Experimente im See entsorgt. Es war, wie Byrd befürchtet hatte: Jemand trieb seit vielen Jahren sein Unwesen.

«Derzeit», fuhr sie fort, «und ich betone, dass die Untersuchungen noch nicht abgeschlossen sind, gehen wir davon aus, dass die Kleidungsstücke aufgrund eingenähter Namensschilder aus dem Waisenhaus Sankt Hieronymus stammen könnten. Wir schätzen das Alter der Kleidung auf etwa zehn Jahre. Wieso sie dort im See entsorgt wurde, wird Hauptbestandteil der Untersuchung sein. Ich möchte Sie alle daher dazu aufrufen, Hinweise jeglicher Art an uns weiterzugeben.»

Das rief einiges ungläubiges Gemurmel hervor, besonders unter den anwesenden Custrowern, und Ella konnte die Reaktion nachvollziehen. Doch sie musste darauf hinweisen.

«Gibt es denn verschwundene Kinder, denen diese Sachen gehört haben?», rief ein Journalist dazwischen.

«Wir beantworten –», begann Martenitz, doch Ella bedeutete ihm, dass sie auf die Frage direkt antworten wollte.

«Derzeit gehen wir davon aus, dass die Kleidungsstücke einem verstorbenen Waisenjungen gehört haben.»

«Aber –» Weiter kam der Mann nicht, denn die Türen der Sporthalle wurden aufgestoßen. Alle Köpfe wandten sich um. Ella erkannte Angelika Bajetzky, die hereingestürmt kam.

Die Mutter von Sylvie, Rebeccas bester Freundin.

Ihre Haare hingen wirr herab, auf der weißen Bluse, die sie trug, waren Erdflecken. Sie stürmte nach vorne, machte erst vor dem Tisch halt, an dem Ella und die anderen saßen. Zwei Uniformierte hatten sich erhoben, unsicher, was zu tun war.

«Meine ... Tochter», sagte sie. «Sylvie ...» Bajetzky schwankte. «Sie wurde entführt.»

# 53

Ein Tumult brach aus, die Leute sprangen von ihren Sitzen, riefen durcheinander. Ella musste schreien, um sich Gehör zu verschaffen. «Verlassen Sie den Saal», rief sie. «Alle! Sofort! Die Pressekonferenz ist beendet.» Leiser fügte sie in Richtung der uniformierten Kollegen hinzu: «Bringt die Leute raus.»

Bajetzky krallte sich in Ellas Oberarm, ihr Gesicht gerötet, die Augen weit offen wie weiße, blutunterlaufene Kugeln.

«Sie ist weg! Sylvie! Sie –»

«Ganz ruhig, ja? Ganz ruhig. Hier. Setzen Sie sich.»

Martenitz hatte einen Stuhl herangeholt, und Aya legte Bajetzky die Hände auf die Schultern und brachte sie sanft, aber bestimmt dazu, sich zu setzen. Aus den Augenwinkeln bemerkte Ella Byrd – und dahinter die Presseleute, die aus dem Saal gescheucht wurden.

Was für eine Katastrophe.

«Frau Bajetzky?» Byrd war vor ihr in die Hocke gegangen. «Erzählen Sie uns von Anfang an, was mit Sylvie passiert ist. Lassen Sie nichts aus. Je präziser Sie sind, desto mehr können wir sofort tun.»

Und das tat sie – weinend und ein wenig zusammenhanglos, doch je länger sie sprach, desto deutlicher wurde, was geschehen war: Mit ihrer Tochter wollte sie zur Pressekonferenz gehen, doch wartete Sylvie nicht bei der Bushaltestelle auf sie. Nur einige Meter entfernt lagen ihr Handy und ihr Fahrrad im Straßengraben.

«Wieso sind sie beide nicht zusammen mit Ihrem Wagen hergekommen?»

Bajetzky starrte ins Leere, während ihre Hände, in ihrem Schoß zu Fäusten geballt, zitterten. «Weil ... weil Sylvie mit Max sprechen wollte. Mal nach ihm sehen, fragen, wie es ihm geht. Sie ist mit dem Rad gefahren und wollte dann ... mich treffen, dort an der Haltestelle. Wir haben noch telefoniert, wissen Sie! Zehn Minuten bevor ich sie abholen wollte.»

«Und wie klang sie da?», wollte Nakamura wissen.

«Ruhig, ganz ruhig. Sie sagte, Max hätte kaum etwas gesagt, aber er hätte sich gefreut sie zu sehen.» Bajetzky sah zu Ella auf. «Und ihr Rad ... oh Gott ... das lag da im Roggenfeld. Ich konnte den Reifen sehen. Es war, als hätte er sich gerade noch gedreht ...»

Ella sah zu Byrd hinüber, der sanft den Kopf schüttelte, als wollte er ausdrücken: Wir müssen los. Viel mehr wird sie uns hier und jetzt nicht sagen können.

Das Rad und Sylvies Rucksack waren schnell gefunden. Als einer der Spurensicherer den Rucksack öffnete, fiel eine Roggenähre heraus.

«Hier drüben», sagte Byrd, der am Feldrand stand. Im Lichtkegel seiner Taschenlampe schimmerte rötlicher Ziegelstaub auf der trockenen Erde.

«Verflucht», sagte Ella. «Verdammte –»

Das Geräusch eines hochdrehenden Motors näherte sich über die Landstraße. Nach einigen Sekunden löste sich der Streifenwagen aus der Dunkelheit und stoppte vor ihnen. Es roch nach Benzin und verbranntem Gummi.

Martenitz saß am Steuer. «Leute! Wir haben ein Problem!» Auf seiner Stirn glänzte Schweiß. «Bajetzky hat ein paar Leute zusammengetrommelt, um die Tochter zu suchen. Sie sind auf dem Weg zu Wicáz' Wohnwagen. Und ziemlich aufgebracht. Wir müssen sofort los.»

«So eine Mistscheiße», sagte Aya. Es war das erste Mal, dass Ella sie fluchen hörte. «Gibt es Unterstützung?»

«Im Moment gibt es uns vier», erwiderte Martenitz. «Steigen Sie ein. Sie alle!»

Martenitz war so weit herangefahren, wie es der schlecht befestigte Feldweg zuließ.

«Wir gehen jetzt zum Wohnwagen und schaffen Wicáz da raus, und wenn der Mob sich nicht auflöst, dann erteilen wir Platzverweise.»

«Alles klar», erwiderte Ella. «Los.»

Sie rannten durch das hohe Gras auf den Waldrand zu, wo der Wohnwagen stand – und fanden Wicáz auf einem Plastikstuhl unter dem Vorzelt sitzend, eine Flasche in der

Hand. Er musste sie schon von Weitem bemerkt haben, dennoch rührte er sich nicht. Aus den Roggenfeldern drangen Rufe, die stetig näher kamen.

«Hören Sie das?», fragte Ella Wicáz.

«Die lieben Custrower», sagte er und trank seelenruhig sein Bier.

«Die kommen hierher.»

«Na und? Ist mir scheißegal. Ich lass mich nicht vertreiben.»

«Wenn Sie nicht mitkommen, werde ich Sie in Gewahrsam nehmen, und zwar zu Ihrer eigenen Sicherheit.»

«Ich bleibe.»

«Sie haben nicht verstanden, was die vorhaben, oder? Die wollen jemanden bestrafen. Es ist wieder ein Mädchen verschwunden.»

Wicáz stierte in die Dunkelheit. Ella war sich nicht sicher, ob er betrunken war oder einfach stur. «Ich hab es gesehen, wissen Sie? Ich war da drüben.»

«Wie bitte?»

«Diesen Wagen. Ich hab ihn gesehen.»

«Was meinen Sie?»

«Einen großen Lieferwagen. Und auf der Seite so ein Clown. Ein verfluchter Clown.»

Aya stieß ein Schnauben aus. «Wirklich? Wo haben Sie den beobachtet?»

«Bei der Haltestelle drüben.»

Woher konnte er davon wissen? Sie hatten bislang nichts an die Öffentlichkeit herausgegeben. Und wie wahrscheinlich war es, dass der Wagen nach so vielen Jahren noch in Benutzung war?

«Und er ist gefahren wie ein Idiot.»

«Wie ein Idiot?», fragte Byrd. «Erklären Sie das.»

«Als hätte er noch nie in seinem Leben hinterm Steuer gesessen.»

In Ellas Kopf schrillten die Alarmglocken, doch bekam sie den Gedanken nicht zu fassen. «Wir übersehen etwas», sagte sie. «Da gibt es ein Detail ...»

Eine Bierflasche flog durch die Luft und zerplatzte mit einem Krachen dicht vor ihren Füßen. Ella fuhr herum. Eine Gruppe Custrower Bürger stand in etwa fünfzehn Meter Entfernung vor ihnen.

«Stehen Sie auf», ermahnte sie Wicáz. «Sofort.»

«Los.» Martenitz packte den Mann, der deutlich betrunken war. Er stürzte, Martenitz half ihm wieder auf die Beine. Ella bemerkte, dass Byrd und Aya neben sie traten. Seite an Seite stellten sie sich der Gruppe entgegen, während sich Martenitz mit dem Betrunkenen in Richtung des Streifenwagens entfernte.

Grölen. Beschimpfungen. Glasflaschen in den Händen.

Es war nicht zu erkennen, wer da stand – vielleicht Custrower, vielleicht auch andere von irgendwoher.

«Leute!», rief Ella. «Ihr kennt mich doch, oder? Und ich sag euch: Wicáz ist nicht verantwortlich für die Entführung von Sylvie Bajetzky.»

«Du hast keine Ahnung!», rief ein Mann.

«Ihr Bullen kriegt nichts auf die Reihe!», rief eine Frau.

«Wir wollen Gerechtigkeit!»

«Was ihr wollt», erwiderte sie, «ist nichts anderes, als blind jemandem die Schuld für all das zu geben. Und ihr wisst nicht mal –»

«Ich brauch Hilfe!», brüllte Martenitz, und als Ella zu ihm hinübersah, versperrten drei Männer ihm den Weg. Der LKA-Hauptkommissar hatte seine Dienstwaffe gezogen, was die Custrower jedoch nur wenig beeindruckte. «Ich gehe rüber», meinte Aya. «Zurück! Weg vom Pkw!» Dann zog sie ebenfalls ihre Waffe.

Diese Grenze war also überschritten. Ella griff nach dem Holster und legte die Hand deutlich sichtbar auf den Griff ihrer SFP9. «Ihr alle! Hört zu! Ich erteile jedem von euch einen Platzverweis. Macht jetzt einen Abflug, klar? Wer nicht Folge leistet, wird festgenommen.»

Aus der Gruppe flog etwas – ein kleines, feuriges Ding, das sich in der Dunkelheit überschlug und hinter ihr auf die Wand des Wohnwagens auftraf. Als Ella die Hitze spürte, die jäh auflodernden Flammen, begriff sie, was das war – ein Molotow-Cocktail, Marke Eigenbau.

Und wie die Typen wirkten, war das nicht der Einzige, den sie mitgebracht hatten.

«Byrd», flüsterte Ella, «wir haben hier ein scheißgroßes Problem.»

«Ich weiß», gab er zurück.

Neben ihnen setzte sich der Streifenwagen mit Martenitz, Aya und Wicáz in Bewegung, und schon stürmten mehrere Männer auf den Wagen zu.

Jetzt flog wieder eine Flasche – und Aya, die hinter dem Steuer saß und mit durchdrehenden Reifen, die Staub und Erde in alle Richtungen schleuderten, zurücksetzte, wich den Scherben aus. Die Maskierten drängten sich zwischen den Wagen und Byrd und Ella.

«Aus dem Weg!», rief sie.

«Fick dich!» Einer von ihnen hob eine abgebrochene Flasche. Ella zog die Pistole.

«Tun Sie es nicht», sagte Byrd mit ruhiger Stimme. Sie spürte, wie er die Hand auf ihre Schulter gelegt hatte und sie nach hinten zog. «Wir ziehen uns zurück.»

«Fahrt los!», rief Ella Aya zu. «Schafft Wicáz hier raus!»

Aya nickte und beschleunigte. Schnell war der Wagen über den Feldweg in der Dunkelheit verschwunden. «Und wir ziehen uns zurück», sagte Byrd zu ihr. «Wir können den Wohnwagen nicht mehr retten. Nicht zu zweit.»

«Byrd ... wir sollten ...»

«Wir können nicht alles retten. Nicht *immer*.»

Ella blickte ein letztes Mal auf die Flammen zurück, dann nickte sie. Während die Gruppe weiter an den Wohnwagen heranrückte, näherten Byrd und sie sich dem Waldrand. Sie beide konnten noch lange die grölenden Stimmen hören, als Wicáz' Zuhause in hohen Flammen aufging.

# 54

«Sie hätten das nicht tun müssen», sagte Byrd, nachdem sie eine Weile schweigend nebeneinander hergegangen waren. Ella prüfte immer wieder ihr Smartphone, doch erst als sie sich der Bushaltestelle an der Landstraße näherten, hatte es wieder Netz.

«Natürlich musste ich das. Spielen Sie nicht den selbstlosen Helden, Byrd.» Ella blickte über die Schulter zurück – so, wie es in den Roggenfeldern raschelte, die sie umgaben, wurde sie das Gefühl nicht los, dass irgendjemand ihnen folgte.

«Martenitz», sagte sie, als er endlich abnahm, «wo sind Sie?»

«Wir bringen Wicáz gerade in die Dienststelle. Berger, das war ...»

«Ein einziges Chaos? Ja. Informieren Sie die Leitstelle. Wir brauchen Unterstützungskräfte beim Wohnwagen.»

«Ja. Ich veranlasse das», erwiderte Martenitz. «Übrigens gibt es auch gute Nachrichten. Der Staatsanwalt sagte mir, dass die Exhumierung genehmigt wurde. Jetzt, nachdem ein weiteres Mädchen verschwunden ist. Kommen Sie her, und zwar so bald wie möglich.» Er legte auf.

Byrd, der die Hände in die Seiten gestützt hatte und durchatmete, meinte: «Es in aller Stille zu tun, wäre die richtige Vorgehensweise. Aber ich fürchte, nach dieser so jäh beendeten Pressekonferenz ist Custrow Gesprächsthema Nummer eins.»

Ella wusste, dass er recht hatte. Man würde ihnen auf Schritt und Tritt folgen. «Was also schlagen Sie vor?»

«Wir sollten so schnell wie möglich agieren. Ich schaue mal, ob ich die Dinge mit einem Anruf etwas beschleunigen kann.»

Ella war zwar nicht überzeugt, dass es ihm gelingen würde, etwas auszurichten, dennoch nickte sie.

«Eine Sache noch», sagte Byrd. «Sie wissen, nach all dem, was hier geschieht, wird man sich erinnern. Es könnte unangenehm für Sie hier in Custrow werden.»

«Kann schon sein. Vielleicht wird es auch Zeit.»

«Wofür?»

«Custrow Lebewohl zu sagen. Einige hier haben vorhin ihr wahres Gesicht gezeigt. Und ich kann nicht behaupten, dass es mir gefallen hat.»

Wie immer Byrd es angestellt hatte: Sieben Stunden später, und damit nach Mitternacht, trafen ein Mitarbeiter des Gesundheitsamtes, Dr. Uygur von der Rechtsmedizin, ein Obduktionsassistent, Aya, Martenitz, Kollegen der Spurensicherung und mehrere Friedhofsangestellte auf dem Friedhof in Makow ein – wo man alles für die Exhumierung von Lars Wille vorbereitete.

Der Friedhof war vollständig abgesperrt worden. Der Wind trieb das durch die lange Trockenheit gefallene Laub zwischen den Grabsteinen hindurch. «Gehen wir es an», sagte Martenitz. «In aller Stille.»

Gut vierzig Minuten später hatte man die Überreste des Waisenjungen aus dem Grab gehoben und auf einer Plane abgelegt.

Ella verspürte ein unheilvolles Gefühl im Magen. Obwohl es nicht die erste Exhumierung war, die sie miterlebte, war es bedrückend, mit anzusehen, wie die Friedhofsmitarbeiter in weitestgehender Stille mit Routine und präzisen Arbeitsschritten das Erdreich geöffnet hatten, zuerst die zerfallenen Überreste des Sargs herausgeschafft hatten und danach die Knochen, an denen noch Textilreste hingen.

«Der Kopf wurde nicht abgetrennt», sagte Dr. Uygur. «Das ist eindeutig. Die oberen Halswirbel sind vollkommen intakt.» Mit einer Pinzette nahm er einen der Wirbelknochen auf und betrachtete ihn von allen Seiten. Danach hob er eines der halb verrotteten Kleidungsstücke auf – ein dunkler

Stoff, vielleicht eine Jeanshose. Einer der Forensiker reichte ihm einen Spurensicherungsbeutel, und der Rechtsmediziner tütete den Stofffetzen ein.

An einem zweiten Kleidungsstück, von dem Dr. Uygur einen Regenwurm abstreifte, war eines der rechteckigen Namensschilder angenäht. «Sehen Sie», meinte der Rechtsmediziner, nachdem er durch eine Lupe geblickt hatte.

Ella nahm die Lupe entgegen. «*Spree-Bekleidungen*», las Ella laut vor. «Das stand also auf dem Kleidungsstück aus dem See.»

«Ich weiß, was das ist.»

Alles wandten sich zu Aya um, die ernst die Knochen des Toten betrachtete. «Mir ist der Name begegnet, als ich nach Firmen gesucht habe, die früher in der Gegend ansässig waren. *Spree Bekleidung* stellte praktische Gebrauchskleidung her – und belieferte offenbar auch das Waisenhaus.»

Ella richtete sich auf. «Immer wieder das alte Waisenhaus. Und zuletzt behauptete Wicáz, er hätte den Lieferwagen des Heims heute gesehen – in der Nähe von Sylvies letztem Aufenthaltsort.» Und der Fahrer fuhr, als hätte er nie zuvor einen Wagen gesteuert. Auch das hatte Wicáz hinzugefügt.

«Keinerlei sichtbare Verletzungen, weder an den Händen noch am Hals», meinte der Rechtsmediziner, nachdem er sich das Skelett einige Zeit angesehen hatte. «Aber ich werde mich nicht darauf festlegen, nicht hier, nicht jetzt. Ich fürchte, dieser Waisenjunge hat uns noch eine Geschichte zu erzählen.»

# 55

Das Mädchen weinte. Sie hielt die Eisenstäbe mit beiden Händen umklammert – Hände, deren Finger blutig und zerkratzt waren und außerdem voll mit rotem Ziegelstaub. Sie flehte unter Tränen, ihre Stimme kratzte in seinen Ohren, als hätte sie ihm Nägel direkt in die Trommelfelle gebohrt.

«Lass mich frei», flüsterte sie, «bitte, bitte, lass mich … mich einfach frei …»

Er wandte sich ab. Dort, in der dunkelsten Ecke des Kellergewölbes, stand sie – die Muhme. Wie das Ding, das auf den Buchseiten der Geschichte seiner Mutter gelebt hatte.

Sie beobachtete ihn, wie sie es seit Jahren tat.

Wie war das möglich? Wie war es zu alldem gekommen? Warum half er dem Mädchen nicht, wie es der Junge in der Erzählung getan hatte?

«Du hast es gut gemacht», flüsterte die Muhme, und in seinem Kopf klang es, als sprächen glühende Kohlen, die über trockenes Stroh rollten. «Du hast es sehr gut gemacht.»

«Ich weiß nicht …» Alles in seinem Kopf war verdreht, so fühlte es sich zumindest an, als wäre sein Hirn von einem Parasiten befallen. «Ich weiß nicht mehr …»

Schritte hallten durch das Gewölbe. Er fuhr herum. Sein Vater stand vor ihm, das dünne, graue Haar lag verschwitzt auf seinem Kopf. «Mit wem redest du?» Sein Blick streifte die Dunkelheit. «Du … glaubst du wieder, dieses *Ding*», er spuckte das Wort regelrecht aus, «wäre hier? Sie wäre hier mit uns in diesem Raum, was? Junge, das bildest du dir ein.» Er lachte. Sein Vater lachte ihn aus.

«Wieso sagst du das?»

«Weil du dich zusammenreißen sollst, verdammt noch mal.» Sein Vater trat an ihm vorbei und ging auf die Zelle zu. Er betrachtete das Mädchen.

«Bitte», flehte sie.

«Halt dein Maul!», schrie er und schlug mit der flachen Hand gegen die Stäbe. Das Mädchen erschrak und wich bis an die Wand zurück. «Du hast sie eingefangen, obwohl ich dir sagte, wir brauchen niemanden mehr.»

«Du hast mir so viel gesagt ... und all die Spritzen ... Ich kann nicht mehr klar denken.»

Nun wurde der Ausdruck auf dem Gesicht seines Vaters weicher. «Du weißt es doch. Ich mach das alles nur für dich. Und auch für all die anderen, die krank sind.»

«Für mich», wiederholte er. «Ja. Vielleicht.» Er blickte zur Muhme hinüber, die ihren Platz in den Schatten nicht verlassen hatte. Sein Vater konnte sie nicht sehen, niemand konnte das. Aber *er* konnte es. Weil er etwas Besonderes war. «Aber in Wirklichkeit», fuhr er fort, «tust du es nicht für mich. Du tust es für sie. Für Mutter. Oder etwa nicht?»

Sein Vater erwiderte seinen Blick, und die schwarzen Pupillen erschienen ihm wie ein Abgrund. «Ja», erwiderte er heiser. «Wäre sie nicht gewesen ... wäre sie nicht gewesen, hätte sie mir nicht das Versprechen abgenommen ...»

«Glaubst du wirklich, du kannst mich heilen?»

«Heilung, Junge?» Nun lachte sein Vater wieder – ein grausames, höhnisches Lachen –, das dem der Muhme gar nicht unähnlich war. «Bei dir klingt das wie Magie. Ich entwickle ein Medikament, es ist eine technische Meisterleistung.»

Stille trat ein. Als er wieder in die Schatten blickte, war

die Muhme verschwunden. Sie würde ihm nicht beistehen, nicht jetzt, begriff er.

«Töte das Mädchen», sagte sein Vater. «Schaff sie fort. Wie du es mit der Mutter getan hast.»

«Ich ... ich werde ...»

«Du wirst tun, was ich dir sage, haben wir uns verstanden?» Sein Vater hielt inne. «Wie hast du das überhaupt angestellt?»

«Was?»

«Sie zu schnappen.»

Er biss sich auf die Unterlippe, bis die alte Wunde wieder blutete. «Ich hab ein altes Auto in der Scheune gefunden.» Das klang kleinlaut, wie er das sagte, und er hasste sich dafür. Im Schatten konnte er die Roggenmuhme heiser lachen hören. Du Feigling, sagte sie zu ihm, stell dich ihm! «Das hab ich genommen.»

«In der Scheune? Welches?»

«Das mit dem Clown.»

«Bist du vollkommen übergeschnappt? Das ist doch uralt! Es war abgedeckt!»

«Ich dachte ...»

«Nichts dachtest du.» Sein Vater schüttelte den Kopf. «Verfluchter Idiot. Ich werde deine Scheiße eines Tages ausbaden müssen. Wo ist es jetzt?»

«Versteckt. Draußen.»

«Schaff es weg. Und sie ebenfalls. Ist das klar?»

Er nickte. Doch insgeheim dachte er, dass er nichts dergleichen tun würde. Er würde sich nicht länger herumkommandieren lassen. Die Muhme hatte ihm gesagt, was er zu tun hatte. Sie sagte die Wahrheit.

«Wo warst du vorletzte Nacht?», fragte sein Vater plötzlich. Mit einem Mal klang die Stimme nicht mehr ganz so anklagend, eher besorgt.

«Hab in meinem Versteck geschlafen.»

«Bei dem alten Idioten?»

«Er weiß nicht, dass ich da bin. Da steht so viel Zeug herum, er war Ewigkeiten nicht mehr in der Scheune.»

«Das denkst du.»

«Ich weiß es.»

«Junge. Ich will nicht, dass du dich im Dorf herumtreibst. Du musst vorsichtig sein. *Wir* müssen vorsichtig sein. Gerade jetzt, wo sich diese Dorfpolizistin überall herumtreibt.»

Diese *Dorfpolizistin*. Er mochte es nicht, dass sein Vater so über sie sprach. «Lass mich in Ruhe!», schrie er. «Und sie auch! Uns beide!» Er ballte die Fäuste und stürmte fort von ihm, tiefer hinein ins Kellergewölbe, wo er die Tür hinter sich zuschlug.

# 56

Das alte Waisenhaus hatte schon bessere Tage gesehen. Die einst weiße Fassade war über die Jahre hinweg zu einem schmutzigen Grau verkommen, über das Moos und Flechten wucherten. Große Sperrholzplatten blockierten viele der Fenster. Ein Bauzaun umgab das Gelände, die Einfahrt war mit einem Vorhängeschloss versperrt, daneben hing ein großes Schild, das den Zutritt verbot. Irgendjemand hatte ein Graffiti darüber gesprüht: DIE ZUKUNFT FRISST ALLE KINDER stand dort.

Ella sah sich um. Der Himmel hatte sich verdunkelt, der Wind, der von Norden kam, roch nach Herbst und Regen.

«Warum sind wir eigentlich hier?», fragte Aya. Der Eigentümer war doch sehr deutlich: kein Zutritt ohne Durchsuchungsbeschluss. «Und nichts hier sieht aus, als würde jemand regelmäßig rein- oder rausfahren.» Sie spähte durch den Bauzaun auf das Gelände. «Oder? Keine Reifenspuren. Das Vorhängeschloss ist verrostet.»

«Wir sollten den Zaun abgehen», sagte Ella. «Man könnte sich anderswo Zutritt verschafft haben.»

Sie umrundeten das Gelände, und Byrd nahm ein kompaktes Fernglas aus seiner Jacke, mit dem er das Gebäude eine ganze Zeit lang betrachtete.

«Was sehen Sie?»

Byrd reichte ihr kommentarlos das Fernglas. Ella blickte hindurch. Ein Geisterhaus, dachte Ella. Ein Ort voller alter Erinnerungen, ein Ort, in dem die Kinderstimmen von einst noch immer durch die langen Flure hallten.

«Wir könnten Gefahr im Verzug annehmen», meinte Aya plötzlich. «Und dieses Schloss knacken.»

«Ich weiß nicht», meinte Ella. «Wenn der Wagen hier wäre, ja, aber so? Das können wir kaum rechtfertigen.»

«Richtig», erwiderte Byrd. «Und nehmen wir an, jemand versteckt sich dort. Wie würde er reagieren?»

«Das ist kein Rätselspiel», gab Ella zurück.

«Byrd deutet an», meinte Aya, «dass Sylvie sterben würde, sobald wir uns ihm nähern. Ich bin mir da nicht sicher.»

Byrd lächelte kühl. «Das dachte ich mir.»

«Es sind zwei», meinte Aya, und sowohl Ella als auch Byrd sahen zu ihr. «Zwei Täter», erklärte sie. «Da bin ich mir mittlerweile sicher. Die Abweichungen sind zu groß, als dass ein Täter allein für sich so agieren würde. Die Köpfe. Der Teer. Die Chemikalie. Die Roggenmuhme hat Maria Kranitz und vor Jahren Natalia Sobrenko getötet. Der zweite Täter macht die Experimente – an Rebecca Kranitz, an Max Jurek ... und an dem Waisenjungen. Ja, ich denke, so könnte es sein.»

«Lassen Sie uns zurückgehen», sagte Ella. «Vielleicht bekommen wir ja doch einen Beschluss.»

Gut eine halbe Stunde später betrat Martenitz Ellas Büro, wo sie, Byrd und Aya schon auf ihn warteten. «Wir kriegen keinen Beschluss – nicht mehr heute zumindest.»

«Was?», fauchte Aya. Für einen Moment hatte Ella den Eindruck, sie wollte Martenitz bei den Schultern packen und ihn schütteln, als hätte sie vergessen, dass er für diese Entscheidung nicht die Verantwortung trug. «Wieso? All die Hinweise, das Fahrzeug –»

«Nun, aber wir *haben* es nicht, Nakamura!» Martenitz ließ sich mit einem Seufzen auf den nächsten Stuhl sinken. «Und ohnehin glaubt man den Worten eines ...» Er machte eine Handbewegung, als wollte er eine Fliege verscheuchen. «Nicht besonders. Wicáz war offensichtlich betrunken.»

«Ach, zum Teufel.» Aya stürmte hinaus.

«Es ist unverantwortlich», sagte Byrd. «Um nicht zu sagen: gefährlich.»

«Ich weiß», sagte Martenitz müde. «Gehen Sie heim. Für heute können wir nichts mehr tun. Tut mir leid – und das meine ich wirklich so.»

«Nichts mehr tun? Und ob wir das können.» Byrd sah zu

Ella hinüber und wirkte keineswegs, als würde er sich geschlagen geben. «Wir tun, was nötig ist.»

Am Abend trafen weitere Akten des Waisenhauses ein, die allesamt mit Lars Wille zu tun hatten: darunter Zeichnungen, die der Junge angefertigt hatte, verstörende Bilder, die dunkle Schattengestalten zeigten und riesige Kornfelder.

Aber obwohl sie und Byrd Stunden mit der Durchsicht verbrachten, fanden sie nicht den kleinsten Hinweis.

Dennoch übersahen sie etwas Wichtiges, das wusste Ella genau.

Jetzt hatte sie Kopfschmerzen von der Sorte, die nach Ibuprofen – oder besser gleich zwei – verlangten. Als sie blinzelnd die Augen aufschlug, sah sie Byrd, der an dem offenen Fenster stand und hinausblickte. War sie kurz eingenickt? Er trug einen Rollkragenpullover, als erwartete er einen jähen Kälteeinbruch. Ohne sich umzudrehen, sagte er: «Es gibt vorläufige Ergebnisse vom Labor. Die Reagenzgläser aus dem See und die Kleidungsstücke aus den Beuteln. Sie haben alte Blutspuren und Reste der chemischen Substanz gefunden. An der Kleidung, mit denen der Jugendliche begraben wurde, gibt es dagegen keine Rückstände.»

«Das ergibt Sinn. Alles, was auf die Experimente hinweist, wurde separat im See entsorgt. Gibt es Neuigkeiten, was das Heim selbst angeht?» Sie zögerte, hoffte. «Vielleicht einen Beschluss zur Durchsuchung?»

Byrd schüttelte den Kopf. «Noch nicht. Was halten Sie davon, wenn wir morgen mit Kreitlow sprechen? Von Angesicht zu Angesicht?»

Ella holte tief Luft, während sie sich aufsetzte. «Ja. Das

sollten wir wohl. Alles führt zum Waisenhaus. Ich verstehe nicht, wieso ...»

«Wieso die Durchsuchung nicht genehmigt wird?» Byrd lächelte kühl. «Vermutlich gibt es einen Senator in Berlin, dessen Frau das Immobilienunternehmen gehört, das das Gelände gekauft hat. Vielleicht liegt es daran. Es ist ein blinder Fleck. Ein schwarzes Loch, das alles ringsum verschlingt. Genau so.»

Am Morgen lag Berlin in tief hängende Wolken gehüllt. Der ehemalige Heimleiter bat sie herein; Ella und Byrd folgten ihm in ein kleines Büro. In dunklen Wandregalen stapelte sich Fachliteratur bis unter die stuckverzierte Altbaudecke. Fotografien an den Wänden zeigten ihn und Kollegen, auch Aufnahmen aus dem Waisenhaus waren darunter.

Kreitlow setzte ein Lächeln auf, dünn wie eine Klinge, das keineswegs freundlich wirkte. «Sie hätten sich die Mühe sparen können, persönlich herzukommen.»

«Danke, dass Sie Zeit für uns haben», erwiderte Ella entgegenkommend. Manche Dinge besprach man besser von Angesicht zu Angesicht, das hatte sie die Erfahrung gelehrt – und Kreitlow hatte am Telefon ausweichend geantwortet. «Wir haben neue Anhaltspunkte, denen wir nachgehen müssen.» Wollen wir doch mal sehen, dachte sie, ob er mir ins Gesicht lügt.

«Nun, mir ist noch etwas eingefallen, seit wir Ihnen diese Unterlagen zukommen ließen», sagte Kreitlow. «Etwas, das mit Lars Wille in direktem Zusammenhang steht. Das geschah, gut fünf Monate bevor es begann.»

«Begann?»

«Die Verschlechterung seines Gesundheitszustandes.»

Byrd bewegte sich leicht auf dem Stuhl neben Ella, doch sagte er nichts.

«Es gibt keine Unterlagen mehr, die auf den Arzt, der damals Dr. Laszlo vertreten hat, hinweisen», sagte Ella. «Auch der Totenschein ist verschwunden. Ein seltsamer Zufall, nicht wahr?»

Kreitlows eingefallenes Gesicht blieb regungslos. «Darüber weiß ich nichts.»

«Ist das so? Na gut, fahren Sie fort.»

«Einer der Jungen, mit denen Wille häufig herumhing, war ein ziemlicher Unruhestifter. Jonas Sattler war sein Name. Ich weiß noch, wie sie mal ein Auto gestohlen haben, um eine Spritztour zu machen. Die waren ein komisches Gespann. Aber das hat sich alles geändert, als Wille dann krank wurde.»

Ella musste an Mina Sobrenko denken, die ihnen von einem Jon Sattler erzählt hatte, mit dem sie manchmal ausgegangen war. «Was genau hat sich geändert?»

«Jonas kam mal zu mir. Ich muss gestehen, dass ich es damals nicht ganz ernst genommen habe. Er war ein recht rebellischer Junge, und als er sagte, Wille wär manchmal komisch drauf, dachte ich, die beiden wollten mir einen Streich spielen.»

«Aber es war doch mehr an der Sache?»

«Wille erzählte einer der Betreuerinnen, er würde manchmal Dinge sehen, die nicht da waren. Stimmen hören. Und er zeichnete schaurige Dinge.»

Ella nickte. Diese Zeichnungen hatte sie gesehen. Die Parallele zu Max war unübersehbar. Sie holte das Foto heraus, das sie in den Unterlagen gefunden hatte, und deutete auf den Jungen, danach auf den größeren, der neben ihm stand, ein blasser Vierzehnjähriger mit rabenschwarzen Haaren. «Ist er das? Jonas?»

Kreitlow nickte.

«Was ist mit Jonas Sattler geschehen, als das Waisenhaus schließen musste?», hakte Byrd ein.

Nun stand Kreitlow auf, ging um seinen Schreibtisch herum und kramte in einem Wandschrank. Ella bemerkte, dass er sich etwas Whisky in ein Glas goss. «Jonas ... der hat es nicht geschafft.»

«Wie meinen Sie das?»

«Dass er im Gefängnis sitzt, das meine ich. Das war das Letzte, was ich von ihm hörte. Manche Leben», er seufzte, «die sind von Beginn an verflucht.»


# 57

«Schlechte Nachrichten», meldete sich Cristina Riccoli zurück, als Ella und Byrd auf dem Rückweg nach Makow waren. Ella hatte sie gebeten, Jonas Sattlers Namen durchs System laufen zu lassen. Ella stellte auf Lautsprecher, damit Byrd mithören konnte. «Jonas Sattler ist offenbar unbekannt untergetaucht. Seine Akte ist voller Straftaten. Er hat Jahre in der Psychiatrie verbracht. Sieht aus, als hätte er eine kriminelle Karriere gestartet – und ist dann dem Alkohol erlegen. Die meiste Zeit hielt er sich im Umkreis von Makow auf. Ich versuche weiter, seine Meldeadresse herauszufinden, ja?»

«Ja. Danke.»

Ella überlegte, ob es noch eine weitere Möglichkeit gab, Sattlers derzeitigen Aufenthaltsort herauszufinden. «Sobrenko», meinte sie dann zu Byrd.

«Aber die sagte doch, sie hätte ihn nur als Jugendlichen gekannt.»

«Vielleicht zieht es Sattler ja dorthin zurück, wo er früher gelebt hat, wer weiß? Wäre nicht das erste Mal, Sie wissen das so gut wie ich.» Ella fand ihre Nummer im Online-Telefonbuch und rief an.

«Frau Sobrenko», fragte Ella, «damals, als Sie mit Jonas Sattler unterwegs waren. Sie meinten, er hätte eine Weile bei einer Pflegefamilie gelebt, so zur Probe, nicht wahr? Hat er Ihnen mal die Adresse genannt? Oder waren Sie sogar dort?»

«Äh ...» Ein Knistern drang aus dem Handylautsprecher. «Ja, klar. Ich war nicht dort, meine ich, aber er hat es mal erwähnt. Ich ... also, die Adresse ...» Sie nannte sie ihr – eine Straße in Makow, die Ella jedoch nicht kannte.

«Vielleicht», sagte sie nach dem Telefonat zu Byrd, «haben wir ja Glück. Ich sage Aya Bescheid, dass sie das Haus beobachten soll, bis wir eintreffen.»

Als sie eineinhalb Stunden später in Makow ankamen, stand Ayas Wagen schon vor dem verlassenen Gebäude am Ortsrand. Die Ginsterbüsche und Brombeersträucher zur Straße hin waren hochgewachsen und verwildert. Es gab ein rostiges Metalltürchen in einem Zaun, hinter dem ein schmaler Kiesweg zum Haus führte. Neben dem Grundstück schloss sich ein überwucherter Feldweg an, der ebenfalls mit einem Tor und einem Vorhängeschloss versperrt war.

«Ich habe die Straße beobachtet», meinte Aya, nachdem sie ausgestiegen war. «Nicht ein einziges Auto. Ich habe irgendwie kein gutes Gefühl bei diesem Ort.» Sie deutete auf den Feldweg. «Reifenspuren, sehen Sie?»

«Ja.» Byrd schob die eiserne, rostige Tür auf. «Sehen wir uns mal um.» Er ging auf das Haus zu. Der Dachstuhl war zum Teil eingestürzt, Ziegel lagen auf dem Boden. Die Fenster waren intakt, doch die Vorhänge vorgezogen. Das ganze Gebäude machte den Eindruck, als wäre es seit Jahren unbewohnt.

Efeuranken hatten die Fassade überwuchert. In der Luft lag ein Geruch von Feuchtigkeit und Moder. Und noch etwas anderes, das sie schon an einem anderen Ort gerochen hatte – ein Hauch von Moschus und Nelke, wie ein Parfüm.

Auf der Rückseite des Gebäudes schloss sich ein abfallendes Gelände mit Sträuchern und Tannen an, das sich über gut einhundert Meter bis an den Waldrand erstreckte. Aya spähte hinab. «Dieser Schuppen da unten, dort könnte man ganz hervorragend ein Auto verstecken. Der Feldweg endet dort.»

«Gehen wir nachsehen», sagte Ella.

Zu dritt bahnten sie sich einen Weg durch das hüfthohe Gras, aus dem sich immer wieder Dornensträucher erhoben.

Je weiter sie sich von dem Haus entfernten, desto mehr hatte Ella das Gefühl, beobachtet zu werden. Als sie zurückblickte, glaubte sie, eine Bewegung am Fenster zu sehen. Vielleicht nur eine Lichtreflexion.

«Komm», rief Aya ihr zu. Byrd und die Profilerin waren ein Stück voraus. Das hohe braungrüne Gras, dem der heiße Sommer zugesetzt hatte, strich widerspenstig über ihre Schuhe und Jeans. Es gab Pfützen, die sich mit widerlich stinkendem, grün-braunem Schlamm gefüllt hatten.

Byrd blieb stehen, drehte sich Richtung Süden und blickte auf den Zufahrtsweg, der nun seitlich hinter dem Metallzaun lag, dann auf den Holzschuppen. «Hier. Eine dünne Spur. Jemand ist durch das Gras in den Schuppen gefahren.»

Byrd stemmte sich mit der Schulter gegen das Doppelflügeltor des Holzschuppens, das mit einem Knarren nach innen schwang.

Im schwachen Licht, das durch die Ritzen fiel, konnten sie ein Tarnnetz ausmachen, das über einem Fahrzeug gespannt war.

Ella und Byrd zogen das Netz beiseite. Darunter kam ein Lieferwagen zum Vorschein. Auf der linken Seite war ein Clown gesprayt, der mit bunten Bällen jonglierte.

«Volltreffer.» Ella ging neben dem Hinterrad in die Hocke und betrachtete die Bremsscheiben und die Radaufhängung im Licht ihrer Handytaschenlampe. «Wenn ich mal schätzen müsste, würde ich sagen, der stand jedenfalls nicht im Freien herum, nicht all die Jahre. Wenn Wicáz ihn gesehen hat, dann ... hm. Dann hat ihn jemand anschließend hier abgestellt.»

«Byrd!»

Ella blickte auf. Byrd hatte einen dünnen Latexhandschuh aus der Jackentasche geholt und griff nach der Hecktür. «Lassen Sie das. Das ist Sache der Spurensicherung.»

«Wir sollten nachsehen.»

Ella seufzte. «Okay. Und dann sehen wir uns im Haus um, um sicherzugehen, dass Sylvie nicht hier ist.» Byrd öffnete die Hecktür des Lieferwagens. «Roggenähren. Einige Stricke. Ein grober Leinensack, wie ihn eine Vogelscheuche tragen würde. Sonst nichts. Die Kollegen werden sich das ansehen, von oben bis unten.»

«Na schön.» Ella wollte zum Haus vorangehen, dann jedoch fiel ihr etwas ins Auge. An der Rückwand des Schuppens war ein Brett an der Wand befestigt, an dem mehrere Schlüssel unterschiedlicher Größe hingen. «Byrd, warten Sie. Es könnte sein, dass wir einen der Schlüssel brauchen.» Viele der Schlüssel wirkten alt, verrostet, als würden sie schon seit Ewigkeiten hier hängen. Der ganz außen jedoch ...

«Das gibt's nicht.»

«Berger?»

«Hier.» Sie deutete auf den Schlüssel mit dem gelben Faden, an dem ein kleiner Anhänger befestigt war. Dann griff sie in ihre Jeanstasche und zeigte Byrd und Aya ihren eigenen Wohnungsschlüssel. «Das gleiche gelbe Band.»

«Es könnte Zufall sein», meinte Byrd, klang aber kaum überzeugt.

«Oder auch nicht», sagte Aya.

«Ich fasse nichts an, aber ... scheiße, was soll das?» Ella bemerkte, wie ihre Stimme leicht zitterte.

«Sehen wir uns erst mal im Haus um.»

Ella telefonierte mit der Spurensicherung, während sie durch das hohe Gras zurück zum Haus gingen. «Eine Stunde, bis die Kollegen da sind», meinte sie dann. «Aya, schau mal da.»

Unter der Linde, die vor dem Haus wuchs, sprossen Blumen aus der Erde, dicht an dicht hatten sie ein schmales Holzkreuz überwuchert.

«Ein Grab?»

Ella versuchte, die verwitterten Buchstaben zu entziffern. Der Name begann mit einem V, mehr konnte sie nicht erkennen. Byrd öffnete die Hintertür des Hauses, die nicht abgeschlossen war. Sie sahen sich um: Das Haus war weitestgehend leergeräumt, die Holzböden staubig, die Fenster dreckig. Tote Fliegen lagen auf den Fensterbänken.

Im oberen Stock entdeckten sie eine Matratze samt Wolldecke. «Sieht wie kürzlich benutzt aus», sagte Ella. «Jemand schläft hier.»

«Leute», hörten sie dumpf Ayas Stimme. Sie fanden sie im Keller. Sie hatte eine Schreibmaschine gefunden und daneben einen kleinen Papierstapel. Die Blätter waren unbeschrieben, doch kam Ella die Struktur und Farbe sehr bekannt vor. «Jonski sagte, jemand hätte ihn erpresst – und ihn dazu gebracht, illegale Substanzen aus Tschechien ins Land zu schmuggeln.»

Ella sah sich gründlich um. Sie spürte, sie waren ganz dicht dran. «Wir müssen diesen Sattler finden, Leute.»

Als Ella nach Hause kam, blieb sie vor der leerstehenden Wohnung im Erdgeschoss stehen, den gelb markierten Schlüssel in der Hand.

Während die Spurensicherung Haus und Lieferwagen prüfte und Byrd und Aya vor Ort geblieben waren, hatte sich Ella kurz entschuldigt, um ihren Verdacht zu überprüfen.

«Also schön», murmelte sie. «Los geht's.»

Der Schlüssel passte, als hätte er nur darauf gewartet, seinen einzigen Zweck zu erfüllen. Ella zog die Dienstwaffe aus dem Holster und öffnete vorsichtig die Wohnungstür. Die Luft war kühl und staubig. Der Laminatboden knarrte, Spinnweben bedeckten die Wände, wo die Tapeten in Streifen herabhingen. Die Wohnung war winzig, viel kleiner als ihre darüber. Ella schwenkte den Lauf in die Küche, in der sich schmutziges Geschirr stapelte.

Wer hatte hier gekocht? Und wann?

In einer Ecke des Flurs lag schmutzige Wäsche, ein T-Shirt, Socken, ein Paar Schuhe; Kleidungsstücke, die eindeutig einem Mann gehörten.

Dann betrat sie das Wohnzimmer.

Erstarrte.

Blieb noch in der Tür stehen, die Waffe in einer Hand, in der anderen ihr Handy.

«Aya?»

«Was gibt's?»

«Ich brauche Unterstützung. Das hier ... ist sein Versteck ... Wir *haben* ihn.»

# 58

Nun, da die Scheinwerfer der Spurensicherung selbst den Schimmel, der in den Ecken wucherte, in kaltes Licht tauchten, wurde deutlich, wie verfallen diese Räume tatsächlich waren.

«Ich weiß jetzt», sagte Ella ruhig zu Byrd, «was mir die

ganze Zeit im Kopf geblieben ist – seit Wicáz erwähnt hat, dass jemand diesen Wagen wie ein Anfänger fuhr. Es wurde nie ein Führerschein auf einen Jonas Sattler zugelassen. Er hat keinen.»

Byrd betrachtete Ellas Gesicht, das im Schlafzimmer der Erdgeschosswohnung dutzendfach ausgedruckt an den Wänden hing, mal mit einem Nagel befestigt, mal in einem einfachen Bilderrahmen. Man hatte sie teils versteckt und eilig fotografiert, andere Fotos waren aus Zeitungen oder dem Internet. Auch Bilder von Mina Sobrenko hingen dort, doch waren diese älter, und bei Weitem nicht so prominent platziert wie Ellas Porträts.

Ella ballte sich der Magen zusammen, als würde er von einer unsichtbaren Faust zusammengepresst. Ihr war übel, und irgendwie fühlte sie sich misshandelt, beschmutzt, belästigt.

«Das ist ekelhaft.»

«Er hat sich verliebt, würde ich sagen», meinte Byrd. «Und er hat hier gehaust. Sagten Sie nicht mal, Sie hätten Roggenähren gefunden?»

«Ja. In meiner Wohnung. Und vor der Tür. Und diese Träume ... jemand, der an meinem Bett stand ...» Sie schüttelte sich. «Was ist, wenn das real war? Es ist einfach nur gruslig.»

«Sind Sie okay?»

«Einigermaßen. Was ist mit den anderen?» Sie deutete auf die Fotos, die in dem winzigen, kammerartigen Raum neben dem Schlafzimmer an der Wand hingen: Einige zeigten Maria Kranitz, auf jedem davon waren die Augen ausgemalt, ausgeschnitten oder durchstochen. Wesentlich ältere Bilder zeigten auch Natalia Sobrenko, Minas Mutter – und auf einem davon, das sie ganz zeigte, eine heimliche Polaroidaufnahme auf einem Supermarktparkplatz, wie es schien, waren ihre Hände über und über mit schwarzem Filzstift bekritzelt.

«Die einen verehrt er», sagte Aya, die neben sie trat. «Kranitz und Sobrenkos Mutter dagegen hasst er. Die Augen, die Hände.»

«Wie bei den Leichen», sagte Ella. «Die Augen von Maria Kranitz waren mit Ästen durchstochen. Und das Skelett von Sobrenko hatte zertrümmerte Handknochen. Die Bedeutung des Ganzen … nichts sehen … nichts berühren.» Sie holte scharf Luft. «Was ist, wenn er wusste, dass Sobrenko ihre Tochter schlug? Und deshalb zertrümmerte er ihre Hände. Und im Fall Maria Kranitz …»

Ein Schauer lief über ihren Rücken. «Sie hat ihn gesehen, oder? Den Täter. Irgendwo. Und ohne Augen kann sie es nicht mehr.»

«Das könnte es wirklich erklären», antwortete Aya. Ella bemerkte, dass sich ihr Smartphone meldete.

«Mein Vater», sagte sie. «Ich muss kurz ran.»

Sie ging an den Spurensicherungsbeamten vorbei hinaus auf die Straße, die mit Einsatzfahrzeugen zugeparkt war. Nach der kalten, klammen Feuchtigkeit in der winzigen Wohnung war die frische Luft hier draußen sehr angenehm. «Papa?»

«Stör ich dich?», fragte Friedrich Berger. Im Hintergrund war das heisere Rufen eines Raubvogels zu hören. «Ich wollte nur kurz wissen, ob bei dir –»

Als hätte er es geahnt, dachte sie. Was gerade los war.

Alter Ermittlerinstinkt. «Bei mir ist alles gut. Und du bist wieder bei deinen Vögeln.»

«Du weißt doch, ich bin gerne hier. Die Tiere mögen mich. Ich mag sie. Du klingst, als wäre da was.»

«Es ...» Sie zögerte. «Es geht schon.»

«Weißt du, dieser Raubvogelhort hier, das ist mein Rückzugsort, mein Heim. Du solltest dir auch so etwas zulegen. Arbeit ist nicht alles.»

Sie musste lächeln. Das sagte er schon länger. Und er hatte recht. Doch dann stutzte sie. Dieses Wort ... «Papa, was hast du gerade gesagt?»

«Arbeit?»

«Nein. Das Heim!» Sie schüttelte den Kopf. Wie konntest du nur so dumm sein? «Ein Ort für die Schutzlosen. Dad, ich hatte gerade eine Erleuchtung. Ich melde mich später.»

Aya und Byrd unterhielten sich leise, als sie zurückkam. «Es ist das Heim», sagte sie. «Maria Kranitz sagte zu mir an jenem Abend, als ihre Tochter verschwand, sie hätte jemanden aus dem Heim gesehen. In dem Moment ist ein Traktor vorbeigefahren, und ich war abgelenkt. Verflucht. Sie muss ihn gesehen haben – Jonas Sattler.»

«Aber wieso sollte sie ihn erkennen?», fragte Aya.

Ella hielt den digitalisierten Bericht hoch, den sie kurz nach ihrem Telefonat mit ihrem Vater abgerufen hatte. «Das wissen wir doch schon längst. Sie war Krankenschwester. Arbeitete im Waisenhaus. Sie kannte ihn von dort.»

«Fantastisch, Berger», meinte Byrd.

«Es kommt noch besser. Zwar ist Maria Kranitz' iPhone verschwunden, aber der Kollege von der Technik meinte, er hätte Zugriff auf ihr Google-Konto, das mit ihrem Handy-browser verknüpft ist. Sie haben das Passwort erst vor gut einer Stunde knacken können. Und das bedeutet, wir haben bald sämtliche Google-Suchanfragen, die Maria Kranitz abgeschickt hat. Und deshalb warte ich auf den Rückruf», sagte Ella. Ihre Hand zitterte leicht. Sie spürte deutlich, dass sie entscheidende Puzzleteile gefunden hatten, die nur noch aneinandergefügt werden mussten.

«Und ich rede mit Bogusz», sagte Aya. «Vielleicht will er seine Aussage, was Kranitz angeht, ein drittes Mal ändern. Ich melde mich, sobald ich mehr weiß.»

Der Kollege von der Technik brauchte einige Zeit, um die Suchanfragen zu sortieren. «Da», brummte er dann. «Sie hat ordentlich Google benutzt in den Stunden, bevor sie starb.»

Ella hatte das Handy auf Lautsprecher geschaltet, und Byrd und sie hatten sich in eine stille Ecke oben in ihrer Wohnung zurückgezogen. «Und was genau?»

«Sie hat nach Adoptionsunterlagen gesucht, wie man die einsehen kann. Taufregister ist ein weiterer Begriff, nach dem sie gesucht hat, und noch etwas: Unfruchtbarkeit.»

«Wie bitte?»

«Keine Ahnung. Ich lese nur vor, was ich sehe.»

«Okay. Danke.» Ella ließ langsam das Handy sinken und warf Byrd einen Blick zu. «Taufregister», meinte sie dann. «Das war vielleicht der Grund, wieso sie dann auch zu Bogusz gegangen ist, was Falkmann beobachtet hat.»

«Ein Lügner ist ein Lügner», erwiderte Byrd. «Und Menschen ändern sich ... *doch* nicht.»

In diesem Moment klopfte es an der Tür. Ein Beamter der

Spurensicherung. «Wir haben unten zwei weitere Sachen gefunden, die Sie interessieren dürften.»

Ella und Byrd begleiteten ihn hinunter. Unter einer losen Bodendiele waren zwei verschnürte Papierstapel versteckt gewesen – und ein rotes Buch, in dem mit feiner Schreibschrift viele Seiten beschrieben worden waren.

«Hat Sattler ein Tagebuch geführt?» Byrd reichte Ella ein Paar Handschuhe. «Das wäre fantastisch.»

«Nein, wir übersehen etwas.» Vorsichtig öffnete sie das Buch. Natalia Sobrenko stand dort. «Das ist ihr Tagebuch, nicht Sattlers. Ich frage mich, wieso es hier ist.»

«Nun, er kannte den Wohnort von ihrer Tochter, nicht wahr? Vielleicht hat er es von dort.»

«Ja. Das macht –» Wieder meldete sich ihr Smartphone. «Byrd, da wir gerade von ihr sprechen – das ist Mina Sobrenko.»

# 59

«Frau Sobrenko, was kann ich für Sie tun?»

«Ähm, ja, ich muss Sie etwas fragen.» Die Frau klang nervös, aber auch ein wenig verunsichert. «Vielleicht war es nur die schlechte Telefonverbindung vorhin, aber ... Sie sagten *Jonas* Sattler, oder?»

«Richtig. Und Sie haben uns sehr geholfen. Danke noch mal.»

«Ja, aber ... es gibt keinen Jonas Sattler. Ich dachte vorhin, ich hätte mich verhört.»

Ella holte tief Luft. Da war es wieder. Dieses Gefühl, etwas übersehen zu haben. «Wie meinen Sie das? Sie haben ihn doch Jon Sattler genannt, als wir das erste Mal miteinander sprachen.»

«Richtig. Jon, das war mein Spitzname für ihn. Aber er heißt eigentlich Jonathan Sattler, nicht Jonas. Ich dachte, Sie wüssten das.»

«Diese Adresse, die Sie uns gegeben haben – hat er damals irgendwas zu seinen Pflegeeltern gesagt?»

«Hm», meinte Sobrenko nun. «Nicht, dass ich wüsste. Nur ... Ich meine, einmal hat er erwähnt, dass die Frau des Paars, das plante, ihn zu adoptieren, offenbar keine Kinder mehr kriegen konnte.»

«An den Namen erinnern Sie sich nicht mehr?»

«Ich glaube, darüber haben wir nie gesprochen.»

«Mist. Trotzdem, das war eine sehr wichtige Information. Danke, Frau Sobrenko.»

Kurz hielt sie das Handy unschlüssig in der Hand, dann wählte Ella Riccolis Nummer.

«Hallo, hier Berger. Sattler, prüfen Sie den bitte noch mal.»

«Aber –»

«Ich weiß. Jonas Sattler. Versuchen Sie es mal mit *Jonathan* Sattler.»

Ella hörte, wie Riccoli tippte. Dann sog sie scharf die Luft ein. «Tatsächlich. Es gibt beide, einen Jonathan und einen Jonas Sattler. Sie sind Brüder und beide Waisen. Bei Jonathan ...» Wieder tippte sie. «Hier ist etwas hinterlegt.»

«Was?»

«Eine Adoption. Jonathan Sattler wurde adoptiert, sein älterer Bruder Jonas nicht.»

Ella schloss die Augen. Zwei Brüder. Zwei Waisen. Also hatte Kreitlow ihnen bewusst seine Existenz verschwiegen. «Und die Namensänderung bei Jonathan Sattler infolge der Adoption? Wie heißt er heute?»

«Online kann ich die Adoptionsakte nicht einsehen, das ist offenbar nicht digitalisiert. Ich werde mal eben telefonieren. Kann aber dauern, je nachdem, wie schnell die sind. Bis später.»

Ella und Byrd verbrachten die Zeit damit, die in der Parterrewohnung gefundenen Unterlagen durchzugehen. «Unfruchtbarkeit. Eine Praxis in Berlin hat das einer Frau bescheinigt, deren Name hier überall ausgestrichen wurde. Und gesendet wurde es an eine Makower Adresse.»

«Ich kann es mir denken.» Ella lehnte sich in ihrem Bürostuhl zurück. «Das ist verflucht anstrengend. Und düster. Wir finden jedenfalls gerade heraus, wer dort früher lebte – und besorgen die Adoptionsakte von Jonathan Sattler. Was steht in Sobrenkos Tagebuch?»

«Lesen Sie. Hier. Es stammt aus der Zeit, als sie mit ihrer Tochter auf dem Hof lebte, der heute Kowalk gehört. Offenbar hat sie ein Verbrechen beobachtet.»

*Mina ist sauer, weil ich sie nicht mit diesem Jungen, Jonathan, ins Kino gehen lassen wollte. Ich weiß nicht. Er ist seltsam. Da ist so etwas in seinem Blick, das mich nervös macht.*

Dann, einige Einträge darunter:

*Heute war der Junge auf dem Roggenfeld. Ich hab ihn*
*vom Hof aus beobachtet. Da stimmt was nicht. Er war*
*nämlich nicht allein. Mach mir Sorgen. Mina ist sauer.*
*Wir entfernen uns immer weiter voneinander.*

Und eine Woche später gab es wieder einen Eintrag:

*Dieser verfluchte Junge. Ich hab ihn wieder gesehen. Auf*
*dem Roggenfeld – mit einem Mann. Und ich will nicht*
*wissen, was die da getrieben haben. Ich will, dass er sich*
*von Mina fernhält. Ich muss dafür sorgen. Scheißegal,*
*was sie von mir denkt.*

Ella warf Byrd einen langen Blick zu. «Denken Sie, was ich
denke?»

«Lesen Sie auch noch diesen Eintrag», meinte er.

*Wieder er. Dieses Mal war er blass. Fast so, als hätte er*
*geweint. Und der Mann, ich glaube, ich hab den Typ*
*heute erkannt. Scheiße, das kann doch nicht wahr sein.*
*Was mach ich jetzt? Davon darf niemand erfahren.*
*Ich muss mir erst was überlegen. Und dann? Polizei?*
*Oder …*

«Die Einträge sind nicht datiert», bemerkte Byrd. «Viele gab
es danach nicht mehr. Höchstens dieser hier, der könnte
noch interessant sein.»

Ella las den letzten:

*Der Junge. Heute hab ich ihn gesehen, am Feldrand.*
*Hat geweint. Als er mich sah, ist er abgehauen. Im*
*Roggenfeld verschwunden – und dort hat er sich noch*
*mal umgedreht. Hat mich angegrinst. Vollkommen*
*wahnsinnig sah das aus. Macht mir riesige Angst. Darf*
*Mina nicht mehr mit ihm zusammenlassen, auch wenn*
*sie behauptet, sie hätte ihn ohnehin schon länger nicht*
*mehr gesehen.*
*Und der Typ? Ich kann nichts machen. Der ist …*
*wichtiger als ich. Polizei? Keine Ahnung.*

Ella zuckte kurz zusammen, als sich ihr Smartphone meldete.

«Berger», meinte Riccoli, «sitzen Sie gerade?»

«Schlechte Neuigkeiten.»

«Ich weiß jetzt, wer Sattler adoptiert hat. Und wem das alte Haus in Makow gehört, wo Sie den Wagen und dieses Holzkreuz gefunden haben.»

# 60

Bogusz hatte die Hände auf dem Tisch gefaltet. Ella, Byrd und Aya saßen ihm gegenüber. Regen schlug gegen das Fenster des Vernehmungsraums, die Uhr über der Tür tickte monoton vor sich hin, sonst war es still.

Ella kochte innerlich. So viele Lügen, so viele Täuschungen – und dieser Mann mittendrin.

«Also», meinte Aya. «Maria Kranitz kam zu Ihnen, kurz

vor ihrem Tod. Aber sie wollte Dinge wissen, die nur Sie wissen konnten.»

Er zögerte.

«Weil Sie das Taufbuch führen», sagte Ella, die nicht mehr an sich halten konnte. Sie standen so kurz davor, die Wahrheit zu erfahren. «Weil Sie einen Jugendlichen neu getauft haben, nicht wahr? Nachdem er adoptiert wurde.»

Bogusz nickte vorsichtig. «Jonathan Sattler. Ich kannte ihn aus dem Heim. Und er fand, dass er mit der Änderung seines Nachnamens auch seinen Vornamen ändern sollte. Ja, so war es.»

«Nathan Bosch», sagte Ella mit Kälte in der Stimme. «Diesen Namen hat er angenommen. Bosch, wie seine Adoptiveltern. Und Nathan wie der Sohn von Vera und Bosch, der bei der Geburt starb. Seitdem war sie unfruchtbar.»

Bogusz rührte sich nicht. Es war ihm nicht anzumerken, was ihm diese Erzählung bedeutete.

«Und Vera und Nathan Bosch verließen Custrow. Oder zumindest sollten wir das glauben. Wieso haben Sie sich damals mit Bosch gestritten?»

Bogusz lächelte kühl. «Es gibt ein Geheimnis, das ich für immer bewahren werde. Das verspreche ich Ihnen, Frau Berger. Selbst wenn Sie sich hier vor mir nackt ausziehen oder sich auf den Kopf stellen oder mir hunderttausend Euro anbieten ... das wird nichts nützen.»

Ella wich seinem Blick nicht aus. «Sie sind ekelhaft. Und ein Heuchler. Sie haben in der Kirche nichts verloren.»

«Das hatte er nie», meinte Byrd.

«Hm», machte Bogusz. «Kann sein. Es gibt nur wenige Orte, an denen man leichter die Menschen beeinflussen kann. Und wissen Sie was? Die Menschen wollen beeinflusst werden. Sie wollen, dass man ihnen sagt, was sie tun sollen, woran sie glauben sollen. Und wollen Sie noch etwas wissen? Denn ich *weiß*, wonach Sie suchen.» Er lächelte sardonisch und blickte von Ella zu Byrd, dann zu Aya. «Sie suchen *ihn*. Ich weiß, wo er sich versteckt. Manchmal. Denn er hat viele Verstecke … eins davon kann ich euch geben.»

«Und?»

«Es gab ein Mädchen, das er mochte.»

Mina, dachte Ella sofort. Mina Sobrenko.

«Und einen Ort, wo sie früher lebte.»

Sie ließen Bogusz im Vernehmungsraum sitzen und gingen hinaus.

«Ich nehme an, die Kollegen haben die ausführliche Überprüfung des großen Hofes nicht fortgeführt», sagte Aya, «nachdem kurz darauf Rebecca Kranitz tot aufgefunden wurde. Und Kowalk, der hat wahrscheinlich einige der Gebäude schon lange nicht mehr betreten.»

«Verflucht», versetzte Ella.

«Wieso sollte jemand sich als Roggenmuhme verkleiden?», fragte Aya. «Jetzt wissen wir es: Weil der Schmerz, der ursächlich für diese Störung ist, tief in ihrem Inneren verborgen liegt.»

«Bosch, ich kann es kaum glauben. Ich fahre zu Kowalk, du bleibst mit Byrd hier. Hol aus Bogusz weiter raus, was es rauszuholen gibt.»

«Und Bosch?», fragte Aya.

«Wir lassen ihn beobachten. Ab sofort, rund um die Uhr. Noch wissen wir nicht, was mit seinem Adoptivsohn wirklich los ist. Wenn er in der Gegend ist, könnte es sein, dass Bosch noch zu ihm Kontakt hat. Und die Frau ... Vera ...» Ella schüttelte den Kopf. «Vielleicht haben wir bereits ihr Grab gefunden.»

«Beobachten genügt vielleicht nicht», sagte Byrd. Er stand auf, griff in seine Aktentasche.

«Was haben Sie da?»

Er holte ein rechteckiges Kästchen heraus, klappte den Deckel auf und hielt ein winziges, in ein Plastiktütchen eingepacktes Etwas hoch, wenige Millimeter groß, das Ella erkannte.

«Ich hab das schon mal gesehen, Byrd. Wie kommen Sie, als Ex-BKA-Ermittler, an diese Technik?»

«Gute Freunde. Schulden. Was auch immer.» Byrd reichte ihr das winzige Plastiktütchen. «Für Sie, Ella.»

Sie bemerkte, dass er sie mit Vornamen angesprochen hatte. Da lag deutliche Sorge um sie in seinem Blick. «Das hier ist ein Sender. Man versteckt ihn irgendwo, und Byrd, der den passenden Empfänger besitzt, kann die Position aufspüren.»

«So ist es», meinte Byrd. «Nur für den Fall. Tun Sie mir den Gefallen.»

Ella verstand ihn.

Dann nickte sie. «Nur für den Fall.»

## 61

Kowalks Hof lag unter demselben düsteren Himmel, aus dessen tief hängenden Wolken es bedrohlich grollte. Ella bemerkte, dass Martenitz eine Schutzweste trug.

«Kowalk?», fragte er. «Denken Sie, er steckt mit drin?»

«Wissen Sie, auf dem Weg hierher habe ich mit meinem Vater telefoniert. Wussten Sie, dass Kowalk derjenige war, der in den vergangenen Jahren immer diese Strohpuppen für das Custrower Herbstfest gebaut hat?»

«Sie meinen wegen dieser Muhme?»

«Nicht nur das. Ich war gerade auf dem Marktplatz. Und ich hab mir die Kleidung angesehen, die diese Puppen dort tragen. Spree-Bekleidungen – wie beim Waisenhaus. Aber die Fabrik hat vor gut zehn Jahren geschlossen. Wie kommt er an die Kleidung? Er hat sie von jemandem, der hier lebte.»

Martenitz warf ihr einen düsteren Blick zu. Er wischte sich über die Wange, als ein Regentropfen seine Haut traf. «Ich hörte von Bosch und seinem Adoptivsohn. Nakamura hat mich über alles informiert. Was denken Sie?»

«Ich denke, dass Bosch uns einiges zu erzählen hat. Aber eins nach dem anderen.»

Der Hof wirkte verlassen, und alle Gebäude waren verschlossen. Martenitz läutete am Wohnhaus, doch auch dort rührte sich nichts.

«Der Lieferwagen ist auch nicht hier», meinte Martenitz und trat neben sie. «Vermutlich ist er unterwegs.»

«Vermutlich.» Ella näherte sich der größten Scheune, die am südlichen Ende des krumm gepflasterten Hofs lag. Dort hatten die Spurensicherer zuletzt gearbeitet, kurz bevor man Rebecca Kranitz aufgefunden hatte.

Das Tor war verschlossen. Doch als Ella um das Gebäude herumging, entdeckte sie eine Fensteröffnung, die nur mit einem groben Tuch verdeckt war.

«Ich denke, ich komme da rein. Vielleicht kann ich das Tor von innen öffnen.»

«Sie kommen vielleicht rein, ich ...» Martenitz schüttelte den Kopf. «Nee.»

«Dann helfen Sie mir.»

«Äh ... okay.»

«Räuberleiter. Verschränken Sie Ihre Finger und –»

«Berger, ich weiß, was das ist.»

Sie kletterte mit Martenitz' Hilfe durch die Öffnung und ließ sich auf der anderen Seite in das staubige Zwielicht der Scheune hinab. Dort waren die Leitern, die weit hinauf auf die Heuböden führten.

Vielleicht war all das nur Unsinn, vielleicht hatte es nichts zu bedeuten. Vielleicht wusste Kowalk nicht, wer sich da bei ihm versteckt hatte. Ella schob sich durch eine schmale Lücke an einem rostigen Traktor vorbei. Ein Pflug lag auf dem Boden, die Pflugschare krumm und mit dicken Erdklumpen überzogen.

Im Licht der Stabtaschenlampe entdeckte Ella Spinnweben und einige Winkelspinnen, die eilig in alle Richtungen huschten, um dem Licht zu entkommen. «Ekelhaft», sagte Ella zu sich selbst. Sie hatte Spinnen noch nie ausstehen können – und das war durchaus noch untertrieben.

Sie nahm sich zusammen und holte tief Luft. An der Wand, von den Spinnennetzen überzogen, lehnten mehrere

Sperrholzplatten, mindestens zwei Meter fünfzig hoch. Die Netze schimmerten weiß im Licht der Taschenlampe.

Moment mal.

Ella hielt irritiert inne.

Etwas an den Netzen störte sie. Und auch wenn sie sich überwinden musste, packte sie eines davon. In ihren Fingern fühlte das Netz sich künstlich an – wie feines, gesponnenes Plastik.

Denk an das Tarnnetz bei der alten Praxis, ging ihr durch den Kopf. Das hier ist ebenso fake.

Sie zog das Netz beiseite, dann begann sie, mit aller Kraft die schweren Holzplatten beiseitezuwuchten. Die letzte kippte um, und Ella musste zur Seite springen. Der Knall, als das Teil auf dem staubigen Boden aufschlug, war ohrenbetäubend. Wenn jemand hier lauerte, hatte er sie zweifelsohne gehört.

Vor Ella hatte sich ein schmaler Durchgang aufgetan. Bingo. Sie zog ihre Dienstwaffe und ging näher heran. Vielleicht führte der Gang zu einer Art Anbau, der bei all dem Schrott und Gerümpel, der überall herumstand, übersehen worden war.

Ella holte tief Luft und schlüpfte hinein; während sie versuchte, jeden Gedanken an die Spinnen, die da irgendwo in der Dunkelheit lauerten, auszublenden.

Nach einigen Metern öffnete sich der Durchgang zu einer Kammer, in der einige Wandschränke aus Metall standen – und auf der Rückseite eine zweite Tür, die jedoch verschlossen war. Ella vermutete, dass sie Richtung Osten hinausführte, zur Rückseite der Scheune, wo sie zwischen anderem Gerümpel verborgen war.

In der Mitte des Raums stand ein Tisch, auf dem Reste von Zweigen, Stroh und Draht herumlagen, daneben eine Beißzange und eine Säge. Auf dem Boden lag eine Matratze. Sie blickte in die Schränke, dort gab es noch mehr Werkzeuge und Draht ... und ein Seil, dessen Struktur sie wiedererkannte.

Es war das gleiche Seil, mit dem Maria Kranitz' abgetrennter Kopf an der Strohpuppe befestigt gewesen war.

Ella war es, als kröche etwas über ihren Rücken herab, eiskalte, tote Finger, die sie berührten.

Und sie begriff noch etwas: Auf diesem Hof hatten Natalia und Mina Sobrenko gelebt. Auf diesem Hof hatte Natalia das Tagebuch geschrieben. Und hier musste er es gefunden, mitgenommen und in der Parterrewohnung versteckt haben.

Sie dachte an die Einträge, die Natalia niedergeschrieben hatte. An das, was sie beobachtet hatte.

Sattler und ein Mann. Auf dem Roggenfeld.

Draußen rief jemand etwas. Martenitz, doch konnte sie seine Worte kaum verstehen. Ella schob sich durch die schmale Lücke wieder hinaus, zurück in Richtung der Scheune, dann durch den Spalt an dem Traktor vorbei, zwischen einigen Regalen hindurch und zum Fenster hinüber. In einer Ecke bemerkte sie einen alten Holzstuhl, den sie sich schnappte und vor das Fenster stellte. Sie stieg hinauf, um hinauszuklettern.

Sie schlüpfte so hastig hindurch, dass ein hervorstehender Holzsplitter ihr über die Wange schrammte – ein Schmerz, den sie ignorierte. Kaum dass sie auf der anderen Seite wieder auf den Beinen stand, rief sie Martenitz' Namen.

«Ich bin hier!», erwiderte er.

Sie entdeckte ihn, wie er mit gezogener Waffe Kowalk gegenüberstand, der eine Mistgabel in der Hand hielt. Ella näherte sich und zog ebenfalls ihre Dienstwaffe. Die SFP9 lag leicht und kühl in ihren Händen.

«Legen Sie das Ding weg, Kowalk», rief sie. Kowalks Kopf schwang zu ihr herum. «Legen Sie es einfach hin. Das bringt doch nichts.»

«Ich ... ich dachte, der da wollte mich angreifen.»

«Von wegen», sagte Martenitz. «Er hat sich von hinten angeschlichen.»

«Aber das ist 'ne Lüge!» Kowalks Hängebacken zitterten, und die Mistgabel in seinen Händen schwang hin und her. Ella bemerkte den Rost an der Spitze der Zinken. Sie mochte sich kaum vorstellen, welche Infektionen man sich einhandeln würde, wenn man von dem Teil getroffen würde.

«Weg mit der Mistgabel.»

Kowalk ließ sie auf den Boden fallen, dann hob er die Arme in die Luft.

«Jetzt hören Sie mal zu.» Ella steckte ihre Pistole ein, Martenitz tat es ihr gleich, dennoch behielten sie ihn beide im Auge – die Mistgabel lag nach wie vor in seiner Reichweite. «Ich war in der Scheune dahinten.»

Kowalk nickte vorsichtig. Ella fand, dass sich nun etwas Lauerndes in seinen Blick schlich.

«Wissen Sie, was ich entdeckt habe?»

«Ich kann es mir denken. Sie meinen den Anbau. Aber die Sachen da drin, die Puppe, das ist nicht von mir!»

«Sie bauen die doch», sagte Ella. «Lügen Sie mich nicht an.»

«Aber nicht das Ding, das stammt nicht von mir!» Er schüttelte den Kopf. «Wissen Sie, ich glaub, jemand hat da drin übernachtet. Ich weiß, ich hätte es früher melden sollen, aber ...»

«Lassen Sie mich etwas anderes fragen», fuhr Ella fort. «Die Puppe auf dem Dorfplatz, wer hat die gebaut?»

«Das war ich.» Diese Antwort kam ohne ein Zögern.

«Und woher haben Sie die Kleidung, die Sie der Puppe angezogen haben?»

«Äh ...» Kowalk kratzte sich am Kinn. Musste er wirklich überlegen? Oder strickte er nur eine weitere Lüge? «Die wurde mir geschenkt. Das ist eigentlich jedes Jahr so. Jemand bringt was vorbei, was nicht mehr gebraucht wird.»

«Wer war das?»

«Ich hab keine Ahnung. Es lag alles in einer Kiste, die vor der Tür stand.»

«Ist die Kiste noch da?»

«Nee, nee», meinte Kowalk. «Papiermüll, Sie wissen schon. Einmal im Monat ist Abholung – und das war gestern. Aber ...» Wieder kratzte er sich am Kinn. «Aber ich weiß, wo die Kiste herkam.»

«Ach was?»

«Grundschule Custrow. Das war nämlich auf der Seite aufgedruckt. Seltsam, was?»


Ella blickte über den Hof der Grundschule hinweg, bis hin zu den Rasenflächen, die frisch gemäht waren.

Ein älterer Mann mit eisgrauen Haaren, der einen Arbeitsoverall trug, kam herüber. Aus der Seitentasche ragte eine große Rohrzange. «Haben Sie hier was zu schaffen?», meinte er.

Sie zeigte ihren Ausweis, worauf sich der Mann als der Hausmeister der Schule vorstellte. «Ich bin irgendwie froh», meinte er, «dass die jüngeren Schüler ... na, Sie wissen schon. Verschont geblieben sind.»

Ella folgte einer Eingebung, einem Instinkt, der wie eine Alarmglocke am Rand ihres Verstandes schrillte. «Sagen Sie, gestern Abend gab es hier jemanden, der den Rasen gemäht hat. Wer war das? Junger Mann, vielleicht Mitte zwanzig vom Aussehen her.»

Der Hausmeister starrte sie an. «Gemäht?» Dann erst schien ihm der Rasen aufzufallen.

«Er hat auch vor Kurzem diese Wand an der Sporthalle dahinten gestrichen.» Ella deutete hinüber. «Ich dachte, er gehört vielleicht zum Personal.»

«Ah, jetzt weiß ich, wen Sie meinen. Ja, es gibt eine Firma, die für die Außenflächen zuständig ist. Sie haben den Jungen geschickt.»

«Hat er einen Namen?»

«Klar. Das ... warten Sie ... es war Jonathan. Ja, das müsste der Name sein.»

In diesem Moment meldete sich ihr Smartphone.

«Frau Berger ... ich ...» Claire Jureks verängstigte Stimme drang aus dem Smartphone. «Können Sie herkommen? Max macht mir Angst.»

«Ich bin unterwegs», erwiderte Ella. «Was macht er?»

«Er hat eine Schere und steht mitten im Wohnzimmer. Ich hab auch Dr. Bosch angerufen.»

Die Verbindung brach ab. «Verflucht», stieß Ella aus.

Dann rannte sie zu ihrem Wagen hinüber, während sie eine zweite Nummer wählte.

«Byrd?»

«Ja.»

«Bosch ist unterwegs zu Claire Jurek.»

«Ich verstehe.»

«Wir müssen abwarten, was geschieht. Denken wir an Sylvie. Hören Sie zu, Byrd. Vertrauen Sie mir?»

«Ja.» Das klang sehr, sehr ernst. «Aber ich mache mir Sorgen. Um Sylvie. Und um *Sie*.»

«Die Technik funktioniert?»

«Das tut sie.»

«Dann wartet ab.»

# 62

Noch ehe sie das Haus der Jureks erreicht hatte, setzte Regen ein, so dichter, sintflutartiger Regen, als hätte der Himmel mit den ominös gefärbten Wolken sämtliche Schleusen geöffnet. Ein Stück entfernt war Dr. Boschs Golf geparkt. Ella rannte durch das Prasseln zur Haustür und fand sie angelehnt.

Sie holte tief Luft.

«Frau Jurek?» Ihre Stimme verhallte im Flur. Ein Geruch lag in der Luft, eine Mischung aus der Feuchtigkeit des Regens draußen und einem Reinigungsmittel.

Ella zog instinktiv ihre Dienstwaffe.

«Hallo?»

«Hier», hörte sie eine Stimme. Das war der Arzt. Ella ging durch den Flur, die Dielenbretter knarrten unter ihren Schuhen. «Kommen Sie rein.»

Sie hörte ein leises Weinen, dann trat sie durch die Tür ins Wohnzimmer. Es kam ihr vor, als wäre eine Ewigkeit vergangen, seit sie am Abend von Max' Rückkehr hier gewesen war.

Claire Jurek hockte auf der Couch, das Gesicht bleich, Tränen auf den Wangen. Max lag am Boden, er bewegte sich nicht, und Dr. Bosch kniete neben ihm. Ein Stück entfernt lag die Schere. Nun bemerkte Ella auch, dass Claire einen Verband am linken Arm trug, durch den es blutete.

«Was ist hier los?»

Dr. Bosch blickte auf. «Stecken Sie die Waffe ein, Herrgott.»

Ella behielt die SFP9 in der Hand. «Claire?»

Claire Jurek schüttelte den Kopf. Sie weinte nur noch stärker.

«Er hat sie attackiert», erklärte der Doktor. «Der Junge hat seine Mutter mit dieser dummen Schere da angegriffen und sie am Arm verletzt. Ich …» Er holte tief Luft und schüttelte den Kopf. Im grauen Licht, das durch die Fenster hereinfiel, wirkte er sehr alt. «Ich hab ihn überwältigt. Hab ihm ein starkes Beruhigungsmittel gespritzt.»

Ella sah auf Max hinab. Der Junge sah aus, als würde er schlafen.

«Wir müssen ihn ins Krankenhaus bringen.», meinte Bosch.

«Müssen wir ihn tragen?»

«Ich denke schon. Das Betäubungsmittel hat ihn umgehauen, aber es besteht keine unmittelbare Gefahr. Dennoch ...» Der Arzt blickte Max mit Sorge ins Gesicht. «Ich frage mich wirklich, was aus ihm werden wird.»

«Das sehen wir dann.» Ella wandte sich Claire zu, die apathisch auf der Couch hockte. Ihre Augen fixierten sie, doch wollte oder konnte sie nichts sagen. Vielleicht war es der Schock, dass Max sie attackiert hatte.

«Was ist mit ihrem Mann?»

«Ich nehme an, der arbeitet», sagte Dr. Bosch an ihrer Stelle. Er hatte Max aufgehoben und trug ihn auf den Armen. Er hatte eine erstaunliche Kraft für einen Mann in seinem Alter, wie Ella fand. Sie folgte ihm hinaus.

«Öffnen Sie mal die Tür meines Golfs», meinte der Arzt. «Ja, genau, die Rückbank.» Er setzte Max vorsichtig dort ab, dann richtete er sich wieder auf. «Ich sehe noch einmal kurz nach seiner Mutter.»

Ella legte ihre Hand auf Max' Wange, und der Junge öffnete müde die Augen, doch schien er sie nicht wirklich wahrzunehmen. «Das muss ja ein ziemlicher Hammer gewesen sein, den Sie ihm da verabreicht haben.»

«Er war wild. Wütend. Nicht mehr er selbst.» Dr. Bosch ging ins Haus zurück, sie folgte ihm.

«Sehen Sie mal nach ihr?», meinte er, während er auf dem Boden kniete und an seiner Arzttasche hantierte. Ella beugte sich über Claire. Sie wirkte weniger geschockt, sondern eher betäubt. Ihre Augen sahen zu Ella auf, doch viel mehr konnte sie nicht bewegen, wie es schien.

«Ihr Verband ... Sie blutet immer noch ziemlich stark, wie es aussieht.»

«Das macht nichts. Sie steht unter Schock, wie ich sagte.»

Ella legte ihr die Hand an die Wange, die sich erschreckend kalt anfühlte. «Frau Jurek? Können Sie mich hören? Können Sie mir sagen, was Max getan hat?»

Claire Jurek schien zu versuchen, den Arm zu heben. Sie wollte auf etwas zeigen. Ella sah sich kurz um. Der Doktor kramte noch immer in seiner Tasche, und der zitternde Finger, den Claire mit aller Kraft hob, war irgendwo in Richtung der Tür gerichtet.

«Ganz ruhig. Wir werden uns um Max kümmern. Hören Sie?»

In dem Moment meldete sich ihr Handy. Eine Berliner Nummer.

«Ja?»

«Berger, wir haben hier einen Inhaftierten, der mit Ihnen reden will. Jonski.»

«Stellen Sie ihn durch.»

Es klickte, dann hörte sie Jonskis Atmen.

«Was ist los?»

«Erinnerungen, Hauptkommissarin, *das* ist los. Sie hatten mich doch nach dem Zeichen gefragt, das meiner Firma. Ich erinnere mich, wie wir bei Bosch den Keller gemacht haben. Hatte ein Feuchtigkeitsproblem, unser Dorfarzt.» Jonski lachte, ganz in Erinnerungen versunken. «Gab viel Gerede im Ort damals, was den Doktor anging, wegen seiner Frau und so, die ihn ja mit dem Sohn verlassen hatte. Und er war ziemlich durch den Wind.»

«Ja», sagte Ella leise. «Das Gebäude war in Custrow?»

«Nein», meinte Jonski sofort. «Nicht die neue Praxis. Das alte Haus, drüben in Makow. Aber mir ist etwas anderes eingefallen: nämlich, wie wir an den Auftrag rankamen.»

«Und?»

«Bosch hat als Vertretung im alten Kinderheim gearbeitet. Da haben wir auch Sanierungen gemacht, und da hat er mich angesprochen. Und wissen Sie was? Da hab ich dieses Zeichen hinterlassen. Unten, im Gewölbekeller.»

Ella schloss die Augen. Natürlich. *Verdammt.* Dort hatte Max es gesehen. Dort hatte man ihn gefangen gehalten. Und Bosch, der als Vertretung im Heim gearbeitet hatte ...

«Danke», meinte sie.

Sie ließ die Hand zu ihrer Waffe gleiten. Hinter ihr raschelte etwas.

«Ups», hörte sie Boschs Stimme – so dicht hinter sich, dass sein Atem ihren Nacken streifte. «Ich habe wohl vergessen, Ihnen auch eine Dosis zu verabreichen.»

Ella griff nach ihrer Dienstwaffe, und es gelang ihr noch, sie aus dem Holster zu ziehen, als sie Boschs sehnigen Arm spürte, den er ihr um die Kehle schlang. Im selben Moment bohrte sich etwas Kaltes, Spitzes in ihren Hals.

«Nicht», hörte sie den Doktor keuchen, «kämpfen Sie einfach nicht dagegen an.»

Der Druck auf ihre Kehle nahm zu, Ella wand sich hin und her, versuchte, ihm ihren Ellbogen in die Weichteile zu rammen, versuchte, von ihm loszukommen, oder auch nur den Lauf ihrer Waffe irgendwie nach hinten zu richten, aber ...

Es war seltsam, wie schwer sich die Pistole in ihrer rechten Hand mit einem Mal anfühlte. Das konnte nicht sein, es durfte nicht ...

Claire Jurek wimmerte jetzt, sie schrie etwas, aber Ellas Ohren fühlten sich mit einem Mal taub an, als wären sie mit dicker Watte verstopft.

Und dann gaben ihre Beine nach.

Ella spürte, wie sie nach hinten kippte und schmerzhaft auf dem Boden aufkam. Bosch löste die Waffe aus ihren Fingern und blickte auf sie herab.

«So ein Scheißkram», sagte er. «Du musstest dich auch unbedingt einmischen. Also gut.» Er holte tief Luft, sah auf die Waffe in seiner Hand hinab. «Dann machen wir es eben so.» Er tastete in ihren Jackentaschen herum, nahm ihr Smartphone heraus und warf es achtlos auf den Boden. Dann ging er um sie herum, und Ella spürte, wie er sie unter den Armen packte und wieder auf die Beine stellte.

«Geh raus, Berger. Geh zur Tür raus, solange du noch kannst, oder ich werd dich rausschleppen.»

Sie wollte sich widersetzen, aber ihre Beine wollten ihr kaum mehr gehorchen. Bosch schob und drängte sie mehr vorwärts, als dass sie wirklich ging.

Es regnete in Strömen draußen – und jeder Tropfen auf ihrer Haut fühlte sich wie ein Messerstich mit einer tiefgekühlten Klinge an. Irgendwie erreichten sie den Golf, und irgendwie gelang es Bosch, sie auf die Rückbank zu bugsieren.

Dort hockte sie nun. Max neben ihr schien zu schlafen.

Kämpf dagegen an, dachte sie. Ella schrie, aber nur innerlich – und bewegen konnte sie sich überhaupt nicht. Du musst hier raus ... irgendwie ...

Zugleich bemerkte sie, wie die Welt vor ihren Augen immer dunkler wurde. Als verschluckte das Unwetter, das draußen niederging, sämtliche Farben und Helligkeit. Sie dämmerte weg. Und es gab nichts, was sie dagegen tun konnte.

Bosch.

Lügner.

Die ganze Zeit.

Sie drehte den Kopf, als der Custrower Dorfarzt einstieg und sich hinters Steuer setzte. Sein Blick im Rückspiegel fand ihren.

«Du fragst dich, was das alles soll, oder?»

Ella wollte den Mund öffnen, etwas antworten, aber alles, was sie zustande brachte, was ein heiseres Krächzen. Nein, wollte sie sagen. Das kann ich mir denken.

Der Lieferant, dachte sie, während die Dunkelheit vom Rand ihres Gesichtsfeldes stetig näher kroch und alles umschließen wollte ... dort vor seinem Haus ... als sie mit Nakamura bei seiner Praxis war ... Lebensmittellieferungen für zwei ...

«Ihr Sohn ...», krächzte sie, «er ...»

Bosch nickte. «Du wirst es sehen.» Dann startete er den Motor, und so wie der Regen auf das Dach des Wagens prasselte, versank alles ringsum in Schwärze.

# 63

Die Ziegelwände waren von Spinnweben, schwammigen Flechten und Schimmel überzogen. Und da war das Zeichen, klein, nah am Boden – das Dreieck, die Spirale. Hier wurde Max gefangen gehalten.

Ella spürte starke Kopfschmerzen. Sie saß auf dem Boden, und ihre Hände waren mit einem taudicken, kratzenden Seil hinter ihrem Rücken gefesselt.

Es war dunkel. Nur durch ein schmales rechteckiges Fenster weit oben fiel trübes, graues Licht herein. Die Sonne ging unter, begriff sie, und es regnete noch immer.

Ella versuchte, die Beine zu bewegen. Es tat weh, doch nach einigen Minuten gelang es ihr, den linken Fuß ein Stück näher heranzuziehen. Sie biss die Zähne zusammen, streckte das Bein wieder, dann zog sie es erneut an – und schmeckte Blut auf ihrer Zunge.

Ganz ruhig.

Du machst das.

Irgendwie.

Als Nächstes versuchte sie, an dem Strick zu rütteln, der ihre Handgelenke festhielt. Nichts. Der Knoten war zu fest, das Seil zu kräftig angezogen. Jetzt bemerkte sie, dass es mit dem Heizkörper verbunden war, ein massives Teil aus Gusseisen. Keine Chance, es irgendwie zu bewegen.

«Fuck», keuchte sie.

«Hör auf damit.» Die Stimme kam aus einem dunklen Durchgang zu ihrer Linken.

«Wer bist du?», fragte sie leise.

Sie versuchte, ihre Gedanken zu sortieren, während aus der Dunkelheit eine schlanke Gestalt näher kam.

«Ich weiß, wer du bist», sagte der Mann. Er blieb in etwa fünf Metern Entfernung stehen und betrachtete sie. Ella bemerkte, dass ihr T-Shirt verrutscht war und ihre Schulter preisgab.

«Du ... du bist ...» Ihre Zunge fühlte sich an wie ein fremdartiger, trockener Wurm. «Sein Sohn. Sein Adoptivsohn.»

Der Mann – Ella schätzte ihn höchstens auf Mitte zwanzig – sah weiter auf sie herab. Dann nickte er knapp.

«Du bist die Muhme.»

Er schüttelte den Kopf, wirkte plötzlich verunsichert, als hätte sie ihn ertappt. «Nein, sie ... sie ...»

«Sie ist jemand anders?», fragte Ella weiter. «Jemand, den du gut kennst?» Aber würde Bosch das wirklich tun? Sich verkleiden? Irgendwie konnte es Ella nicht wirklich glauben.

Seine Augen, dunkel und groß, mit einem stetigen, gehetzt wirkenden Ausdruck, blickten traurig. Als etwas im Hintergrund raschelte, fuhr er herum.

«Ganz ruhig, Jonathan», sagte sie behutsam.

Als er diesen Namen hörte, holte er tief Luft. Es klang ein wenig pfeifend, als litte er an Asthma. «Sie kennen meinen Namen?»

Jonathan Sattler. Nathan Bosch. Der mit seiner Mutter Custrow verlassen hatte. Und jetzt war er wieder zurück? Oder war er die ganze Zeit über hier gewesen?

Ja. Das war er wohl. Gleich unter ihrer Wohnung. Manchmal. Vielleicht auch manchmal auf Kowalks Hof, wo Mina gelebt hatte.

«Ich kenne deinen Namen», erwiderte sie. «Du heißt Jonathan.»

«Es ist seltsam. Er sagte mir immer, ich darf diesen Namen nicht sagen.»

«Und diese Firma, für die du arbeitest? Wie kam es dazu?»

«Ich hab ihm versprochen, dass ich mich ganz, ganz, ganz ruhig verhalten würde. Also hat er es erlaubt. Ich war froh, mal rauszukommen.»

«Raus? Also warst du ...» Sie zögerte kurz. Ella war sich bewusst, dass dieses Gespräch einem Ritt auf der Rasierklinge glich, dass es nur ein falsches Wort brauchte, um alles eskalieren zu lassen. «Also warst du früher lange allein?»

«Mit ihm, ja.» Er kam näher, und seine Augen glitzerten, als hätte er geweint.

«Dein Vater hat mich betäubt», sagte sie leise. «Und hierhergebracht.»

«Ich weiß. Ich habe ihm geholfen.»

Oh, nein. Das war nicht besonders gut.

Ella bemerkte, wie er sie ansah. Aber es hatte keine sexuell motivierte Gewalt gegeben, weder an den geköpften Opfern der Muhme noch bei den anderen. Und doch war sie sich bewusst, wie sie hier vor ihm saß, gefesselt, das dünne T-Shirt verrutscht, die Haut glänzend vom Schweiß.

«Jonathan, hör mir zu. Ist Sylvie hier?», versuchte sie das Thema zu wechseln.

Er nickte. «Ich hab sie mir geschnappt, an der Haltestelle.»

«Und es hat deinem Vater nicht gefallen, dass du den alten Wagen gefahren bist, den vom Waisenhaus, nicht wahr?»

«Woher wissen Sie das?»

Ella ging nicht darauf ein. «Dein Vater muss wütend gewesen sein.»

«Das war er», nickte Jonathan. «Er ist oft böse. So oft wütend auf mich. Weil ...» Er sah zu Boden. Ein Zittern durchfuhr seinen Körper.

Weil etwas mit der Mutter geschehen ist, dachte Ella. Weil es eine Lüge war. Weil sie und ihr Sohn nie weggegangen waren. Mein Gott. Der arme Junge. Und dieser verrückte Vater.

«Ist sie tot?», fragte sie ihn. Vorsichtig. Allein die Erwähnung seiner Mutter könnte ihn überschnappen lassen.

«Sie ...» Er blickte auf, starrte ihr ins Gesicht. «Sie ist tot. Ich war es. Aber es war ein U-Unfall.»

«Natürlich war es das», erwiderte sie.

«Sie hat ihn dazu gebracht, ihm ein Versprechen zu geben.» Er spähte nach hinten, in die Dunkelheit des Gewölbes. Dort ist etwas, dachte Ella, etwas, was nur er wahrnehmen kann. Konnte sie die Roggenmuhme irgendwie für sich nutzen?

«Jonathan?»

Wieder blickte er auf. Er ist begierig darauf, mit dir zu reden. Zuzuhören. Natürlich, es muss Ewigkeiten her sein, dass er mit jemand anderem sprechen konnte.

«Die Muhme ...»

Er zuckte zusammen. Dann, eine jähe, schnelle Bewegung: Er sprang voran und presste ihr seine Hand auf den Mund. «Nicht diesen Namen sagen!»

Ella nickte. Dann trat er einen Schritt zurück.

«Das wusste ich nicht», sagte Ella. «Also ist sie nur für dich, ähm, vorhanden?»

«Ja», sagte er. «Niemand sonst kann sie sehen.» Er legte eine Hand an seine Schläfe. «Sie ist hier, aber sie ist auch ... ich bin auch sie. Und Mutter wusste es. Sie wollte, dass mein Vater ihr versprach, mich davon zu befreien. Weil er doch Arzt ist. Er hilft Menschen.» Er spähte wieder in die Finsternis und nickte.

«Moment.» Er marschierte nach rechts, verschwand durch einen anderen Durchgang. Ella sah ihm nach. Wenn er jetzt mit einem Messer in der Hand zurückkommt, was würde sie dann tun?

Ella zerrte wieder an ihren Fesseln. Das Tau war widerspenstig. Sie konnte ihre rechte Hand ein Stück bewegen, aber es genügte nicht, es genügte einfach nicht.

Sie holte tief Luft.

Egal, was er tun wird, sie wird sich wehren.

Mit leisen Schritten kam Jonathan Bosch zurück. Er hielt ein Buch in der Hand. Es sah aus wie ein altes Märchenbuch, die Seiten waren fleckig und vergilbt. Er blätterte auf eine Seite, die wirkte, als wäre sie besonders oft aufgeschlagen worden.

«Sie hat mir immer wieder daraus vorgelesen, als ich klein war. Ein Junge geht ins Roggenfeld, und er erlebt Abenteuer. Aber es geht gut aus, es geht immer gut aus.» Wieder wirkte er sehr traurig.

Auf der Seite gab es auch eine Abbildung: Die Silhouette einer Frau, in einen weiten Umhang gehüllt, die auf einem Kornfeld stand. Kinder umringten sie, und der Ausdruck auf ihrem Gesicht wirkte seltsam hungrig und bedrohlich. Also hat die Mutter ihm die Sage erzählt. Aber das genügte nicht. Es musste einen Auslöser gegeben haben für diese Verwandlung.

«Mochtest du deine Mutter?»

«Manchmal», erwiderte er. Das Buch drückte er sich, nachdem er es wieder zugeschlagen hatte, wie eine liebgewonnene Trophäe an die Brust. «Aber je älter ich wurde, umso mehr Angst hatte ich vor den Feldern. Weil ...» Er tippte sich gegen die Schläfe. «Weil mir etwas zuflüsterte, dass es da draußen im Roggen auf mich wartet. Zuerst war die Stimme nur leise, aber sie wurde lauter, immer lauter, mit jedem Tag, den ich älter wurde. Und irgendwann kam sie zu mir.» Er sah ihr nicht in die Augen, als er das erzählte. Ella hatte den Eindruck, dass er etwas verschwieg.

Es muss ein Ereignis gegeben haben, das zweifelsohne schrecklich gewesen ist und nun tief in einem Winkel seines Verstandes weggesperrt war.

Wenn es ihr gelänge, dahinterzukommen. Sie beschloss, Klartext zu reden.

«Dein Vater hat also versucht, deine multiple Persönlichkeitsstörung zu heilen?»

Jonathan ging dicht vor ihr in die Hocke. Nun lächelte er, und es war dieses seltsam heitere Lächeln, das ihr mehr Sorge bereitete als alles andere. «Es ist nicht nur das», erwiderte er. Seine Stimme hatte einen fröhlichen, fast kindlich klingenden Tonfall angenommen. «Es ist nicht nur eine Einbildung. Er dachte das auch, aber so ist es nicht. Sie macht mich besser. Schneller und stärker. Wenn ich sie bin, dann kann ich wirklich sehen, was vor sich geht. Ich bin mir nicht sicher, ob er mich heilen will. Vielleicht sucht er mittlerweile auch eine Lösung, wie er ...» Er streckte die Hand aus und legte die Finger auf Ellas Wange. Obwohl sie ihren Kopf instinktiv wegdrehen wollte, unterdrückte sie den Reflex, um ihn nicht zu verschrecken.

«Wie er was?», fragte sie stattdessen.

«Es imitieren könnte. Es, wie sagt man, replizieren könnte.» Die Finger berührten ihre Oberlippe, die Berührung war ungeschickt, erkundend.

«Nachahmen? Diesen Effekt? Stärker zu sein? Schneller?»

«Ich kann im Dunkeln besser sehen, wenn ich sie bin.» Die Finger strichen an ihrem Hals entlang. «Ich wusste nicht, dass es so weiche Haut ...»

«Jonathan!»

Die Finger wichen zurück.

«Findest du es gut, was dein Vater getan hat?»

«Was hat er denn getan?» Das klang herausfordernd, als wollte er herausfinden, was sie wusste.

«Er hat Rebecca Kranitz ermordet. Er hat ihr etwas injiziert, nicht wahr? Und bei Max hat er es auch versucht.»

«Es war falsch. So falsch.» Jonathan schüttelte den Kopf. «Niemand sollte sterben.»

«Und Maria Kranitz?», fragte sie.

Sein Kopf zuckte zu ihr herum. «Ich hab sie getötet», sagte er. «Einfach so. Weil sie ... sie es mir gesagt hat. Und ...», wieder dieses Lächeln, doch mischte sich dieser seltsame distanzierte, traurige Ausdruck in seinen Augen hinzu, «... und weil ich es *wollte*. Weil sie nicht aufgegeben hätte und weil sie ihn gefunden hätte.»

«Deinen Vater?»

«Er ist trotz allem mein Vater. Aber ich hab es auch für dich getan.»

«Für mich?»

«Ich hab gehört, wie sie so laut mit dir geredet hat. Das war gemein. Ich wollte nicht, dass sie dich anschreit.»

An jenem Abend, als Kranitz ihn gesehen hat. Ella nickte langsam. «Und dein Vater hat dich all die Jahre versteckt. In einem Keller gehalten, als wärst du ...»

«Verrückt? Aber das bin ich.» Wieder kam die Hand näher. «Das bin ich doch.»

«Jonathan, ich denke nicht, dass du verrückt bist. Ich denke ...»

«Würdest du mich küssen, wenn ich dich losbinde?»

Ella warf ihm einen Blick zu. Das klang wie die Frage eines kleinen Jungen. Zugleich waren da all die Bilder in seinem Versteck. Scheiß drauf, dachte sie. «Bind mich zuerst los.»

«Losbinden ... hm. Ich weiß nicht.»

«Bitte. Ich würde es tun.»

«Versprich es mir.»

Wieder strich er über ihre Wange, dann wanderte die Hand zu ihrer nackten Schulter. Tiefer herab.

«Hörst du?»

«Ich könnte ... es auch einfach tun.» Er sah ihr in die Augen, aber Ella war sich sicher, dass er mehr Angst hatte, als er ihr zeigen wollte. Sowohl vor ihr als auch vor dem, was er sich da überlegte.

«Du willst mir aber eigentlich lieber nicht wehtun, oder?» Ella bemühte sich, sämtliche inneren Schutzbarrieren aufrechtzuerhalten – obwohl sie spürte, wie ihr Körper Adrenalin ausschüttete, sie sich ekelte und am liebsten nach ihm getreten hätte. «Das wolltest du nie. Nicht du. Deinem Vater ist es egal, aber dir nicht. Deshalb hast du auch Sylvie noch nichts getan. Und Max freigelassen. Denn das warst *du*. Und am liebsten hättest du auch Rebecca befreit, nicht wahr?»

«Ich war zu spät. Sie ist zusammengebrochen. Ich wusste nicht, was ich tun sollte.»

Der körperliche Schock. Die Wirkung des Chemiecocktails, den Bosch ihr injiziert hatte. Also waren die Kinder für den Arzt nur seelenlose Forschungsobjekte gewesen?

Das war kaum zu glauben.

Jonathan holte ein Taschenmesser aus seiner Hosentasche.

«Du bist nicht dein Vater», sagte sie. «Vergiss das nicht.»

«Nein.» Dann klappte er die Klinge aus.

# 64

Das Messer war scharf – und durchtrennte das Seil, das sie mit dem Heizkörper verband. Er warf ihr einen skeptischen Blick zu.

«Jetzt bist du fast frei.»

«Ja. Schneid meine Fessel auch noch durch.»

«Und wenn ich es tue?»

«Ich kann dir helfen», erwiderte Ella. Sie konnte den Zweifel in seinen Augen sehen, spüren, wie sehr er mit sich rang. Er wollte ihr glauben, aber ein anderer Teil in seinem Kopf wollte ihr sehr wahrscheinlich auch einfach nur wehtun, sie verletzen, vergewaltigen und töten. «Ich kann dir helfen, von deinem Vater wegzukommen. Was du getan hast, lässt sich auf die Krankheit zurückführen. Ich denke nicht, dass man dich deswegen überhaupt einsperren würde.»

Das war gelogen, ein wenig zumindest.

«Anklagen? Ich ...» Er wich zurück, Angst flackerte in seinen Augen. «Das will ich nicht.»

Sie bedauerte ihn. Mehr als das. Sie hatte jemanden vor sich, der mehr Hilfe brauchte, als ihm eine psychiatrische Anstalt bieten konnte.

Verflucht. Das würde nicht leicht werden. Und Sylvie war noch irgendwo hier unten und auch Bosch. Das wahre Monster war der Vater.

«Ich kann dir nur helfen, wenn du mir vertraust», sagte sie leise.

«Vertrauen ...» Er sprach das Wort aus, als wäre es Teil einer fremdländischen Sprache, die er noch nie zuvor gehört hatte.

«Das bedeutet, dass du mir glauben musst, dass ich dir helfen will. Schneid mich los, dann gehen wir zusammen hier raus.»

Das Messer näherte sich ihrer rechten Hand. Auch wenn sie es unterdrücken wollte, musste Ella unwillkürlich die Luft anhalten. Dann begann er, an dem Strick herumzusägen – und nach wenigen Sekunden war sie frei. Als er sich umdrehte, steckte sie das Stück Seil in ihre Hosentasche.

Sie blickte zu Jonathan hinüber, der einige Schritte zurückgetreten war. «Danke.»

Er hielt das Messer mit der Klinge in ihre Richtung gerichtet. «Ich könnte dir was zeigen.» Das klang schüchtern. «Es ist ganz in der Nähe.»

Ella fühlte sich nicht sonderlich wohl bei dem Gedanken, mit ihm hier unten herumzulaufen. «Wir sind im Gewölbekeller unter dem alten Waisenhaus, nicht wahr?»

«Ja. Komm.» Er ging voraus in einen Nebenraum, in dem sie ein Waschbecken und einige Wandschränke aus rostigem Metall ausmachen konnte. Das Licht fiel durch ein schmales Kellerfenster – es war vergittert – dicht an der hohen Decke. Eine Tür führte in einen rechteckigen Raum, in dem ein einfaches, selbst gebautes Bett mit einer karierten Wolldecke und ein schmaler Holztisch standen. An einer Wand lehnten einige Holzlatten, die wohl übrig geblieben waren. Und erneut konnte Ella sich selbst ins Gesicht sehen. An den

Wänden hingen weitere Fotos von ihr. In einer Ecke hatte er ein größeres Bild aufgestellt – von kleinen Kerzen umringt, die brannten. Es sah aus wie eine Art Schrein. Es war noch übertriebener inszeniert als in der Wohnung in Custrow. In der hintersten Ecke gab es einen kleinen Haufen verkohlter Holzstücke. Christliche Kreuze, wie sie bemerkte – und ein kleines Fass mit einer schwarzen Flüssigkeit darin. Teer.

«Hast du das gemacht?»

«Es ... es ist eine Sammlung von Bildern.»

«Bilder von mir.»

«Ja, weil ...» Er sah ihr nicht in die Augen, aber Ella bemerkte sogar im Zwielicht, dass er rot wurde. «Keine Ahnung.»

«Hast du mich beobachtet?»

«Ich wollte nicht, dass dir etwas zustößt. Und ich wusste, dass du ihn erwischen würdest. Meinen Vater.»

«Das hast du schon mal getan, oder? Eine Frau beschützt.»

Jonathan nickte schüchtern.

«Mina. Weil ihre Mutter böse zu ihr war. Also hast du sie vor ihr beschützt. Die Hände zertrümmert, mit der sie ihre Tochter geschlagen hat.»

«Ich wollte nur helfen.» Er berührte seine Stirn. «Die hier drin hat gemacht, dass ich ihrer Mutter sehr wehgetan habe.»

Er war offenkundig verwirrt. Seine eigenen Gefühle und das Verhältnis zu seinem Vater rieben ihn auf. Ella dachte daran, wie sie ihn bei der Grundschule gesehen hatte. Und dann fiel ihr die Roggenähre in ihrer Wohnung ein.

«Warst du auch in meiner Wohnung?»

Jonathan ging zu dem Tisch hinüber und öffnete eine

Schublade, aus der er ein schweres Buch nahm, das er aufschlug. Getrocknete Blätter lagen darin, und auch einige Kornähren.

Oh Gott. War das eine Art Geschenk gewesen, das er ihr machen wollte?

Schüchtern betrachtete er sie von der Seite, als erwartete er eine besondere Reaktion. «Sie sind wirklich schön», sagte Ella leise.

«Ich will, dass du das Versprechen einhältst.»

«Dass ich dir helfen werde?», fragte sie, wusste aber zugleich, dass er etwas ganz anderes meinte.

«Der Kuss, den du mir versprochen hast.»

Verflucht. «Also gut. Leg das Messer weg. Danach führst du mich hier raus, verstanden?»

Er nickte. «Klar.»

Sie war nicht sicher, ob sie ihm trauen konnte. Sie durfte kein Risiko eingehen.

«Komm her», sagte sie. «Leg das Messer auf den Boden.»

Er gehorchte. Machte einen Schritt auf sie zu – nervös war er, bemerkte sie, furchtbar nervös.

Wieder verspürte Ella Mitleid mit ihm, und wieder verdrängte sie dieses Gefühl und zwang sich, an Sylvie zu denken.

Ella streckte den Arm aus. Sie blickte auf das Seil, das von ihrem rechten Handgelenk baumelte. Jonathan kam näher. «Ich ...»

«Sei einfach still», sagte sie.

Vor ihrem geistigen Auge sah sie Maria Kranitz' abgetrennten Kopf. Er hat sie getötet, vergiss das nicht.

Jonathan kam noch näher.

«Schließ die Augen. Und leg die Hände auf den Rücken. Ja, genau so. Das machst du gut.»

Er ist nur ein verängstigter, verrückter Junge. Kein Mann, auch wenn er körperlich vielleicht so aussieht. In seinem Kopf herrscht ein heilloses Durcheinander.

Er ist ein Mörder. Er weiß, was er tut. Und er hält sich für einen uralten Dämon aus einer Sage.

Diese beiden Überlegungen gingen ihr durch den Kopf, während Jonathan vor ihr stand.

Hilflos. Er vertraute ihr. Die Augen geschlossen, wartete er ab und atmete schnell.

Tu, was du tun musst. Und mach es schnell.

Ella trat um ihn herum, dann nahm sie das Seil und schlang es um seine Hände, die er bereitwillig auf den Rücken gelegt hatte, so schnell, dass er keine Zeit hatte zu reagieren. Ella riss ihn nach hinten und trat ihm die Beine weg. Sie stürzte mit ihm nach vorn, und für einen Moment lockerte sich das Seil um seine Handgelenke. «Nicht, was machst du denn», jammerte er, und Ella hatte noch nie etwas ähnlich Erbärmliches, Hilfloses gehört. Dann kniete sie sich auf seinen Rücken und fesselte ihn.

Seine Beine traten wie wild hin und her, aber Ella gab nicht nach. «Hör auf dich zu wehren!» Es kostete sie Kraft, viel mehr Kraft, als sie erwartet hatte.

Er zappelte, aber mit zusammengebissenen Zähnen konnte sie den Knoten zu Ende bringen.

Seine Beine zuckten und schlugen hin und her, die Schuhe wirbelten Staub vom Boden auf, und er wollte wieder aufstehen.

Ella packte eine der Holzlatten, die in der Nähe an der

Wand lehnten. «Bleib liegen! Sonst kriegst du die hier ab, verstanden?»

Ella ließ das Seil los. Sie blutete aus ihrer linken Hand und von ihrem rechten Handgelenk und taumelte einige Schritte zur Seite, tief und heftig um Luft ringend.

«Aber du hast gesagt ...»

«Es tut mir leid», flüsterte sie. «Aber ich muss das tun. Ich kann dir nicht trauen.»

Es war das Richtige. Er war zu gefährlich.

Sie drehte ihn um. «Bleib einfach liegen», flüsterte sie. «Bitte.»

Da war etwas in seinem Blick, etwas Dunkles, Gefährliches.

Als sie überzeugt war, dass er sich nicht rühren würde, sah sie sich nach einem Ausgang um. In den gruseligen, schreinartigen Raum ging sie nicht wieder hinein, stattdessen probierte sie eine zweite Tür aus, aber die war abgeschlossen.

Ella kehrte zu Jonathan zurück. Der andere Durchgang führte in einen langen Korridor, dessen Ende nicht zu erkennen war, so dunkel war es dort.

«Wo willst du hin?»

Etwas bewegte sich hinter ihr. Ella drehte sich um. Der Junge hockte jetzt auf allen vieren, den Kopf gesenkt. Ein Speichelfaden hing ihm aus dem Mund und tropfte auf den staubigen Boden. Er hatte die Fesseln zerrissen, als wäre das Seil nur aus Papier gewesen.

Das war unmöglich. Das konnte nicht sein.

«Du hast gedacht, du hättest gewonnen.»

Ella erstarrte. Die Stimme kam aus seinem Mund, aber sie

klang nicht länger nach Jonathan. Sie war tiefer, voller Verachtung. Da war keine Angst mehr, keine Unsicherheit.

Das ist seine Muhmenpersönlichkeit.

Verflucht, das darf doch nicht wahr sein.

«Du hast gedacht, du machst mich auch fertig. Aber nein, nein. Ich hab's ihm ja gesagt, dem Schwächling. Du bist 'ne Schlampe. Eine verdorbene Schlampe, mehr nicht. Hätte er dir Geld zugesteckt, dann hättest du noch die Beine breit gemacht, was?»

Sein Kopf ruckte hoch. Er starrte sie an. Der Mund war zu einem Grinsen verzerrt. Dann sprang Jonathan auf die Beine – mit einer einzigen, schnellen, kraftvollen Bewegung.

Er wirkt größer, dachte sie. Seine Haltung ist ganz anders. Als könnte ihn niemand stoppen.

«Jonathan –»

«Spar dir die Luft, Schlampe. Er ist fort. Jetzt bekommst du es mit mir zu tun.»

Mit einem Schrei, der kaum mehr menschlich klang – es war wie das schrille Kratzen über Metall, der Schrei eines Hirschs mitten in der Nacht –, stürzte er sich auf sie. Er stürmte auf allen vieren vorwärts, behände und beängstigend schnell – mehr Tier als Mensch, die Bewegungen grausig geschmeidig und voll brutaler Kraft.

Ella fuhr herum und floh.

Sie rannte den Gang hinab, stieß eine Tür auf und stürmte in ein weitläufiges Gewölbe mit Säulen aus roten Ziegelsteinen, die die Decke trugen. Weinfässer standen hier herum und mehrere Metallregale. Sie hörte das tierische Schnaufen hinter sich, wandte sich um, dann jagte er in den Raum hinein.

Wie er sich über den Boden bewegte, war schrecklich anzusehen, es widersprach jedem natürlichen menschlichen Empfinden für Bewegung. Er bewegte sich, als steckte in ihm etwas, das seine Gliedmaßen steuerte, sich ihrer bediente, aber nicht genau wusste, wie es damit umgehen sollte.

Sie steckt in seinen Gedanken, dachte Ella, diese verfluchte Muhme.

«Kämpf, du Schlampe!», schrie sie ihm zu. Er prallte gegen eine der Säulen, ächzte, rappelte sich wieder auf. Das heisere Schnaufen, das durch das Gewölbe drang, ließ sie frösteln.

Sie schlüpfte durch eine weitere Tür und schob in letzter Sekunde den Metallriegel vor. Schon warf sich die Muhme von der anderen Seite dagegen. Die Türbretter erbebten im Rahmen, Staub rieselte von der Decke.

Das ist unmöglich. Wo nimmt er diese Kraft her?

«Du kannst nicht fliehen», sagte das Ding auf der anderen Seite der Tür. «Ich lebe hier unten. Du gehörst mir.»

Versuch's ruhig. Ella rannte weiter, nun durch einen Korridor, in dem in Abständen elektrisches Licht brannte. Links oder rechts? Links oder –

Die Tür am Ende des Ganges wurde mit einem Knall aufgestoßen. Die Muhme versperrte ihr den Weg. Sie legte den Kopf schief, kam näher, genüsslich, als wollte sie jeden Schritt auskosten. «Ich sagte dir, ich kenne mich aus hier unten.»

Ella blieb nur der Rückzug in die Richtung, aus der sie gekommen war.

«Flieh nur, Schlampe. Flieh …»

Sie rannte zurück und entdeckte eine Tür zwischen zwei Weinfässern, die sie vorher übersehen hatte. Dahinter war eine Treppe, die nach oben führte.

«Mach schon», feuerte sie sich selbst an. Ihr Körper brannte vor Erschöpfung. Lange hielt sie das nicht mehr aus.

Die Ebene darüber war heller, die Wände grau verputzt. Sie fand einen Lichtschalter, woraufhin tatsächlich lange Reihen von Leuchtstoffröhren ansprangen. Spinnweben überzogen die Decke.

Ohne groß nachzudenken, wählte sie eine Tür zur Linken, die sie hinter sich mit einem recht neuen Stahlriegel verriegelte. Sie fand sich in einem hell erleuchteten Labor wieder. Technisches Gerät stand überall, Reagenzgläser, Chromatografen, Synthesevorrichtungen und Kühlgeräte.

Und sie war nicht allein.

# 65

Zu ihrer Rechten befanden sich zwei Zellen: In der einen lag Max auf einer schmutzigen Matratze, in der anderen hockte ein Mädchen auf dem Boden, das sie ebenfalls sofort erkannte.

«Sylvie.»

Sie wirkte schläfrig. Betäubt, sehr wahrscheinlich. Langsam hob sie den Kopf. «Sylvie, kannst du ans Gitter kommen?»

«Sie ... ich kenne Sie ...»

«Ich bin von der Polizei.» Ella blickte sich nach der Tür

um, durch die sie gekommen war. Es war nur eine Frage von Minuten, bis die Muhme sie hier fand. «Sylvie, kannst du aufstehen?»

Mit einem schmerzhaften Stöhnen kam Sylvie auf die Beine und trat an die Metallstäbe. Ella drückte ihre Hand. «Halt durch. Ich hole dich hier raus, hörst du?»

«Er ist hier unten. Sie müssen verflucht vorsichtig sein.»

«Wer?»

«Der Alte. Dr. Bosch. Und ein jüngerer Typ. Es ist sein Sohn, glaub ich. Er hat mir versprochen, mich hier rauszuholen. Und er hat mir Schokolade gegeben.»

«Wann hast du Bosch zuletzt gesehen?»

«Das ist nicht lange her. Passen Sie auf, ich weiß, dass er den Schlüssel manchmal da drüben hinlegt.» Sylvie deutete auf einen Wandschrank.

Ella eilte hinüber. Der Wandschrank hatte zwei Dutzend Schubladen. «Weißt du, welche Schublade?»

«Weiter unten, glaub ich.»

Ella riss die Fächer auf und wühlte durch den Inhalt. Reagenzgläser, Glaskolben, Notizen – aber kein Schlüssel.

«Suchen Sie weiter. Schnell!»

«Ich glaub, ich hab ihn!» Ella eilte zu ihr hinüber, der Schlüssel passte – und Sylvie brach in ihren Armen zusammen.

«Weißt du, wie wir rauskommen?»

Sie legte eine Hand an ihre Schläfe. «Ich weiß nicht. Mir ist schlecht.»

«Wir können jetzt nicht anhalten. Du musst versuchen –»

Dann hörte sie es, ein Kratzen an der Tür, ein Schlüssel, der ins Schloss gesteckt wurde.

Ella reagierte schnell. Sie schob die taumelnde, benommene Sylvie zurück in das Gefängnis und schloss die Tür. «Leise», flüsterte sie und legte ihren Finger an den Mund, während sie den Schlüssel in ihrer Hand verbarg.

Doch Sylvie beachtete sie gar nicht mehr, sondern starrte an ihr vorbei.

Als Ella sich umdrehte, blickte sie in einen kurzläufigen Revolver, den Dr. Bosch auf sie richtete.

«Wieso machen Sie all das? Nur weil Sie versuchen –»

«Ich versuche gar nichts. Halt den Mund. Red nicht mit mir, als wäre ich einer deiner DORFIDIOTEN!» Das letzte Wort schrie er ihr ins Gesicht. Eine Ader pulsierte an seinem Hals. «Du wirst mich nicht verhören.»

Sie musste sich irgendwie Zeit erkaufen. Irgendwann musste Byrd doch auf die Idee kommen, sie hier zu suchen. «Ich weiß, dass Sie Ihren Sohn heilen wollen. Ihren *Adoptivsohn*. Aber welchen Zweck haben diese Experimente?»

«Er ist etwas Besonderes», meinte der Dorfarzt. «Das werden alle einsehen müssen. Ich hab es bemerkt, gleich von Beginn an. Er ist nicht psychisch krank. Nicht nur. Wenn dieses Ding über ihn kommt, dann geht eine Veränderung in ihm vor. Auf mikrozellulärer Ebene und in seinem Kopf – Synapsen, die wie wild feuern und völlig anders reagieren. Er ist ein medizinisches Wunder. Stellen Sie sich vor, wie man dieses Wissen nutzen könnte. Zur Heilung. Ich wollte nicht nur ihn heilen, ich wollte *viele* heilen.»

Er wird vor allem fürchterlich gewalttätig, dachte Ella, sagte jedoch nichts. Bosch brauchte nicht zu wissen, dass sie Jonathan bereits begegnet war. «Wo ist er jetzt?»

«Ich hab ihm gesagt, er soll den Wagen im See versenken.»

«Das war nicht das erste Mal, dass dort etwas entsorgt wurde. Ja, wir wissen davon. Jemand hat Sie beobachtet.»

«Das», erwiderte Bosch mit belegter Stimme, «hätte nicht geschehen dürfen. Jonathan hat es gesehen. Er hat geschrien, als er bemerkte, wem diese Kleidungsstücke gehört haben.»

«Ich habe Jonathan gesehen. An der Schule, wie er den Rasen gemäht hat.»

«Auch das war ein Fehler. Er hätte im alten Haus bleiben sollen, das sehe ich nun ein. Aber was soll ich denn tun? Ihn für immer einsperren?» Er lachte bitter. «Ich hatte es fast. Stand kurz vor dem Durchbruch.»

«All die Toten, das nennen Sie Durchbruch? Sie waren der Arzt, der die Vertretung im Waisenhaus gemacht hat. Sie waren der, der den Totenschein für Lars Wille ausstellte.»

Dr. Bosch nickte. «Das war notwendig.»

«Ja, schon klar. Reden Sie sich das nur weiter ein. War das der Grund für die Adoption? Der wahre Grund?»

«Vielleicht. Vielleicht auch nicht. Meine Frau wollte wirklich einen Sohn nach ihrer ersten Fehlgeburt. Und ich wollte sicher nicht, dass ein Waisenkind stirbt. Oder überhaupt irgendjemand. Bei ihr, das war ein bedauerlicher Unfall. Ich war nicht hier, wissen Sie? Nur Nathan, und er wusste nicht, was er tun sollte.»

«Sie sind verrückt, Bosch.»

Bosch hob die Waffe und zielte auf Ellas Stirn. «Mir scheißegal, was du denkst, Berger. Ich leg dich ohnehin um.

Aber nicht im Labor. Das macht zu viel Dreck. Los, beweg dich.»

Scheiße, dachte Ella bitter. Das war's dann wohl. Es sei denn –

Sie machte einige Schritte von Bosch weg. Ein Laut wie ein tiefes Grunzen kam aus der anderen Richtung. Jemand näherte sich.

«Hören Sie –»

«Nein. Zu spät zum Zuhören.»

«Ich bin Jonathan eben begegnet, er ist außer sich, nicht mehr er selbst.»

Bosch starrte sie an. «Na und? Er ist in letzter Zeit immer weniger er selbst und immer mehr dieses Ding. Das ist noch ein Grund, wieso ich mich beeilen musste.»

«Nein. Er ist anders. Brutal. Gewalttätig. Er hat mich durch die Gänge gejagt. Ich hab ihn wohl wütend gemacht.»

Wieder lachte Bosch, doch klang es nun, als mischte sich ein klein wenig Zweifel hinein – und Sorge.

Ella trat noch einen Schritt zurück. Die Tür, durch die sie vor Jonathan geflohen war, lag jetzt fast in Reichweite.

«Sie sollten mir glauben.»

«Oder was?»

Du musst es drauf ankommen lassen. «Oder wir haben ein großes Problem.»

Bosch starrte sie an.

«Eigentlich wollte ich nur etwas Zeit gewinnen», sagte Ella mit einem kühlen Lächeln. Und im selben Sekundenbruchteil riss Ella den Riegel zurück und öffnete die Tür hinter ihr ganz weit.

Im Korridor dahinter stand er, den Kopf schief gelegt. Ein

langer Speichelfaden tropfte aus Jonathans Mund auf den Boden.

«Berger!», hörte sie Bosch schreien, doch sie ignorierte ihn. Sie hechtete zu Sylvies winzigem Gefängnis, schlüpfte hinein und verschloss die Tür von innen.

Die Tür schlug im selben Augenblick ins Schloss, als Jonathan hereinstürmte und seinem Vater gegenüberstand.

«Nathan», hörte sie Bosch sagen. Der junge Mann betrat das Labor und ging auf ihn zu, doch war sich Ella nicht sicher, ob er seinen Adoptivvater erkannte. Ob gerade überhaupt noch etwas von Jonathan übrig war. «Mein Sohn.»

«Du hast ihn verspottet», sagte er. Es war die Muhme, die aus ihm sprach. «Du hast ihn wieder und wieder erniedrigt, mehr als einen getretenen Hund. Er war nicht dein Sohn. Er war nur ein Stück Fleisch, das du erforschen wolltest.»

«Aber das stimmt nicht. Du *bist* mein Sohn!», brüllte Bosch nun völlig panisch. Ella beobachtete die beiden durch die Gitterstäbe.

Bosch richtete den Revolver auf seinen Sohn. «Sag mir einfach nur ... sag mir, dass es nicht *ihre* Schuld war.»

«Deine Frau war eine dumme Hure. Aber nein, Veras kleine Geschichten haben die Idee nur in seinen Kopf gepflanzt. Mich zum Leben erweckt hat ein *anderer*.» Wieder trat Jonathan näher. Ella wollte ihren Augen kaum trauen. Unter dem T-Shirt, das er trug, spannten sich die Muskeln an.

Sie begriff kaum, was sie sah, doch dann sprach er – oder das Ding in seinem Kopf – weiter. «Ein Tag auf dem Roggenfeld. Ein Mann ... ein Mann, der Jungen mochte ...»

Ella dachte an Sobrenkos Tagebuch. Sie hat es beobachtet, damals.

«Dieser Mann hat ihm wehgetan. Und während er so dalag, auf dem Bauch im Feld, und vergewaltigt wurde, da wurde ich in seinem Kopf zum Leben erweckt.»

«Du ... du ...» Die Revolverhand zitterte, und dann löste sich ein Schuss. Krachend, furchtbar laut in diesem Gewölbe, doch Jonathan lachte, als hätte er den Treffer an seiner Schulter kaum gespürt. «Ups», machte er.

Und dann stürzte er sich auf seinen Vater.

Ella hörte, wie Boschs Kopf auf den harten Boden prallte – und dann ein feuchtes Reißen.

Sylvie stieß einen panischen Schrei aus.

Ruckartig fuhr Jonathans Kopf nach oben – und er sah sie. Ella wich zurück, als sie dieses Funkeln in den Augen sah, den blutverschmierten Mund. Mit wenigen Schritten setzte er zu ihr herüber, rüttelte an der Zellentür.

«Du als Nächstes, Ella», sagte die Stimme, die aus seinem Mund kam. «Er wollte nur ein wenig Zuneigung. Du hast ihn stattdessen einfach gefesselt. Weißt du, wie es ist, so weit von der Sonne aufzuwachsen?»

Ella hatte sich so weit unter Kontrolle, dass sie begriff, was mit ihr gerade geschah: Es war Panik, die sie überrollen wollte.

Was sie da vor sich hatte, war nicht zu bekämpfen. Vielleicht durch ein Magazin Vollmantelgeschosse, ja, aber Bosch hatte ihn nur am Arm getroffen, und dies schien Jonathan nicht einmal wahrzunehmen.

In diesem Moment packte er die Gitterstäbe.

Und er bog sie auseinander, langsam, aber unaufhaltsam,

während sich seine Wangen vor Anstrengung aufblähten und er die blutverschmierten Zähne bleckte.

Auf der anderen Seite des Labors wurde eine Tür aufgestoßen.

Ella blickte auf, auch Jonathan fuhr herum.

Die Roggenmuhme war gekommen.

# 66

Der Anblick war furchterregend, als das Ding den Raum betrat. Der Mantel schleifte über den Boden, das Gesicht mit glühenden Augen, die Finger unnatürlich lang, der Körper verbrannt und seltsam zerflossen.

Aber Ella erinnerte sich: Dieses Ding, dachte sie, hast du am Dorfmuseum gesehen. Dieses Ding war eine Verkleidung.

Vielleicht hatte Jonathan sie getragen, vielleicht sein Vater.

Und nun –

«Knie, Junge.» Die Muhme sprach, und der zitternde Jonathan wich zurück. «Knie vor mir!»

«Du ... das kann nicht sein ...» Die Stimme aus seinem Mund klang wieder wie seine eigene. «Du bist hier oben!» Er schlug sich mit der Faust gegen den Schädel. Dann nahm er den toten Körper seines Vaters wahr, der am Boden lag. «Nein, was ...»

«KNIE!»

Und Jonathan kniete vor der Muhme, die ihn überragte.

Im Augenwinkel bemerkte Ella, wie Aya den Raum betrat, die Waffe im Anschlag.

Ella reagierte sofort. Sie schloss die Tür auf, trat hinaus.

«Handfesseln. Linke Tasche», zischte Aya. Ella nahm sie ihr ab und näherte sich Jonathan, der noch immer kniete und zur Muhme aufsah.

«Du bist unwürdig», sagte die Muhme nun. Ella erkannte die Stimme jetzt. Sie packte Jonathans Handgelenke und legte ihm die Handschellen an. Er ließ sie gewähren, nahm sie nicht einmal wahr. Hinter Aya drängten schwer bewaffnete SEK-Beamte herein.

«Weg von ihm!»

«Berger! Zur Seite!»

Aber Ella trat nicht zur Seite. Jonathan weinte. Er weinte über seinen toten Vater, er weinte wegen allem, was er erleiden musste, all die Jahre. «Ganz ruhig», sagte sie. «Byrd, nehmen Sie die Maske ab, ich bitte Sie.»

Und während Jonathan die Hand seines Vaters hielt und Byrd in dem Roggenmuhmenkostüm zur Seite trat, wurde Ella kurz schwarz vor Augen. «Jemand muss Max und Sylvie aus den Zellen holen.»

«Das werden wir.» Byrd streckte die Hand aus und stützte sie. Die Muhme stützte sie.

Kurz blickte Jonathan zu ihnen herüber, während die SEK-Beamten ihn auf die Füße stellten und ihn fesselten. «Du ... du bist nicht sie», sagte er heiser. «Aber ... aber was bedeutet das ...?»

«Es bedeutet, dass du loslassen kannst. Lass sie gehen. *Du* bist auch nicht sie, Jonathan», erwiderte Ella. «Du musst *nie wieder* sie sein, das verspreche ich dir.» Ella klammerte sich an das filzige Material des Kostüms, weil sie spürte, dass sie fast das Bewusstsein verlor.

Es war so knapp gewesen.

Der Sender, den sie geschluckt hatte – Byrds Sender –, mit dem er ihre Position verfolgt hatte, er hatte ihr das Leben gerettet. Ein kleines Stück Technik. Ein wenig Wissenschaft.

Gegen all diesen Wahnsinn.

Aber Bosch hatte sich auch auf seine Wissenschaft verlassen.

Und er war gescheitert.

«Führt ihn ab, aber behandelt ihn nicht so grob. Er ist nur ein Junge, mehr nicht.»

## 67 Vier Tage später

«Und das war's?», fragte Martenitz. Er klang skeptisch, und Ella konnte es ihm nicht übelnehmen. Die Bilder aus dem Gewölbekeller hatten sich für alle Zeiten in ihre Erinnerung eingebrannt, aber für alle, die nicht dort gewesen waren, klang die Erzählung wie eine Schauergeschichte.

Sie standen am Rand des abgeernteten Roggenfeldes, auf dem die Custrower ihre Gaben ausbrachten – rings um die kleine Strohpuppenfamilie.

«Das war's», erwiderte sie knapp. «Bosch war früher bei BioSyns, bevor er sich als Mediziner hier niederließ. Die haben offenbar recht ungewöhnliche experimentelle Abteilungen.»

«Ich kann es immer noch nicht glauben.»

Ella schloss kurz die Augen. Wie Jonathan sie auf allen vieren durch diese Gänge gejagt hatte, würde sie noch lange in Albträumen begleiten.

Byrd räusperte sich. «Es gibt sicherlich bessere Momente, um Shakespeare zu zitieren», sagte er, «aber gibt es nicht Dinge zwischen Himmel und Erde, Horatio, von denen sich eure Schulweisheit nichts träumen lässt?»

Martenitz schnaubte. «Sehr schlau, Byrd. Wie auch immer. Man wird ihn untersuchen.»

«Sie ist fort», sagte Aya ernst. «Ich denke nicht, dass es sich erklären lässt.»

«Sie?»

«Die Muhme.» Aya sah in die Ferne. «Ach, verflucht. Eine multiple Persönlichkeitsstörung, natürlich. Aber es gibt für gewöhnlich eindeutige Anzeichen dafür, die hier einfach gefehlt haben. Sie waren vollkommen voneinander getrennt: Die Muhme hatte die Kontrolle, und Jonathan war nur ein, wie soll man es sagen, Beifahrer? In seinem eigenen Körper. Und deswegen auch das völlige Fehlen eines sexuellen Mordmotivs.»

«Schuldunfähig, darauf läuft's wohl hinaus», brummte Martenitz. «Passt mir nicht wirklich.»

«In ein Gefängnis gehört er jedenfalls nicht», sagte Ella. Sie strich sich die Haare aus der Stirn. Ein feiner Herbstregen fiel, die dritte Jahreszeit hatte endgültig in Custrow Einzug gehalten. «Ich hoffe, dass man ihm helfen kann.»

«Das war ein ziemlich unheimlicher Schrein da unten», meinte Martenitz und sah sie von der Seite her an. «Vielleicht sollten Sie –»

«Nein.»

«Wir haben ihn alle gesehen», sagte Aya. «Für ihn waren seine Fantasien wichtiger als alles andere. Aber, und das werde ich auch vor Gericht aussagen: Ich denke, dass es diese Fantasien waren, die ihn davon abhielten, noch mehr Frauen etwas anzutun. Und natürlich dieses seltsame Märchen, das Vera Bosch ihm vorgelesen hat.»

Ella sagte nichts.

«Und Sie, Berger?», fragte Byrd. «Was haben Sie nun vor?»

«Heute Morgen hab ich mit meinem Vater gesprochen. Er war schockiert – über Boschs Machenschaften, aber auch darüber, wie mit Wicáz umgegangen wurde. Ich weiß nicht, was er tun wird, aber *ich* kann nicht hierbleiben. Das geht … irgendwie …» Sie zögerte. Aya legte ihr den Arm um die Schultern. «Er will auch nicht, dass ich mich länger um ihn kümmere.» Sie fluchte. «Wieso erzähle ich das gerade eigentlich?»

«Weil es menschlich ist», sagte Aya.

«Ich denke, das LKA kann fähige Polizistinnen wie Sie brauchen», meinte Martenitz. «Kommen Sie zurück.»

«Vielleicht», erwiderte Ella. «Vielleicht auch nicht.»

«Wie meinen Sie das?»

«Ich brauche Zeit.»

«Nun, dann nehmen Sie sich Zeit. Aber ich verstehe nicht ganz, wieso Sie zögern. Das ist schließlich nicht das erste Mal, das Sie für das LKA arbeiten wür–» Er hielt inne. «Berger?»

«Mistkacke. Ich», sagte sie mit gerunzelter Stirn, «ich glaube, ich hab's.»

«Wovon sprechen Sie?»

«Das *erste* Mal. Martenitz, Sie haben mich gerade auf eine

Idee gebracht», rief Ella. «Die religiösen Kreuze in Jonathans Versteck, wisst ihr? Und die beim Tatort Maria Kranitz ... in Teer getaucht. Er war mal gläubig. Aber wieso hätte er sie jetzt alle verbrennen oder mit Teer beschmutzen sollen? Und dann natürlich die Beobachtungen aus Sobrenkos Tagebuch, der Junge und der Mann auf dem Roggenfeld. Eine beobachtete Vergewaltigung.»

«Du meinst», sagte Aya, «dass der Mann und der Junge, die sie beobachtet hat, niemand anders waren als –»

«Bogusz und Jonathan. Ja. Er war der Auslöser. Dort auf dem Feld. Und Bogusz kannte ihn aus dem Heim, das hat er selbst gesagt.» Sie hielt ihr Handy schon in der Hand und wählte.

«Ja?», meldete sich der Techniker vom LKA.

«Berger hier. Ihnen liegt doch Bogusz' Notebook mit der versteckten Datei vor, richtig?»

«Richtig. Immer noch verschlüsselt.»

«Probieren Sie mal folgendes Passwort: Jonathan. Mit einem H.»

In der Leitung blieb es still. Dann: «Alle Buchstaben kleingeschrieben. Scheiße, das ist es.»

«Was ist dort gespeichert? Unterlagen, die den Drogenhandel betreffen?»

«Auch», meinte der Techniker. «Und noch mehr. Er ... nun, das ist vollkommen widerlich.»

«Ja», erwiderte Ella. «Ich kann es mir vorstellen. Danke.» Sie legte auf.

«Und jetzt?», meinte Martenitz.

«Jetzt haben wir ihn. Machen wir ihn fertig.»

Doch Byrd, dies bemerkte sie, folgte ihnen nicht, auch

Aya blieb einige Meter entfernt stehen. «Was ist los? Freuen Sie sich nicht, dass es wenigstens etwas Vergeltung für diesen scheinheiligen Drecksack geben wird?»

«Ich muss etwas gestehen», meinte Byrd.

«Und was?»

«Ich gebe zu, ich hatte Bogusz schon länger im Blick.»

Ella sagte nichts. Sie dachte daran, wie sie Byrd zum ersten Mal begegnet war, in der Kirche, nachdem er bereits mit Bogusz gesprochen hatte. «Das ist der Grund, wieso Sie hergekommen sind?»

«Der Brief, von dem ich Ihnen erzählte. Ich bin mir sicher, dass wir es mit einem weiteren Opfer zu tun haben und ich deshalb anonym beauftragt wurde.»

«Haben Sie meine Zeit verschwendet, Byrd?» Ella trat einen Schritt auf ihn zu, doch wich er ihrem Blick nicht aus.

«Nein, ich habe nie Wissen zurückgehalten und alles mit Ihnen geteilt.»

«Gut. Ich würde Sie sonst nämlich fertigmachen.» Sie lächelte kühl, und Byrd nickte.

«Da bin ich mir sicher.»

«Woher hatten Sie die Ahnung, dass Bogusz in all das verwickelt war?»

«Nun, ich war einst ein recht fähiger Ermittler», erwiderte er mit einem süffisanten Lächeln.

«Ist das so.» Ella schüttelte den Kopf, doch konnte sie ihm nicht böse sein. Dazu hatte sie gerade ohnehin keine Kraft mehr.

«Und Sie», meinte er noch, «sind das auch. Nicht viele hätten so eine verrückte Jagd durch Kellergewölbe so einfach weggesteckt. Nicht viele hätten so kompetent agiert oder reagiert, wenn sie einem ... äh, Phänomen wie Jonathan Bosch gegenübergestanden wären. Wobei ich mir vorstellen könnte, dass Sie auch eine gute Privatermittlerin abgeben würden.»

«Denken Sie?» Im Moment wollte sie nicht darüber nachdenken. «Mal sehen, wo es mich hintreibt.»

# EPILOG

Das Turmfalkenweibchen flog in den kupferroten Sonnenuntergang.

Vielleicht, dachte Ella und sah ihm nach, würde das Tier hin und wieder zurückkehren, weil es sich daran erinnerte, wo man ihm ein Zuhause bereitet hatte, für eine Zeit lang zumindest. Dann musste sie an Jonathan denken, an seinen Vater, an diese zerstörte Familie, an die ganze furchtbare, traurige Geschichte.

Sie hoffte, dass der junge Mann es schaffen würde.

Irgendwie. Eines Tages. Wenn das möglich war.

Dann sah sie zu ihrem eigenen Vater hinüber, der dem Vogel hinterherblickte. Die Hände hatte er in den Taschen verborgen, aber sie wusste, da lag etwas Wehmütiges in seinem Blick.

«Ich komme so oft her, wie ich kann. Versprochen ist versprochen.»

«Ich weiß, Kleines. Genau wie ich weiß, dass Custrow nicht der richtige Ort für dich ist. Hab ich dir damals gesagt, und ich sag's dir heute. Dabei wissen die gar nicht, wen sie verlieren.»

Ella betrachtete ihn. «Papa?»

«Ja?»

«Es gibt eine Menge vernünftiger Menschen in diesem

Dorf. Anständig. Hart arbeitend. Die gibt es immer. Und ich hoffe, dass sie irgendwann vergessen können, was geschehen ist. Was ich sagen will: Es liegt nicht an ihnen. Es liegt an mir. Vielleicht bin ich wie der Raubvogel da. Und die brauchen ihre Freiheit.» Ella legte ihm den Arm um die Schultern. Gemeinsam blickten sie in die Ferne, wo der Turmfalke einen Schrei über den Roggenfeldern ausstieß und im Kobaltblau des Abendhimmels verschwand.